凝煉知識品味閱讀

中國古典小說四講

中國傳統小說的源流演變極為繁雜，本書希望在歷史與文學的貫穿上，盡量簡化，然而仍保有先後傳承的脈絡。

賴芳伶——著

〈寫在前面〉

本書的寫作旨趣，意在使年輕學子對於中國古典小說有一基本認識，進而產生閱讀原典的興味，增益美學賞鑑能力，培養人間關懷。

中國古典小說的源流演變極為繁雜，本書希望在歷史與文學的貫穿上，盡量簡化，然而仍保有先後傳承的脈絡。有關小說之考證版本、辨析流派等問題，為顧及讀者的普遍性，不著力強調，僅做必要之概述。

中國古典小說涵蓋的範圍很廣，本書必然無法論述淨盡。即就「小說的出現」即有許多仁智之見。又，清以後的白話章回小說，並不能單以《紅樓夢》作為整體的概括，雖然其成就堪稱小說發展史上的集大成，實有如王國維所說的「一時代有一時代之文學」①所致。六朝筆記、唐人小說、宋元明話本、明代四大奇書以及清末的《老殘遊記》、《孽海花》、《官場現形記》、《二十年目睹之怪現狀》……皆各有鮮明之文學特色。

先秦的神話傳說、野史寓言及兩漢史傳散文，皆可列為中國小說的起源，其中蘊含之隱喻、象徵歷代沿循不歇，像女媧煉石補天、娥皇女英、夸父逐日、精衛填海……都是顯著者。學界不乏以神話「原型」理論研析小說，迄今已成一整合性之學術論題。本書不擬聚焦神話，而是一開始即將重點放在逐漸成型的魏晉六朝筆記傳說。

①此處借用王國維〈《宋元戲曲考》自序〉中所云「凡一代有一代之文學」的觀點。該文可見《觀堂集林》，或《王國維美學論文選》頁一七八（湖南人民出版社　一九八七年）。

六朝的筆記小說（或稱「傳說」），大致分為「志人」與「志怪」兩類。當時混亂黑暗的環境，與佛、道觀念的擴散，相生相成了談玄說鬼的風氣，於是有許多講神鬼妖怪、因果報應的傳說誕生。有人稱之為「筆記」，是因大部分作品僅具條錄式的記載。另方面，非常的時代也必有非常的人士相與呼應，如：竹林七賢，因而也激盪產生專寫名人軼事與睿智言行的作品。若以主題方式來區分，則「志怪類」大體包含異物珍聞、精怪物魅、鬼神靈驗、幽明姻緣與仙境奇譚等內容，無不充滿他界想像與亂世的願想色彩，也潛藏無限的生命悲辛。「志人」一類，有的喻道，有的論政，讀來賞心悅目，所寫的人物丰標俊雅，所敘的世情慘刻幽微，風格詼諧脫俗，其中以《世說新語》堪稱代表。

到了唐代，在六朝傳說的基礎上，更添加了豐富的文采與超奇的意想，不只如魯迅講的「施之藻繪，擴其波瀾」，常常也「託諷喻以紓牢愁，談禍福以寓懲勸」，明顯藉作品抒發時代與作者的人生觀、宇宙論。唐人小說（或稱「傳奇」）與六朝傳說的體裁材料相近，不過前者是以更嚴肅的「史筆」態度來寫作，使得原先的志怪傳說加入了歷史和詩歌的成分。因此篇幅逐漸增長、人物立體鮮活、情節宛轉曲折、主題聚焦明確，結構也完整，創意亦別具了。

唐人小說依它的取向特質，大約可以分為三大類，一是愛情世態，其次是豪俠靈異，還有思想哲理。雖分三類，但其間常相互跨越。愛情世態類泰半刻繪唐代士子功成名就前與倡妓間的情感糾葛，間及於炎涼的世態。由於雙方社會地位的懸殊，加上當時門第觀念嚴重，即使當事人（通常是女方）為愛刻骨銘心、生死以赴，大都還是以悲劇收場。本書擬選析〈霍小玉傳〉、〈鶯鶯傳〉和〈李娃傳〉三大名篇，三者各有千秋，摹情盡致，既寫男女兩性情愛，亦寫百態人生。

豪俠靈異一類，吸納不少六朝志怪傳說的元素，多出現於政治昏厄、人心危亂的中晚唐，刺客、俠士成為人們期待紓困解厄的對象。其時道教的異能神通民間廣為流播，佛教因果輪迴論甚受重視，於是融匯成不少奇異壯采的作品。本書擬選析〈虬髯客〉、〈馮燕傳〉、〈柳毅〉與〈任氏傳〉四篇，以見唐人普遍的俠義觀念，並一窺宿命與意志的頡頏，其中藉異物摹寫人情，尤其動人。而虬髯客以小說虛構人物，竟能千百年流傳，豈非異數？柳毅與龍女的異類婚戀、狐女任氏的死酬知己，以及馮燕事件的社會寫實性，在在呈顯唐人小說作者成熟的小說藝術造詣。

至於哲理思想類，大抵索探人生之究竟義與價值觀，本書擬選析〈枕中記〉、〈南柯太守傳〉與〈杜子春〉三篇。唐代科舉制度盛行，應考成為士人富貴夢的敲門磚，在此一名利競逐場中，固然不乏功成名就者，不過，更多的是得而復失或根本無望的現實，是以小說作者難免結合佛老思想，感喟富貴浮雲、人生如夢。〈枕中記〉與〈南柯太守傳〉皆敷演自六朝傳說，而別寓生命無常無奈感，其間關係作者平生歷練與思想境界的深淺，成就很可觀。〈杜子春〉雖改寫自佛經故事，摻雜仙道觀念，其「斷欲成仙」、「因愛毀道」之議題，深刻觸及生命兩難的困境，值得無窮研析。

書中提及各名篇，都附錄於每章之後，以便讀者覆按鑑賞。此外，本書「變文」一節，概述敦煌石室的二十一種俗文小說，為的是說明這些作品具有形式多變、俚俗語夾雜，以口語化的散文敘事，及取材現實生活，反映批判人生等特點，恰是繼唐人小說之後，變文與話本間的重要橋樑，它對往後的白話小說有相當的影響。

東漢末年佛教東來，迻譯佛經為通俗講話，於是誕生以講唱方式與以說故事為內容的「變文」。變文這兩個特點對「說話」（即民間「說書」藝術）的形成帶來很大的啓導。職業性的說話可上溯至晚唐或更早，但此一通俗藝術的累積，要發展到宋代才逐漸成熟定型。大約整個北宋、南宋將近三百年的歲月（「靖康之難」除外），都是「說話」的黃金時代，一直到元代戲劇興起，才漸告式微。

宋代都市承接晚唐五代動盪之後，精神和物質的環境都很特殊，民間瓦肆勾欄百藝競陳，加上白話社會普遍形成，通俗活潑的「說話」遂成為普受歡迎的市井藝術。原先專供說話人提綱備忘的故事底本——話本，後來為因應市場需要，乃被有心人刊印流通，專供閱讀；也有文人據以仿作、成套編印。

「說話」大約有四家數之分，其中以「講史」和「小說」最多，講史當然是演述歷代史傳興廢爭戰之事，通常連講數日，甚至上月的也有；小說則多講一些里巷傳聞、江湖公案等，往往一二次就可講完。說話的傳統到元代時，「講史」被稱為「平話」（因有講有評，又稱「評話」），後來就演變成長篇的歷史演義小說，像先有《三國志平話》才有《三國志演義》，由於分章分回，又稱章回小說。但是明、清以後的長篇章回小說內容就不一定是講歷史了，例如《金瓶梅詞話》、《西遊記》，都別有機竅，前者敷演世態人情，後者暢述神魔爭戰。

而講一兩次就結束的「小說」，本來多從悲歡人生取材，演變成日後的短篇白話小說，而佔用「話本」的名稱，有人就逕以「話本小說」稱之。

本書〈宋明話本小說〉一章，敘述「話本」的淵源特色，並論及主要的話本小說集子，如馮夢龍的《三言》、凌濛初的《二拍》。它們除網羅整編宋、元、明的話本小說外，也有個人創作。可以說，明代的短篇白話小說發展到《三言》、《二拍》時，已至巔峰。宋代雖是說話的鼎盛期，但明代才是文人編輯和創作話本小說的豐收季。此章從其中選析六篇作品，即〈西山一窟鬼〉、〈碾玉觀音〉、〈錯斬崔寧〉、〈趙太祖千里送京娘〉、〈白娘子永鎮雷峰塔〉與〈賣油郎獨占花魁〉，以作為取樣介紹。其中〈西〉屬煙粉，〈錯〉屬公案，〈趙〉屬朴刀趕棒，〈白〉為靈怪類。

每篇作品略為辨析本事傳承，論述主要人物、情節變化，以及主題意涵、社會習俗。期能結合知性與感性，深入解讀小說菁華。其他宋元明話本小說名作，像〈蔣興哥重會珍珠衫〉、〈杜十娘怒沉百寶箱〉等，皆值得參照並讀。

短篇文言小說部分，自六朝傳說、唐人小說以降，大致有《西湖遊覽志餘》、《剪燈新話》等作品。前者是雜俎類筆記，完成於明代中葉，常為白話小說作家所取材；後者為明初之作，屬傳奇一類，文采豐贍，想像奇詭。總的來說，雖不若白話短篇出色，但清代秀異的《聊齋志異》與《閱微草堂筆記》都與其脈絡相承。

宋、元時民間流行的說話藝術，啓導了明、清白話小說的寫作，長篇方面，佳作不少，只是量多質不精。本書擬選擇數部論述：即《三國志演義》、《水滸傳》、《西遊記》、《金瓶梅詞話》與《紅樓夢》。

《三國志演義》「七分實事、三分虛構」的寫法，明顯影響往後的歷史小說作者「崇劉黜曹」的觀點，也促成民間史觀的不一，無論如何對關公信仰的流布實居功厥偉。本書將簡要述及成書經過、作者及版本問題，於其歷史成分與文學增飾，談論較多。

《水滸傳》的材料來源極廣，主角宋江在《宋史》中確有其人，北宋末年朝綱不振，群盜蠭起，宋江與百餘「好漢」受盡打擊，走投無路，遂標榜「替天行道」，落草梁山為寇。此事在宋代早已喧騰眾口，後來衍成說話內容，元雜劇也屢屢出現，然而這些人到明代卻輾轉變化成民間「英雄」。此期間屢經文人潤飾，書商改動。清代金聖嘆腰斬百回本《水滸傳》成七十回本，更為聳動。一般認為這部小說的主題是「亂自上作，官逼民反」，它最大的悲劇嘲弄乃在於水滸烏托邦與期盼朝廷招安，根本上兩難並存。《水滸傳》雖然寫自說話傳統，但是已添增豐富的創意，全書結構繁複，出場人物眾多，情節曲折，義理遙深，顯現了白話長篇難得的驚人進步。

《西遊記》一書歷來被稱為明代「神魔小說」的代表作，作者相傳吳承恩，乃依據不同材料組合整理，成為傑出的再創造。此書文字起伏跌宕，角色親切貼近，想像超奇炫目，故事精彩連連，風格莊諧並出。小說中的孫悟空、豬八戒贏得了千百年來無數讀者的欣賞喜愛，他們與唐僧師徒之間的相反相成，完成正果，永遠可以讓讀者尋繹出繁複多元的寓意。

《金瓶梅詞話》是擴大敷演《水滸傳》裡武松殺嫂的故事而成百回鉅著的世情小說，主角西門慶與衆妻妾翻滾於人生慾海無時稍歇，終至於敗身亡家，唯留一子由元配吳月娘捨其出家，以贖前愆。由於書中有不少猥褻交歡的描寫，使得《金瓶梅詞話》長期被視為淫書，此亦不脫明末社會淫妄風尚的反映折射，然而《金瓶梅詞話》的文采藝術實有不凡之處。魯迅就說，作者於世態人情極其洞達，凡所形容，有條暢，有曲折，人物鮮活深刻，事變滄桑緩急交錯，因果報應隱伏其間，讀來讓人觸目驚心。全書橫恣旺沛之筆力，被他譽為「同時說部，無以上之」。

紅塵世事，有如空中樓閣，夢幻泡影。出現於清乾隆中葉的《紅樓夢》，經過許多紅學家的考掘，今天大致已知前八十回的作者是曹雪芹，後四十回可能由高鶚、程偉元整理而成。從作品中作者自敘及其生平資料，可以看出這是一部自傳性質濃厚的懺悔錄式小說，曹氏年少時必定經歷過一段榮華富貴的生活，後來家道沒落，貧居北京西郊，省思前塵往事，感悟生命無常，而撰此作。

本書所論《紅樓夢》，以百二十回本為依據，貫穿通篇小說的兩條主線，一是寶黛之戀，一是賈府的興衰。就情言，它道出情有盡時；以賈府觀之，它剖示宇宙流轉，人事無常之理。這兩條線相互交錯，所謂生死、聚散、否泰、美醜、動靜、貧富、真假、虛實、悲歡、苦樂……皆兩相補襯，互為表裡。小說裡的衆生各自展現其生活之慾，或競求名利，或爭逐情色，有入世有出世，其翻滾不同，苦痛則一。

主角寶玉從補天無望的頑石，幻化為人間情種，在嚐盡甜美與幻滅的生命滋味後，徹悟塵世之虛妄，乃決然出家，飄然遠逝。「出家」實為棄絕俗情的象徵姿勢，寶玉真正的歸宿是：回返生命原始無慾純真的狀態——石頭。

王國維以西方悲劇美學的觀點，指出《紅樓夢》乃古今第一大悲劇，蓋「彼示人生最大之不幸非例外之事，而人生之所固有故也」②，楊牧則從寶玉「以情悟道」的角度，以為這是一部向道的喜劇

②王國維《紅樓夢評論》中第三章〈《紅樓夢之美學上之價值》〉，同前註，頁三九。

③。要皆為仁智之見。

而能夠使寶玉斬斷塵緣，回歸「天不拘來地不羈」的精神自由的曹雪芹，自己卻是於「蓬牖茅椽、繩床瓦灶」間，細數往日風華，在「披閱十載，增刪五次」的苦心孤詣下，淚盡而逝的。

東華大學中文系　賴芳伶

③參見楊牧〈王國維及其《紅樓夢評論》〉一文，收於氏著《文學知識》，頁一五九—一九〇（台北　洪範出版社　一九七九年）。

目次

第一講　漢魏六朝傳說

先秦的神話傳說、野史寓言，以及兩漢的史傳散文，都是中國小說的源頭①。一般小說史大都認爲，魏晉六朝爲小說的雛形期，到了唐代，才眞正發展出故事完整、人物生動、主題明確，與結構完整的作品。這樣的小說，和今天我們觀念中的小說，顯然愈來愈接近了。

大家通稱的六朝「小說」，嚴格說來，只能稱作「筆記」或者「傳說」。不過，若採取較寬廣的講法，它也可以用「志怪」小說和「志人」小說來涵蓋。「志」，就是誌、記的意思。直接題爲六朝人作的小說，大都是些敘述鬼神怪異的故事書。這是因爲受到當時談玄說鬼的風氣，和佛經故事流傳的影響。比較著名的，有《列異傳》、《博物志》、《西京雜記》、《搜神記》、《拾遺記》、《冥祥記》、《幽明錄》、《齊諧記》、《冤魂志》等作品。

這些講神妖鬼怪變化和因果報應的筆記傳說，不但影響了唐人傳奇小說、宋元明的話本小說、雜俎類，直到清朝蒲松齡的《聊齋志異》、紀昀的《閱微草堂筆記》，也都有意模仿它而別出機杼。

除了志怪類的筆記傳說外，六朝還有專門記載名人軼事和睿智言語的作品，被稱爲志人小說，像《笑林》、《語林》、《郭子》和《世說新語》等都是。其中以《世說新語》最爲特出，文史價值最高，一直很受

---

①參考前野直彬著、鍾行憲譯〈中國小說的起源〉，原載《幼獅月刊》三十五卷第四期，收入《中國古典小說論集》第一輯（台北　幼獅公司　一九七五年）。

又：前野直彬著、吳璧雍譯〈中國小說的萌芽〉，收入《小說戲曲研究》第二集（台北　聯經　一九八九年）。

及：黃維樑〈中國最早的短篇小說〉，同收入幼獅《中國古典小說論集》第一輯。

士人推重。倒是其他的志人之作，幾乎都已亡佚。幸有學者自各種類書中蒐輯校勘而成爲選集本子，可供我們參研。

第一節　時代環境與社會因緣

魯迅的《中國小說史略》說：

> 中國本信巫，秦漢以來，神仙之説盛行，漢末又大暢巫風，而鬼道愈熾；會小乘佛教亦入中土，漸見流傳。凡此，皆張皇鬼神，稱道靈異，故自晉迄隋，特多鬼神志怪之書。②

這段話簡要概括了六朝志怪蘊生的思想基礎，大要可分述如下：

一、政治社會環境改變

自魏蜀吳三國鼎立以後，中國開始進入一個長期動亂分裂的時代，五胡亂華更衍成南北對峙的局面，戰爭連年不斷。士大夫階層常常成爲政權轉移下的犧牲品，市井平民橫遭殘害，飽嚐顚沛流離的痛苦。由於連年生活在危機四伏的死亡陰影下，導致厭世隱遁的思想、談玄說鬼的風氣，大爲流行。

二、學術方面是經學與方術合流

② 《魯迅小說史論文集》頁三五（台北　里仁　一九九二年）。

漢朝初年頗盛行齊學，學者大都混合陰陽術數，以五行災異來解說經書③，已逐漸有經學方術化的趨向。到東漢哀帝、平帝之際，先後出現了許多講讖緯的書。王莽稱帝就曾矯用符命，光武帝也篤信讖言，後漢於是形成一種上有好者下必甚焉的「尚奇聞，貴異數」的風氣。經學漸與方術合流形成所謂「儒生方士化，方士儒生化」的現象。魏、晉以後，情形沒有改變。就在儒學衰微的同時，巫風大大暢行。

三、宗教信仰是佛道思想瀰漫

根據文獻的記載，最晚在東漢明帝的時候，佛教已經傳入中土。後秦時期，異域的高僧鳩摩羅什進入長安，開始傳譯大乘經典。南方也有釋慧遠布道，從此佛教風靡大江南北。而本土僧侶西行求法也絡繹不絕。曹魏正始年間，何晏、王弼、嵇康、阮籍這些名士經常聚在一起，大談老子、莊子，推崇易理，遂漸漸衍成清談玄學的風氣。東來的佛理有機會與清談內容結合，很得到士人階層的喜好，而佛家思想中重要的「生死輪迴、善惡果報」的觀念，更得以普遍傳開。

因為亂世民不聊生，而激發了桓帝、靈帝之際的太平道與五斗米道，專講跪拜、符咒，原屬民間迷信集團，雖然組織龐大，但教義淺陋。這個具備道教雛形的信仰，到了魏、晉時期，才開始有魏伯陽藉《易》象來論述煉丹之道，寫成《周易參同契》。還有以儒生身分學習道術的葛洪，著作《抱朴子》內外兩篇。這樣一來，道教漸漸有了哲理的基礎、思想的深度，境界提高，就能夠流入上層社會。

南北朝時期，佛教盛行，寇謙之、陸修靜、陶弘景等人受到佛教教義的衝擊啓示，除了紹承張道陵齋祀跪拜種種宗教儀式外，更依傍佛經，來造就道書，組織成一複雜通俗的本土宗教，普遍受到帝王貴族尊尙，士大夫階層也不乏崇信的人，像陶淵明、王羲之、崔浩、殷仲堪，都是虔誠的道教徒。

---

③清皮錫瑞《經學歷史》周予同注（台北　河洛影印本）。

四、與西域貿易頻繁，帶動文化交流

自漢代以降，即跟西域諸國、朝鮮、日本都有交通貿易。三國時代，造船術發達，吳國的孫權曾經派遣朱應、康泰等人通航南海，所經過及傳聞的有百餘國之多。等到北朝統一北方後，與西域各國的往來，仍然暢行無阻。南朝則與日本、安南、印度，都有貿易關係，與南洋的馬來人，買賣尤其頻繁。外國的珊瑚、琉璃、翡翠、金剛、犀牛角……各種稀奇罕見的物品，源源不斷傳入中國，連帶使異文化和中土文化得以交流。

五、文學觀念改變

由於書寫工具改進，加上帝室王孫的倡導，以及文學觀念的變化，使得當時許多文人學士，極願修史立傳立言傳世。屬於私人撰修的後漢、三國、兩晉、十六國、南北朝史書即達百餘種；而全國性、地域性，或與家族、宗教等有關的傳記，更是不計其數。

綜合上述，可見六朝的志怪傳說，是在長期黑暗的離亂社會中，隨著頹廢厭世思想的滋長、巫術陰陽五行之說的流行、佛道輪迴果報觀念的傳播、域外珍奇物品的輸入，以及文人學士勤奮寫作，力爭上游的情況下，達到空前興盛的局面④。

第二節　作者身分與寫作動機

志怪作者不但寫作動機不一，出身背景也非盡同。

撰寫志怪的文士，大抵家世貧寒但勤學博聞。他們可能受到古來巫覡數術、陰陽災異之說的影響，或者是

④參見王國良《魏晉南北朝志怪小說研究》第二章〈志怪小說產生之背景〉（台北　文史哲　一九八四年）。

個人生命裡有過特殊的遭遇，也有人在搜集材料編撰史書的過程中，把不宜列入史籍的逸事奇聞彙輯成書。例如：張華、干寶、曹毗、吳均、許善心、侯白諸人，都曾擔任過史官的職務，著述良多。他們所編撰的志怪書，多綜合古來神話傳說、民俗信仰，以及儒、釋、道的思想義理。

另一類作者是佛教中人，他們為闡明因果輪迴，弘揚佛法，也常掇拾雜記傳聞傳會史實來撰寫志怪書。這類作者不乏江南世族，如：謝敷、傅亮、張演、范晏、陸杲；還有貴為帝王諸侯者，如：劉義慶、蕭子良、蕭繹。

至於道教徒的作者有葛洪、王浮、王嘉等人，他們活用專業知識，糅合舊有傳說，藉由時空遙隔，援引荒渺宇宙，稱道異域物事，以吉凶禍福來感召世道人心。這類作者大都為才藝兼具的寒門子弟，本無財力煉丹，於是侈談靈異，以獲取帝王貴族資助，期望顯達，或滿足長生的願望⑤。

不論何種身分的志怪作者，如魯迅講的，都「非有意為小說，蓋當時以為幽明雖殊塗，而人鬼乃皆實有，故其敘述異事，與記載人間常事，自視固無誠妄之別矣」⑥。他們普遍傾向存鬼論，雖未必蓄意寫小說，但總是態度認真，用心誠懇。

第二節　志怪傳說所包含的主題

六朝志怪傳說記載的範圍很廣闊，涉及的事物極龐雜，現就其主題類型，分項概述於下：

一、殊方異物　珍聞軼事

⑤同前揭書第二章〈志怪小說之作者〉。

⑥同註②，頁四七。

張華（西元二三二—三〇〇）《博物志》卷二〈君子國〉條記載：

君子國人衣冠帶劍，使兩虎。民衣野絲，好禮讓，不爭。土千里，多薰華之草。民多疾風氣，故人不蕃息。好讓，故為君子國。⑦

這條材料，被清代李汝珍《鏡花緣》吸納後，渲染爲君子國，諷勸人心世道。

同書卷四的〈守宮〉條說：

蜥蜴或名蝘蜓，以器養之以朱砂，體盡赤。所食滿七斤，治擣萬杵。點女人支體，終年不滅；唯房事則滅，故號守宮。傳云東方朔語，漢武帝試之有驗。⑧

這個說法應該源自民間傳聞，流布的地區非常廣闊，常爲後世各類小說所運用。

再者，如《海內十洲記》敘述：

元洲在北海中，地方千里，去南岸十萬里。上有五芝玄澗，澗水如蜜漿，飲之長生，與天地相畢；服此五芝，亦得長生不死，上多仙家。（道藏本）

---

⑦參見葉慶炳《漢魏六朝小說選》頁二一（台北 弘道 一九七四）。

⑧同前註，頁二二。

此條記載帶有普世性的樂園色彩，將長樂永生之地寄託在不可確知的北海「元洲」。「元洲」有創世太初的隱喻，本爲遠古相傳的仙界，累世不絕。

像這類記載山川地理、神仙異物與服食變化之說多係道家之言，不太有佛教色彩，或爲晉、宋間作品。

再看葛洪《西京雜記》卷二〈王嬙〉故事的錄載：

> 元帝後宮既多，不得常見，乃使畫工圖形，案圖召幸之。諸宮人皆賂畫工，多者十萬，少者亦不減五萬。獨王嬙不肯，遂不得見。匈奴入朝，求美人為閼氏。於是上案圖，以昭君行。及去，召見，貌為後宮第一，善應對，舉止閒雅。帝悔之，而名籍已定。帝重信於外國，故不復更人；乃窮案其事，畫工皆棄市，籍其家資皆巨萬。畫工有杜陵毛延壽，為人形，醜好老少，必得其真。安陵陳敞，新豐劉白、龔寬，並工為牛馬飛鳥眾勢；人形好醜，不逮延壽。下杜陽望亦善畫，尤善布色。樊育亦善布色。同日棄市。京師畫工於是差稀。⑨

有關王嬙的事蹟，屢屢爲後世詩歌、小說、戲曲所取材。其著者如《樂府詩集》卷二十九，收有詠王昭君之曲共四十五首，及唐代〈王昭君變文〉、元馬致遠〈漢宮秋〉雜劇、明人〈和戎記〉傳奇等。《漢書・匈奴傳》與《後漢書・南匈奴傳》有關王嬙的記載，都沒有提及毛延壽其人其事。正史所載錄的內容未免單調，王昭君能成爲中國傳統文學中因襲極廣的寫作題材，實由於《西京雜記》的影響。

《西京雜記》卷二所錄司馬相如與卓文君情奔事，簡素動人。到清代袁于令將其敷演成〈鷫鸘裘〉傳奇，極受歡迎。茲錄於下：

---

⑨同前註，頁二二八。

司馬相如初與卓文君還成都，居貧愁懣，以所著鷫鸘裘就市人陽昌貰酒，與文君為歡。既而文君抱頸而泣曰：「我生平富足，今乃以衣裘貰酒！」遂相與謀，於成都賣酒。相如親著犢鼻褌滌器，以恥王孫。王孫果以為病，乃厚給文君，文君遂為富人。文君姣好，眉色如望遠山，臉際常若芙蓉，肌膚柔滑如脂。十七而寡。為人放誕風流，故悅長卿之才而越禮焉。長卿素有消渴疾，及還成都，悅文君之色，遂以發痼疾。乃作〈美人賦〉，欲以自刺，而終不能改，卒以此疾至死。文君為誄，傳於世。（《西京雜記》卷二，四部叢刊本）

吳均（西元四六九—五二〇）《續齊諧記》嘗錄一則〈陽羨書生〉，內容姑引於下：

陽羨許彥，於綏安山行，遇一書生，年十七八，臥路側，云腳痛，求寄鵝籠中。彥以為戲言。書生便入籠，籠亦不更廣，書生亦不更小；宛然與雙鵝並坐，鵝亦不驚。彥負籠而去，都不覺重。前息樹下，書生乃出籠，謂彥曰：「欲為君薄設。」彥曰：「善。」乃口中吐出一銅盤奩子，奩子中具諸飾饌。珍羞方丈。其器皿皆銅物。氣味香旨，世所罕見。酒數行，謂彥曰：「向將一婦人自隨，今欲暫邀之。」彥曰：「善。」又於口中吐一女子，年可十五六，衣服綺麗，容貌殊絕，共坐宴。俄而書生醉臥，此女謂彥曰：「雖與書生結妻，而實懷怨，向亦竊得一男子同行，書生既眠，暫喚之，君幸勿言。」彥曰：「善。」女子於口中吐出一男子，年可二十三四，亦穎悟可愛。乃與彥敘寒溫。書生臥欲覺，女子口吐一錦行障。書生乃留女子共臥。男子謂彥曰：「此女子雖有心，情亦不盡向，復竊得女人同行，今欲暫見之，願君勿洩。」彥曰：「善。」男子又於口中吐一女子，年可二十許。共酌，戲談甚久，聞書生動聲，男曰：「二人眠已覺。」因取所吐女人，還納口中。須臾，書生處女乃出，謂彥曰：「書生欲起。」吞向男子，獨對彥坐。然後書生起，謂彥曰：「暫眠遂久，君獨坐當悒悒耶？日又晚，當與君別。」遂吞其女子，諸器皿悉納口中。留大銅盤，可二尺廣，與彥別曰：「無以藉君，與君相憶也。」彥太元中為蘭臺令史，以盤餉侍中張散，散看其銘題，云是永平三年作。⑩

此種思想並非中國所固有。唐代段成式《酉陽雜俎》續集卷四〈貶誤篇〉謂佛教《舊雜譬喻經》中「梵志吐壺」故事與此近似。魯迅也指出，《觀佛三昧海經》卷一說觀佛苦行時白毫毛相云：

天見毛內有百億光，其光微妙，不可具宣。于其光中，現化菩薩，皆修苦行，如此不異。菩薩不小，毛亦不大。⑪

果如其所言，則當又爲「梵志吐壺」故事的淵源。

魏晉以來，漸譯佛典，天竺故事頗流傳世間，文人喜奇詭，有意無意間用之，如荀氏《靈鬼志》記外國道人入籠子中事，至吳均則逕寫成中國書生，此一佛經故事遂蛻化爲中國所有。

二、精怪變化與物魅傳說

六朝精怪與物魅傳說可遠溯自原始妖怪神話。先民仰觀俯察之際，總覺宇宙萬物間充滿某種神祕、超自

⑩同前註，頁一七〇—一七一。
⑪同註②，頁四二一—四三。

然、非人力所能掌控之凶物，此類具驚怖魔力之精靈鬼怪，均有人格化的傾向。原始社會具有泛生、泛靈信仰諸觀念，多模擬想像萬物皆有精靈，不論動物、植物，乃至於無生命的木石都一樣如人有性格、動作，所謂「因驚怖而有信仰」⑫，故古宗教中多見「動物崇拜」及「植物崇拜」這些信仰。

精怪與物魅傳說基於對不可解事物的驚懼、不安，產生生存危機，因而依據聯想，構造為變化多端的怪譚。其間歷經口頭傳播，至漢末魏晉始漸為筆記雜傳所輯錄。

傳統儒學於漢朝長期的讖緯化、神祕化後，逐漸中衰，異端的方術、道術亦能為知識分子所接受。王充於《論衡》中即保存不少流傳於當時社會的迷信觀念，目的原是作為批判之用。王符的《潛夫論》則依據氣化哲學，解說陰陽二氣及天地正變等現象。此類理論到魏晉文士的手中，多轉變為正面解說的一套道理，像干寶《搜神記》的「妖怪論」，與葛洪《抱朴子》內篇所引的方術祕笈，都基於氣化原理和異徵變化，而構造為奇特的妖怪說。

簡要說來，道為宇宙生成之總原理，氣則為其運用。凡陽氣、清氣為正，陰氣、濁氣為變，和氣所交，多正常生殖的人、物；異氣所產，則多怪物。因此氣的正與亂，表現為宇宙萬物的正常與否，即為休咎的徵兆，天地的消息。妖異之生，即為氣的反常現象。故凡祥瑞、災禍，皆有徵驗：謠徵、星占及萬物反常變化均可據以觀察。

所謂「氣易形變」說，乃為當時人普遍所援引，用來解釋神仙變化、生物變態以及難明的宇宙現象。依據「變化說」，萬物可以互變，物與人間，物與物間，本無固定範疇。人類學者卡西勒（Ernst Cassirer）曾以「變化律則」解釋原始民族綜合性的生命觀，亦即生命為一連續不斷之整體，不同生命領域並無固定、不變的

⑫參見林惠祥《文化人類學》第五篇第十二章（台北　商務　一九七六年）。
又：李豐楙〈六朝精怪傳說與道教法術思想〉，收於《中國古典小說研究專集3》（台北　聯經　一九八一年）。

形狀，經由一種突然的變化，一切事物皆可能轉化爲另一切事物⑬。從中國古書論及變化字源，與古神話中都可抽繹出與此類似之「變化律」。而精靈無所不在之萬物，常因時間的長久產生變化能力。

六朝普遍流行的精怪傳說，不脫漢末讖緯圖籍如《白澤圖》之流，所載的山水之精、木石之妖以及各種動植物精怪，惟多指明時、地，內容較富於江南地域色彩，尤其是干寶的《搜神記》。時地較屬近代近處的精怪傳說，多有一完整之故事情節，可見六朝文士豐富的想像力與組織才能。依其性質約可分爲動物精怪、禽鳥精怪、植物精怪、玉石精怪及其他如昆蟲精怪等類型。

《玄中記》云：

> 狐五十歲能變化為婦人，百歲為美女；為神巫；或為丈夫，與女人交接；能知千里外事；善蠱魅，使人迷惑失智。千歲即與天通為天狐。

六朝傳說雖狐魅惑男性，雄狐亦多淫行。狐狸也會幻化成書生，或教授學子，談經論道，借精怪以爲諷戒，顯然在六朝初期的志怪已經出現。狐狸是動物精怪中最常見的，到唐初，已有升格爲神的記載。如唐張鷟《朝野僉載》云：

> 唐初以來，百姓多祀狐神，房中祭祀以乞恩，食飲與人同之。事者非一主，當時有諺曰：無狐魅不成村。⑭

⑬Ernst Cassirer, "A Essay On Man"（Yale 1948）劉述先譯《論人》（台灣 東海大學 一九五九年）。此部分轉引自李豐楙前揭文，頁四—六。

⑭見李豐楙前揭文，頁二一一。

是爲動物崇拜的具體例證。

江漢一帶最盛行虎精傳說，可能與圖騰信仰有關。《搜神記》、《異苑》、《齊諧記》等皆有人發狂變性化成虎的記載。山林獸精種類繁多，猿猴化人之說亦甚早。猿精常以智慧老人的形象出現，例如王嘉《拾遺記》載周群在岷山採藥，遇一白猿化爲老翁，精通曆數，周群後來因而陰陽曆數之術大進。此種睿智性格爲人類對猿性的高度想像。

《搜神後記》和《異苑》都曾敘及猴妖化人以縱淫慾，發現後被殺而絕。有關猿猴歲久成精，具變化能力，及其靈性、淫性的說法，相當影響到唐人傳奇和以後的猿猴形象⑮。

六朝傳說中的蛇妖，多爲通俗性傳聞，並不具蛇圖騰的神祕、莊嚴。《搜神記》曾有蛇化人形之事，其與《列異傳》皆記載道士魯少千、壽光侯劾治魅惑女子之蛇精。魯所劾者，且欲行賄二十萬，此錢即從大司農府所攝得。往後白蛇傳說中「攝錢」之神通，應淵源自此。至於《搜神後記》的蛇精娶親，也與民間蛇郎君故事有關。

禽鳥精怪中，鶴、鵠多化成女性，見錄於《幽明錄》及《異苑》，茲引於下：

> 晉安帝元興中，一人年出二十，未婚對，然目不干色，曾無穢行。嘗行田，見一女甚麗，謂少年曰：「聞君自以柳李之儔，亦復有桑中之歡邪？」女便歌，少年微有動色，後復重見之，少年問姓，云：「姓蘇，名瓊，家在塗中。」遂要還，盡歡。從弟便突入以杖打女，即化成雌白鵠。（《幽明錄》）

⑮參考鄭明娳〈孫行者與猿猴故事〉，收於《古典文學》第一集（台北　學生　一九七九年）。又：李豐楙前揭文，頁二五。

晉懷帝永嘉中，徐奭出行田，見一女子，姿色鮮白，就奭言調，女因吟曰：「疇昔聆好音，日月心延佇，如何遂良人，中懷邈無緒。」奭情既諧，欣然延至一屋，女施設飲食而多魚，遂經日不返。兄弟追覓至湖邊，見與女相對坐，兄以藤杖擊女，即化成白鶴，翻然高飛，奭恍惚年餘乃差。（《異苑》）

鶴、鵠均以溫婉善歌的女子形象出現，其「姿色鮮白」爲來自羽毛白色的聯想，當時的祠廟信仰或尚保留其爲鳥使之傳說。此二則故事，母題（motif）相似，可能爲一事的衍生，流行於不同時代及地區，本是敘事文學常見的現象。至於「杖打女子」，爲人禽之戀的破壞，也是人妖之戀的通說[16]。《搜神記》與《列異傳》，俱載陳寶祠傳說，大抵敘述迎秦穆公時，有雌雄二雉化爲童子，能顯瑞徵，後人乃爲其立祠陳倉。是爲庶物崇拜的典型例證[17]。

再看《玄中記》云：

千歲樹精為青羊，萬歲樹精為青牛，多出遊人間。

其原始應爲植物崇拜，與祠廟信仰有關。六朝筆記一再傳錄青牛、樹精事，如《列異傳》：

武都故道縣有怒特祠，云神本南山大梓也。昔秦文公二十七年伐之，樹瘡，隨合，秦公乃

---

⑯見李氏文，頁二一九—二二〇。

⑰同前註。

> 遣四十人持斧斫之，猶不斷。疲士一人，傷足不能去，臥樹下，聞鬼相與言曰：「勞攻戰乎？」其一曰：「足為勞矣。」又曰：「秦公必持不休。」答曰：「其如我何？」又曰：「赤灰跋於子何如？」乃默無言。臥者以告，令士皆赤衣，隨所斫，以灰跋樹，斷化為牛入水，故秦為立祠。⑱

其言樹精，往往有物如人。《搜神記》載張遼斫田中大樹，見有白頭公從樹中突出，其狀「非人非獸」，干寶疑其爲「所謂木石之怪夔魍魎者乎？」（卷十八）蓋樹老爲精怪所依附，必斫之始能除去，或由道士以奇特法術厭制之。又《異苑》亦有赤莧化爲丈夫的傳說，屬植物妖。倒是花妖，在六朝時尚不多見，唐代筆記才漸有以花妖結合美女的傳說，概爲日後《聊齋志異》之前驅。

由於石頭本身具有豐饒、誓約等象徵意義，人類很早就有石頭信仰，玉石傳說即是根源於此。如《列異傳》載：

> 武昌新縣北山上有望夫石，狀若人立者。傳云：其夫從役，遠赴國難。婦攜弱子餞送此山，立望而形化為石。⑲

《抱朴子》則有「秦女爲石，死而更生」之說。玉石所化人形，以女性居多，《幽明錄》載有五色石化女事：

⑱同註⑦，頁一三—一四。
⑲同註⑦，頁一一九。

陽羨縣小吏吳龕，有主人在溪南。嘗以一日乘掘頭舟過水，溪內忽見一五色浮石，取內床頭。至夜化成一女子，自稱是河伯女。⑳

由於玉石之晶瑩美麗乃引起美女之聯想。精怪類型中以此一無生命物最少驚怖、詭異之色彩。其他尚有少數昆蟲成精的傳說，像《搜神記》的蟬妖、《幽明錄》的螻蛄妖、《異苑》的蟻妖、蚯蚓妖及蜘蛛精等，這些記載證諸往後《南柯太守傳》、《西遊記》中的蟻國、盤絲洞皆有脈絡可尋。

無生命的器物成妖，即六朝志怪裡的物魅變化，如《列異傳》和《搜神記》都載有金銀、杵、枕及飲缶怪；《幽明錄》載有銅人妖、碓柵妖、掃帚妖；《集異記》則有枕妖、屐妖等。幾乎任何器物，日久都可成妖。只要偵知其變怪之由，燒殺即可滅絕。

以上所述六朝妖怪傳說，爲一過渡時期，仍然多保存民間傳說的素樸與原創性，到唐人小說人間色彩加濃，風格已變。此後妖怪變化之主題，仍不斷出現於筆記系統的小說及風俗小說，但多爲小說家藉妖異以諷世，甚且相互因襲，已漸失民間敘事文學活潑的生命力。

三、鬼神靈驗與幽明姻緣

《禮記》卷十四〈祭義〉第二十四云：

宰我曰：「吾聞鬼神之名，不知其所謂？」

子曰：「氣也者，神之盛也；魄也者，鬼之盛也。合鬼與神，教之至也。」

⑳見李氏文，頁二二二。

> 眾生必死，死必歸土，此之謂鬼。骨肉斃于下，陰為野土；其氣發揚于上，為昭明，焄蒿悽愴，此百物之精也，神之著也。㉑

此爲先秦鬼神之說，質樸而精粹。迨乎秦漢以下，鬼神之論寖雜。志怪小說既興，鬼神充斥其間，不惟可見形相的描述，即其智慧性情亦可得而聞，各種食色慾望，幾乎與人無異。然其前提，大要爲「存鬼論」。如《幽明錄》載：

> 阮瞻素秉無鬼論，世莫能難；每自謂理足，可以辨正幽明。忽有一鬼，通姓名作客詣阮。寒溫畢，即談名理。客甚有才情，末及鬼神事，反覆甚苦。遂屈。乃作色曰：「鬼神，古今聖賢所共傳，君何獨言無耶？僕便是鬼。」於是忽變為異形，須臾消滅。阮默然，意色大惡。後年餘，病死。（《古小說鉤沉》本，下同）

此事並見《晉書》卷四九〈阮瞻傳〉，應是根據《幽明錄》而撰成。又《搜神記》卷十六亦載有此篇故事，不難想見當時社會上有鬼與無鬼的爭論。《晉書》卷八二〈干寶傳〉云：

> 寶父先有所寵侍婢，母甚妒忌。及父亡，母乃生推婢於墓中，寶兄弟年小，不之審也。後十餘年，母喪開墓，而婢伏棺如生。載還，經日乃蘇，言其父常取飲食與之，恩情如生；在家中吉凶輒語之，考校悉驗；地中亦不覺為惡。既而嫁之，生子。又寶兄嘗病，氣絕，積日不

㉑《甄異記》〈夏侯文規〉條，同註⑦，頁一一八。

冷。後遂悟，云見天地間鬼神事，如夢覺，不自知死。寶以此遂撰集古今神祇靈異人物變化，名為《搜神記》。

從中可見干寶作《搜神記》的動機，其目的乃在「發明神道之不誣」。《搜神後記》卷四與孔氏《志怪》，都載有干寶父婢的故事；又《搜神後記》卷四與《幽明錄》，也都收有其兄之事。由此可知這兩個故事在晉、宋間很流行，曾充分發揮證明鬼神實有的作用。

出現在六朝志怪傳說中的鬼物，大率面目醜惡，身材高大，會爲祟變化。試觀以下各則：

阮德如嘗於廁見一鬼，長丈餘，色黑而眼大，著皂單衣，平上幘，去之咫尺。德如心安氣定，徐笑與之曰：「人言鬼可憎，果然！」鬼即赧愧而退。（《幽明錄》）

黃州治下有黃父鬼，出則為祟。所著衣袷皆黃。至人家，張口而笑，必得疫癘。長短無定，隨籬高下。自不出已十餘年，土俗畏怖，惶恐不絕。（《異苑》卷六）

平原陳皐於義熙中從廣陵樊梁後乘船出。忽有一赤鬼，長可丈許，首戴降冠，形如鹿角，就皐求載，倏爾上船。皐素能禁氣，因歌俗家南地之曲，鬼乃吐舌張眼。以杖竿擲之，即四散成火，照於野。皐無幾而死。（魯迅《古小說鉤沉》《靈鬼志》）

廬陵人郭慶之有家生婢，名採薇，年少有色。宋孝建中，忽有一人，自稱「山靈」，裸身，長丈餘，臂腦皆有黃色，膚貌端潔，言音周正，土俗呼為黃父鬼，來通此婢。婢云：「意事如人。」

鬼遂數來，常隱其身。時或露形，形變無常，乍大乍小。或似煙氣，或為石；或作小兒，或婦人；或如鳥如獸，足跡如人，長二尺許；或似鵝，跡掌大如盤。開戶閉牖，其入如神，與婢戲笑如人。（魯迅《古小說鉤沉》《述異記》）

其中像「廬陵黃父鬼」之膚貌端潔者，並不多見。其習性亦如人世之多樣，其稟賦則有善惡賢愚。《甄異傳》所記鬼魂「憎蒜畏桃」之習性，似與西方惡鬼傳說相近。《列異傳》載：

南陽宗定伯，年少時，夜行逢鬼。問曰：「誰？」鬼曰：「鬼也。」鬼曰：「卿復誰？」定伯欺之言：「我亦鬼也。」鬼問：「欲至何所？」答曰：「欲至宛市。」鬼言：「我亦欲至宛市。」共行數里，鬼言：「步行太亟，可共迭相擔也。」定伯曰：「大善。」鬼便先擔定伯數里。鬼言：「卿太重，將非鬼也？」定伯言：「我新死，故重耳！」定伯因復擔鬼，鬼略無重。如是再三。定伯復言：「我新死，不知鬼委何所畏忌？」鬼答曰：「唯不喜人唾。」於是共道遇水，定伯因命鬼先渡；聽之了無聲。定伯自渡，漕漕作聲。鬼復言：「何以作聲？」定伯曰：「新死，不習渡水耳。勿怪！」行欲至宛市，定伯便擔鬼至頭上，急持之。鬼大呼，聲咋咋，索下，不復聽之。徑至宛市中，著地化為一羊，便賣之。恐其變化，乃唾之。得錢千百五，乃去。於時言：「定伯賣鬼，得錢千百五。」（《鉤沉本》）

此一本事亦見通行本《搜神記》卷十六。定伯賣鬼，於恢詭趣味外，不無弦外之音。另有二則意旨宛曲的人鬼故事，見錄於荀氏《靈鬼志》與劉義慶《幽明錄》：

嵇中散神情高邁，任心遊憩。嘗行西南遊，去洛數十里，有亭名華陽。投宿，夜了無人，獨在亭中。此亭由來殺人，宿者多凶。中散心神蕭散，了無懼意。至一更中操琴，先作諸弄，雅聲逸奏，空中稱善。中散撫琴而呼之：「君是何人？」答云：「身是古人，幽沒於此數千年矣。聞君彈琴，音曲清和，昔所好，故來聽耳！身不幸非理就終，形體殘毀，不宜接見君子。然愛君之琴，要當相見，君勿怪惡之。君可更作數曲。」中散復為撫琴，擊節。曰：「夜已久，何不來也？形骸之間，復何足計？」乃手挈其頭曰：「聞君奏琴，不覺心神開悟，怳若蹔生。」遂與共論音聲之趣，辭甚清辯。謂中散曰：「君試以琴見與。」於是中散以琴授之。既彈眾曲，亦不出常，唯廣陵散，聲調絕倫。中散纔從受之，半夕悉得。先所受引，殊不及。與中散誓，不得教人，又不得言其姓。天明，語中散：「相與雖一遇於今夕，可以遠同千載。於此長絕，能不悵然！」（《靈鬼志》）

會稽賀思令善彈琴。嘗夜在月中坐，臨風撫奏。忽有一人，形器甚偉，著械，有慘色。至其中庭，稱善。便與共語。自云是嵇中散，謂賀云：「卿下手極快，但於古法未合。」因授以廣陵散。賀因得之，於今不絕。（《幽明錄》）

讀此令人思及，藝術彷彿可以超越生死、溝通陰陽，成爲靈魂永恆之慰安。其他像鬼界各種嗜念塵慾，幾爲人間之投射，無甚差別。唯幽明姻緣一項，輾轉呈顯人類心靈深處對情愛之眷戀難捨，既有人神也有人鬼戀，然而大抵皆以分離作結。如《列異傳》云：

談生者，年四十無婦。常感激讀《詩經》，夜半，有女子可年十五六，姿顏服飾，天下無雙，來就生為夫婦。乃言：「我與人不同，勿以火照我也。三年之後，方可照。」為夫妻，生一兒，已二歲。不能忍，夜伺其寢後，盜照視之。其腰已上，生肉如人，腰下但有枯骨。婦覺，遂言曰：「君負我。我垂生矣，何不能忍一歲而竟相照也？」生辭謝。涕泣不可復止，云：「與君雖大義永離，然顧念我兒。若貧不能自偕活者，暫隨我去，方遺君物。」生隨之去，入華堂，室宇器物不凡。以一珠袍與之，曰：「可以自給。」裂取生衣裾，留之而去。後生持袍詣市，睢陽王家買之，得錢千萬。王識之曰：「是我女袍，此必發墓。」乃取拷之。生具以實對，王猶不信。乃視女冢，冢完如故。發視之，果棺蓋下得衣裙。呼其兒，正類王女。王乃信之。即召談生，復賜遺衣，以為主婿。表其兒以為侍中。

此則記載人鬼爲夫婦且生子之傳說。因談生不能忍其好奇之心，遂造成仳離後果。比諸希臘神話中奧甫斯奔赴冥府追討亡妻尤瑞狄斯，因不能守住「不回頭看」之誡，而功虧一簣。二者機杼，頗堪玩味，應同樣源自人類「畏怖死亡」與不可接觸幽冥之信仰。

孔氏《志怪》〈盧充〉與《搜神後記》之〈徐元方女〉、〈李仲文女〉皆爲人鬼戀，唯〈徐元方女〉團圓作結。明代湯顯祖《還魂記》內容即敷演自上述情節。

所謂「死生玄通」，實爲六朝人普遍的生命觀，然其中亦多矛盾。既然人自生而死，想當然亦得以死而復生㉒。《幽明錄》〈買粉兒〉云：

㉒此種生命觀，原始先民所在多有。蓋認為宇宙乃一生命之大海洋，萬物皆可互通，有如莊子云：「通天下一氣耳」、「萬物皆種也，以不同形相禪」；列子曰：「天地含精，萬物化生。」神話即以象喻方式顯示此種「生也死之徒，死也生之始」的「始卒若環」的觀點，最常見者乃為變化神話。物類間通過變形，死亡者可以再生。六朝時，仍沿承先民此一生命觀，惟敘述之途徑不一，然「對生命之一往情深」殆無大異也。參見樂蘅軍〈中國原始變形神話〉，收於《古典小說散論》（台北　純文學　一九七六年）。

有人家甚富，止有一男，寵恣過常。遊市，見一女子美麗，賣胡粉。愛之，無由自達，乃託買粉，日往市，得粉便去，初無所言。積漸久，女深疑之。明日復來；問曰：「君買此粉，將欲何施？」答曰：「意相愛樂，不敢自達，然恆欲相見，故假此以觀姿耳。」女悵然有感，遂相許以私，尅以明夕。其夜安寢堂屋，以俟女來。薄暮果到。男不勝其悅，把臂曰：「宿願始伸於此！」歡踴遂死。女惶懼不知所以，因遯去，明還粉店。至食時，父母怪男不起，往視，已死矣。當就殯斂。發篋笥中，見百餘裹胡粉，大小一積。其母曰：「殺我兒者，必此粉也。」入市遍買此粉。次此女，比之手跡如先，遂執問女曰：「何殺我兒？」女聞嗚咽，具以實陳。父母不信，遂以訴官。女曰：「妾豈復悋死？乞一臨屍盡哀。」縣令許焉。經往撫之慟哭，曰：「不幸致此！若死魂而靈，復何恨哉！」男豁然更生，具說情狀。遂為夫妻，子孫繁茂。

與此傳聞相似者，尚有《搜神記》〈河間郡男女〉一則，文末謂「以精誠于天地，故死而更生；此非常事，不得以常理斷之」也。應是以「誠則靈」（不誠則不靈）觀念留下想像空間。至於離魂之事，《幽明錄》嘗有一記載：

鉅鹿有龐阿者，美容儀。同郡石氏有女，曾內覩阿，心悅之。未幾，阿見此女來詣阿。阿妻極妒，聞之，使婢縛之，送還石家。中路遂化為煙氣而滅。婢乃直詣石家，說此事。石氏之父大驚，曰：「我女都不出門，豈可毀謗如此？」阿婦自是常加意伺察之。居一夜，方值女在齋中，乃自拘執，以詣石氏。石氏父見之愕眙，曰：「我適從內來，見女與母共作，何得在此？」即令婢僕入內喚女出。向所縛者奄然滅焉。父疑有異，故遣其母詰之。女曰：「昔

> 年龐阿來廳中，曾竊視之。自爾彷佛即夢詣阿。及入戶，即為妻所縛。」石曰：「天下遂有如此奇事！」夫精情所感，靈神為之冥著；滅者蓋其魂神也。既而女誓心不嫁。經年，阿妻忽得邪病，醫藥無徵。阿乃授幣石氏女為妻。

此本源於普世人類共有的靈魂信仰，唐人傳奇小說〈離魂記〉、〈靈怪錄〉與〈獨異志〉，三篇俱言離魂事件，情節亦頗雷同，大抵受到《幽明錄》此條之影響。而湯顯祖《還魂記》中柳夢梅與杜麗娘之神魂纏綿，死生玄通，皆有跡可循。

古人相信人死後大抵魂歸天，魄歸地[23]。其後漸有魂魄並歸蒿里及泰山嶽的說法[24]。及佛教東來，地獄觀念隨之流行；又有道教酆都地獄跟進[25]，說法更形複雜。六朝志怪每借恍惚入夢、死者復生的模式，描述地獄變相，意在警世或勸人信受佛法。其間雜陳泰山嶽之審判及佛祖鬼王的威權，顯見二道已消長互滲。

四、仙境傳說

仙境是神仙傳說中的樂園意象，象徵長壽永生與逸樂和諧，在這裡人類得以鬆脫現實世界時間短暫、空間狹隘的迫促，解除疾病衰老、戰亂的恐懼，獲致豐盈完美之理想境界。

上古樂園神話以崑崙為連接天地之間的聖山，經此聖山可以上達北極天廷，獲得長生不老的神力。古代的

---

[23] 清孫詒讓《墨子閒詁》卷八〈明鬼篇〉（台北　驚聲影印本）。

[24] 《樂府詩集》卷二七〈蒿里〉古辭云：「蒿里誰家地，聚斂魂魄無賢愚，鬼伯一何催促，人命不得少踟躕。」卷四一〈怨詩行〉古辭云：「天德悠且長，人命一何促？百年未幾時，奄若風吹燭。……齊度遊四方。各繫太山錄。人間樂未央，忽然歸東嶽。……」泰山嶽之說，可參清顧炎武《日知錄》卷三十。

[25] 梁陶弘景《真誥》卷十、卷十五及《洞玄靈寶真靈位業圖》有酆都說（道藏本）。

巫，即是擔任往來天地交通神人的角色。崑崙山成爲樂園意象，原象徵天地未分的狀態，是旺沛的生命力之源。原始初民及道家學說的信仰者，藉著太樸之世與崑崙神話，來表達其內心深處的願望，實爲華漢民族共同的夢境。

至戰國晚期，樂園神話漸有東西兩大系統：西方以崑崙爲中心，東方則爲蓬萊仙島。巫的部分職能，逐漸衍化爲方士之流承擔，藉封禪求仙希冀個人永生願望，干求於帝王階級，秦皇、漢武貴族化的求仙行動，就是顯著之例。

漢朝的仙境重心，漸從渺遠的崑崙、蓬瀛轉移至輿內名山，成仙者的身分，也漸由帝王、方士，轉爲有志學道的平民和道士。自漢末以至魏晉，神仙道教崛起，吸納此一繁雜的求仙傳統，組成較諸古代崑崙、蓬萊神話世界更富人間現實色彩的新型仙境傳說，目的是追求現界的永生[26]。

仙境傳說旨在表現「他界」觀念，六朝的仙鄉譚，共同點有八：山中或者海上、洞穴、仙藥與食物、美女與婚姻、道術與贈物、懷鄉與勸歸、時間，以及再歸與不能回歸[27]。這是經過古來樂園神話一再衍變而成，大抵遵循一基型結構，即：

出發→歷程→回歸

起初主角出發，由於特殊機緣或引導，經過洞穴或橋樑，進入仙境，獲得仙藥，產生神奇能力，或邂逅仙女，完成婚姻過程。而後懷歸，重回人間，目睹人世滄桑，獲得啓示或因此了悟，而再出發。

㉖見李豐楙〈六朝仙境傳說與道教之關係〉文，載《中外文學》第八卷第八期（一九八〇年六月）。

㉗參考小川環樹著、張桐生譯〈中國魏晉以後的仙鄉故事〉，收於幼獅《中國古典小說論集》第一輯。

此種「深層結構」，實爲仙境遊歷傳說與他類遊歷型傳說（如：冥界遊行、夢境幻遊）所共通的結構形式。依此基型，在不同時空下，因爲社會文化背景之差異，而有不一樣的「表層結構」。因此六朝筆記中的民間傳聞，便出現各種類型㉘。茲概述於下：

㈠服食仙藥類型

自然界中某些奇特的礦物、植物、動物，由於成長遠久，或色彩奇豔、形狀特殊，而被巫者視爲深具巫術特性。仙藥即爲神仙變化所需的巫術藥物。弗萊則（Sir Frazer）在《金枝篇》（*The Golden Bough*）中，提出「交感巫術」（Sympathetic Magic）的說法，即巫者依據象徵律（Symbolism）或傳染律（Law of Contagion），認爲可以「同類相生」（Like Causes Like），或因接觸而相互感應。威伯司特（Webster）曾將「巫術」（Magic）一詞，演繹爲「屬性傳達原理」㉙。

依據巫術原理解說醫藥功能的祕方，在漢代社會早已流行，尤其集中於方術圖籍。六朝仙境傳說即有依巫術思考原理體系化的服食觀念：凡是仙境或成仙所需服食之物，經由「服食」等接觸行爲，可以傳達其神祕能力，產生類似的變化，乃與仙境之人具有同胞意識（如：武俠小說中描寫主角無意間服食千年靈芝草，遂脫胎換骨，神力非常），得以參與神仙世界的活動。張華《博物志》錄載：

天門郡有幽山峻谷。谷在上，人有從下經過者，忽然踊出林表，狀如飛仙，遂絕迹。年中如此甚數，遂名此處為仙谷。有樂道好事者入此谷中洗沐，以求飛仙，往往得去。

㉘此部分大致援用李氏前揭文之觀點，即六朝仙境傳說之各種類型的整理、說明。

㉙見李氏前揭文，頁一七一。

其中「幽山峻谷」爲一般仙境的共同形象，迥異人間，入谷中洗沐，即傳達其神祕力量，得成飛仙。又《異苑》載：

西域苟（一作拘）夷國山上有石駱駝，腹下出水，以金鐵及手承取，即便對過；唯瓠蘆盛之者，則得飲之。令人身體香淨而昇仙。其國神祕，不可數遇。

「瓠蘆」以造形奇特，腹中多子，很早就成就神仙重要意象，飲石駱駝腹下流水，殆有淨化身心的作用。此爲宗教儀式中屢見不鮮者，藉由生理變化導至心齋等心理昇華之淨潔功能。經此屬性傳達作用，可漸化或突變成仙。

六朝社會盛行服食觀念，奇珍異物窮想像之極。然而有仙境異物，不得攜入人間的禁忌。《搜神記》〈東望山〉條錄：

南康郡南東望山，有三人入山，見山頂有果樹，衆果畢植，行列整齊如人行，甘子正熟，三人共食，致飽，乃懷二枚，欲出示人，聞空中語云：催放雙甘，乃聽汝去。

其中所述仙境植物與凡間者不同，實有象徵仙凡兩隔之意。當時筆記所記眾仙的食品，如桃、棗、茗、菊花、松脂等，有些因爲特具療效，載於本草圖籍，有的則成爲日用食補之物，與歲時節日相結合，而成爲綿傳久遠的民間習俗、文化信仰。

㈡仙境觀棋類型

觀棋傳說源自古時仙人博戲的傳統，棋局雖小，然變化莫測，以此隱喻「世事如觀棋」。漢朝以下，棋戲已漸成為神仙優閒、洞測世事的象徵。試看以下二則記載：

昔有人乘馬山行，遙望岫裡有二老翁相對樗蒲，遂下馬造焉。以策注地而觀之，自謂俄頃，視其馬鞭，摧然已爛，顧瞻其馬，鞍骸枯朽，既還至家，無復親屬，一慟而絕。（《異苑》）

信安郡石室山，晉時王質伐木至，見童子數人，棋而歌，質因聽之。童子以一物與質，如棗核，質含之，不覺餓。俄頃，童子謂曰：「何不去？」質起視，斧柯盡爛。既歸，無復時人。（《述異記》）

此種觀棋類型中，最重要的是「時間」觀念：「自謂俄頃」、「不覺餓，俄頃」，皆強調時間雖短暫，卻已造成「鞭爛馬朽」、「斧柯盡爛」的極可驚詫的實際景象。其間對比而生的荒謬怪誕之感，非常強烈。仙界經歷可於俄頃間完成，但當凡人重返現實，卻已是「無復親屬」或「無復見時人」的人事全非，世變日亟之滄桑感乃油然而生。如此安排是為促使塵世之人了悟人生無常，宜去除執著，順化自然。

㈢人神戀愛類型

人神戀愛的結構，淵源於古代宗教中巫者與神祇間象徵性的聖婚儀式。其後，民間亦漸有人間性的人神戀愛傳說。六朝時期遊歷仙境所邂逅之女神，均以仙女、巫女為對象，已經不是早期宗教祭典的女神。此種戀愛，除原始宗教儀式的遺跡外，更有潛意識心理之意義。蓋現實人間充塞種種禮教、禁制，一些隱蔽人們內心的願望，或可藉異類婚姻如：人鬼、人妖、人神之戀的象徵方式達到滿足。

此類傳說的典型代表是《搜神後記》所記袁相、根碩遇仙之事，與《幽明錄》劉晨、阮肇入天台，二者應為同一來源之複本。試看《搜神後記》所載：

會稽剡縣民袁相、根碩二人獵，經深山、重嶺甚多。見一群山羊六七頭，逐之。經一石橋，甚狹而峻。羊去，根等亦隨，渡向絕崖，崖正赤壁立，名曰赤城。上有水流下，廣狹如匹布，剡人謂之瀑布。羊徑有山穴如門，豁然而過。既入內，甚平敞，草木皆春。有一小屋，二女子住其中，年皆十五六，容色甚美，著青衣：一名瑩，一名珠。二人至，忻然云：「早望汝來。」遂為室家。忽二女出行，云復有得婿者，往慶之，曳履於絕巖上行，琅琅然。二人思歸，潛去。歸路，二女已知，追還，乃謂曰：「自可去。」乃以一腕囊與根等，語曰：「慎勿開也。」於是乃歸。後出行，家人開視其囊：囊如蓮花，一重去，復一重，至五，盡，中有小青鳥，飛去。根還，知此，悵然而已。後根於田中耕，家依常餉之，見在田中不動，就視，但有殼如蟬蛻也。

此則故事是仙境傳說中極完備的「遊仙窟」原型，大抵遵循：出發→歷程→回歸之基線發展。主角行獵，進入深山，經歷石橋，穿過山穴，是屬於出發階段：既入穴中，邂逅玉女，遂爲室家；是歷程（遂願）階段；其後，思歸、贈物，重返人間，則爲回歸階段。及至玉女所贈腕囊中之青鳥飛去，根碩蟬蛻尸解，則可視爲「再出發」。

浙江會稽本爲道教興盛的地區，郯縣居民或有入山巧遇清修女眞之事。這些女道士修眞於山中，原具巫女性質，風流餘韻或有其事，獵人樵夫入山遇豔，風傳其事，增飾既多，即成此類遇仙韻事。

有關仙境豔遇的情節，在《幽明錄》中有更細致的描繪。時間定於漢明帝永平之世，地點在天台山，劉晨、阮肇之入山動機爲「取穀皮」。二人因迷途誤入仙境，服食仙桃與胡麻飯糝後，乃逆流渡溪（如同穿過洞門，象徵進入「他界」），遇見絕妙女子，此爲出發階段。已而女色、富貴、佳餚和美景，滿足了現實中難償的願望，是爲歷程。思歸之後，還鄉，「見親舊零落，邑屋改異，無復相識」。以「山中一日，世上百年」的時間對比，說明回歸情境，將啓示契機合理誇張，種下「忽復去，不知何所」的飄渺結局，情致雋永。

㈣隱遁思想類型

隱遁思想類型，即是「變種的仙鄉譚」㉚，典型作品爲相傳陶淵明所作的〈桃花源記〉，乃利用當時的仙境傳說，結合隱遁思想及歷史社會現象，將仙鄉移於人間，藉以寄託作者的理想。此類傳說，流行於晉、宋時期。例如：

> 長沙醴陵縣有小水一處，名梅花泉。有二人乘船取樵，見岸上土穴中水流出，有新斫木片遂水流下，深山中有人跡，異之，乃相謂曰：可試入水中，看何由爾？一人便以笠自彰入穴，穴纔容人，行數十步，便開明朗然，不異世間。（《搜神後記》卷一）

此則「穴中人世」，似未終篇，較接近素樸的民間傳說。再看另一則：

> 滎陽人，姓何，忘其名，有名聞士也。荊州辟為別駕，不就，隱遁養志。常至田舍收穫，在場上，忽有一人長丈餘，黃疎單衣、角巾來詣之。翩翩舉其兩手，並舞而來。語何云：「君曾見韶舞云？此是韶舞。」且舞且去，何尋逐徑向一山，山有穴，纔容人。其人即入穴，何亦隨之入。初甚急，前，輒開廣，便失人。見有良田數十頃，何遂墾作，以為世業，子孫至今賴之。（同前）

㉚同註㉗。

文中以黃疎單衣之異人與韶舞引導爲始，經過洞穴，發現良田，應不僅爲現實世界的理想，可能是魏晉南北朝「塢堡制度」之具體反映。此乃因當時戰亂頻仍，百姓避居山塢以求自給自足的特殊景象㉛。

據此，則〈桃花源記〉或有所本，應由紀實的北方弘農、上洛一帶的材料，結合「劉驎之採藥」和「武陵蠻人射鹿」的故事而成。至於其地理背景，可能在荊湘地區，或是淮泗間的「斥候之郊」㉜，茲錄上述二則故事於左：

> 南陽劉驎之字子驥，好遊山水，嘗採藥至衡山，深入忘反。見有一澗水，水面有二石囷，一閉一開，水深不得渡。欲還，失道，遇伐弓人，問路，僅得還家。或說囷中皆仙方、靈藥及諸雜物。驎之欲更尋索，不復知處矣。（《搜神記》卷一）

> 宋元嘉初，武陵蠻人射鹿，逐入石穴，才容人。蠻人入穴，見其旁有梯，因上梯，豁然開朗，桑果蔚然，行人翱翔，亦不以為怪。此蠻於路砍樹為記，其後茫然，無復彷彿。（《異苑》卷一）

兩者皆以不可再入爲結局，與仙境遊歷類的「再出發」迥異，是屬於理性化的解釋，但也因此襯托其中世界可能爲仙境。此類晉、宋奇譚，具有濃厚人間樂土的色彩，陶淵明〈桃花源記〉即以此爲創作背景，表達亂世文士心中的虛幻理想。

六朝以下，仙說屢變，然其主要構想皆原本於此時之基型結構。

㉛塢堡說，參考陳寅恪〈桃花源記旁證〉，原刊《清華學報》十一卷一期，後收入《陳寅恪先生論文集》。

㉜參逯耀東〈何處是桃源〉，收於《勒馬長城》（台北　言心　一九七七年）。

第四節　志人筆記代表作《世說新語》

記人間情事其來久遠，或爲喻道，或以論政。眞爲賞心而作，實萌盛於魏晉，其中不免隨俗揣摩，然大體爲遠實用而近娛樂，即所謂六朝的「志人」小說。

魯迅《中國小說史略》云：

> 漢末士流，已重品目，聲名成毀，決於片言，魏晉以來，乃彌以標格語言相尚，惟吐屬則流於玄虛，舉止則故為疏放，與漢之惟俊偉堅卓為重者，甚不侔矣。蓋其時釋教廣被，頗揚脱俗之風，而老莊之説亦大盛，其因佛而崇老為反動，而厭離於世間則一致，相拒而實相扇，終乃汗漫而為清談。渡江以後，此風彌甚，有違言者，惟一二梟雄而已。世之所尚，因有撰集，或者掇拾舊聞，或者記述近事，雖不過叢殘小語，而俱為人間言動，遂脱志怪之牢籠也。㉝

誠然如上述，「志怪」爲六朝筆記小說之大宗，但是，在特殊的時空情境下，亦觸生了不少志人之書。後者在小說史上的意義，主要是掙出傳統志怪的拘限，使作品朝向更人性化的方向發展。由於「志人」強調人物言行的描繪，等於在以人爲主角的小說藝術上邁開了一大步。

其中裴啓《語林》與郭澄之《郭子》，內容相類，乃撰集漢魏迄當時言語應對之可稱者而成。《語林》原本頗盛行，因記載謝安語不實，爲安所誹詆，其書遂廢。二作皆成於《世說新語》以前，之後亡佚，惟遺文散

㉝同註②，頁五一。

見群書中。茲條錄數則於下：

安仁至美，每行，老嫗以果擲之滿車。張孟陽至醜，每行，小兒以瓦石投之，亦滿車。（《世說新語・容止第十四》劉孝標注引《語林》）

何平叔美姿儀，面純白。魏文帝疑其傅粉。后正夏日，以湯餅食之。大汗出，隨以朱衣拭面，色轉皓然也。（《北堂書鈔》卷一三五引《語林》）

劉寔詣石崇，如廁，見有絳文帳，茵蓐甚麗，兩婢持錦囊。寔遽退，笑謂崇曰：「向誤入卿室。」崇曰：「是廁耳。」寔更往向，乃守廁婢所進錦囊，是籌。良久不得，便行出，謂崇曰：「貧士不得此廁。」乃如他廁。（《太平御覽》卷一八六引《語林》）

王子猷嘗暫寄人空宅住，使令種竹。或問：「暫住，何煩爾？」嘯詠良久，直指竹曰：「何可一日無此君？」（《太平御覽》卷三八九引《語林》）

魏武云：「我眠中不可妄近，近輒斫人不覺。左右宜慎之。」後乃陽凍眠；所幸小兒竊以被覆之，因便斫殺。自爾莫敢近之。（《太平御覽》卷七〇七引《語林》）

祖約少好財，阮遙集好屐，並常自經營。同是一累，而未判其得失。有詣祖，見料視財物，客至，併當不盡，餘兩小簏，以置背後，傾身障之，意未能平。或有詣阮，正見自蠟屐，因歎曰：「未知一生當著幾緉屐？」神甚閑暢。於是勝負始分也。（《太平御覽》卷三八九引《語林》）

許允婦是阮德如妹，奇醜。交禮竟，許永无復入理。桓範勸之曰：「阮嫁醜女與卿，故當有意，宜察之。」許便入見，婦即出提裙裾待之。許謂婦曰：「婦有四德，婦有幾？」答曰：「新婦所乏唯容。士有百行，君有其幾？」許曰：「皆備。」婦曰：「君好色，不好德，何謂皆備？」許有慚色，遂雅相重。（《初學記》卷十九引《郭子》）

由此可見其價值所在。今本《世說新語》三卷，爲南朝宋臨川王劉義慶（西元四〇三—四四四）所撰，劉孝標（西元四六二—五二一）作注。原爲八卷，劉注分爲十卷。今本三卷爲宋晏殊所刪併。原稱《世說》，唐人通稱《世說新書》，至宋，又稱《世說新語》。全書按內容共分三十六門，除規箴門之東方朔、京房二事，及賢媛門之陳嬰母、王嬙、班婕妤三事外，所紀均爲漢末至東晉之遺聞軼事，採用《語林》、《郭子》之文字很多。論者謂非出劉義慶一人之手，應是他與鮑照、陸展、何長瑜等諸文士共同完成的。此書不僅以文字雋永成爲六朝志人小說的冠冕，就研究六朝士流之思想言行而論，亦爲最寶貴的資料。

劉孝標所注，特爲典贍，其徵引浩博，糾正紕繆，尤爲精核。所引諸書，今已佚其十之九，唯賴是注以傳。《世說》本文實與劉注相得益彰，故魯迅稱其：

記言則玄遠冷峻，記行則高簡瑰奇，下至繆惑，亦資一笑。㉞

㉞同註②，頁五二。

是極高的評價，試觀以下數則記載：

阮光祿在剡，曾有好車；借者無不皆給。有人葬母，意欲借而不敢言。阮後聞之，歎曰：「吾有車而使人不敢借，何以車為？」遂焚之。（上卷〈德行〉第一）

鍾毓、鍾會少有令譽。年十三，魏文帝聞之，語其父鍾繇曰：「可令二子來。」於是敕見。毓面有汗。帝曰：「卿面何以汗？」毓對曰：「戰戰惶惶，汗出如漿。」復問會：「卿何以不汗？」對曰：「戰戰慄慄，汗不敢出。」（上卷〈言語〉第二）

過江諸人，每至美日，輒相邀新亭，藉卉飲宴。周侯中坐而歎曰：「風景不殊，正自有山河之異。」皆相視流淚。唯王丞相愀然變色曰：「當共勠力王室，克復神州；何至作楚囚相對？」（同前）

郗太傅在京口，遣門生與王丞相書，求女壻。丞相語郗信：「君往東廂任意選之。」門生歸白郗曰：「王家諸郎，亦皆可嘉，聞來覓壻，咸自矜持。唯有一郎，在東牀上坦腹臥，如不聞。」郗公云：「正此好！」訪之，乃是逸少。因嫁女與焉。（中卷〈雅量〉第六）

張季鷹辟齊王東曹掾，在洛，見秋風起，因思吳中菰菜羹、鱸魚膾，曰：「人生得適意爾！何能羈宦數千里以要名爵？」遂命駕便歸。俄而齊王敗。時人皆謂為見機。（中卷〈識鑒〉第七）

裴令公目夏侯太初：「肅肅如入廊廟中，不脩敬而人自敬。」一曰：「如入宗廟，琅琅但見禮樂器。」見鍾士季：「如觀武庫，但覩矛戟。」見傅蘭碩：「汪廧靡所不有。」見山巨源：「如登山臨下，幽然深遠。」（中卷〈賞鑒〉第八）

魏武將見匈奴使，自以形陋，不足雄遠國，使崔季珪代帝，自捉刀立床頭。既畢，令間諜問：「魏王何如？」匈奴使答曰：「魏王雅望非常；然牀頭捉刀人，乃英雄也。」魏武聞之，追殺此使。（下卷〈容止〉第十四）

周處年少時，兇彊俠氣，為鄉里所患。又義興水中有蛟，山中有邅跡虎，並皆暴犯百姓。義興人謂為三橫，而處尤劇。或說處殺虎斬蛟，實冀三橫唯餘其一。而處即刺殺虎，又入水擊蛟，蛟或浮或沒，行數十里，處與之俱，經三日三夜，鄉里皆謂已死，更相慶。處竟殺蛟而出。聞里人相慶，始知為人情所患，有自改意。乃入吳尋二陸。平原不在，正見清河，具以情告，并云：「欲自修改，而年已蹉跎，終無所成。」清河曰：「古人貴朝聞夕死，況君前途尚可。且人患志之不立，亦何憂令名不彰邪？」處遂自改勵，終為忠臣孝子。（下卷〈自新〉第十五）

王子猷居山陰，夜大雪，眠覺，開室，命酌酒，四望皎然。因起彷徨，詠左思招隱詩。忽憶戴安道。時戴在剡，即便夜乘小船就之。經宿方至，造門不前而返。人問其故。王曰：「吾本乘興而行，興盡而返，何必見戴？」（下卷〈任誕〉第二十三）

鍾士季精有才理，先不識嵇康。鍾要于時賢儁之士，俱往尋康。康方大樹下鍛，向子期為佐鼓排。康揚槌不輟，傍若無人，移時不交一言。鍾起去，康曰：「何所聞而來？何所見而去？」鍾曰：「聞所聞而來，見所見而去。」（下卷〈簡傲〉第二十四）

王右軍與謝太傅共登冶城。謝悠然遠想，有高世之志。王謂謝曰：「夏禹勤王，手足胼胝；文王旰食，日不暇給。今四郊多壘，宜人人自效；而虛談廢務，浮文妨要，恐非當今所宜。」謝答曰：「秦任商鞅，二世而亡。豈清言致患邪？」（上卷〈言語〉第二）

王戎七歲，嘗與諸小兒遊，看道邊李樹多子，折枝；諸兒競走取之，唯戎不動。人問之；答曰：「樹在道邊而多子，此必苦李。」取之信然。（中卷〈雅量〉第六）

溫公喪婦。從姑劉氏家值亂離散，唯有一女，甚有姿慧。姑以屬公覓婚。公密有自婚意，答云：「佳壻難得，但如嶠比，云何？」姑云：「喪敗之餘，乞粗存活，便足慰吾餘年，何敢希汝比？」卻後少日，公報姑云：「已覓得婚處。門地粗可。壻身名宦，盡不減嶠。」因下玉鏡臺一枚。姑大喜。既婚交禮，女以手披紗扇，撫掌大笑曰：「我固疑是老奴，果如所卜。」玉鏡臺是公為劉越石長史北征劉聰所得。（下卷〈假譎〉第二十七）

石崇每要客燕集，常令美人行酒。客飲酒不盡者，使黃門交斬美人。王丞相與大將軍嘗共詣崇。丞相素不能飲，輒自勉彊，至于沉醉。每至大將軍，固不飲，以觀其變。已斬三人，顏色如故，尚不肯飲。丞相讓之。大將軍曰：「自殺伊家人，何豫卿事？」（下卷〈汰侈〉第三十）

韓壽美姿容。賈充辟以為掾。充每聚會，賈女於青璅中看見壽，説之，恆懷存想，發於吟詠。後婢往壽家，具述如此，并言女光麗。壽聞之心動，遂請婢潛修音聞，及期往宿。壽蹻捷絕人，踰牆而入，家中莫知。自是充覺女盛自拂拭，説暢有異於常。後會諸吏，聞壽有奇香之氣，是外國所貢，一著人則歷月不歇。充計武帝唯賜己及陳騫，餘家無此香，疑壽與女通；而垣牆重密，門閤急峻，何由得爾？乃託言有盜，令人修牆。使反曰：「其餘無異，唯東北角如有人跡；而牆高非人所踰。」充乃取女左右婢考問即以狀對。充祕之，以女妻壽。（下卷〈惑溺〉第三十五）

劉伶恆縱酒放達，或脫衣裸形在屋中。人見譏之，伶曰：「我以天地為棟宇，屋室為幝衣。諸君何為入我幝中？」（下卷〈任誕〉第二十三）

確實是「既有俊雅脫俗的丰標，也有片語解頤的詼諧」，更不乏險於山川之世情刻繪。其中「溫公喪婦」故事，頗爲元、明戲劇所取材，元朝關漢卿《玉鏡臺》雜劇、明代宋鼎臣〈玉鏡臺記〉傳奇、范文若〈花筵賺〉傳奇，均據此敷演而成。又如韓壽偷香、周處除害等事，亦屢爲後世小說戲曲所資且衍爲民間談助。

《世說》以後，有梁沈約（西元四四一—五一三）作《俗說》三卷，今佚。又有殷芸（西元四七一—五二九）撰《小說》三十卷，散佚他書中。二者皆模仿《世說》而作。

另有邯鄲淳《笑林》三卷，舉非違，顯紕繆，實《世說》之一體，亦後來誹諧文字之權輿。至侯白《啓顏錄》出，調諧太過，不免流於輕薄。以上二者皆亡佚，散見《藝文類聚》、《太平廣記》等書中。餘不贅述。

附錄——原典

白水素女

晉安侯官人謝端，少喪父母，無有親屬，為鄰人所養。至年十七八，恭謹自守，不履非法。始出居。未有妻，鄰人共愍念之。規為娶婦，未得。端夜臥早起，躬耕力作，不舍晝夜。後於邑下得一大螺，如三升壺，以為異物，取以歸，貯甕中，畜之十數日。端每早至野，還，見其戶中有飯飲湯火，如有人為者。端謂鄰人為之惠也。數日如此，便往謝鄰人。鄰人曰：「吾初不為是，何見謝也？」端又以鄰人不喻其意，然數爾如此，後更實問。鄰人笑曰：「卿已自取婦，密著室中炊爨，而言吾為之炊耶？」端默然心疑，不知其故。後以雞鳴出去，平早潛歸，於籬外竊窺其家中。見一少女從甕中出，至竈下燃火。端便入門，逕至甕所視螺，但見殼。乃到竈下，問之曰：「新婦從何所來，而相為炊？」女大惶惑，欲還甕中，不能得去。答曰：「我天漢中白水素女也。天帝哀卿少孤，恭慎自守，故使我權為守舍炊烹。十年之中，使卿居富得婦，自當還去。而卿無故竊相窺掩，吾形已見，不宜復留，當相委去。雖然，爾後自當少差，勤於田作，漁採治生。留此殼去，以貯米穀，常可不乏。」端請留，終不肯。時天忽風雨，翕然而去。端為立神座，時節祭祀。居常饒足，不致大富耳。於是鄉人以女妻之。後仕至令長云。今道中素女祠是也。

——《太平廣記》卷六十二引《搜神記》

翔風

石季倫愛婢名翔風，魏末於胡中得之，年始十歲，使房內養之。至十五，無有比其容貌，特以姿態見美。妙別玉聲，巧觀金色。石氏之富，方比王家，驕侈當世。珍寶奇異，視如瓦礫，積如糞土；皆殊方異國所得，莫有辨識其出處者。乃使翔風別其聲色，悉知其處。言：「西方北方，玉聲沉重，而性溫潤；佩服者，益人性靈。東方南方，玉聲輕潔，而性清涼；佩服者，利人精神。」石氏侍人，美豔者數千人，翔風最以文辭擅愛。石崇嘗語之曰：「吾百年之後，當指白日，以汝為殉。」答曰：「生愛死離，不如無愛。妾得為殉，身其何朽！」於是彌見寵愛。崇嘗擇美容姿相類者十人，裝飾衣服大小一等，使忽視不相分別，常侍於側。使翔風調玉以付工人，為倒龍之珮，縈金為鳳冠之釵。言刻玉為倒龍之勢，鑄金釵象鳳皇之冠。結袖繞楹而舞，晝夜相接，謂之恆舞。欲有所召，不呼姓名，悉聽珮聲，視釵色；玉聲輕者居前，金色豔者居後，以為行次而進也。使數十人各含異香，行而語笑，則口氣從風而颺，又屑沉水之香如塵末，布象牀上，使所愛者踐之。無跡者，賜以真珠百琲；有跡者，節其飲食，令身輕弱。故閨中相戲曰：「爾非細骨輕軀，那得百琲真珠？」及翔風年三十，妙年者爭嫉之。或者云：「胡女不可為群。」競相排毀。石崇受譖潤之言，即退翔風為房老，使主群少。乃懷怨而作五言詩曰：「春華誰不美，卒傷秋落時。突煙還自低，鄙退豈所期！桂芳徒自蠹，失愛在蛾眉。坐見芳時歇，憔悴空自嗤。」石氏房中並歌此為樂曲，至晉末乃止。

——王嘉《拾遺記》卷九，漢魏叢書本

桃花源

晉太元中，武陵人捕魚為業。緣溪行，忘路遠近。忽逢桃花夾岸，數百步中無雜樹，芳草鮮美，落英繽紛。漁人甚異之（原注：漁人姓黃名道真）。復前行，欲窮其林。林盡水源，便得一山。山有小口，彷彿若有光。便捨舟，從口入。初極狹，才通人。復行數十步，豁然開朗，土地曠空，屋舍儼然。有良田美池桑之屬。阡陌交通，雞犬相聞。男女衣著，悉如外人；黃髮垂髫，並怡然自樂。見漁人，大驚。問所從來。具答之。便要還家，為設酒殺雞作食。村中人聞有此人，咸來問訊。自云先世避秦難，率妻子邑人至此絕境，不復出焉，遂與外隔。問今是何世。乃不知有漢，無論魏、晉。此人一一具言所聞。皆為歎惋。餘人各復延至其家，皆出酒食。停數日辭去。此中人語云：「不足為外人道也。」既出，得其船，便扶向路，處處誌之。及郡，乃詣太守說如此。太守劉歆即遣人隨之往尋。向所誌，不復得焉。

——陶潛，《搜神後記》卷一，汪紹楹校註本

徐元方女

晉時東平馮孝將為廣州太守。兒名馬子，年二十餘。獨臥廄中，夜夢見一女子，年十八九。言：「我是前太守北海徐元方女，不幸蚤亡。亡來今已四年。為鬼所枉殺。案生錄當八十餘，聽我更生。要當有依馬子，乃得生活；又應為君妻。能從所委，見救活不！」馬子答曰：「可爾。」乃與馬子剋期當出。至期日，床前地頭髮正與地平。令人掃去，則愈分明。始悟是所夢見者，遂屏除左右人。便漸漸額出，次頭面出，又次肩項形體頓出。馬子便令坐對榻上。陳說語言，奇妙非常。遂與馬子寢息。每誡云：「我尚虛爾。」即問：「何時得出？」答曰：「出當得本命生日，尚未至。」遂往廄中。言語聲音，人皆聞之。女計生日至，乃具教馬子出己養之方法。語畢，辭去。馬子從其言。至日，以丹雄雞一隻，黍飯一盤，清酒一升，醊其喪前。去廄十餘步。祭訖，掘棺出，開視女身，體貌全如故。徐徐抱出，著氈帳中，唯心下微煖，口有氣息。令婢四人守養護之。常以青羊乳汁瀝其兩眼，漸漸能開。口能咽粥。既而能語。二百日中，持杖起行。一期之後，顏色肌膚氣力悉

復如常。乃遺報徐氏；上下盡來。選吉日，下禮聘，為夫婦。生二兒一女。長男字元慶，永嘉初為祕書郎；小男字敬度，作太傅。女適濟南劉子彥，徵士延世之孫云。

——《搜神後記》卷四

李仲文女

晉時武都太守李仲文，在郡喪女，年十八，權假葬郡城北。有張世之代為郡。世之男字子長，年二十，侍從在廨中。夜夢一女，年可十七八，顏色不常。自言前府君女，不幸早亡，會今當更生，心相愛樂，故來相就。如此五六夕，忽然晝見，衣服薰香殊絕。遂為夫婦，寢息，衣皆有污，如處女焉。後仲文遣婢視女墓，因過世之婦相問。入廨中，見此女一隻履在子長床下，取之啼泣，呼言發冢。持履歸，以示仲文。仲文驚愕，遣問世之：「君兒何由得亡女履耶？」世之呼問，兒具道本末。李、張並謂可怪，發棺視之。女體已生肉，姿顏如故；右腳有履，左腳無也。子長夢女曰：「我比得生，今為所發。自爾之後遂死，肉爛不得生矣。萬恨之心，當復何言！」涕泣而別。

——同前

秦樹

沛郡人秦樹者，家在曲阿小辛村。義熙中，嘗自京歸。未至二十里許，天暗失道，遙望火光，往投之。見一女子秉燭出，云：「女弱獨居，不得宿客。」樹曰：「欲進路礙，夜不可前去，乞寄外住。」女然之。樹既進，坐竟，以此女獨處一室。慮其夫至，不敢安眠。女曰：「何以過嫌，保無慮，不相誤也。」為樹設食。食物悉是陳久。樹曰：「承未出適，我亦未婚，欲結大義，能相顧否？」女笑曰：「自顧鄙薄，豈足伉儷？」遂與寢止。向晨，樹去，乃俱起執別。女泣曰：「與君一覿，後面莫期。」以指環一雙贈之，結置衣帶，相送出門。樹低頭急去，數十步，顧其宿處，乃是家墓。居數日，亡其指環；結帶如故。

——戴祚，《甄異傳》古小說鉤沉本

夏侯文規

夏侯文規居京，亡後一年，見形還家，乘犢車，賓從數十人，自云北海太守。家設饌，見所飲食，當時皆盡，去後器滿如故。家人號泣。文規曰：「勿哭，尋便來。」或一月，或四十五日，輒來；或停半日。其所將赤衣騶導，形皆短小，坐息籬間及廂屋中，不知。文規當去時，家人每呼令起，翫習不為異物。文規有數歲孫，念之，抱來，其左右鬼神抱取以進。此兒不堪鬼氣，便絕，不復識人。文規索水噀之，乃醒。見庭中桃樹，乃曰：「此桃我所種，子甚美好。」其婦曰：「人言亡者畏桃，君何為不畏？」答曰：「桃東南枝長二尺八寸向日者憎之，或亦不畏。」見地有蒜殼，令拾去之。觀其意，似憎蒜而畏桃也。

——同前

外國道人

太元十二年，有道人外國（來），能吞刀吐火，吐珠玉金銀；自說其所受術，即白衣，非沙門也。嘗行，見一人擔擔，上有小籠子，可受升餘。語擔人云：「吾步行疲極，欲寄君擔。」擔人甚怪之，慮是狂人，便語之云：「自可爾耳，君欲何許自厝耶？」其人答云：「君若見許，正欲入君此籠子中。」擔人愈怪其奇，「君能入籠，便是神人也。」乃下擔，即入籠中；籠不更大，其人亦不更小，擔之亦不覺重於先。既行數十里，樹下住食；擔人呼共食，云我自有食，不肯出。止住籠中，飲食器物羅列，肴膳豐腆亦辦。反呼擔人食，未半，語擔人：「我欲與婦共食。」即復口吐出一女子，年二十許，衣裳容貌甚美，二人便共食，食欲竟，其夫便臥。婦語擔人：「我有外夫，欲來共食；夫覺，君勿道之。」婦便口中出一年少丈夫，共食籠中。便有三人，寬急之事，亦復不異。有頃，其夫動，如欲覺，婦便以外夫內口中。夫起，語擔人曰：「可去。」即以婦內口中，次及食器物。此人既至國中，有一家大富貴，財巨萬，而性慳恪，不行仁義，語擔人云：「吾試為君破奴慳囊。」即至其家。有一好馬，甚珍之，繫在柱下；忽失去，尋索不知處。明日，見馬在五斗罌中，終不可破取，不知何方得取之。便往語言：「君作百人廚，以周一方窮乏，馬當得出耳。」主人即狼狽作之，畢，馬還在柱下。明旦，其父母老在堂上。忽復不見；舉家惶怖，不知所在。開粧器，忽然見父母在澤壺中，不知何由得出。復往請之，其人云：「君當更作千人飲食，以飴百姓窮者，乃當得出。」既作，其父母自在牀上也。

——荀氏，《靈鬼志》古小說鉤沉本

東王公

東荒山中有大石室，東王公居焉。長十丈，頭髮皓白，人形鳥面而虎尾，載一黑熊，左右顧望。恆與一玉女投壺，每投千二百矯。設有入不出者，天為之噫噓。矯出而脫誤不接者，天為之笑。（張華云：「言笑者，天口流火炤灼，今天不下雨，而有電光，是天笑也。」）

——《神異經・東荒經》，增訂漢魏叢書本

樸父

東南隅太荒之中，有樸父焉。夫婦並高千里，腹圍自輔。天初立時，使其夫婦導開百川。嬾不用意，謫之並立東南，男露其勢，女露其牝。不飲不食，不畏寒暑；唯飲天露。須黃河清，當復使其夫婦導護百川。（原註云：「古者初立，此人開導河；河或深或淺，或隘或塞。故禹更治，使其水不壅。天責其夫妻倚而立之。若黃河清者，則河海絕流，水自清矣。」）

——《神異經・東南荒經》

崑崙銅柱

崑崙之山有銅柱焉，其高入天，所謂天柱焉。圍三千里，周圓如削。下有回屋方百丈，仙人九府治之。上有大鳥，名曰希有。南向，張左翼覆東王公，右翼覆西王母。背上小處無羽，一萬九千里。西王母歲登翼上會東王公也。故其柱銘曰：「銅柱，其高入天。員周如削，膚體美焉。」其鳥銘曰：「有鳥希有，碌赤煌煌。不鳴不食，東覆東王公，西覆西王母。王母欲東，登之自通。陰陽相須，唯會益工。」

——《神異經・中荒經》

劉晨阮肇

漢永平五年，剡縣劉晨、阮肇共入天臺山取穀皮，迷不得返。經十三日，糧乏盡，饑餒殆死。遙望山上有一桃樹，大有子實，而絕巖邃澗，永無登路。攀緣藤葛，乃得至上。各噉數枚，而饑止體充。復下山，持杯取水，欲盥嗽。見蕪菁葉從山腹流出，甚鮮新；復一杯流出，有胡麻飯糝，相謂曰：「此知去人徑不遠。」便共沒水，逆流行二三里，得度山，出一大溪邊。有二女子，姿質妙絕。見二人持杯出，便笑曰：「劉、阮二郎，捉向所失流杯來。」晨、肇既不識之，緣二女便呼其姓，如似有舊，乃相見忻喜。問：「來何晚？」因邀還家。其家銅瓦屋。南壁及東壁下各有一大牀，皆施絳羅帳。帳角懸鈴，金銀交錯。牀頭各有十侍婢。勑云：「劉、阮二郎經涉山岨，向雖得瓊實，猶尚虛弊。可速作食。」食胡麻飯、山羊脯、牛肉，甚甘美。食畢行酒，有一群女來，各持五三桃子，笑而言：「賀汝壻來。」酒酣作樂，劉、阮忻怖交並。至暮，令各就一帳宿，女往就之，言聲清婉，令人忘憂。十日後，欲求還去，女云：「君已來是，宿福所牽，何復欲還邪！」遂停半年。氣候草木是春時，百鳥啼鳴，更懷悲思，求歸甚苦。女曰：「罪牽君，當可如何？」遂呼前來女子有三四十人，集會奏樂，共送劉、阮，指示還路。既出，親舊零落，邑屋改異，無相識。問訊得七世孫，傳聞上世入山，迷不得歸。至晉太元八年，忽復去，不知何所。

——劉義慶，《幽明錄》古小說鉤沉本

楊林

焦湖廟祝有柏枕三十餘年，枕後有一小坼孔。縣民楊林行賈經廟祈福。祝曰：「君婚姻未？可就枕坼邊。」令林入坼內。見朱門瓊宮瑤臺，勝於世；見趙太尉，為林婚。育子六人，四男二女。選林祕書郎，俄遷黃門郎。林在枕中，永無思歸之懷。遂遭違忤之事。祝令林出外間，遂見向枕。謂枕內歷年載，而實俄忽之間矣。

——同前

新鬼

有新死鬼形疲瘦頓，忽見生時友人，死及二十年，肥健。問訊曰：「卿那爾？」曰：「吾飢餓，殆不自任。卿知諸方便，故當以法見教。」友鬼云：「此甚易耳，但為人作怪，人必大怖，當與卿食。」新鬼往入大墟東頭，有一家奉佛精進。屋西廂有磨，鬼就捱此磨，如人推法。此家主語子弟曰：「佛憐吾家貧，令鬼推磨。」乃輦麥與之。至夕，磨數斛，疲頓乃去。遂罵友鬼：「卿那誑我？」又曰：「但復去，自當得也。」復從墟西頭入一家。家奉道，門傍有碓。此鬼便上碓，如人舂狀。此人言：「昨日鬼助某甲，今復來助吾。可輦穀與之。」又給婢簸篩。至夕力疲甚，不與鬼食，鬼暮歸，大怒曰：「吾自與卿為婚姻，非他比，如何見欺？二日助人，不得一甌飲食。」友鬼曰：「卿自不偶耳！此二家奉佛事道，情自難動。今去可覓百姓家作怪，則無不得。」鬼復去，得一家門首有竹竿，從門入，見有一群女子，窗前共食；至庭中，有一白狗，便抱令空中行。其家見之大驚，言自來未有此怪。占云：「有客鬼索食，可殺狗並某果酒飯，於庭中祀之，可得無他。」其家如師言。鬼果大得食。自此後恆作怪，友鬼之教也。

——同前

薛道恂

太元元年，江夏郡安陸縣薛道恂，年二十二。少來了了。忽得時行病；差後發狂，百藥救治不痊。乃復病，狂走猶劇，忽失蹤跡，遂變作虎；食人不可復數。有一女子，樹下採桑。虎往取之食；食竟，乃藏其釵釧著山石間。後還作人，皆知取之。經一年，還家為人。遂出都仕官，為殿中令史。夜共人語，忽道天地變怪之事。道恂自云：「吾昔常得病發狂，遂化作虎，噉人一年。」兼便敘其處所並人姓名。其同坐人或有食父子兄弟者，於是號泣，捉以付官。遂餓死建康獄中。

——東陽無疑，《齊諧記》，古小說鉤沉本

第二講　唐人傳奇小說

小說發展到唐代，像詩歌一樣，起了一大變遷。六朝時粗陳梗概、搜奇記逸的志人、志怪傳說，被唐人往前推進了一大步。明代胡應麟的《少室山房筆叢三十六》說：

> 變異之談，盛於六朝，然多是傳錄舛訛，未必盡幻設語，至唐人乃作意好奇，假小說以寄筆端。①

唐人小說除篇幅增長以外，最突出的是：有明顯的創作意識。它表現在作品曲折的情節、人物的鮮明，以及主題的明確等方面，即所謂的「作意」、「幻設」。

六朝筆記多有傳鬼神、明因果與仙境寓言之作，唐人小說在此基礎上，更刻意經營其文采與意想，不只是「施之藻繪、擴其波瀾」，其間亦「託諷喻以紓牢愁，談禍福以寓懲勸」，充分衍述作者之宇宙論與人生觀②。

在體裁或材料方面，唐人小說與六朝志怪傳說相近。唐人小說作者承襲六朝以嚴肅的史筆來寫作，結合志怪與歷史，再發展下去，又與詩歌合流。前者像〈謝小娥傳〉、〈任氏傳〉；後者如〈鶯鶯傳〉等。因此，唐代的傳奇小說，成為有才華的士子們馳騁「史才、詩筆、議論」的文體。

---

①轉引自《魯迅小說史論文集》中《中國小說史略》第八章〈唐之傳奇文（上）〉，頁五九（台北　里仁　一九八二年）。

②同前註，頁六〇。

第一節 關於興起因素

一般認爲，唐代的古文運動解除了漢魏六朝以後寫作上的唯美約束，產生極鮮活的文字，有助於唐傳奇的大量問世。近代史學家陳寅恪〈讀鶯鶯傳〉一文中說：

唐代貞元元和時小說之創作實與古文運動有密切關係是也。③

近人鄭振鐸氏認爲：

唐代傳奇文是古文運動的一支附庸，卻由附庸而蔚成大國，其在中國文學史上的地位，自遠較蕭李韓柳之散文為重要。④

孟瑤《中國小說史》亦謂：

姑不論唐傳奇的成就是否超過當時古文的價值；它的興起與古文運動有著密切的關係，則為毋庸懷疑的事實。明乎此，我們就明白自大曆至大中咸通間，約百餘年光景（西元七六六—

③轉引自孟瑤《中國小說史》，頁五九（台北　傳記　一九八〇年）。
④同註③。

八七三）是唐古文運動的全盛期，也正是唐傳奇的全盛期。⑤

不過，王夢鷗有不同的看法。王氏認爲，初唐時陳子昂反對齊、梁，早有復古傾向，玄宗時文體要求正派，氣象已經形成。柳冕〈答荊南裴尚書論文書〉中談到文體的問題，他知道文章應該如何作，但因爲自己作的不夠好，還不能夠推行。韓愈出來後，由於他喜收徒弟、廣交朋友，確使標舉「文以載道」的古文運動水到渠成。在唐人小說的發展過程中，有一篇很重要的作品——沈既濟的〈枕中記〉。〈枕中記〉大概在唐德宗貞元（西元七八五—八〇五）到唐憲宗元和（西元八〇六—八二〇）年間，是極轟動的一篇文章。

元和稍後到穆宗長慶年間，李肇的《國史補》特別提到〈枕中記〉在文人階層中極爲風傳，而且舉韓文公的〈毛穎傳〉相提並論，稱爲一代傑作。李肇比沈既濟晚些，是追述沈氏死後這篇文章的流傳情況。由於〈枕中記〉變成這樣流行，所以激起一般文人寫這一類的文章，李公佐〈南柯太守傳〉就是模仿它的形式作的。而韓愈，恐怕也受到他的影響而構思起來。因爲韓文公是沈既濟的後輩，沈既濟的兒子沈傳師，爲韓文公的朋友，韓作〈毛穎傳〉時，沈既濟已死，其〈枕中記〉更早已蜚聲士林。隨後，柳宗元也有〈種樹郭橐駝傳〉、〈河間婦人傳〉之作，一時風氣很盛。

可見沈既濟是利用史傳體寫志怪小說，並不是用韓愈的古文，〈枕中記〉大約撰成於貞元初，在這二十年間的確引起不少作家的興趣寫這類小說。到晚唐有一些小說，多用六朝文體來寫，對古文好像又變成一種反運動。所以，王夢鷗認爲唐人傳奇的興盛與古文運動並沒有多大的關係⑥。

其次，小說創作觀念的進步，常被論者用來強調唐代傳奇興起的另一個主要因素。宋代趙彥衛《雲麓漫

---

⑤同註③。

⑥參見王夢鷗〈唐人小說概述〉一文，收於《中國古典小說研究專集3》（台北　聯經　一九八一年）。

鈔》說：

> 唐世舉人，先藉當世顯人以姓名達諸主司，然後投獻所業，踰數日又投，謂之溫卷，如《幽怪錄》、《傳奇》等皆是。蓋此等文備眾體，可以見史才、詩筆、議論。⑦

觀察以上記載，或許可以推測當時士子投獻所業時，除了詩文以外，傳奇小說應該也包括在內，這點自是寫作觀點上的一大躍進。至於透過「小說」，來表現作者的才華，陳寅恪尤有論述，他說：

> 小說之文宜備眾體，〈鶯鶯傳〉中忍情之說即可謂議論，「會真」等詩即所謂詩筆，敘述離合悲歡即所謂史才，皆當日小說中不得不備具者也。⑧

既然如此，知識分子「著意為小說」以作為「溫卷」之用，應該對唐人傳奇的興盛有推動的功勞。但是，王夢鷗對於「溫卷」促成唐小說發展的說法，有其修正補充。唐代科考自太宗以後，進士之路較廣，宦途易於飛黃騰達，進士科成為讀書人熱衷追求的人生目標。《新唐書》卷三四〈選舉制〉提到：

> 大抵眾科之目，進士尤貴，其得人亦最盛焉。

⑦同註③，頁六〇。

⑧同前註。

還有，《舊唐書》卷一三七引《劇談錄》說，元稹明經及第後，想去結交名詩人李賀，李賀見了他的名片，輕蔑道：

明經及第，何事來看李賀？

劉餗《隋唐嘉話》更提及薛元超中書自謂不才富貴過分，但仍以不能「進士擢第」引爲平生憾恨。可見當時的進士科多麼熱門，在競爭激烈下，「溫卷」即爲其行爲之一。王氏指出，溫卷之前應該是「行卷」，指的是鄉下考生來到長安，將所寫的文章，呈送給大文豪賞識，如果氣味相投，或可代爲推薦。大約在中唐德宗時，此風最盛。

進士科開始走紅，大約在太宗以後。至今唐人文章留下來的極多，盛唐時的大詩人、大文豪未成名時的文章，也多收錄在文集中。這些文人進京考試之前並沒有寫小說，但常在詩作中隱晦暗示，請求主考官提拔（《全唐詩》尚有保存）。肅宗、代宗以下，文人的集子中確有「行卷」的作品，如有些上書（多半是給尚書、侍郎的信），所寫的多爲議論文或詩，不過，沒有「小說」。

但是，小說被一般社會所欣賞後，主考官看了議論文、詩作之外，是否也讀點小說——像志怪、傳奇之類呢？北宋錢易寫的《南部新書》提到，李景讓典貢年時，考生李復言曾以傳奇投卷。大約從憲宗元和以後，經穆宗、敬宗、文宗，到武宗的四、五十年間，主考官不很喜歡小說這類行卷，甚至有加以丟棄的。即使考生投卷，也是先送行卷，似乎與溫卷無關。

當時進京的考生投送行卷給主考官，或主考官的朋友，請求提攜，然後回旅館等候消息。而主考官也有回拜、揄揚一番的，像韓愈拜訪牛僧孺的例子。但如果碰到考官沒有興趣，所投的行卷有些就不看，或者未予重視。例如牛僧孺尚未知名時，曾到劉禹錫處投行卷，劉當時宦途得意，就把那些投卷一鈎，絲毫不放在心上。

後來牛擔任宰相，兼任武昌節度使，就特地去看仍做廬州刺史的劉禹錫。可見投行卷這件事是有的，但不一定是小說。何況元和年間，小說早已流行，而溫卷的行爲在元和之後才流行，主考官也不一定是小說迷。因此，王夢鷗認爲，溫卷對於唐人小說的發展沒有那麼大的關係⑨。

至於唐人小說的「社會基礎」，則可分幾方面來談。

由於唐皇室是一支新起的、以鮮卑族爲主的關隴貴族，舊有的山東貴族，像山東的崔、盧，江左的王、謝，很快便在政治上與他們展開競爭。爲了對抗舊貴族根深柢固的力量，執政的新貴乃透過科舉制度來拔擢眞才。由禮部主考銓試，及第的稱進士，都有機會身居高位。當時凡宰相、考官，以至文壇領袖，幾乎全是進士出身。他們盤根錯結的存在，成爲社會上一股無由動搖的力量。

許多讀書人除了必謀一進士出身外，更以婚姻爲手段來攀附高門。當時清河（或博陵）的崔氏、范陽的盧氏、趙郡（或隴西）的李氏、滎陽的鄭氏，以及太原的王氏，即爲海內第一流的郡望，都是士子們仰望的光輝。

在人生富貴的徵逐中，固有名利雙收者，然而更多的是得而復失或根本無望的現實，是以難免有富貴浮雲之歎。這種浮生虛幻的感喟很容易和當時的佛老思想結合，透過小說，顯現作者的哲理思想和生命態度，例如：喻指人生如夢、名位似幻的〈枕中記〉、〈南柯太守傳〉，以及因愛毀道的〈杜子春〉等皆屬之。

有唐一代從高祖太原起兵後，緊接著便是太宗的貞觀之治及玄宗的開元盛世，然而盛極而衰，安史之亂繼起，雖然終於弭平，但未能剷除武將擅兵的病根，以致藩鎭跋扈、爲害地方。人民多盼望有除暴安良的義俠出現；同時，藩鎭也常蓄俠士自衛並排除異己，所以當時暗殺風氣盛行。譬如元和十年平盧節度使李師道派人刺殺宰相武元衡，開成三年宦官仇士良使人暗殺宰相李石，俱見正史記載。凡此皆投射到傳奇小說裡去，因爲其

⑨同註⑥。

內容常有幻想或超現實的描寫，故可稱之爲豪俠靈異類作品。像〈謝小娥傳〉、〈虬髯客〉、〈馮燕傳〉等都是。當然靈異類中有部分承襲了六朝以來搜奇志怪的精神，像〈柳毅〉、〈任氏傳〉之流。

隋、唐以降，不只揚州富甲天下，那人物薈萃的長安，尤其不乏聲色犬馬的生活。從孫棨《北里志》和韓偓《香奩集》中大略可以窺知。宋人張端義《貴耳集》有云：

> 晉人尚曠好醉，唐人尚文好狎。⑩

據說，當時的長安妓院林立，到首都求取功名的青年，不免染上浮華習氣。於是風流的才子與多情的妓女常發生奔放的愛戀。由於社會制度的扞格，這些才子不論如何頌讚戀情的纏綿悱惻，終會在「婚仕」的實際考量下，慧劍斷情，以致癡心的妓女永遠成爲被犧牲的對象。然而，整個愛情世態的刻繪卻因此可歌可泣，達到傳奇小說撼人心魄的力量。像〈霍小玉傳〉、〈鶯鶯傳〉、〈李娃傳〉都是其中的名篇，至今不朽⑪。

第二節 所謂「傳奇」

唐人小說又稱唐人傳奇。到底唐人如何看待自己這類作品？是小說或傳奇？其實，當時的作家並沒有定下這種名稱。由唐人稱呼自己作品的名稱，可以瞭解它的特質，以及不同的種類內容。

北宋沈括的《夢溪筆談》，討論到唐人這類作品時，將它稱作「唐人小說」，算是最早使用這名稱的。至

---

⑩同註③，頁六四。

⑪關於唐傳奇的「社會基礎」，主要採納孟瑤《中國小說史》〈隋唐五代〉部分，頁六一—六六。

於「傳奇」的用法，也很常見。例如蘇東坡的《志林》，常引到唐人這類作品，有時就說所引的故事出在裴鉶的《傳奇》（悲鉶大概是晚唐人，他的許多作品都極有名）。爲何稱爲「傳奇」？是因爲北宋時流傳有《傳奇》小說集子，根據《藝文志》，稱爲裴鉶撰。其實，這當中有些作品，像〈聶隱娘〉、〈裴航〉等，是否爲裴鉶所作，恐怕很難確定；而裴鉶所撰者是否即稱爲「傳奇」，也需要存疑。因爲北宋編書時，稱它爲「傳奇」，東坡就沿用了。很可能「傳奇」原來只是一本書的名字，並不代表唐人其他作品⑫。

唐人對這類作品，有一種是稱「記」，另一種是稱「傳」。像陳玄祐在〈離魂記〉篇末說，自己從什麼地方聽來這件事，因所說極爲詳細，「故記之」。亦即認爲是「筆記」，這種情況很普遍，如白行簡寫〈三夢記〉、王度作〈古鏡記〉都一樣。至於稱「傳」的也很多，像沈既濟寫〈任氏傳〉、白行簡作〈李娃傳〉，都在文末說明，因爲受到奇異故事的感動，故「傳」之。

可見唐人對於自己作品的性質、名稱，都標示出來，並不是說寫一篇小說或一篇傳奇，而是傳、記（或錄）一類。因此，作傳作記不只是名稱，還顯現了唐人作品的特質。

一般把唐人小說的發展與六朝志怪相連，此爲歷史演變下的事實。但是，六朝志怪偏重「筆記」傳說，唐人卻幾乎以史家的態度和筆法來寫小說。如李公佐在〈謝小娥傳〉文末云：

> 君子曰：誓志不捨，復父夫之仇，節也；傭保雜處，不知女人，貞也。女子之行，唯貞與節，能全始終而已。如小娥者，足以儆天下逆道亂常之心，足以觀天下貞夫孝婦之節。余詳備前事，發明隱文，暗與冥會，符於人心。知善不錄，非春秋之義也，故作傳以旌美之。⑬

⑫同註⑥，頁三七—三八。
⑬同註⑥，頁三九—四〇。

可以看出作者的態度非常嚴肅。事實上，許多唐人寫小說是以孔子作《春秋》般的筆法，來寫零碎的事情，希望產生褒貶賞懲的作用。因爲寫史的認眞，以及對史筆的講究，的確幫助唐代小說的發展。

唐人小說在體裁或材料方面，確有與六朝志怪相近之處，但處理的方法卻有差異。像沈既濟的〈枕中記〉，在故事間架上，借用六朝《幽明錄》的「焦湖廟祝」（「楊林」），然而沈氏用的是歷史的筆法，在文中復灌注了自己的人生心得、抒發宛曲的感慨，這點是唐人小說的一大特質。

此風一開後，影響許多文人以史筆來寫奇怪的小說。再發展下去，又與詩歌合流，像〈長恨歌傳〉。因爲唐明皇和楊貴妃的故事，白居易就寫了〈長恨歌〉，又慫恿陳鴻作傳。〈長恨歌〉之例，有歌有傳，傳的許多意思從歌中出來，歌中充滿著詩的特殊情感和精神。這樣，小說不但有嚴肅的史筆，又貫串以詩人的情感，形成唐人小說的第二點特質。尤其在貞元、元和年間，最爲風行。當時常有某人作歌、某人寫小說的情形。元稹寫了〈李娃行〉長詩（今佚）後，白行簡又把它寫成〈李娃傳〉。也有先有傳後有歌的，如元稹的〈會眞記〉（又稱〈鶯鶯傳〉）先寫，以後李公垂才作〈鶯鶯歌〉。

不過，像〈會眞記〉那樣邊講故事邊加入詩的情形不太多，它的結構或可上溯到六朝的一些志怪，例如：孔氏《志怪》中的〈盧充〉。當然，玄宗時代張鷟（文成）寫〈遊仙窟〉，就是邊寫動作邊有詩歌，這種寫法可能是受到「俗講」有講有唱的形式的影響。的確，〈遊仙窟〉在這方面與「變文」極相似。

盛唐元和年間，短篇小說開始萌芽時，元稹的這些詩也極流傳。元氏之後，中晚唐的小說常吸收傳記、詩歌而成長，裴鉶的作品就襲用這種形式，以後繼踵者更多，已不像早期的志怪，傾向筆記傳說雜錄式的記載⑭。

⑭唐傳奇的特質，主要根據王夢鷗前揭文整理而成。

第三節　寫作動機與目的

仔細推究唐人寫小說的動機，大概有數點：

第一是勸誡。傳統文人受儒家思想的薰陶，認爲「文章不苟作」，即便是志怪小說也要有益世道人心，達到勸善戒惡的目的。若受佛道觀念的影響，那就更在小說裡強調因果輪迴、善惡報應。

其次爲志怪錄異。對怪異的事蹟加以記錄，能給人一些刺激，目標不一定勸善，而且範圍極廣。所謂傳奇，舉凡義烈、豪俠均可包括在內。

再者是，小說流行以後，以之做宣傳。如不滿某人時，就捏造故事來攻擊他。題爲牛僧孺撰的〈周秦行紀〉，本非牛氏所作，而是栽贓的。再像無名氏的〈補江總白猿傳〉，用意明顯在攻訐歐陽詢⑮。

第四節　名篇介紹

唐人小說依其性質與主題，約可分爲三大類：愛情世態、豪俠靈異與哲理思想。這種分法並非絕對，只是爲了大致上的歸類方便。其實，常有一篇小說兼具兩種或三種性質，比如：〈枕中記〉既是靈怪亦涵攝人生哲理，而〈任氏傳〉不唯是妖異同時也刻繪愛情世態，至若〈虬髯客傳〉，則俠骨柔情兼具政治義理。

唐人小說主題的顯現，除分別承繼之前的筆記傳說外，並且配合當時的社會背景而有特殊意義。尤其重要的是：這三類內容經過長期演化與融合後，相當影響到後來的小說戲曲。

⑮同註⑥，頁四三—四四。

一、愛情世態類——〈霍小玉傳〉、〈鶯鶯傳〉、〈李娃傳〉

一般人常以爲唐代盛產「豪放女」，其實不能一概而論。的確，從初唐到中宗、睿宗時期，胡化色彩仍濃，不少閨門失禮之事大眾不以爲異。到武則天時期，改革科舉，力倡雜文詩詞，摒棄經學儒術，所提拔的進士不少出身寒門，禮法觀念薄弱。他們常於宮廷遊宴賦詩，當時的上官婉兒、太平公主、安樂公主亦多活躍於此類社交場合，公開從事政治活動。

盛唐時重儒術，山東舊士族再度興起，玄宗重用高力士，開啓宦官干政之端。到中唐憲宗以李吉甫爲相，舊士族勢振，爆發黨爭。李氏父子及鄭覃等人竭力提倡禮教，婦女守貞節的風氣乃大盛，上流社會的「豪放女」不得不向規範回流。至晚唐時，進士科舉也逐漸降服了舊士族，爲謀政治上的進取，力修詩賦雜文。此種抒情文學的對象，多以兩性社交與戀愛爲主要成分，由於上流社會的女性大都回歸禮法，是以色藝兼具的娼妓反倒成爲社交場上的要角⑯。《開元天寶遺事》嘗云：

> 長安有平康坊，妓女所居之地。京都狹小，萃集於此。兼每年新進士以紅牋名紙遊謁其中，時人謂此坊為風流藪澤。⑰

唐代的大小官吏好狎妓是出了名的，未登龍門的準進士們想有政治前途，就必須攀附權貴，其最佳場合與機會就是京都的妓院，透過娼妓的美言提攜。《北里志》提到名妓多曉詩書，品評士流常具卓見，連公卿文士都對

---

⑯參見劉開榮《唐代小說研究》第四章〈進士與倡妓文學〉，頁六四—八二（台北　商務　一九六六年）。

⑰見《開元天寶遺事》，轉引自馮明惠〈唐代傳奇中娼妓的悲劇性〉。收於《中國古典小說中的愛情》，頁三九（台北　時報　一九七六年）。

她們禮重幾分。

唐人小說中的言情之作，多產生於中晚唐，主要描寫士人與娼妓之間的愛情，往往旁及當時門閥觀念對婚仕的影響。所謂「仕」必由進士，「婚」必由高門。唐代律法對婚姻界限的規定極嚴格，士族與非士族若犯法通婚，足可招致極刑。《新唐書》卷一八一〈李紳傳〉云及會昌時（西元八四一—八四六）人吳湘，因娶民顏悅女而被論罪的事情。至於一般奴婢賤民，只能以本色匹偶。士族與賤民更不可能論及婚姻，瞭解此一唐代習俗，娼妓在情愛路上的坎坷顚躓，即可思過半矣。

唐代的娼妓們雖貌美才多，來往不乏王孫貴族，表面生活豪奢，但社會地位卑微。通常由於人口買賣、誤入風塵或罪犯家小被籍沒而淪爲娼妓。她們不能嫁與士人爲妻，沒錢贖身即無自由，身分與奴婢相等。一生只有三樣出路：就是色衰後爲鴇母，續操舊業或嫁與人爲妾媵，再者遁入空門爲女道士或女尼。此類女子通常只是文人們未得功名前，尋求安慰和賞識的對象。她們既是愛人，也是知己，是眞正能使年輕熱情的士子傾心感動的紅塵女子。由於出身低賤，她們往往勇於爲愛情而越禮，甚至犧牲。也因自知卑賤，不敢對情人多所冀求。如霍小玉說：

> 妾本倡家，自知非匹。

或自慚非禮而低聲下氣，如鶯鶯說：

> 豈期既見君子，而不能定情，致有自獻之羞……，始亂之，終棄之，固其宜矣，愚不敢恨。

她們先已自貶，又感激情郎暫時的情意，於是矢志不渝的奉獻，任由命運的殘酷安排。

對於士子而言，一者她們是主動來奔，有著受寵知遇之感；一者她們愛情的要求不多，或是一宵繾綣，或是數年恩愛，並不至於變成婚姻責任。這種低條件的委身相許，使士子們感到柔情蝕骨，又能灑然無羈。狂放。

在現實層次的關係上，也是「小娘子愛才，鄙夫重色，兩好相映，才貌相兼」；因此可以男歡女悅，生命狂放。當時的社會風氣確是如此。士子與情人間似亦自有默契，相互成全婚前的愛情，卻都畏於提到婚姻。愛情是生命的昇華，婚姻則是落實。是以霍小玉陰敗李生的婚娶，就不如鶯鶯的見好能收，更表現出這段私情的美感。唐人愛情小說中女性多情貞順，反而突顯男人的負心絕情。基本上，男人較易從愛情裡覺醒，須在現實的問題方面有所抉擇。他們在中舉得官後，幾無例外地會爲了政治利益而和名門女子成婚，因爲這才是他們人格事業的重點。

然而，基於感情與良心，小說作者（往往也就是男主角）會可憐那些貞烈多情而終遭遺棄的女子；一方面，這些負心的情郎，當然也對社會習氣與現實壓力，感到莫可奈何。不妨說，始亂終棄的行爲，不僅是個人性格上的缺憾，更是普遍存在的社會問題。這些所謂有抱負的男人，必要時寧可負心，也不願耽誤前程⑱。

㈠〈霍小玉傳〉

明胡應麟《莊嶽委談》卷下云：

> 唐人小說，紀閨閣事，綽有情致。〈霍小玉傳〉尤為精彩動人，故傳誦弗衰。⑲

質以事實，詞非溢美。〈霍小玉傳〉收於《太平廣記》卷四八七，作者蔣防，新．舊《唐書》皆無傳，僅其貶

⑱此處關於士子與娼妓間的愛情糾纏，係參考張火慶〈從自我的紓解到人間的關懷〉之觀點，該文收於《中國文化新論》文學篇一「意象的流變」，頁五〇〇—五〇三（台北　時報　一九八二年）。

⑲轉引自王夢鷗〈《霍小玉傳》敘錄〉，收於氏著《唐人小說校釋》（上），頁二一五（台北　正中　一九八三年）。

謫事見於〈敬宗本紀〉及〈龐嚴傳〉內。王夢鷗考校其人大約登第於元和初，長慶元年曾得元稹、李紳之薦，爲翰林學士；三年後，李黨的元、李，爲牛黨宰相李逢吉所逐，蔣防亦從中書舍人貶爲汀州刺史，復移連州、袁州，當卒於文宗太和中（西元八二七—八三五）。

〈霍小玉傳〉寫士族文人李生與長安妓女霍小玉相愛，後來李生得官，攀婚高門，遺棄小玉，致小玉憂憤成疾，含恨而歿，死後化爲厲鬼，作祟復仇的故事。表面上雖爲霍小玉立傳，實以描寫李益之早年生活爲主旨，極可能爲挾怨之作。

關於李益其人，《柳宗元文集》卷十二〈先君石表陰先友記〉云：

> 李益，隴西姑臧人。風流有文詞。少有僻疾，以故久不得用。年老常望仕，非其志，復為尚書郎。⑳

此表作於元和二年，可知李益即以僻疾見嫌於時人。《李文公（翺）文集》卷十〈論故度支李尚書（元素）〉事狀有「朝廷公議皆云：李尚書性猜忌，甚於李益，而出其妻」之語，可知李益此事當盛傳於貞元以來之朝廷公卿間。李肇《國史補》卷中云：

> 起居舍人韋綬以心疾廢，散騎常侍李益，少有疑病，亦心疾也。夫心者，靈府也，為物所中，終身不痊，多思慮，多疑惑，乃疾之本也。㉑

---

⑳同前註。

㉑同前註，頁二一一六。

文中稱李益之官職，當在元和末至太和初（西元八二〇—八二六），尚未以禮部尚書致仕前事，可見此並爲李益在世時之傳聞。從兩《唐書》〈李益傳〉來看，其人成名於大曆之世（西元七六六—七七九），亦即霍小玉故事發生的年代，經建中至貞元末（西元七八〇—八〇五）二十五年間。本傳云：

> 李益，肅宗朝宰相李揆之族子，登進士第，長為歌詩。……少有癡病而多猜忌，防閑妻妾，過為苛酷，而有散灰扃户之譚聞於時，故時謂「妬癡」為李益疾。……憲宗雅聞其名，……用為祕書少監集賢殿學士，自負才地，多所凌忽，為衆不容。……㉒

王夢鷗認爲當李益爲祕書少監時，蔣防僅爲九品之校書郎，雖莫定其曾否遭受凌忽，然蔣防必爲「衆所不容」之衆中之一人，故其作〈霍小玉傳〉，不特繪影繪聲，有如親見；抑且深文周內，羌無破綻。因其所陳述者爲並世生存之人物，往往以曲文隱訓寓其譏嘲；使自負才地者，亦因而轉成內怯之莽丈夫。既自負又內怯，故多疑忌，此即爲其心疾之本。是以〈霍小玉傳〉殆爲揭李益「心疾之本」而作。

〈霍小玉傳〉故事流傳於當時，雖不足爲諫官之口實，然兩《唐書》〈李益傳〉皆採錄之，可見其「傳誦弗衰」的實效。蔣防與李益爲同時代人，此作約成於穆宗長慶以後，全文稱李生者爲「李」爲「生」爲「十郎」或「李十郎」，僅篇首有「李生名益」一語，作者似不必如此指名道姓，即可達敘述主旨，故「名益」二字，可能是陳翰輯此文入《異聞集》時所附加㉓。倘原作無此二字，當更合乎小說家筆法。

至於〈霍小玉傳〉所表現之藝術造詣，論者多矣。茲僅略舉一二，以見一斑。

㉒同前註，頁二二六—二二七。

㉓同註⑲，頁二〇〇—二〇一。

蔣防所塑造的霍小玉和李生，其內心世界之宛曲、複雜，是從外在的細節和語言動作來展現的。當李生第一次去會見霍小玉前，就有極細心的籌劃：

> 生便備行計，遂令家僮秋鴻，於從兄京兆尹參軍尚公處假青驪駒，黃金勒。其夕，生澣衣沐浴，修飾容儀，喜躍交併，通夕不寐。遲明，巾幘，引鏡自照，惟懼不諧也。徘徊之間，至於亭午。

要去會未曾謀面過的佳人，以致興奮得一夜睡不著，而想把自己打扮得俊俏些，是初入情場的少年人常有的情態，這樣的敘寫富於生活的趣味。然而，要向別人去借青驪駒、黃金勒，以便在佳人面前裝闊；已經修飾老半天，照了一上午的鏡子，還唯恐儀容不足以打動對方，卻不是每個準備會見情人的男子都有的心理，可以說這是李生獨特的性格特徵。

借馬、照鏡子這兩個細節包含了很多東西。它暗藏李生對愛情的渴望，顯然李生在這次的冶遊裡，是有愛情的激動，但這種激動一開始就不踏實。李生的家道和「青驪駒、黃金勒」並不相稱，他的容貌也不怎麼樣（這點可以從霍小玉初見他時，率真說出：「見面不如聞名，才子豈能無貌？」的話裡看出來），但他卻要將無作有，在這種浮誇中有其不自覺的虛僞，這和他後來離棄小玉，另娶盧氏的輕諾寡信前後如出一轍。

借馬和照鏡子只是兩個平常的細節，但卻展示了李生靈魂的祕密。接下來李生的風流自賞、浮誇、虛榮和患得患失的性格特徵，都一一流露在他和霍小玉的對話裡。

癡情小玉是負心李生的強烈對比，她才貌出眾於風塵之中，明知身分懸殊，仍憧憬愛情的甜蜜，願以一世孤寂換取與李生的八載相守。果然，素多才思的情郎，立刻「援筆成章，引諭山河，指誠日月」，告訴小玉，即使他「粉骨碎身，誓不相捨」，甚且對伊人的深情，有「且媿且感，不覺涕流」的反應。

雖然李生的悔約斷情，本是歡場常事，卻導致霍小玉從等待、尋訪到「天下豈有是事乎！」的哀慟絕望。由「日夜涕泣、都忘飲食」，而「寃憤益深，委頓床枕」，到最後的「長慟號哭數聲」飲恨氣絕，是那樣徹底，那樣不留餘地。霍小玉臨終時爲自己的一生下了最悲哀的結論：

我為女子，薄命如斯。君是丈夫，負心若此。

敢愛敢恨的霍小玉，終於在愛恨交織的煎迫下，發出死前報復的毒咒。目擊身受此一震懾的李生，於小玉亡後「爲之縞素，旦夕哭泣甚哀」，並到她的「墓所，盡哀而返」。作者這樣的描寫深刻動人，因爲李生實非對小玉無情，只是放不下功名富貴，是以他不無良心譴責的痛楚。後來雖婚娶，仍然「傷情感物，鬱鬱不樂」。此一薄倖情結終衍成病態之殘暴嫉妒，以至三娶，而絕無婚姻情愛之幸福。

可以說，蔣防這篇小說的人物性格立體而飽滿，光就這方面的成就看，不僅是他的力作，同時在唐人傳奇小說中也相當傑出。倒是小說裡薄倖負心的李生，所影射的現實人物李益，老來做到禮部尚書，宦途和門第都挺體面的，要是他當時選擇霍小玉，這些世俗的地位恐怕都沒有了。

㈡〈鶯鶯傳〉

〈鶯鶯傳〉和〈霍小玉傳〉同以悲劇作結。從作者元稹僅傳的六十卷文集來看，其中未載鶯鶯的故事，而有賴晚唐人陳翰把它編入《異聞集》，始爲北宋人所及見而後盛行。《異聞集》的編成約在唐武宗會昌中（西元八四〇—八四六），上距元稹撰作時代已四十年，顯然此故事極流行於唐末。

到北宋時《太平廣記》雖亦收編該作，並爲之取名爲〈鶯鶯傳〉，但沒有注明出處。以《太平廣記》編輯唐人傳奇小說的體例看，往往爲沒有標題的作品，取篇中主要人物的姓名作爲題目。例如李肇《國史補》明言沈既濟寫了〈枕中記〉、李公佐寫了〈南柯太守傳〉，但輯入《太平廣記》卻分別被改題爲〈呂翁〉和〈淳于棼〉。所以，《異聞集》流傳的鶯鶯故事，是否與《太平廣記》使用的題名一樣，實不無疑問。

北宋施元之在蘇東坡的「詩人老去鶯鶯在」詩句下注曰：「異聞集元稹傳奇」，可知他當時看到《異聞集》的鶯鶯故事，是出於元稹的「傳奇」。比施氏稍早的王銍爲鶯鶯故事寫過〈傳奇辨正〉一文，並不稱之爲〈鶯鶯傳辨正〉。而趙令時（西元一〇六一—一一三四）將鶯鶯故事譜成〈商調蝶戀花詞〉時所附的序文，有謂：「夫傳奇者，唐元微之所述也。」據此資料，則元稹所記述的文章，應稱〈傳奇〉或〈鶯鶯傳〉，恐怕在唐世已難分曉。

又，南宋初曾慥編輯《類說》，亦將當時仍存的《異聞集》節錄成卷，其中有關鶯鶯故事的元稹文章，正題爲「傳奇」。

「傳奇」本與「述異」、「志怪」同科。據說元稹摯友李公垂聽了這故事後「卓然稱異」，那麼，元稹出於懺情述異的動機，撰作此文而名之曰「傳奇」，當有可能㉔。不過，文末曾提到李公垂感動之餘，「遂爲鶯鶯歌以傳之」；是否如白居易寫〈長恨歌〉、陳鴻據以作〈長恨歌傳〉的情形一樣，元稹就把這篇小說命名爲〈鶯鶯傳〉呢？

崔鶯鶯在小說裡「愁豔幽邃」的情態描摹，的確是元稹最著功力的所在。就小說藝術的角度而言，崔鶯鶯「千秋絕豔」的性格呼之欲出，堪稱「於唐稗中無與倫比」㉕。試看在張生文調及期將去長安的一段：

> 張生……當去之夕，不復自言其情，愁歎於崔氏之側。崔已陰知將訣矣，恭貌怡聲，徐謂張曰：「始亂之，終棄之，固其宜矣。愚不敢恨。必也君亂之，君終之，君之惠也。則沒身之

㉔參見王夢鷗〈崔鶯鶯的身世〉，收於氏著《傳統文化論衡》，頁二七一—二八九（台北　時報　一九八七年）。

㉕王夢鷗〈《鶯鶯傳》敘錄〉，收於《唐人小說校釋》（上），頁一〇二。

誓，其有終矣。又何必深感於此行？然而君既不懌，無以奉寧。君常謂我善鼓琴，向時羞顏，所不能及。今且往矣，既君此誠。」因命拂琴，鼓〈廣陵散〉，不數聲，哀音怨亂，不復知其是曲也。左右皆欷歔，張亦遽止之，投琴，泣下流連，趨歸鄭所，遂不復至。

此處不只對鶯鶯的心理寫得深微宛曲，連張生也一樣。相較於張生第一次去長安前，曾對鶯鶯「先以情諭之」，那時鶯鶯「宛無難詞，然而愁怨之容動人矣」；想是情人間的暫別。然而，這一次的告別，張生表現的是「不復自言其情，愁歎於崔氏之側」。他不像李生那般浮誇，但表現了另一種冷酷薄倖。顯然，為了功名前程他已決定捨棄鶯鶯，曾經有過的情愛使他不能無動於衷，張生雖然「愁歎」欷歔，但往日纏綿的情話再難出口。「不復自言其情」恰是他決絕的暗示，張生有糾葛心頭的矛盾痛苦，只是，這一團矛盾痛苦，他很清楚自己有能力將它清除掉。

鶯鶯的明慧遠在霍小玉之上，她當然懂得愛人的暗示，一向隱伏內心深處、最害怕的一刻已經到來。鶯鶯從張生的表情裡體會到一切已難挽回，她沒有發怒，沒有乞憐，一方面由於她「喜慍之容亦罕形見」的性格；另方面因為她太愛、太瞭解張生，明白斥責、哀憐都不會改變他的決定。那麼，與其更難堪的不歡而散，不如互道珍重。

互道珍重，談何容易！鶯鶯不能沒有女性的委屈受傷，但她「恭貌怡聲」，說張生對她「始亂之，終棄之，固其宜矣，愚不敢恨」，表面上有自我貶抑的意味，其實，也正指出張生的始亂終棄。尤有甚者，「則沒身之誓，其有終矣！」原來張生生死相隨的情誓，竟然這麼快就消逝。這一番慟心的譴責卻出之以鶯鶯式的含蓄、悲婉。這和她「藝必窮極，而貌若不知；言則敏辯，而寡於酬對」的個性是相呼應的。

即使深陷於臨別的愁怨絕望，鶯鶯仍然表現出對愛情的珍惜，從來不肯為張生鼓琴的她，忽然主動為他彈奏。然而，「哀音怨亂」，難以為繼，正是她被負的心曲。鶯鶯不像霍小玉愛恨俱深，她竟然為張生的「不懌」，願意最後一次愉悅對方。這種女性的溫柔偉大，幾人能夠？

後來，張生留京，貽書鶯鶯。鶯鶯回覆了一封纏綿悽惻的信，信中認命之餘，告訴張生：

自去秋已來，常忽忽若有所失。於喧譁之下，或勉為語笑，閒宵自處，無不淚零，乃至夢寐之間，亦多感咽，離憂之思，綢繆繾綣，暫若尋常，幽會未終，驚魂已斷。雖半衾如暖，而思之甚遙……

鶯鶯的情深意摯，一如往昔。對張生隨函附贈的花勝、口脂，她是「悲喜交集」，於是以貼身的玉環、亂絲和文竹茶碾子回送他，並告訴張生：「玉，取其堅潤不渝；環，取其終始不絕，……欲君子如玉之眞，弊志如環不解，淚痕在竹，愁緒如絲，因物達情，永以爲好耳。」

在殘酷的現實情境下，鶯鶯將愛情昇華到純粹的精神面，所謂「千里神合」，她不以爲形體的訣別就是情愛的崩解，甚至設身處地，要對方身心珍重，「無以鄙爲深念」，即使分離，靈魂也能「永以爲好」。這麼可愛可敬的人間女子，張生爲了功名前程，還是捨棄她。倒是小說中所留下來的「忍情」論，雖得「時賢」的讚揚，卻啓了後人的疑竇。作者在小說中替張生代言：

大凡天之所命尤物也，不妖其身，必妖於人，使崔氏子遇合富貴，秉寵嬌，不為雲、為雨，則為蛟、為螭，吾不知其變化矣。昔殷之辛，周之幽，據百萬之國，其勢甚厚。然而一女子敗之，潰其眾，屠其身，至今為天下僇笑。予之德不足以勝妖孽，是用忍情。

竟然用這樣怪異牽強的理由，來辱棄自己曾深愛過的、一無過錯的女子，竟還得到朋友的諒解，緣由何在？魯迅就直指此處文字「文過飾非，遂墮惡趣」㉖，應該不無道理。

依常情論，與才子張生相戀的鶯鶯既為美麗聰明之高門閨秀，兩人且屬中表之親，正是門當戶對、佳偶天成，怎麼到後來卻被指為「妖孽」，而棄之如同敝屣？又張生對名門之女的「始亂終棄」，何以能為輿情所接受？

陳寅恪的〈讀鶯鶯傳〉一文，及其討論元稹的〈豔詩及悼亡詩〉時，曾從小說中會眞詩的「會眞」一詞推測，以為「會眞即遇仙或遊仙之謂」，蓋六朝人已侈談仙女之世緣，流傳至唐代，女仙之名，遂多用作妖豔婦人，或風流放誕之女道士之代稱，亦有目之為娼妓者㉗。像張文成的〈遊仙窟〉，即明顯敘述其狎妓之經驗也。陳氏經由縝密之考證，直認鶯鶯只是類似娼女的化名。

王夢鷗進一步就小說裡鶯鶯身世的漏洞加以考察，指出張生初見鶯鶯之後，即放肆向紅娘謀取鶯鶯的色愛，竟說：「若因媒氏而娶，納采問名，則三數月間，索我於枯魚之肆矣。」豈不明示張生心目中的鶯鶯，本如隨手可擷的野花？以致他如此說並不覺罪過，甚且紅娘也不覺受辱。

其次，當鶯鶯矜持一陣後，竟以「不可如何」的理由，自動抱衾與裯來幽會，除外表如冰、內心似火的性情因素外，不免令人困惑這位佳人的身分。兩人定情後，張生「朝隱而出，暮隱而入」，居然「同安於曩所謂西廂者幾一月」，後來張生去京而又來，「會於崔氏者又累月」。然而，普救寺的西廂，既非深宮廣院，崔母也不是癡聾之人，怎會對此事明知而不過問？除非，鶯鶯的家本來就是「迎賓之館」。

還有，鶯鶯對張生的要來即來，要走即走，極其放任，甚至末了告別，崔氏還能溫順地說些不必兌現的要求。這種在當時不可理喻的情節，如非元稹故意留下的暗示，亦可藉以推測，鶯鶯在他心裡原有的形象該是怎

㉖《魯迅小說史論集》，頁七一。

㉗同註㉔，頁二七二—二七三。

樣的女子。儘管作者在表面代她編族譜、攀親戚，還代寫一些感情充沛的詩文，但終究還是難掩鶯鶯的特殊身世。

是以王夢鷗認爲，很可能是元稹把初次的冶遊當作意外的豔遇深銘於心，並不吝於轉述予親近的友人。唯轉述之間，爲擡高對象的身價，乃至冒用名門著姓，如當時言人生適意事者之取樣也。

貞元十九年，元稹平判入等，被太子賓客韋夏卿選作季女婿。好友白居易說他其時是「劉、阮心漸忘，潘、楊意方睦」。如此新婚燕爾不久的九月，元稹留宿新朋友李紳在他靖安里北街的舊宅，談及三年前的風流往事，自然要顧慮到自己是新婚的人，故於故事末尾指斥舊情人爲妖孽，並表示深深懺悔的心情，始可顯示他的結媛高門並不是沒有責任感。這篇懺情作，很可能就是元稹這一年所寫的㉘。

元稹娶韋氏後三年舉進士，年方二十八；再過三年（元和四年），韋氏病亡，元時任監察御史。後因故受貶爲江陵士曹參軍，韋亡後二年，元稹寫〈遣悲懷〉詩三首悼念她，意摯情深，雖自謂「唯將終夜長開眼，報答平生未展眉」，然實已納妾安氏矣。是以陳寅恪以爲元稹「於韋氏亦如其於雙文（按：指鶯鶯），兩者俱受一時情感之激動，言行必不能始終相符，則無疑也」㉙。

元和十二年（西元八一七），元稹續娶裴氏，亦爲高門望族。十餘年間，仕途迭有起落，終於文宗太和三年（西元八二九）入爲尚書左丞，《舊唐書》卷一六六本傳謂，「然以稹素無檢操，人情不厭服，會宰相王播倉卒而卒，稹大爲路歧經營相位，四年正月拜武昌節度使，卒於鎭」，年五十三。

唐代社會以「婚」、「宦」二事評量人品的高下，則元稹巧宦之行徑，本與其巧婚相生相成。因其特具寫小說的繁詳天才，乃有〈鶯鶯傳〉之特出成就。韋穀《才調集》卷五所錄元稹之〈古決絕詞〉、〈夢昔遊〉、

㉘同註㉔。

㉙陳寅恪〈元白詩箋證稿〉，收於《陳寅恪先生論文集》，頁八八。

〈春曉〉等詩，俱可見其「繾綣故歡，形諸吟咏」的痕跡，此一愛戀對象應即是鶯鶯之投影。所謂「娃兒撼起鐘聲動，二十年前曉寺情」，顯然二十年前的初戀，仍然盤桓在他的心靈深處，難以忘懷。

㈢〈李娃傳〉

唐人愛情小說的另一名篇，即爲白行簡所作的〈李娃傳〉，載於《太平廣記》卷四八四，篇末注云：「出《異聞集》。」明鈔本曾慥《類說》亦載有《異聞集》此文，題名〈汧國夫人傳〉，末附言：

舊名〈一枝花〉。元微之〈酬白樂天代書〉詩「翰墨題名盡，光陰聽話移」注曰：「樂天從遊，常題名於柱；復本說〈一枝花〉，自寅至巳。」㉚

由此附語觀之，則〈李娃傳〉應由〈一枝花〉之故事寫成。段成式在《酉陽雜俎》續集卷四，提及他在太和末年（西元八三五）曾有聽說話人講「市人小說」的經驗。大概當時京城裡的市人小說是頗受知識分子們歡迎的，元稹除了在「光陰聽話移」句下附注所聽到的是顧復本〈一枝花〉故事外，亦指明地點是在長安新昌里白居易的寓所。

元稹貶官江陵後，不久白居易也遷居宣平里，可以推測那百韻詩追憶聽「話」的往事，是在元和初年。元稹嘗爲一枝花故事寫了一篇〈李娃行〉的長詩，後來李公佐聽到白行簡複述這個故事，又鼓勵他寫成〈李娃傳〉。雖然〈李娃傳〉篇末謂寫成於貞元乙亥歲秋八月，事實上此歲白行簡方居父喪，且未到過長安，應該是傳鈔錯誤。李公佐的〈廬江馮媼傳〉自記是「元和六年夏五月」因奉使入京，如果他聽白行簡的轉述是在此年夏天，則此年的「秋八月」可能就是〈李娃傳〉的成篇時間。

㉚見王夢鷗〈《李娃傳》敘錄〉，收於《唐人小說校釋》（上），頁一八八。

是時白行簡官卑事少，以校書郎居京。前二年，還為元稹抄寫〈東川詩〉稿；更前二年，恰又是其兄的〈長恨歌〉有陳鴻為之作〈長恨歌傳〉，是以他為元稹的〈李娃行〉作〈李娃傳〉，應有例可循，而李公佐不過為一適時之觸媒而已。元和九年，白行簡遠走四川，五六年飄流在外，等到追隨白居易回長安，兩人的官運已好轉，恐怕不太有閒情為那十年前聽來的〈一枝花〉話鋪張潤色了㉛。

對於〈李娃傳〉之評價，自晚唐以降即有歧異。李匡文的《資暇集》卷上引稱「義行倡娃傳」，陶穀的《清異錄》則認為是「敗家子的龜鑑」，或有逕稱「嫖客歷險記」者。唐代士子在功名未就前以北里為風流藪澤，似為一般社會所許可，其戀愛史不妨載諸詩篇，傳為韻事。不過，李娃故事中的滎陽公子，過分沉溺煙花，把錦繡前程和父親望子成龍的投資，都耗在商品式的戀愛裡，始落得悲慘的下場。但這下場正是義行娼故事的序幕，而作者亦從此扭轉他敘述的情節，愈出愈奇，幾乎超越了當時士大夫階層的常識。

節行娼李娃回頭接納雪夜中打瓦罐的叫化子鄭生，細心調護其病體，既為之備辦讀物，又令之斥棄百慮以志學，俾夜作晝，孜矻苦讀，伺其疲倦，即諭之作詩賦等等。如此李娃，前後判若兩人；更奇的是，鄭生成名後赴官職的途中，湊巧碰到早先揚言斷絕父子關係的老滎陽公，不僅盡釋前嫌，並且堅持要「留娃於劍門，築別館以處之。明日，命媒氏通二姓之好，備六禮以迎，遂如秦晉之好」。使得現任的成都尹兼劍南採訪使，與鳴珂曲的娼門結成親家。這樣的寫法，應是心存反諷，暗伏玄機，否則在當時現實的社會裡，根本匪夷所思。

《唐會要》卷八十三有唐開元二十二年二月的一件敕書云：

> 諸州、縣、官人在任之日，不得共部下百姓交婚，違者，雖會赦，仍離之。其州上佐以及縣

㉛見王夢鷗〈讀《李娃傳》偶記〉，收於《傳統文學論衡》，頁二四一—二四六。

令，于所統屬官同。其定婚在前，居官在後；及三輔內官，門閥相當，情願者不在禁限。㉜

〈李娃傳〉託言是天寶時事，既無新改之法律，此規定當然適用於〈李娃傳〉的結局。鄭、李兩家門不當、戶不對，絕不可能結爲「秦晉之好」。然而，歷來卻少有人質疑，只有從牛李黨爭的角度，指出這是一篇挾怨報復之作。

事實上，白行簡雖出身寒門，但從其朋友一輩及近至於他的兄嫂的婚姻情形看來，恐怕未必能有這樣革命性的主張。因爲，這不但衝破了當時還相當頑固的門第觀念，尤其是剷平貴賤階層來爲男女主角喜劇收場。其中的關鍵，似應該在〈一枝花〉話上頭去找。

當時的說話人講這樣的故事給一般市井小民聽，他們不太懂官場上的敕令規矩，不過是對那囂張的門第觀念與特殊身分頗反感，他們認爲市井小民也有自己的正義：例如花花公子有錢買笑追歡，錢沒了就該打瓦罐、睡糞窟；如果一枝花爲著同情竟「倒貼」來補償花花公子的損失，那些官員就理該給她來個明媒正娶，這才合乎他們所認爲的公道。因此，〈李娃傳〉的結局雖似違反了當時的法度，卻相當滿足了市井小民的虛榮心。

尤其是，整個故事所穿插的材料，除了花街柳巷的場面外，其描寫凶肆小人物的活動尤爲突出。隸屬「娼優儕類」的說話人，把仕宦人家父子的親情，拿來對照那近乎丐幫的同門情誼，前者不惜以「污辱吾門」的理由處死其親生兒子，而後者卻能爲同儕關係不吝百般營救。這不但對當時士大夫的門第觀念提出嚴厲諷刺，其實也是誇示其江湖義氣。

《太平廣記》卷二六〇引〈獨異志〉，說京兆少尹李佐的父親遭逢安史之亂，流落在凶肆中過活，到了兒子貴爲京城長官終於尋回老父，迎至官中奉養，但老父念念不忘凶肆同儕的情誼，最後還是溜回凶肆打歌度

㉜同註㉛，頁二四二。

日。可見當時長安的這類丐幫，該是說話人耳熟能詳的事實，所以說來便絲絲入扣；不似文人墨客只看他們生活的一點皮毛，常大驚小怪。這從〈李娃傳〉材料的運用與運用這材料的心態上，不難看出這篇小說是出於說話人相傳的舊本㉝。

〈李娃傳〉的兩個靈魂人物——滎陽鄭生和李娃，頗值得深入賞析。鄭生當然是系出名門的老實公子哥兒，倒是被白行簡立傳稱美的李娃（所謂「倡蕩之姬，節行如是，雖古先烈女不能踰也」），不見得讀者都對她有好感。明代馮夢龍編《情史類略》就說她「何義之有？」甚至還說「乃李一收拾生，而生遂以汧國花封報之。生不幸而遇李，李何幸而復遇生耶？」

馮氏說法，多少有點偏激，但李娃必是十分精明能幹無疑。她後來爲滎陽鄭氏家婦，婦道甚修，治家嚴整，四個兒子官秩榮顯，種種成就都足以證明。如此性格其實早在鄭生鳴珂曲驚豔時，已露端倪。遊刃於歡場的李娃，一看鄭生初睹伊時之動情，之不能自已——

> 生忽見之，不覺停驂久之，徘徊不能去。乃詐墜鞭於地，候其從者，勑取之。累眄於娃……竟不敢措辭而去。

當下了然於心，即以「回眸凝睇，情甚相慕」之姿撒下情網，等他上鉤。一旦正式造訪求見，出自禮教嚴防的滎陽氏族，身負「吾家千里駒」厚望的鄭生，何嘗見過這樣，「明眸皓腕，舉步冶豔」的絕代佳麗？竟然是「遽驚起，莫敢仰視」的朝聖般的反應。不久便率眞表明：「今之來，非直求居而已，願償平生之志，但未知命也若何？」一夕歡宴的後續行動是，「及旦，盡徙其囊橐，因家於李之第」。

㉝同註㉛，頁二四五。

如此出手百萬的豪闊，如此虔誠、懇摯的求愛行止，當使李娃不能不受到鄭生癡情的震動，何況，始弱冠的鄭生還有「雋朗有詞藻、迥然不群，深為時輩推伏」的才氣。從此拋擲人生大志的鄭生，所墜入的溫柔鄉，可謂深矣，險矣。

本來恩客床頭金盡，即是娼門義絕情斷之時，雖然李娃在鄭生「資財僕馬蕩然」的情況下，不似「姥意漸怠」，而是「情意彌篤」，但日日流連鳴珂曲、不事生產的鄭生，縱使一往情深，也難繫李娃恆久的愛戀。終於和老鴇設計，騙他同去燒香，途中託故潛返，等鄭生回來，早已人去樓空。

此一歡場慣例之演出，李娃自是駕輕就熟。可憐初嚐情慾鉅創滋味的鄭生，竟癡心到「惶惑發狂」，絕食三日，瀕於病危。後遇凶肆之人救起，以唱輓歌維生。經鄭父獲悉，基於有辱門風的愛深責切，差人將鄭生拖至荒野毒打昏死。

劫後餘生，顛沛困頓的鄭生，不意雪夜乞食至李娃宅前，其聲悽切，終於引動不愧是鄭生知音的李娃出門，見他「枯瘠疥厲，殆非人狀」，不禁失聲長慟：「令子一朝及此，我之罪也。」於是雪地裡繡襦一裹，鄭生從此再世為人。李娃的精明在於當機立斷，善良在於良知的復甦，這兩種特質又透過她的主見，充分發揮出來。

李娃明快說服老鴇讓她從良，一來為贖前愆，二來，不無「風塵中再待下去自非了局」的徹悟。在她亦師亦母亦姐亦友的細心調教下，不數年，鄭生果然步步尋回功名之路，終於應直言極諫科，策名第一，授成都府參軍。

及鄭生將赴任，李深知協助鄭生以自我救贖的工作已完成，遂相勉道別：

今之復子本軀，某不相負也。願以殘年，歸養老姥。君將結媛鼎族，以奉蒸嘗，中外婚媾，無自黷也，勉思自愛，某從此去矣。

這番話說得纏綿委婉，又朗暢瀟灑。對鄭生而言，李娃毀過他，也再造他，以他善良坦摯之心性，自然懂得盡棄前嫌，亦願以知己相報，告訴對方：

子若棄我，當自刎以就死。

他們人格的光輝是互補相應的，也許幾次窮途賤慘的境遇，鄭生都沒死成，當然不會在功成名就之際，因李娃的離去眞的自裁。李娃若堅辭，也不是走不了。畢竟，兩人走過眞正同甘苦、共患難的深刻歲月，曉得彼此是塵世中的唯一愛侶。因此，滎陽鄭公在既感且佩之餘，樂意三媒六證地娶李娃進門。

即使只是一群市井小民的理想結局，這樣的九轉丹成，這樣的功德圓滿，亦是鋪陳了無限深沉的人情冷暖、浮世悲歡，值得讀者低徊再三[34]。

二、豪俠靈異類——〈虬髯客〉、〈馮燕傳〉、〈柳毅〉、〈任氏傳〉

唐代自安史亂後，原有土地法及戶籍法大遭破壞，府兵制難以爲繼，衍成藩鎭林立的局面。宦官李輔國以平安史有功，被肅宗倚爲捍衛，不僅握有兵權，甚且正式干預朝政。晚唐昭宗時，宦官更穿起朝服，參與國家重典。他們內領禁軍，脅掣天子，欺壓百姓，尤其與藩鎭勾結，權傾朝野。士大夫群復陷於黨爭之中，雖然不乏有志之士，欲挽狂瀾，然而其進退得失往往又與宦人有關，多的是難守分際，依傍自固者。

在這種政治昏厄、人心危亂的時刻，刺客俠士很容易被平民百姓寄託理想願望，渴求他們來紓困解災；當然，權勢者亦各養死士，明爭暗鬥。好比《資治通鑑》卷二一四代宗永泰元年所述，權臣各鎭一方，互結婚

---

[34] 參見王大方〈唐人小說中的三對眷侶〉，原載《國文天地》五卷三期，一九八九年八月，頁七一—七二。

姻，相為表裡，朝廷專事姑息，不能壓制的事實，正與〈紅線傳〉的背景相合。中唐以後暗殺之風大盛，如憲宗朝宰相武元衡為藩鎮李師道暗殺，並傷及裴度（見《歷代通鑑輯覽》六十）。又宦官仇士良指使盜寇擊殺宰相李石於親仁里，種種事象顯現跡出禁軍，而崔珙竟坐不能捕（見《新唐書》一八二〈崔珙傳〉），反受懲罰。《通鑑》二一五載李林甫常虞刺客，以至於到了下述的境地：

出則步騎百餘人為左右翼，金吾靜街，前驅在數百步外，公卿走避。居則重關複壁，以石甃地，牆中置板，如防大敵，一夕屢移床，雖家人莫知其處。

李林甫的防範既如此嚴密，那設想中的刺客自是非比尋常。道教中的服食輕身、隱形蛻化，也就被這類豪俠小說吸納成不可思議的廣大神通。若再加上佛教絢麗出奇的想像、輪迴果報的觀念，則豪俠事蹟結合靈異變化，小說的意境當不難索解。茲以數名篇為例述明㉟。

㈠〈虬髯客〉

虬髯客的故事，見載於《太平廣記》卷一九三豪俠類，篇末注：「出〈虬髯傳〉」。本文敘及隋煬帝末年，四方擾攘之際，一位道士嘗有爭取天下之意，及至面見李世民，了知天命所在，遂爾退讓，使李氏得以順利創建唐朝。唐末道士杜光庭於是節取此故事入〈神仙感遇傳〉，目的是用以張揚道士的功德。果如是，則恐非原作者的初衷。

〈虬髯客〉之作者，歷來論者推測有杜光庭、張說、裴鉶等。王夢鷗考訂認為：

㉟參見劉開榮《唐代小說研究》，頁九六—一一二。

> 惟今傳《蘇氏演義》二卷，其卷下載有「近代學者著〈張虬鬚傳〉，頗行於世」之語。而《演義》撰者蘇鶚，《新唐書・藝文志》言其為唐僖宗光啓中（八八五—八八七）進士，按其所稱「近世」，至少可包括咸通（八六〇）至於光啓，適當龐勛、王仙芝、黃巢相續作亂以至李克用、朱全忠互爭雄長之時，其文行世，實在杜光庭〈神仙感遇傳〉前，蘇氏即已不知撰者姓名，則後人緣附之説，未必可信。㊱

值得參考。至於寫作題旨，王氏指出，乃在描述非常之人與非常之事。紅拂妓之背主私奔，與李靖的棄暗投明，皆欲尋適當主人，唯虬髯客本欲窺竊神器，獨創大業，後世雖稱美其爲「風塵三俠」，實則三人志業大小並不相同。作者敘述虬髯客栖栖逆旅，逐步推進而止於李世民之現身，使覓主者得其所擇，欲圖大業者反失其所冀，終之，虬髯客以己之所失助成紅拂、李靖二人之所得，末了則以唐人之定命論結語：

> 真人之興，非英雄所冀。況非英雄乎？人臣之謬思亂者，乃螳臂之拒走輪耳。

明顯可見作者立意當在於「人臣之謬思亂」一語。王氏認爲以本文行世之日，倘若蘇鶚的遺文不誤，則其時正値唐之末季，藩鎭跋扈，盜賊紛起，時事無異隋煬帝的季年，蓋撰者觸類興懷，託小説以寄筆端，欲爲「皇家」警凶慝也㊲。

雖然〈虬髯客〉以擁護李唐天下的立場來寫作，有政治宣傳之嫌，但仍無損於其藝術上的成就。以通篇佈

㊱見王夢鷗〈《虬髯客傳》敘錄〉。收於《唐人小說校釋》（上），頁三三一—三三三。
㊲同前註，頁三三三—三三四。

局來看，先寫楊素之驕貴，而布衣李靖往謁直言，使其斂容謝策，是顯現李靖的不凡。繼之，寫紅拂於群妓中「獨目公」，即夜奔李靖，突出她的慧眼識英雄。當時李靖猶有疑慮，紅拂遂告以楊素屍居餘氣實不足畏，這是比李靖更不凡。至虬髯客登場，靈石旅舍三俠結交，處處點出虬髯客比李靖、紅拂尤為不凡。可以說，寫楊素是爲了寫李靖，寫李靖是爲了寫紅拂，寫李靖、紅拂全爲了寫虬髯客。

小說中在李世民出現之前，虬髯客固一世之雄也。但寫虬髯，實在是爲寫李世民張本。等虬髯客二度往見李世民，面對李眞命天子之相，不得不自認不如，乃徹悟不可能與之逐鹿中原，於是把全部財產贈與李靖，間接幫助李世民創業，自己則飄然遠行，到海外打天下，終於做了扶餘國王。小說至此，所有的鋪陳完全是爲呈現「太原李氏，眞英主也」的主題而設計，層次井然，極爲成功。

然而，小說最令讀者震撼的，還是虬髯客此一角色的刻繪。他的登場，似挾迅雷猛雨而至；他的遠去，有如明月清風。作者用蹇驢、匕首、革囊、人頭、心肝……烘襯三俠在荒村野店論交的氣氛，種種異人俠士的快意恩仇、磊落行止，俱從中顯現，使人驚悸、神往㊳。

虬髯客無疑是一位失敗英雄，他慘然心死面對失敗的命運，但他不但提得起，更放得下。虬髯客之所以能成爲大英雄，關鍵全在於最後無私的捨棄，捨棄多年辛苦經營的財富、權勢、野心和夢想，而傾囊資助的對象，竟然就是最強的對手李世民！他願意化阻力爲助力，幫唐太宗早日底定天下，從懸崖撒手這一刻起，虬髯客方得爲眞正的大英雄。

這樣一位名不見史傳的虛構豪俠，卻因小說而流傳不朽，贏得後世讀者無限的同情讚歎，也許是作者所刻畫的人物性格，非常細膩深刻的緣故。

㊳見葉慶炳〈《虬髯客傳》的寫作技巧〉收於《中國古典文學叢刊》小說之部㈡，頁一六七—一七九。（台北　巨流　一九七七年）。

(二)〈馮燕傳〉

沈亞之的〈馮燕傳〉在唐人小說中，是一篇極特殊的作品，收於《太平廣記》卷一九五。融合俠客與亡命徒性情的馮燕，與滑城將領張嬰的妻子私通，嬰略有所知，經常毆打妻子。一天，張嬰夜飲醉歸，而馮燕正在寢室，只好倉皇走避，隱匿門後，卻發現頭巾掉落在佩刀的附近。於是示意張妻撿拾其頭巾，不料張妻給他佩刀。馮燕執刀在手，熟視婦人片刻，斷其頭頸而去。

第二天，鄰舍都以爲張嬰殺死妻子，告往官府，張嬰被判處死刑。在押赴刑場受斬時，圍觀者不下千人。忽然有一人排開重重人牆，大叫道：「別讓無辜者受死，是我偷其妻，而又殺了她，當判刑的是我！」於是馮燕被捕。司法官快速報告滑城刺史賈公，賈公將此案奏聞天子，請歸官印，以贖馮燕死罪。天子乃下詔特赦，所有滑城死囚皆免刑。

根據《舊唐書・賈耽傳》云，耽於貞元二年至九年間擔任滑州刺史，曾經爲馮燕上書德宗，則此事件當屬紀實。流傳數十年後，沈亞之始根據元和中外郎劉元鼎所述，寫下此傳。文末所附贊語如下：

> 嗚呼！淫惑之心，有甚水火，可不畏哉！然而燕殺不誼，白不辜，真古豪矣。

不僅表明作者立傳勸誡的動機，更直陳時人視馮燕爲「古豪」的兩項特質——殺不誼（義），白不辜。不誼指婦人，不辜謂張嬰。這樣的評價，恐怕今天的讀者很難茍同。因爲馮燕偷人妻在先，復殺之於後，又畏罪潛逃，雖說最後挺身認罪，充其量只合自首減刑，何豪何俠之有?

然而除法律後果的論究外，此一轟傳當日之社會「新聞」，確實存有許多情理上的轉折，頗堪玩味。尤其作者以五百字左右的簡短篇幅，處理如此富於動作張力和心理機趣的事件。

小說一開始，作者的敘述就相當明快細緻。試看文中交代馮燕的出身——魏豪人，父祖無聞名；性行是意氣任專，喜歡擊毬鬥雞，曾經搏殺不平，亡命至滑城。受到長官賈耽賞識，留他擔任軍中小吏。如此桀驁不馴的人物，偶逢美豔的張嬰妻子，立刻陷入熱戀中。張嬰耳聞之後，忍不住「累毆」其妻。可是暴力不但遏阻不了雙方熾烈的偷情，反而急速催化事件的進展。

整個故事最令人震懾的地方，莫過於馮燕兩度出人意表的抉擇。可以說馮燕與張嬰妻的私通，並無置張嬰於死地的念頭。然而命運陰錯陽差，或許雙方表意達情有誤，究屬有意或無心，不易推測。當燕執刀在手，熟視婦人的頃間，腦海中想必掠過許多紊亂的意念。諸如，婦人殺夫之意太突兀，何以捨巾予刀？顯然欲馮燕當下共謀，即使會錯馮燕取巾之意，此舉亦難謂其無殺機。對馮燕而言，方才魚水之歡的對象，瞬間已化作慾念的魔鬼。以馮燕曾經搏殺不平的俠客性情，他是要繼續陷溺在情慾的深淵，成為屠殺無辜的惡徒？還是在情勢逆轉之際，由震駭喚起良知而回頭是岸[39]？

彷彿電影特寫般，好一個「燕熟視」的鏡頭。他直面花容月貌的張嬰妻，人性惡醜如排山倒海而至，也許三兩秒，也許一二分鐘，他猛然跳出凡夫慾念中的自己，自然不會沒有掙扎，但時機無法延宕，於是迅速手刃不久前與他繾綣，此際正期待遠走高飛的愛人。

彷彿血染桃花，殘紅碎地。臨走前，馮燕尚且「從容」攜巾而去，小心到不留下物證。然而，何其幸亦何其不幸，因酒酣濃睡的張嬰，無緣見證對他深負愧疚的馮燕，已在他睡夢中代他殺妻。這一團糾纏的愛恨情仇，精彩而殘酷。痛懲不義誘引的馮燕，嫉惡如仇，自命為上天執法者的馮燕，離開「柔情俠骨」的演出現場後，畢竟也要返回他的肉身。而肉身，是有恐懼憂患的。

其實馮燕大可迴避人間的法律，像從前那樣搏殺不平，選擇再次亡命江湖。唐代自安史之亂以後，土地法、戶籍法已經大遭破壞，如果馮燕改頭換面，另覓主子，不是沒有可能。可是，他到底沒有走遠，似乎放不

---

[39] 參考樂蘅軍〈唐傳奇的意志世界〉，收於氏著《意志與命運》，頁七三—七九（台北 大安 一九九二年）。

下演了一半的這齣戲。那是爲什麼？

顯然最後一次離開張家後，馮燕就一直沒有離開過。他知道張嬰在群眾的盲昧下，代他被入罪定刑。他知道張嬰縱然不疼惜妻子，以毆打發洩莽丈夫的嫉妒，畢竟罪不至死。他也應知道殘殺張嬰妻時的自己，是憐憫體諒張嬰的。但那個愛自己癡狂（從她一再承受毆打的痛苦屈辱，仍不肯斬斷情絲可以看出）到失去理智的女子，因具殺夫動機，就該被情人斷頸嗎？這豈是公正無私的神的旨意？如果「犯意」可以這樣痛懲，如果馮燕自許是法律正義的代言人，難道看不見自己的罪愆，正在由別人承擔？

終於，馮燕的自覺意志，在一番逡巡後戰勝怯懦，再度返回清明良知。經由公開「認罪」，肯定宇宙的公理。他願意以死贖回道德的純潔，「當擊我！」是多麼理直氣壯大無畏，沒有靈魂煉獄的折磨、淨化，怎能有如此深廣的生命智慧？由此來看，以「古豪」稱許馮燕似乎並不爲過。

美中不足的，可能是整篇小說爲了突出馮燕，犧牲了其他角色的深度。比方說，張嬰從刀口撿回一條性命後，會不會感激原諒馮燕？尤其是馮燕竟得到天子的特赦，他的人生感喟當如何？至於，連名字都闕如的張嬰妻，大概沒有人包括當時的「觀眾」和後日的「讀者」願意知道她內心眞正想的是什麼，大家曉得的是，她的美貌與淫惑之心引來了足供世人警惕的血訓，甚且死有餘辜。

沈亞之這篇優秀的小說，經得起多角度、多層次的閱讀。那被人忽略的女主角，彷彿以她死在情人刀下的靜默與震恐，永恆於作品的字裡行間。如果作品有待讀者的回應來完成，那麼〈馮燕傳〉沒有寫出來的恐怕比寫出來的還要多。

㈢〈柳毅〉

《太平廣記》卷四百十九，載有〈柳毅〉一篇，篇末注云「出《異聞集》」。作者爲李朝威，生卒年事蹟不詳。

本文自述此事發生於唐高宗儀鳳（西元六七六——六七九）中，其後敘至薛嘏晤見柳毅，則在唐玄宗「開元末」（西元七四一），其時柳毅贈薛嘏仙藥五十丸，並告以：「此藥一丸，可增一歲，歲滿復來。」作者但謂：「嘏常以是事告於人世，殆四紀，嘏亦不知所在。」意思是說，不須五十年，薛嘏已不居人世。

如果從開元末增加四十餘年，那麼就是唐德宗貞元之世。根據作者所記，則〈柳毅〉篇的完成，當在貞元至元和年間。

柳毅故事的流傳，在唐末五代間已獲讀者共信，若與《太平廣記》卷四九二所輯之〈靈應傳〉一卷合觀，則〈柳毅〉顯然不只見重當時，且有典據的地位。往後或爲豔詞所納，或爲說書引用，例如《綠窗新話》卷上、《醉翁談錄》辛集，皆共取並載，廁於宋人話本之列。其餘見播管弦、演爲戲曲小說者，如元尚仲賢的〈柳毅傳書〉，明黃說仲的〈龍簫記〉，清李漁的〈蜃中樓〉、蒲松齡的《聊齋志異》（卷十一〈織成〉）等雜劇傳奇，實可稱之爲世代傳襲，觀摩不厭。

〈柳毅〉之重大情節有三：

首先敘寫柳毅下第還鄉，途遇洞庭君小女爲夫家虐待，託柳毅傳書父母，因此傳授以進入水府的祕法。之後，柳毅果然完成任務，大受龍女本家重酬。

其次，述及錢塘龍爲洞庭小女復仇，並想爲柳毅撮合婚事。然而柳毅堅持「施恩不望報」的原則，遂使得此一姻緣受到挫折。

最後，龍女輾轉托生爲名門盧氏女，終於嫁與柳毅爲妻，夫婦兩人得以同登仙界。

上述情節大都雜採舊聞，即以龍的傳說來看，早已見於中國先秦典籍。例如《史記》〈晉世家〉、《左傳》僖公二十五年，起初不過視龍爲鱗蟲之長，仍然同於畜類。稍後，才有潛龍、飛龍的說法，漸漸近乎神化。或者也有用此隱喻人類中傑出的領袖人物。等到佛經流播中土以後，由於龍爲釋迦牟尼佛的弟子，其生活習慣與威力靈異，不僅雷同人類，並且大大超乎人類。佛經裡有關龍的種種故事，遂也爲中國文學所吸收取材。

〈柳毅〉一文言及龍女遇救與報恩的行爲，雖然經過作者潤色描述種種人情，然而通篇大意，應是取自於《法苑珠林》卷一〇九轉載之〈僧祇律〉（此文並見《太平廣記》卷四二〇）。至於傳送書信進入水府的方法，早見於六朝志怪傳說，例如《搜神記》卷四〈胡母班〉（並見《太平廣記》卷二九三）有如下敘述：

胡母班者，曾至泰山之側，忽於樹見逢一絳衣騶，呼班曰：泰山府君召……遂隨行數十步，騶請班暫瞑，少頃，便見宮室。班乃入閤拜謁，王為設食，語班曰：欲見君無他，欲附書與女壻身……女為河伯婦。班曰：輒當奉書，不知何緣得達？答曰：今適河中流，便叩舟呼青衣，當自有取書者。班乃辭出，遂西行，如神言而呼青衣，須臾，果有一女僕出，取書而沒。少頃復出云：河伯欲暫見君。婢亦請瞑目，遂拜謁河伯……。

此一怪譚，兩晉時期民間非常流行，劉宋時沈懷遠撰《南越志》，也曾敷演其說。《太平廣記》卷二九一〈觀亭江神〉篇記載：

《南越志》云：秦時……中宿縣民至洛，及路，見一行旅，寄其書曰：吾家在觀亭廟前，石間懸藤即是也。但扣藤，自有應者。乃歸，如言，果有二人從水中出，取書而沒。尋還云：「河伯欲見君。」此人不覺隨去，覩屋宇精嚴……

從以上二則引文，可見自「叩舟」而「扣藤」，以至於〈柳毅〉的「扣橘樹」，其間所敘述進入水府方法，其實大體上是一致的，都是象徵進入「他界」的儀式，只不過〈柳毅〉作者踵事增華，文采更爲「濃至」而已。

此外，唐代《廣異記》的〈三衛〉篇，也述及龍女齎書求救於父母的情節。即便前後二者於構想間無互相承襲的關係，也可能是原本於同一傳說，而各爲繁簡不同的演述。

六朝志怪傳說早有人與異類互爲婚姻的內容，至於像龍女幻作人形來匹偶世人，則似出自佛書。佛書中常見人神雜糅的錄載，婚配事似尋常，例如《大唐西域記》卷三記載〈龍池〉故事，云及釋種與龍女爲婚，應該與〈柳毅〉的情節相通。

文中柳毅辭婚，導致一度緣慳。之後，龍女竟矢志相隨。以情感而言，有如《雲溪友議》中卷〈玉簫記〉的「玉簫再世」（見《太平廣記》卷二七四）。其奇詭處，又似《續玄怪錄》的「韋固遲婚」（見《太平廣記》卷一五九）。而篇末說「毅之表弟薛嘏，謫官東南，過洞庭」，於碧波間見柳毅，其事蹟也與沈亞之所撰〈湘中怨解〉的結局相似（見《太平廣記》卷二九八）。可見兩者機杼雷同，皆不離於水域。唐末裴鉶敘寫雲英故事（見《太平廣記》卷五十〈裴航〉條），也模仿〈柳毅〉結尾，說裴航婚後與妻登仙。

歷來讀者對〈柳毅〉篇中有關錢塘君的描寫都讚譽有加，主要是因爲其「龍性率暴，瞋恚無常」的刻劃，正是一年一度錢塘潮的具象化。可是，錢塘君爲姪女求婚柳毅，還得藉酒壯膽。雖謙卑試探，卻不免武力脅迫柳毅，說：「如可，則俱在雲霄；如不可，則皆夷糞壤。」也因而激生柳毅抗婚的勇氣，如文中所謂的「敢以不伏之心，勝王不道之氣！」倘若柳毅在見識過錢塘君的「殺人六十萬，傷稼八百里，吞食涇川子」的暴烈復仇行徑之餘，馬上就被「挾恩成婚」，那麼之前他慨然爲龍女仗義傳書的俠行，恐怕也要大打折扣。

錢塘君當然也非等閒之輩，果然爲柳毅的大義凜然所震懾，「逡巡致謝」，收回原先的請求。文中細緻濃膩的言談描繪，強烈烘托出柳毅雖然不至於不解風情，但是寧可堅執誠信的性格，絕不肯乘人之危大佔便宜。正因爲這樣，龍女在感恩歎憾下，萌生更強烈的愛意和願望，即使逾越時空，費盡苦心，也要同柳毅共結連理。如此「以身相許」的圖報方法，現代人不容易理解，然而，卻是傳統文化裡極隆重的儀式，有如銜草結環死而後已。

當然，也有論者覺得柳毅見義勇爲，誠信固然可嘉；可是在龍宮大受餽贈，既不辭適分之報酬，而且宮人咸以珠璧「投於毅側，重疊煥赫。須臾，埋沒前後」，卻只見柳毅「笑語四顧，愧揖不暇」，實在與江湖賣藝者，揖謝觀眾投錢的情狀沒什麼兩樣。作者用這樣的方式來構造「信士」、「義士」的形象，不特其人品不高，即便想像力也流於庸俗。可是這篇作品的流傳，一向與其他名篇偉構相當，豈不是異數嗎㊵？

㈣〈任氏傳〉

沈既濟的〈任氏傳〉在唐末極為流行，曾被陳翰輯入《異聞集》。《太平廣記》卷四五五引《玉堂閒話》中的〈民婦〉故事時，竟稱：「此雖有魅人之異而未能變，任氏之說，豈虛也哉！」可見不少人還相信它是眞情實事。

金、元時代，董解元〈西廂〉開場曲子、關漢卿〈謝天香〉雜劇楔子，都以「鄭子遇妖狐」作為典實。明人二刻《拍案驚奇》卷二九〈贈芝麻識破假形〉，且謂其事「如任氏身殉鄭六」，尤其可見其餘波盪漾，歷千年而未已。清初蒲松齡《聊齋志異》，也深受其影響。

〈任氏傳〉作者沈既濟，兩《唐書》俱有傳（《舊唐書》卷一四九，《新唐書》卷一三二），然皆簡略。沈氏生卒年代約自玄宗天寶九年（西元七五〇）至德宗貞十六年（西元八〇〇），原籍吳興武康，曾任左拾遺、史館修撰，官至禮部員外郎。除小說〈任氏傳〉與〈枕中記〉外，又著有《建中實錄》十卷。

〈任氏傳〉內容寫天寶九年至十年間，發生於長安昇平里樂遊原的人（鄭子）狐（任氏）戀愛故事。文中記敍大曆中（代宗第四次改元，西元七六六—七七九），沈既濟居鍾陵，與韋崟交遊，韋崟屢談其事。小說中的鄭子是韋崟從父的妹婿，所以他很詳悉故事的來龍去脈。建中二年（西元七八〇），沈既濟謫居東南，旅途中與諸友人「晝讌夜話」任氏事蹟，大家共深歎駭，因此請文筆奇佳的沈氏「傳之以志異」。

早期的狐仙故事，大都屬於精魅惑人的怪譚，例如郭璞《玄中記・評狐》云：

㊵此篇論據主要參酌王夢鷗〈柳毅傳書故事之考察〉，收於《傳統文學論衡》，頁二六〇—二七〇。

狐五十歲，能變化為婦人；百歲為美女，為神巫，或為丈夫與女人交接，能知千里外事，善蠱魅，使人迷惑失智，千歲即與天通，為天狐。

到了唐人小說，還是留有六朝志怪的遺風，狐仙記聞也大抵不出此種模式。只有極少數能從精魅身上雜糅人情韻味，像《廣異記・李譼》、《宣室志・計眞》，皆寫狐女與常人婚配生子，使人性色彩漸濃。然而在《太平廣記》所收錄的八十三條狐妖故事當中，仍然不得不推〈任氏傳〉最爲特出。

沈既濟此文，雖以精魅爲主角，讀來荒誕離奇，卻富於生活的實感。小說開篇即謂「任氏，女妖也」，顯然不避諱其身分。其實不難窺作者有意擬妖狐於人類，文中累述若干情態來刻劃其情性，不但使韋崟、鄭六這幫紈袴子弟冶蕩的事行，歷歷如繪，尤其不吝筆墨，加意烘染任氏的嫵媚與堅貞。所謂「於異類中深見人情，於人情中隱伏獸性」，或意在傳奇，或旨在諷諭。

狐妖化人的任氏，雖隸屬倡優之流，卻不失爲識恥之輩。任氏與鄭六初遇時，並無傷人惡意，一旦感鄭六知遇後，即誓願一生以奉巾櫛。等到與鄭六共謀棲止，韋崟乘間慕色而往，欲加凌暴；任氏拒抗再三，竟以對鄭六之深情厚義感動韋崟。其間任氏爲酬庸韋崟愛護之心，不惜多方爲其羅致佳麗，若張十五娘、刁緬家的樂伎，以供韋崟玩樂厭棄，可謂造孽重重，終於慘遭獵犬噬死的報應。

細觀任氏種種策畫圖謀，皆不出乎市井色情勾當，切合其託跡倡優的身分，同時適可反襯浪蕩紈袴的志趣。作者以妖狐異類匹配浮薄年少，良有用心；及至雙方愛慾昇華，結成至交（不唯任氏與鄭六，亦見於任氏與韋崟的相互愛重），雙方竟蟬蛻於污泥之中。文末述及任氏明知西行不利而甘爲公死；又敘鄭六與韋崟於任氏復本形而亡後，如喪所親而相持盡哀。作者乃於文末興歎：

嗟呼，異物之情也有人道焉！遇暴不失節，狥人以至死，雖今婦人，有不如者。

可知沈既濟此文實「借異類以諷喻人情」。論者多愛賞其刻繪任氏之「姝麗」處，先則託於慧黠家僮之口述，繼則徵於韋崟目驗後的「愛之發狂」，終復藉市人張大之驚駭以盡其形容。可謂三復斯言，而不令人覺其絮煩。

至若寫韋崟見凌，任氏竣拒之狀，但以寥寥數語，已使情態躍然。終了任氏為犬所獲，作者復藉鄭六觀點點染：

> 迴睹其馬，嚙草於路隅，衣服悉委於鞍上，履襪猶懸於鐙間，若蟬蛻然。唯首飾墜地，餘無所見。

不僅狀難寫之景，如在目前，復有超然物化的淒美，流盪其間。謂沈氏「敘事細密，筆意生動」、「運大筆力於小說，盱衡當世，事屬空前」，誰曰不宜[41]？

三、哲理思想類——〈枕中記〉、〈南柯太守傳〉、〈杜子春〉

(一)〈枕中記〉

宋代《文苑英華》卷八三三〈寓言類〉與《太平廣記》卷八十二〈異人類〉，皆收錄有沈既濟的〈枕中記〉，前者未言其所出，後者於篇末注「出《異聞集》」，但更名為〈呂翁〉。

《太平廣記》卷二八三收有南朝宋劉義慶《幽明錄》〈楊林〉故事一則，應是〈枕中記〉的原始間架。茲錄於下：

---

[41]此篇論述參考王夢鷗〈《任氏》敘錄〉一文，收於《唐人小說校釋》（上），頁五六—五七。

焦湖廟祝有柏枕三十餘年，枕後有一小坼孔。縣民楊林行賈經廟祈福。祝曰：「君婚姻未？可就枕坼邊。」令林入坼內。見朱門瓊宮瑤臺，勝於世；見趙太尉，為林婚。育子六人，四男二女。選林祕書郎，俄遷黃門郎。林在枕中，永無思歸之懷。遂遭違忤之事。祝令林出外間，遂見向枕。謂枕內歷年載，而實俄忽之間矣。（劉義慶，《幽明錄》古小說鉤沉本）

然而〈枕中記〉大旨乃在自寫作者之見聞與感想，與原本志怪傳說之意趣已不盡相同。文中歷敘宦途升降，出將入相，有關朝章國典與當代史事，莫不暗合，故李肇《國史補》稱之爲「良史才」。本篇行世以後，影響不少文士以史筆寫烏有、亡是之事，漸成風氣，由纂異而傳奇，於唐詩之外，別放異彩；其間之邯鄲店、盧枕、黃粱夢，尤其成爲日後詩人、詞人常用的典實。

沈既濟早涉仕途，大曆中（西元七六六—七七九）爲江西從事，旋以太常寺協律郎奉職京師。因其經學賅明，尤工史筆，爲吏部侍郎楊炎所賞識。大曆末，代宗晏駕，德宗繼位，拜楊炎爲相，引既濟入中書省爲右拾遺兼史館修撰。不及二年，楊炎得罪，賜死南荒，既濟亦受株連，貶爲處州司戶參軍，去京師四千二百七十八里。

兩年後，京師大亂，朱泚竊據長安，德宗西走奉天，力圖恢復。擾攘經年，始告平定，改元貞元年（西元七八五），大赦天下，既濟可能因此得以還京。貞元中，位終於禮部員外郎。觀其一生官歷，終不過一「青衫外郎」而已。

建中元年（西元七七〇）楊炎獨任大政時，確以沈氏兼任史職，實欲借其才能宣恢政績，所以有《建中實錄》的編撰。既濟因史才得任史官，爲一適意之事，然此適意之時日，前後不及兩年，可謂短暫之至。

再以楊炎宦途發跡之事觀之（見《舊唐書》卷一一八，《新唐書》卷一四五），其飛黃騰達，至建中元年臻於極點，而殺身之禍亦隨與俱來。即使沈既濟不自覺人生適意之事，難求而易逝，然以其久居京華，熟知當代史料，則其看人富貴，亦當深感其如夢幻泡影；何況生平知己如楊炎者，其影事歷歷，盡在目前乎！是故，〈枕中記〉中之盧生，似為楊炎之寫照。至於追求「人生之適」以至於幻滅，則是作者親聞目擊之心證也。

準此推測，此文成篇時間當在建中末至貞元初㊷。

〈枕中記〉內容寫得神仙術的道士呂翁，讓盧生睡在魔枕上作夢，夢中盧生現實界的理想一一實現，挫折也獲得補償；但夢醒之後，盧生突然感悟人生虛幻，以往所追求的目標及所遇的挫折，其實無甚意義，在領受道士的「窒欲」之教後，憮然而去。這樣的結尾是相當消極的。

〈枕中記〉的故事主要由現實世界和夢中世界兩部分組合而成。夢境約佔全文的三分之二，似乎是全文的主體，作者有意藉此反映唐代的社會風氣及當時士人的理想。夢中的經歷雖複雜，然而只是代表一般的理想人生，在小說裡的作用，只是為使夢境更具眞實感而已。在「現實世界」裡，故事發生的時間是開元七年，地點是邯鄲道中的邸舍，人物是道士呂翁、盧生及邸舍主人，故事的主要部分是呂翁讓盧生作了一場夢，夢醒後看到自己仍躺在邸舍中；呂翁坐其傍，而主人蒸黍未熟，乃徹悟人生種種如夢似幻。亦即夢境應該是屬於現實世界的一部分，但它卻遠比現實世界遼闊豐富。由於夢境的無限包容力，無形中延伸了現實人生的長度，也豐富了它的內容，有了夢，人彷彿多活好幾次，人生也顯得更多采多姿。

尤其有趣的是，夢與現實的分別，常是相對的，有時夢比現實更眞，而現實較夢更為虛幻。〈枕中記〉中夢與現實的眞假屬性，即可以顚倒過來看。像故事裡「現實世界」所敘呂翁開悟盧生的過程，實是充滿神怪意味的「超現實」；相反的，故事中的「夢境」卻是唐代社會的現實。作者似乎有意藉超現實的世界來批判現實、否定現實。

如果人能從超越的角度來看現實人生，本來會有如夢之感；可是，一般人用來否定現實世界的超現實世

㊷以上參見王夢鷗〈《枕中記》敘錄〉，收於《唐人小說校釋》（上），頁二四—二八。

界，實際是建立在人的想像之上，其虛幻更甚於夢境。〈枕中記〉中呂翁點化盧生這件事，豈不更像是一場夢？

再者，當夢中的盧生老死時，現實的盧生剛好醒來，死生之連續恍如流水般，未曾間斷。此一由死而生的過程，原本違背自然律，但經由夢與現實的銜接，卻顯得極自然。以此而言，夢似乎幫助人們克服死亡的恐懼，產生莊周夢蝶的「齊生死」的觀念。這樣的安排，是否意味著這篇小說涵蘊從死亡到再生的過程？仔細玩索的話，其實由死而生的弔詭，只是一個恍惚的錯覺。因爲〈枕中記〉是利用夢來否定客觀的現實人生，故事的結尾，並未提供什麼可以奮鬥追求的目標，而是帶著濃厚的消極悲愴意味，絲毫沒有「再生」所具有的樂觀積極。

至於爲什麼盧生作夢之後，變得消極？雖然夢境的內容具有積極鼓勵的作用，但不管夢裡如何繁華，夢醒之後都會成空，這種「如夢」的幻滅感，恐怕才是消極悲觀的來源。而且，夢境愈是繁華，夢醒之後的悲哀愈重。因此，最重要的是追究人生是否如夢？如果人生可以比成夢境，則人生必然是可悲的。

由於「死亡」這不可逃避的鐵律，人的一生方才顯得虛浮不實，有如夢境。不管一個人在現實生活中過得多麼顯赫輝煌，面對「死亡」的最終來臨，所有往事都會像作夢般不可靠。死亡之前，眾生平等，使得任何內容的人生，到頭來都一樣虛無。汪辟疆嘗謂：

> 本文於短夢中忽歷一生，其間榮悴悲懽，刹那而盡，轉念塵世實境，等類齊觀。出世之想，不覺自生。

胡倫清亦云：

沈氏此作，用意在使熱中者流，悟及塵世間之功名富貴，轉瞬盡成夢幻，況其中苦樂悲歡，迭相乘除，短促之人生，未必盡能饜足一己之願望也。

兩者皆點出，〈枕中記〉由於人生短暫如夢，因而否定現實理想的主題。

追根究柢，〈枕中記〉的結構，即是建立在生與死的對立上。呂翁象徵智慧老者，他所具的就是時間（亦即生命的、死亡的）智慧，基於對「死亡及時間」的瞭解，他乃有足以啓悟人的「神仙術」。而認爲「士之生世，當建功樹名，出將入相，列鼎而食，選聲而聽，使族益昌而家益肥」的盧生，原本充滿生命活力（他的不甘久困畎畝，正是生命衝動的象徵），然「人必有死」的事實也必爲他所認知，可是有許多慾望還未滿足，死亡的距離畢竟尙遠，對於死亡及時間的毀滅性意義，他尙未眞切的瞭解，仍是盲目地往前追求，所以，呂翁才讓他入夢而驚夢，以悟到這種「死亡的智慧」。

試看盧生夢醒時，面對的正是呂翁這接近死亡的事實（遲早有一天，他亦會變老人），在夢與呂翁的對照下，乃領悟到「人生如夢」的智慧。於是，他不僅認同呂翁，並失卻慾望、理想的追求，可能接下去要過的是無慾的人生。此間心理的變化，應是接受夢境的啓示而來。夢是一面鏡子，透過它，盧生看清人生的基本事實：即是由生而死的過程。夢境所反映的眞理是：由於死亡的毀滅性，人生就顯得如夢幻般的虛無。也因此，盧生悟夢後，可能很自然地放棄原先的理想。

〈枕中記〉中有兩處頗耐人尋味的地方，一處是盧生枕著青甆入睡，並由枕旁小竅進到夢中世界；另一處是盧生夢醒時，邸舍主人蒸黍未熟。青甆小竅符合「洞穴原型」的觀念，經由它通往夢境，其實正是溝通現實與超現實世界的橋樑，此與〈桃花源記〉的山洞原屬同一機杼。而「蒸黍未熟」則代表在不同世界中有不同的時間意義，〈枕中記〉的夢境雖有數十年之久，實際上卻只有蒸黍未熟那麼短暫。很明顯，黍是時間的具體象徵，蒸黍未熟是說明時間的短促，而同時也象徵人生的快速。此一由生而熟的過程，正可用來意指生命由生而死的短暫。上述兩者，都反映六朝以來道家文學的特色。

如果配合沈既濟與楊炎一幫友人的遭遇來看，〈枕中記〉所敘寫的應是一個苦悶靈魂的歷程，本爲寫給那些屢遭挫折的人看的。「人生如夢」的觀念不僅可用以否定各種人生的理想，也可用來否定過去受挫的事實，因而減輕心理重擔。再回味一下故事發生的場所爲邸舍，實意味著人生如逆旅，如過客，可以說，整個〈枕中記〉就是一大象徵㊸。

到了清代，曹雪芹把〈枕中記〉放大加深變曲折，成就同樣旨趣——人生如夢——的《紅樓夢》，令人尤爲愴懷。

㈡〈南柯太守傳〉

李公佐所撰〈南柯太守傳〉，曾收入陳翰《異聞集》，曾慥節錄北宋遺籍所成之《類說》，其卷二八即節錄《異聞集》載錄之「淳于棼夢入槐安國事」，標稱〈南柯太守傳〉；《太平廣記》卷四七五則題爲〈淳于棼〉，下注：「出《異聞集》」，歸類「昆蟲三」。

若以文中淳于棼事審視之，作者自謂於貞元十一年，親睹其遺跡，則此文之作，當在貞元之世。其時，沈既濟的〈枕中記〉方見重於詞林，則李公佐有意踵其事而侈談之，亦甚自然。故其託辭雖異，而大旨同感人生的虛幻；惟〈南柯太守傳〉特著意於名位的不足驕，與〈枕中記〉的全出於幻滅之感者相去稍有間矣。從而可測知〈南柯太守傳〉似出於名位低微者的感喟，非如〈枕中記〉之以人生大限證明功名富貴之爲夢幻也。

〈枕中記〉中盧生之枕，取材於《幽明錄》「楊林」故事；〈南柯太守傳〉似亦取材於六朝志怪書。王夢鷗指出，今本《搜神記》（卷十）有「盧汾夢入蟻穴」一則，《太平廣記》卷四七四據晚唐人焦璐所撰《窮神祕苑》引《妖異記》載其全文。《妖異記》所記盧汾事，出在後魏莊帝永安二年（西元五二九），疑其書或爲

㊸以上敘述參見黃景進〈《枕中記》的結構分析〉一文，收於《中國古典小說研究專集》四（台北　聯經　一九八二年）。

北人所作，傳至晚唐猶在，或爲李公佐所見，乃渲染成篇。唯盧汾入蟻穴，爲《搜神記》撰者所不及知之事，大概是後人羼入。

《南柯太守傳》作者李公佐的生平事蹟，捨其自著於遺文者外，他人偶爾言及其姓名者，皆甚曖昧。從李氏〈南柯太守傳〉、〈古岳瀆經〉、〈謝小娥傳〉、〈尼妙寂〉、〈馮媼傳〉等作中，略可窺其行歷。概爲貞元十一年（西元七九五）秋，自吳至洛，二年後泛瀟湘蒼梧，又四年罷嶺南從事（或「江西判官」）至上元縣；元和初（西元八〇六）自楚入秦，經泗州，元和六年（西元八一一）以江淮從事受使至京，二、三年後，至朱方、古東吳等地。

《舊唐書》〈宣宗本紀〉大中二年二月載三司推勘吳湘之獄，文中有謂李公佐「卑吏守官，制不由己；不能守正，曲附權臣，削兩任官」事。此獄爲牛、李黨爭的迴響，發生於武宗會昌二年（西元八四二），結束在宣宗大中二年。李公佐所削之兩任官，其一當爲「揚州大都督府錄事參軍」，其一或帶文散官銜，加一階應爲通直郎或侍御史，時爲元和初年。是知自元和至會昌，間歷三十年，公佐始得揚州府錄事參軍，其仕途邅迍，視當時之失意文人略無不同。但李氏能以「卑吏」自甘，淪落江淮至數十年之久，而謂「江南神仙窟，吾當混其眞」，如果不是自我解嘲，則實有得於〈南柯太守傳〉結尾所稱：「無以名位驕於天壤間」者乎！

又李公佐遺篇所記同時交遊諸人，皆有聲於貞元至太和之世，而公佐之自稱或被稱引，皆僅有「隴西李公佐」五字，至仕履無聞。從貞元迄於會昌，李氏在揚州府所歷事之鎮帥前後十有餘人，其間存歿升沉一如夢幻，則其隨緣曲附，正是混其眞矣。

總之，〈枕中記〉與《南柯太守傳》沿襲志怪，雜糅佛道思想，雖同爲夢幻人生說法，然二者之題旨實不相同。李公佐於文末附贊曰：

貴極祿位，權傾國都，達人視此，蟻聚何殊。

從中不難看出，他在宦海蹭蹬之餘指斥當權者的意向㊹。

㈢〈杜子春〉

李復言所撰〈杜子春〉，見於《太平廣記》卷十六，乃引自其《續玄怪錄》。另有《五朝小說》本及《唐人說薈》本，則題鄭還古撰。

李復言生平事蹟，歷來史家皆說無可考。王夢鷗嘗有李復言或許是李諒的論證，謂李氏大約是太和、開成年間人，或與段成式同時代。李復言《續玄怪錄》中有很多篇章，改寫自別的傳說故事，在重新撰述的過程中，常可見到他更動某處細節，而顯現出驚人的創意。

以〈杜子春〉論，故事原型應出自於《大唐西域記》卷七的〈烈士池〉，類似的作品尚有薛魚思《河東記．蕭洞玄》（收於《太平廣記》卷四十四），以及裴鉶《傳奇》中的〈韋自東傳〉（收於《太平廣記》卷三五六）。

〈烈士池〉極簡短，描寫一隱士尋訪一困窮走頭無路的烈士幫助他煉丹，起先給他五百錢，以後累加重賂，終於感動烈士爲其效命，隱士的要求是，要他「一夕不聲耳」。等到天將破曉，烈士忽然發聲尖叫，煉丹沒有成功。隱士責問，烈士才補述他所遭受諸種誘惑痛苦，最後轉世投胎做男人，亦受苦不敢言語。其妻生氣發怒，欲殺其子，烈士爲了阻止其妻而發聲音。

另一則〈蕭洞玄〉大致敷演〈烈士池〉故事，先敘道士蕭洞玄要尋訪一人助其煉丹。一開始在船上見一人「雖船頓蹙其右臂，且折，觀者爲之寒慄，其人顏色不變，亦無呻吟之聲，徐歸船中，飲食自若」。道士因而與此人論交，他也願意助道士煉丹。之後情節比〈烈士池〉增添許多具體的細節描寫，投胎亦爲男人，終因妻子殺兒，「痛惜撫膺，不覺失聲驚駭」。這個幻境苦難不像〈烈士池〉，經由烈士補述展現，而是有聲有色的

㊹此篇論述參考王夢鷗〈《李公佐作品》敘錄〉一文，收於《唐人小說校釋》（下），頁一八八—一九九。

演出。

至於〈韋自東傳〉，先描寫韋氏的勇武行徑，因其殺死二夜叉以致遠近知其猛勇，而被道士看上，乃託他協助其煉丹；條件不是不出聲音，而是替他守護洞口，斬絕妖魔。韋自東的失敗是受到另一名道士的僞裝欺騙，放其入洞，煉丹因此失敗。

〈杜子春〉採用〈烈士池〉原有的隱士與烈士的遇合關係，並以三次累增受款，逐步強化杜子春效命報恩的心切。從初次見老人受贈三百萬錢後的「蕩心復熾」，又經第二次的愧謝、發憤，但是「錢既入手，心又翻然」，再次墮落。終於在老人加倍給他三千萬錢的痛悟反省下，杜子春願意死心蹋地爲恩人忍耐任何痛苦，幫助對方鍊丹。這是極合乎情理的開展，接下來杜子春領受道士的告誡：不論遇到什麼情境，皆非眞實，要牢記「愼勿語」，千萬不爲所動。果然，在道士華山雲台峰的仙室中，杜子春前後近十次受到惡鬼、猛獸、夜叉種種試驗，凡是人世所可能遭遇與想像的各種恐怖、痛苦，都在他身上出現，威嚇他、蹂躪他，但他謹記道士的囑咐，連一點呻吟都不出，表現了人性所能擔負的最大克制力，他守戒制服了喜、怒、哀、懼、惡、欲「六情」，可惜最後在「愛」的試煉上，沒有通過，以致丹毀爐壞，成仙無望。

小說最令人稱道的是，李復言改寫〈烈士池〉和〈蕭洞玄〉故事裡轉世投胎的部分，與兩篇幻境中的男身不同，李復言別出機杼讓杜子春在幻境中轉世投胎爲「女人」。她的丈夫盧珪因爲妻子長年不肯講話，由痛轉怒，激忿之下持兒兩足，「以頭撲於石上，應手而碎，血濺數步」。幻境中的啞妻也就是杜子春愛生於心，忽忘其約，不覺失聲云：「噫。」李復言顯然認爲母子之愛比父子情誼更具原始赤眞的人性本能，「妻怒夫殺兒」較諸「夫怒妻殺兒」，何者更合於經驗的眞實？李氏彷彿提供我們一個幽微的省思空間。

基於人性中母子親情的自然反映，使化身爲女人的杜子春在目睹愛子被活活摔死時，忍不住激動得忘掉誓約，而發出聲音。這一極爲忍耐還是無法壓抑的「噫」聲，點活當時情境，也使整篇小說達到最高潮，它不但掀開人性最根本的愛，同時提示了「愛」乃是一切生命的立足點，無比可貴㊺。

然則，以宗教修行的角度論，道教以爲「丹將成，魔輒害」。而所謂的諸魔，即七情之幻想。塵世中的一切事物，皆屬幻相，只有在突破幻相之後，才有眞實世界。〈杜子春〉中的不出聲、不應名，無非在破解「我執」。因爲「名字」乃象徵符號，一應即沾執，必以幻爲眞、陷入虛妄，流失眞我。其間斷慾的錘鍊，是爲達「無執無我」的境地，而眞正無所執，才能自我渡脫並濟渡苦海眾生。

透過重重考驗，〈杜子春〉指出了七情之中「愛」的執泥是最深的，它正是由此曉諭人們去煩惱、求解脫的法門。不過，由於李復言的點石成金，或許讓許多讀者在斷慾成仙與因愛毀道之間，更歎賞後者也未可知。

明代馮夢龍的《醒世恆言》有〈杜子春三入長安〉、胡介祉有〈廣陵仙傳〉，清朝岳端有〈揚州夢傳奇〉，應該都是同受〈杜子春〉的影響寫成的。

以上所論各篇，原文附於本章後，謹供參閱。

第五節　傳奇名集與雜俎

唐人傳奇除單篇行世者外，尚有不少會萃成集的名著，像牛僧孺《玄怪錄》、李復言《續玄怪錄》、牛肅《紀聞》、薛用弱《集異記》、袁郊《甘澤謠》、裴鉶《傳奇》、皇甫枚《三水小牘》等，大都文采裴然，搜奇志逸，雋永可觀，其間亦不乏名篇。

唐代傳奇小說的另一條脈絡是承襲漢魏六朝舊傳統下來的雜俎，然風格已不甚相同，大致可分成兩類，一是走《世說新語》的路數，以記載人物言行爲重點，用來補述正史的，如劉餗《隋唐嘉話》、劉肅《大唐新

㊺參見李元貞〈李復言小說中的點睛技巧〉，收於《中國古典文學研究叢刊》小說之部㈡。

語》、李肇《國史補》、趙璘《因話錄》、張固《幽閑鼓吹》、王定保《唐摭言》都是；一是走張華《博物志》的方向，旨在集奇記怪，誇讚遠方珍異，如段成式《酉陽雜俎》、范攄《雲溪友議》、蘇鶚《杜陽雜編》等是。這些雜俎在描寫鋪敘及創意上常與傳奇小說互滲交流，風貌別致。茲錄數則於下，聊供賞讀：

太宗每謂人曰：「人言魏徵舉動疏慢，我但覺其嫵媚耳。」（《隋唐嘉話》）

煬帝善屬文，而不欲人出其右，司隸薛道衡由是得罪，後因事誅之，曰：「更能作空梁落燕泥否？」（《隋唐嘉話》）

今婦人面飾花子，起自昭容上官氏所製，以掩點跡。大曆已前，士大夫妻多妒悍者，婢妾小不如意，輒印面，故有月點錢點。（《酉陽雜俎》）

肅宗五月五日抱小公主，對山人李唐于便殿。顧唐曰：「念之勿怪。」唐曰：「太上皇亦應思見陛下。」肅宗涕泣，是時張氏已盛，不由己矣。（《唐國史補》）

德宗既貶盧杞，然常思之，後欲稍遷，朝臣恐懼，皆有諫疏。上問李汧公曰：「盧杞何處奸邪？」勉曰：「天下以為奸邪，而陛下不知，所以為奸邪也。」（《唐國史補》）

郭曖與昇平公主琴瑟不調，曖罵公主：「倚乃父為天子邪？我父嫌天子不作。」公主恚啼，奔車奏之。上曰：「汝不知，他父實嫌天子不作。使不嫌，社稷豈汝家有也。」因泣下，但命公主還。尚父拘曖，自詣朝堂待罪。上召而慰之曰：「諺云：『不癡不聾，不作阿家阿翁。』小兒女閨幃之言，大臣安用聽？」錫賚以遣之，尚父杖曖數十而已。（《因話錄》）

英公貴為僕射，其姊病，必親為粥，火燃，輒焚其鬚，姊曰：「僕妾多矣，何為自苦？」勣曰：「豈無人耶？顧今姊年老，勣亦年老，雖欲久為姊粥，復可得乎？」（《大唐傳載》）

宣宗囑念萬壽公主，蓋武皇世有保護之功也。駙馬鄭尚書之弟顗嘗危疾，上使訊之。使迴，上問：「公主視疾否？」曰：「無。」「何在？」「在慈恩寺看戲場。」上大怒且歎曰：「我怪士大夫不欲與我為親，良有以也。」命召公主。公主走輦至，則立於階下，不視久之。主大懼，涕泣辭謝。上責曰：「豈有小郎病不往視，乃觀戲他處乎？」立遣歸宅。畢宣宗之世，婦禮以修飾。（《幽閒鼓吹》）

北宋太平興國二年（西元九七七）三月，太宗詔令文臣廣集宋以前野史傳記小說諸家，次年八月編成《太平廣記》，共五百卷，分五十五部，最末雜傳記九卷，皆唐傳奇文。然至明嘉靖年間始整理印行。現今有以下諸選本可資利用：一是周樹人（魯迅）校錄的《唐宋傳奇集》，一是汪國垣校錄的《唐人小說》，另有王夢鷗的《唐人小說校釋》（上、下）皆佳。

第六節　變文

唐人傳奇小說中常有詩與散文的交錯運用，內容方面也充滿離合悲歡的強烈故事性，這些可能受到當時盛行於寺院的變文的影響。

變文源於佛寺，僧侶們爲了宣揚經義，於是變更深奧的佛經爲通俗的講話，故稱爲「變文」。佛教自東漢明帝傳入後，對中國文化產生既深且遠的刺激。從東晉至唐，佛經迻譯一萬五千卷以上，其中許多經文內容想像豐富，表現形式韻散相兼，相當啓導了中國文學作品的浪漫精神，並衍生出講唱文學。尤其是僧侶的「唱導」方法，極引人入勝。梁慧皎的《高僧傳》說：

> 談無常則令人心形戰慄，語地獄則怖淚交零，徵昔因則如見往業，覈當果則已示來報，談怡樂則情抱暢悅，敘哀戚則灑淚含酸。於是闔眾傾心，舉堂惻愴。五體輸席，碎首陳哀，各各彈指，人人唱佛。㊻

這樣曉暢傳神的「邊講邊唱」（講的部分用散文，唱的部分用韻文），很快受到市民的熱烈歡迎。

中唐以後，寺院裡的「俗講」已非常盛行，因爲太聳動群眾的關係，有的內容不免流於「淫穢鄙褻」，以致有人諷刺爲「和尚教坊」㊼。到宋眞宗時，變文被禁止在寺院講唱，卻趁機滲入「三瓦兩舍」，反而因此壯大，成爲宋以後一切講唱文學與白話小說的始祖。

變文的發現是二十世紀初的事。西元一九〇七年，匈牙利地理學家史丹因（A. Steine）和法國漢學家伯希和（Paul Pelliot），先後得知敦煌千佛洞石室有古籍文物，於是買走了二十四箱寫本及五箱圖畫古董。後來，倫敦大不列顛博物院有六千卷寫本，巴黎圖書館有一千五百卷，中國北京圖書館有六千多卷，私人也偶有收

㊻孟瑤《中國小說史》〈隋唐五代〉部分，頁一一一—一一二。

㊼同前註，頁一一九。

藏。

這些在敦煌發現的寫本，十分之九是佛經，另有少數道教經典及失傳的文學作品，時間約從東晉末年到趙宋初年（大約五世紀初至十世紀末）。其中最令人注意的是「變文」。變文的取材範圍很廣，有專講唱佛經的，像：〈維摩詰經變文〉、〈大目乾連冥間救母變文〉……，有講唱歷史故事或民間傳說的，如〈伍子胥變文〉、〈王昭君變文〉……；也有講唱當代有關「西陲」新聞的，如〈張義潮變文〉。

在唐末五代以迄宋初，有一些同出自敦煌石室的民間講唱文學作品（史傳變文以外的），共二十一種，即所謂的「俗文小說」。論者指出這「是繼傳奇小說之後的，變文與話本之間的重要橋樑」⑱。這二十一種俗文學作品，形式多變，有通篇以散文寫成的〈秋胡變文〉、〈前漢劉家太子傳〉、〈韓擒虎話本〉、〈唐太宗入冥記〉等；有散文後附詩作結的〈舜子變〉、〈葉淨能詩〉、〈孔子項託相問書〉、〈蘇武李陵執別詞〉等；有散文中間雜偈語的〈廬山遠公話〉。可以說它們爲日後的講史和話本小說開了先河。

另外也有通篇七言韻語（如：〈捉季布傳文〉、〈季布詩詠〉、〈董永變文〉等），或以四言韻語爲主幹的（如：〈韓朋賦〉和〈鷰子賦〉）作品，這些表現或許不無傳統的借用，然而確也使講唱文學多了嶄新的形式，成爲後來鼓子詞、唱賺、諸宮調、涯詞、陶眞、道情、蓮花落、鼓書、快書、木魚歌……的泉源。

二十一種俗文學作品中除少數的寓言（如〈鷰子賦〉）及遊戲之作（如〈下女夫詞〉）外，取材偏向前代史傳，頗能突顯當時重言辯、尚團圓、神助孝子說、尊道教以及好寓言的風氣。其間手法的創新，亦具體表達在寫景狀物抒情上，尤其是問答體和遞言體的使用。如〈孔子項託相問書〉、〈晏子賦〉全篇一問一答；〈茶酒論〉、〈下女夫詞〉則是才辯相當的二人，同時作層浪相逼式的輪辯競賽。這些作品應當啓示影響了後代雙簧的演出，乃至戲劇分角的初試。

再者，二十一種作品不避俚俗語言，以口語化散文敘事，從現實生活挖掘題材，反映、批評人生，不乏爲

⑱邵紅〈敦煌石室的歷史故事——二十一種俗文學初探〉，原載《文學評論一》，由書評書目出版。

創作而創作的意識，都接近後代小說的寫作宗旨。因此，它在中國小說的進展上實在不應忽略㊾。

附錄——原典

霍小玉傳

唐・蔣防

大曆中，隴西李生名益，年二十，以進士擢第。其明年，拔萃，俟試於天官。夏六月，至長安，舍於新昌里。生門族清華，少有才思，麗詞嘉句，時謂無雙；先達丈人，翕然推伏。每自矜風調，思得佳偶，博求名妓，久而未諧。

長安有媒鮑十一娘者，故薛駙馬家青衣也；折券從良，十餘年矣。性便辟，巧言語，豪家戚里，無不經過，追風挾策，推為渠帥。常受生誠託厚賂，意頗德之。經數月，李方閒居舍之南亭。申未閒，忽聞扣門甚急，云是鮑十一娘至。攝衣從之，迎問曰：「鮑卿今日何故忽然而來？」鮑笑曰：「蘇姑子作好夢也未？有一仙人，謫在下界，不邀財貨，但慕風流。如此色目，共十郎相當矣。」生聞之驚躍，神飛體輕，引鮑手且拜且謝曰：「一生作奴，死亦不憚。」因問其名居。鮑具說曰：「故霍王小女，字小玉，王甚愛之。母曰淨持。淨持，即王之寵婢也。王之初薨，諸弟兄以其出自賤庶，不甚收錄。因分與資財，遣居於外，易姓為鄭氏，人亦

㊾此部分係摘要邵紅論文而成。

不知其王女。姿資穠豔，一生未見，高情逸態，事事過人，音樂詩書，無不通解。昨遣某求一好兒郎格調相稱者。某具說十郎。他亦知有李十郎名字，非常歡愜。住在勝業坊古寺曲，甫上車門宅是也。已與他作期約。明日午時，但至曲頭覓桂子，即得矣。」

鮑既去，生便備行計。遂令家僮秋鴻，於從兄京兆參軍尚公處假青驪駒，黃金勒。其夕，生澣衣沐浴，修飾容儀，喜躍交並，通夕不寐。遲明，巾幘，引鏡自照，惟懼不諧也。

徘徊之間，至於亭午。遂命駕疾驅，直抵勝業。至約之所，果見青衣立候，迎問曰：「莫是李十郎否？」即下馬，令牽入屋底，急急鎖門。見鮑果從內出來，遙笑曰：「何等兒郎，造次入此？」生調誚未畢，引入中門。庭間有四櫻桃樹；西北懸一鸚鵡籠，見生入來，即語曰：「有人入來，急下簾者！」生本性雅淡，心猶疑懼，忽見鳥語，愕然不敢進。逡巡，鮑引淨持下階相迎，延入對坐。年可四十餘，綽約多姿，談笑甚媚。因謂生曰：「素聞十郎才調風流，今又見儀容雅秀，名下固無虛士。某有一女子，雖拙教訓，顏色不至醜陋，得配君子，頗為相宜。頻見鮑十一娘說意旨，今亦便令承奉箕箒。」生謝曰：「鄙拙庸愚，不意顧盼，倘垂採錄，生死為榮。」遂命酒饌，即令小玉自堂東閤子中而出。生即拜迎。但覺一室之中，若瓊林玉樹，互相照曜，轉盼精彩射人。既而遂坐母側。母謂曰：「汝嘗愛念『開簾風動竹，疑是故人來』，即此十郎詩也。爾終日吟想，何如一見。」玉乃低鬟微笑，細語曰：「見面不如聞名。才子豈能無貌？」生遂連起拜曰：「小娘子愛才，鄙夫重色。兩好相映，才貌相兼。」母女相顧而笑，遂舉酒數巡。生起，請玉唱歌。初不肯，母固強之。發聲清亮，曲度精奇。

酒闌，及暝，鮑引生就西院憩息。閒庭邃宇，簾幕甚華。鮑令侍兒桂子浣沙與生脫靴解帶。須臾，玉至，言敘溫和，辭氣宛媚。解羅衣之際，態有餘妍，低幃暱枕，極其歡愛。生自以為巫山洛浦不過也。中宵之夜，玉忽流涕觀生曰：「妾本倡家，自知非匹。今以色愛，託其仁賢。但慮一旦色衰，恩移情替，使女蘿無託，秋扇見捐。極歡之際，不覺悲至。」生聞之，不勝感歎。乃引臂替枕，徐謂玉曰：「平生志願，今日獲從，粉骨碎身，誓不相捨。夫人何發此言！請以素縑，著之盟約。」玉因收淚，命侍兒櫻桃褰幄執燭，授生筆研。玉管絃之暇，雅好詩書，筐箱筆研，皆王家之舊物。遂取繡囊，出越姬烏絲欄素縑三尺以授生。生素多才思，援筆成章，引諭山河，指誠日月，句句懇切，聞之動人。染畢，命藏於寶篋之內。自爾婉孌相得，若翡翠之在雲路也。如此二歲，日夜相從。

其後年春，生以書判拔萃登科，授鄭縣主簿。至四月，將之官，便拜慶於東洛。長安親戚，多就筵餞。時春物尚餘，夏景初麗，酒闌賓散，離思縈懷。玉謂生曰：「以君才地名聲，人多景慕，願結婚媾，固亦衆矣。況堂有嚴親，室無冢婦，君之此去，必就佳姻。盟約之言，徒虛語耳。然妾有短願，欲輒指陳。永委君心，復能聽否？」生驚怪曰：「有何罪過，忽發此詞？試說所言，必當敬奉。」玉曰：「妾年始十八，君纔二十有二，迨君壯室之秋，猶有八歲。一生歡愛，願畢此期。然後妙選高門，以諧秦晉，亦未為晚。妾便捨棄人事，剪髮披緇，夙昔之願，於此足矣。」生且媿且感，不覺涕流。因謂玉曰：「皎日之誓，死生以之，與卿偕老，猶恐未愜素志，豈敢輒有二三。固請不疑，但端居相待。至八月，必當卻到華州，尋使奉迎，相見非遠。」更數日，生遂訣別東去。

到任旬日，求假往東都覲親。未至家日，太夫人已與商量表妹盧氏，言約已定。太夫人素嚴毅，生逡巡不敢辭讓，遂就禮謝，便有近期。盧亦甲族也，嫁女於他門，聘財必以百萬為約，不滿此數，義在不行。生家素貧，事須求貸，便託假故，遠投親知，涉歷江淮，自秋及夏。生自以孤負盟約，大愆回期。寂不知聞，欲斷其望。遙託親故，不遺漏言。

玉自生逾期，數訪音信。虛詞詭說，日日不同。博求師巫，遍詢卜筮，懷憂抱恨，周歲有餘，羸臥空閨，遂成沉疾。雖生之書題竟絕，而玉之想望不移，賂遺親知，使通消息。尋求既切，資用屢空，往往私令侍婢潛賣篋中服玩之物，多託於西市寄附鋪侯景先家貨賣。

曾令侍婢浣沙將紫玉釵一隻，詣景先家貨之。路逢內作老玉工，見浣沙所執，前來認之曰：「此釵，吾所作也。昔歲霍王小女將欲上鬟，令我作此，酬我萬錢。我嘗不忘。汝是何人，從何而得？」浣沙曰：「我小娘子，即霍王女也。家事破散，失身於人。夫壻昨向東都，更無消息。悒怏成疾，今欲二年。令我賣此，賂遺於人，使求音信。」玉工悽然下泣曰：「貴人男女，失機落節，一至於此。我殘年向盡，見此盛衰，不勝傷感。」遂引至延先公主宅，具言前事。公主亦為之悲歎良久，給錢十二萬焉。

時生所定盧氏女在長安，生既畢於聘財，還歸鄭縣。其年臘月，又請假入城就親。潛卜靜居，不令人知。有明經崔允明者，生之中表弟也。性甚長厚，昔歲常與生同歡於鄭氏之室，盃盤笑語，曾不相間。每得生信，必誠告於玉。玉常以薪芻衣服，資給於崔。崔頗感之。生既至，崔具以誠告玉。玉恨歎曰：「天下豈有是事乎！」遍請親朋，多方召致。生自以愆期負約，又知玉疾候沉綿，慚恥忍割，終不肯往。晨出暮歸，欲以迴避。玉日夜涕泣，都忘寢食，期一相見，竟無因由。冤憤益深，委頓牀枕。自是長安中稍有知者。風流之士，共感玉之多情；豪俠之倫，皆怒生之薄行。

時已三月，人多春遊，生與同輩五六人詣崇敬寺翫牡丹花，步於西廊，遞吟詩句。有京兆韋夏卿者，生之密友，時亦同行。謂生曰：「風光甚麗，草木榮華。傷哉鄭卿，銜冤空室！足下終能棄置，實是忍人。丈夫之心，不宜如此。足下宜為思之！」

歎讓之際，忽有一豪士，衣輕黃紵衫，挾弓彈，丰神雋美，衣服輕華，唯有一剪頭胡雛從後，潛行而聽之。俄而前揖生曰：「公非李十郎者乎？某族本山東，姻連外戚。雖乏文藻，心嘗樂賢。仰公聲華，常思覯止。今日幸會，得覩清揚。某之敝居，去此不遠，亦有聲樂，足以娛情。妖姬八九人，駿馬十數匹，唯公所欲。但願一過。」生之儕輩，共聆斯語，更相歎美。因與豪士策馬同行，疾轉數坊，遂至勝業。生以近鄭之所止，意不欲過，便託事故，欲回馬首。豪士曰：「敝居咫尺，忍相棄乎？」乃輓挾其馬，牽引而行。遷延之間，已及鄭曲。生神情恍惚，鞭馬欲回。豪士遽命奴僕數人，抱持而進。疾走推入車門，便令鎖欲，報云：「李十郎至也！」一家驚喜，聲聞於外。

先此一夕，玉夢黃衫丈夫抱生來，至席，使玉脫鞋。驚寤而告母。因自解曰：「鞋者，諧也。夫婦再合。脫者，解也。既合而解，亦當永訣。由此徵之，必遂相見，相見之後，當死矣。」凌晨，請母梳粧。母以其久病，心意惑亂，不甚信之。僶勉之間，強為粧梳。粧梳纔畢，而生果至。玉沉綿日久，轉側須人。忽聞生來，欻然自起，更衣而出，恍若有神。遂與生相見，含怒凝視，不復有言。羸質嬌姿，如不勝致，時復掩袂，返顧李生。感物傷人，坐皆欷歔。頃之，有酒餚數十盤，自外而來。一座驚視，遽問其故，悉是豪士之所致也。因遂陳設，相就而坐。玉乃側身轉面，斜視生良久，遂舉杯酒，酬地曰：「我為女子，薄命如斯。君是丈夫，負心若此。韶顏稚齒，飲恨而終。慈母在堂，不能供養。綺羅弦管，從此永休。徵痛黃泉，皆君所致。李君李君，今當永訣！我死之後，必為厲鬼，使君妻妾，終日不安！」乃引左手握生臂，擲盃於地，長慟號哭數聲而絕。母乃舉屍，寘於生懷，令喚之，遂不復蘇矣。生為之縞素，旦夕哭泣甚哀。

將葬之夕，生忽見玉繐帷之中，容貌妍麗，宛若平生。著石榴裙，紫榼襠，紅綠帔子。斜身倚帷，手引繡帶，顧謂生曰：「媿君相送，尚有餘情。幽冥之中，能不感歎。」言畢，遂不復見。明日，葬於長安御宿原。生至墓所，盡哀而返。

後月餘，就禮於盧氏。傷情感物，鬱鬱不樂。夏五月，與盧氏偕行，歸於鄭縣。至縣旬日，生方與盧氏寢，忽帳外叱叱作聲。生驚視之，則見一男子，年可二十餘，姿狀溫美，藏身暎幔，連招盧氏。生惶遽走起，遶幔數匝，倏然不見。生自此心懷疑惡，猜忌萬端，夫妻之間，無聊生矣。或有親情，曲相勸喻。生意稍解。後旬日，生復自外歸，盧氏方鼓琴於床，忽見自門拋一斑犀鈿花合子，方圓一寸餘，中有輕絹，作同心結，墜於盧氏懷中。生開而視之，見相思子二，叩頭蟲一，發殺觜一，驢駒媚少許。生當時憤怒叫吼，聲如豺虎，引琴撞擊其妻，詰令實告。盧氏亦終不自明。爾後往往暴加捶楚，備諸毒虐，竟訟於公庭而遣之。盧氏既出，生或侍婢媵妾之屬，暫同枕席，便加妒忌。或有因而殺之者。生嘗遊廣陵，得名姬曰營十一娘者，容態潤媚，生甚悅之。每相對坐，嘗謂營曰：「我嘗於某處得某姬，犯某事，我以某法殺之。」日日陳說，欲令懼己，以肅清閨門。出則以浴斛覆營於牀，周迴封署，歸必詳視，然後乃開。又畜一短劍，甚利，顧謂侍婢曰：「此信州葛溪鐵，唯斷作罪過頭！」大凡生所見婦人，輒加猜忌，至於三娶，率皆如初焉。

——《唐人小說》，世界

鶯鶯傳

唐・元稹

貞元中，有張生者，性溫茂，美風容，內秉堅孤，非禮不可入。或朋從遊宴，擾雜其間，他人皆洶洶拳拳，若將不及；張生容順而已，終不能亂。以是年二十三，未嘗近女色。知者詰之，謝而言曰：「登徒子非好色者，是有兇行。余真好色者，而適不我值。何以言之？大凡物之尤者，未嘗不留連於心，是知其非忘情者也。」詰者識之。

無幾何，張生遊於蒲。蒲之東十餘里，有僧舍曰普救寺，張生寓焉。適有崔氏孀婦，將歸長安，路出於蒲，亦止茲寺。崔氏婦，鄭女也；張出於鄭，緒其親，乃異派之從母。是歲，渾瑊薨於蒲，有中人丁文雅，不善於軍，軍人因喪而擾，大掠蒲人。崔氏之家，財產甚厚，多奴僕，旅寓惶駭，不知所托。先是，張與蒲將之黨有善，請吏護之，遂不及於難。十餘日，廉使杜確將天子命以總戎節，令於軍，軍由是戢。鄭厚張之德甚，因飾饌以命張，中堂宴之。復謂張曰：「夷之孤嫠未亡，提攜幼稚。不幸屬師徒大潰，實不保其身。弱子幼女，猶君之生。豈可比常恩哉！今俾以仁兄禮奉見，冀所以報恩也。」命其子曰歡郎，可十餘歲，容甚溫美。次命女：「出拜爾兄，爾兄活爾。」久之辭疾。鄭怒曰：「張兄保爾之命。不然，爾且擄矣，能復遠嫌乎？」久之乃至。常服睟容，不加新飾，垂鬟接黛，雙臉銷紅而已。顏色豔異，光輝動人。張驚，為之禮，因坐鄭旁。以鄭之抑而見也，凝睇怨絕，若不勝其體者。問其年紀，鄭曰：「今天子甲子歲之七月，終於貞元庚辰，生年十七矣。」張生稍以詞導之，不對。終席而罷。

張自是惑之，願致其情，無由得也。崔之婢曰紅娘，生私為之禮者數四，乘間遂道其衷。婢果驚沮，腆然而奔，張生悔之。翌日，婢復至，張生乃羞而謝之，不復云所求矣。婢因謂張曰：「郎之言，所不敢言，亦不敢泄。然而崔之姻族，君所詳也。何不因其德而求娶焉？」張曰：「余始自孩提，性不苟合。或時紈綺閒居，曾莫流盼。不為當年，終有所蔽。昨日一席間，幾不自持。數日來，行忘止，食忘飽，恐不能逾旦暮，若因媒氏而娶，納采問名，則三數月間，索我於枯魚之肆矣。爾其謂何？」婢曰：「崔之貞慎自保，雖所尊不可以非語犯之。下人之謀，固難入矣。然而善屬文，往往沉吟章句，怨慕者久之。君試為喻情詩之亂之。不然則無由也。」張大喜，立綴春詞二首以授之。是夕，紅娘復至，持綵箋以授張，曰：「崔所命也。」題其篇曰〈明月三五夜〉。其詞曰：「待月西廂下，迎風戶半開。拂牆花影動，疑是玉人來。」張亦微喻其旨。是夕，歲二月旬有四日矣。崔之東有杏花一株，攀援可踰。既望之夕，張因梯其樹而踰焉。達於西廂，則戶半開矣。紅娘寢於牀。生因驚之。紅娘駭曰：「郎何以至？」張因紿之曰：「崔氏之牋召我也，爾為我告之。」無幾，紅娘復來，連曰：「至矣！至矣！」張生且喜且駭，必謂獲濟。及崔至，則端服嚴容，大數張曰：「兄之恩，活我之家，厚矣。是以慈母以弱子幼女見託。奈何因不令之婢，致淫逸之詞，始以護人之亂為義，而終掠亂以求之。是以亂易亂，其去幾何？誠欲寢其詞，則保人之姦。不義；明之於母，則背人之惠，不祥；將寄於婢僕，又懼不得發其真誠。是用託短章，願自陳啓。猶懼兄之見難，是用鄙靡之詞，以求其必至。非禮之動，能不愧心。特願以禮自持，毋及於亂！」言畢，翻然而逝。張自失者久之。復踰而出，於是絕望。

數夕，張生臨軒獨寢，忽有人覺之。驚駭而起，則紅娘斂衾攜枕而至，撫張曰：「至矣！至矣！睡何為哉！」並枕重衾而去。張生拭目危坐久之，猶疑夢寐。然而修謹以俟。俄而紅娘捧崔氏而至。至，則嬌羞融冶，力不能運支體，曩時端莊，不復同矣。是夕，旬有八日也，斜月晶瑩，幽輝半牀。張生飄飄然，且疑神仙之徒，不謂從人間至矣。有頃，寺鐘鳴，天將曉，紅娘促去。崔氏嬌啼宛轉，紅娘又捧之而去，終夕無一言。張生辨色而興，自疑曰：「豈其夢邪？」及明，覩粧在臂，香在衣，淚光熒熒然，猶瑩於茵席而已。是後又十餘日，杳不復知。張生賦〈會真詩〉三十韻，未畢，而紅娘適至。因授之，以貽崔氏。自是復容之。朝隱而出，暮隱而入，同安於曩所謂西廂者，幾一月矣。張生常詰鄭氏之情。則曰：「我不可奈何矣。」因欲就成之。無何，張生將之長安，先以情諭之。崔氏宛無難詞，然而愁怨之容動人矣。將行之再夕，不復可見，而張生遂西下。

數月，復遊於蒲，會於崔氏者又累月。崔氏甚工刀札，善屬文。求索再三，終不可見。往往張生自以文挑，亦不甚覩覽。大略崔之出人者，藝必窮極，而貌若不知；言則敏辯，而寡於酬對。待張之意甚厚，然未嘗以詞繼之。時愁豔幽邃，恆若不識，喜慍之容，亦罕形見。異時獨夜操琴，愁弄悽惻。張竊聽之，求之，則終不復鼓矣。以是愈惑之。張生俄以文調及期，又當西去。當去之夕，不復自言其情，愁歎於崔氏之側。崔已陰知將訣矣，恭貌怡聲，徐謂張曰：「始亂之，終棄之，固其宜矣。愚不敢恨。必也君亂之，君終之，君之惠也。則沒身之誓，其有終矣。又何必深感於此行？然而君既不懌，無以奉寧。君常謂我善鼓琴，向時羞顏，所不能及。今且往矣。既君此誠。」因命拂琴，鼓〈霓裳羽衣序〉，不數聲，哀音怨亂，不復知其是曲也。左右皆欷歔。崔亦遽止之，投琴，泣下流連，趨歸鄭所，遂不復至。明旦而張行。

明年，文戰不勝，張遂止於京。因貽書於崔，以廣其意。崔氏緘報之詞，粗載於此，曰：「捧覽來問，撫愛過深。兒女之情，悲喜交集。兼惠花勝一合，口脂五寸，致耀首膏脣之飾。雖荷殊恩，誰復為容？覩物增懷，但積悲歎耳。伏承便於京中就業，進修之道，固在便安。但恨僻陋之人，永以遐棄。命也如此，知復何言！自去秋已來，常忽忽如有所失。於喧譁之下，或勉為語笑，閒宵自處，無不淚零。乃至夢寐之間，亦多感咽，離憂之思，綢繆繾綣，暫若尋常，幽會未終，驚魂已斷。雖半衾如暖，而思之甚遙。一昨拜辭，倏逾舊歲。長安行樂之地，觸緒牽情。何幸不忘幽微，眷念無斁。鄙薄之志，無以奉酬。至於終始之盟，則固不忒。鄙昔中表相因，或同宴處。婢僕見誘，遂致私誠。兒女之心，不能自固。君子有援琴之挑，鄙人無投梭之拒。及薦寢席，義盛意深。愚陋之情，永謂終託。豈期既見君子，而不能定情。致有自獻之羞，不復明侍巾幘。

沒身永恨，含歎何言！倘仁人用心，俯遂幽眇，雖死之日，猶生之年。如或達士略情，捨小從大，以先配為醜行，以要盟為可欺。則當骨化形銷，丹誠不泯，因風委露，猶託清塵。存沒之誠，言盡於此。臨紙嗚咽，情不能申。千萬珍重，珍重千萬！玉環一枚，是兒嬰年所弄，寄充君子下體所佩。玉取其堅潤不渝，環取其終始不絕。兼亂絲一絇，文竹茶碾子一枚。此數物不足見珍。意者欲君子如玉之真，弊志如環不解。淚痕在竹，愁緒縈絲。因物達情，永以為好耳。心邇身遐，拜會無期。幽憤所鍾，千里神合。千萬珍重！春風多厲，強飯為嘉。慎言自保，無以鄙為深念。」張生發其書於所知，由是時人多聞之。

所善楊巨源好屬詞，因為賦〈崔娘詩〉一絕云：「清潤潘郎玉不如，中庭蕙草雪銷初。風流才子多春思，腸斷蕭孃一紙書。」河南元稹亦續生〈會真詩〉三十韻，詩曰：

「微月透簾櫳，螢光度碧空。遙天初縹緲，低樹漸蔥蘢。龍吹過庭竹，鸞歌拂井桐。羅綃垂薄霧，環珮響輕風。絳節隨金母，雲心捧玉童。更深人悄悄，晨會雨濛濛。珠瑩光文履，花明隱繡龍。瑤釵行彩鳳，羅帔掩丹虹。言自瑤華蒲，將朝碧玉宮。因遊洛城北，偶向宋家東。戲調初微拒，柔情已暗通。低鬟蟬影動，迴步玉塵蒙。轉面流花雪，登床抱綺叢。鴛鴦交頸舞，翡翠合歡籠。眉黛羞偏聚，唇朱暖更融。氣清蘭蕊馥，膚潤玉肌豐。無力慵移腕，多嬌愛斂躬。汗流珠點點，髮亂綠蔥蔥，方喜千年會，俄聞五夜窮。留連時有恨，繾綣意難終。慢臉含愁態，芳詞誓素衷。贈環明運合，留結表心同。啼粉流宵鏡，殘燈遠暗蟲。華光猶苒苒，旭日漸曈曈。乘鶩還歸洛，吹簫亦上嵩。衣香猶染麝，枕膩尚殘紅。冪冪臨塘草，飄飄思渚蓬。素琴鳴怨鶴，清漢望歸鴻。海闊誠難渡，天高不易沖。行雲無處所，簫史在樓中。」

張之友聞之者，莫不聳異之，然而張志亦絕矣。稹特與張厚，因徵其詞。張曰：「大凡天之所命尤物也，不妖其身，必妖於人，使崔氏子遇合富貴，乘寵嬌，不為雲，為雨，則為蛟，為螭，吾不知其變化矣。昔殷之辛，周之幽，據百萬之國，其勢甚厚。然而一女子敗之。潰其眾，屠其身，至今為天下僇笑。予之德不足以勝妖孽，是用忍情。」於時坐者皆為深歎。

後歲餘，崔已委身於人，張亦有所娶。適經所居，乃因其夫言於崔，求以外兄見。夫語之，而崔終不為出。張怨念之誠，動於顏色。崔知之，潛賦一章，詞曰：「自從消瘦減容光，萬轉千迴懶下牀。不為旁人羞不起，為郎憔悴卻羞郎。」竟不之見。後數日，張生將行，又賦一章以謝絕云：「棄置今何道，當時且自親。還將舊時意，憐取眼前人。」自是絕不復知矣。時人多許張為善補過者。予嘗於朋會之中，往往及此意者，夫使知者不為，為之者不惑。貞元歲九月，執事李公垂宿於予靖安里第，語及於是。公垂卓然稱異，遂為鶯鶯歌以傳之。崔氏小名鶯鶯，公垂以命篇。

——《唐人小說》，世界

李娃傳

唐・白行簡

汧國夫人李娃，長安之倡女也。節行瓌奇，有足稱者，故監察御史白行簡為傳述。

天寶中，有常州刺史滎陽公者，略其名氏，不書。時望甚崇，家徒甚殷。知命之年，有一子，始弱冠矣；雋朗有詞藻，迥然不群，深為時輩推伏。其父愛而器之，曰：「此吾家千里駒也。」

應鄉賦秀才舉，將行，乃盛其服玩車馬之飾，計其京師薪儲之費，謂之曰：「吾觀爾之才，當一戰而霸。今備二載之用，且豐爾之給，將為其志也。」生亦自負，視上第如指掌。自毗陵發，月餘抵長安，居於布政里。

嘗遊東市還，自平康東門入，將訪友於西南。至鳴珂曲，見一宅，門庭不甚廣，而室宇嚴邃。闔一扉，有娃方憑一雙鬟青衣立，妖姿要妙，絕代未有。生忽見之，不覺停驂久之，徘徊不能去。乃詐墜鞭於地，候其從者，勑取之。累眄於娃，娃回眸凝睇，情甚相慕。竟不敢措辭而去。

生自爾意若有失，乃密徵其友遊長安之熟者，以訊之。友曰：「此狹邪女李氏宅也。」曰：「娃可求乎！」對曰：「李氏頗贍。前與通之者多貴戚豪族，所得甚廣。非累百萬，不能動其志也。」生曰：「苟患其不諧，雖百萬，何惜。」

他日，乃潔其衣服，盛賓從，而往扣其門。俄有侍兒啓扃。生曰：「此誰之第耶？」侍兒不答，馳走大呼曰：「前時遺策郎也！」娃大悅曰：「爾姑止之。吾當整粧易服而出。」生聞之私喜。乃引至蕭牆間，見一姥垂白上僂，即娃母也。生跪拜前致詞曰：「聞茲地有隙院，願稅以居，信乎？」姥曰：「懼其淺陋湫隘，不足以辱長者所處，安敢言直耶。」延生於遲賓之館，館宇甚麗。與生偶坐，因曰：「某有女嬌小，技藝薄劣，欣見賓客，願將見之。」乃命娃出。明眸皓腕，舉步豔冶。生遽驚起，莫敢仰視。與之拜畢，敘寒燠，觸類妍媚，目所未覩。復坐，烹茶斟酒，器用甚潔。

久之，日暮，鼓聲四動。姥訪其居遠近。生紿之曰：「在延平門外數里。」冀其遠而見留也。姥曰：「鼓已發矣。當速歸，無犯禁。」生曰：「幸接歡笑，不知日之云夕，道里遼闊，城內又無親戚。將若之何？」娃曰：「不見責僻陋，方將居之，宿何害焉。」生數目姥。姥曰：「唯唯。」生乃召其家僮，持雙縑，請以備一宵之饌。娃笑而止之曰：「賓主之儀，且不然也。今夕之費，願以貧窶之家，隨其粗糲以進之。其餘以矣他辰。」固辭，終不許。

俄徙坐西堂，幃幙簾榻，煥然奪目；粧奩衾枕，亦皆侈麗。乃張燭進饌，品味甚盛。徹饌，姥起。生娃談話方切，詼諧調笑，無所不至。生曰：「前偶過卿門，遇卿適在屏間。厥後心常勤念，雖寢與食，未嘗或捨。」娃答曰：「我心亦如之。」生曰：「今之來，非直求居而已。願償平生之志。但未知命也若何？」言未終，姥至，詢其故。具以告。姥笑曰：「男女之際，大欲存焉。情苟相得，雖父母之命，不能制也。女子固陋，曷足以薦君子之枕席？」生遂下階，拜而謝之曰：「願以己為廝養。」姥遂目之為郎，飲酣而散。

及旦，盡徙其囊橐，因家於李之第。自是生屏跡戢身，不復與親知相聞。日會倡優儕類，狎戲遊宴。囊中盡空，乃鬻駿乘，及其家童。歲餘，資財僕馬蕩然。邇來姥意漸怠，娃情彌篤。

他日，娃謂生曰：「與郎相知一年，尚無孕嗣。常聞竹林神者，報應如響，將致薦酹求之，可乎？」生不知其計，大喜。乃質衣於肆，以備牢醴，與娃同謁祠宇而禱祝焉，信宿而返。策驢而後，至里北門，娃謂生曰：「此東轉小曲中，某之姨宅也。將憩而覲之，可乎？」生如其言，前行不踰百步，果見一車門。窺其際，甚弘敞。其青衣自車後止之曰：「至矣。」生下，適有一人出訪曰：「誰？」曰：「李娃也。」乃入告。俄有一嫗至，年可四十餘，與生相迎，曰：「吾甥來否？」娃下車，嫗迎訪之曰：「何久疏絕？」相視而笑。娃引生拜之。既見，遂偕入西戟門偏院中。有山亭，竹樹蔥蒨，池榭幽絕。生謂娃曰：「此姨之私第耶？」笑而不答，以他語對。俄獻茶果，甚珍奇。食頃，有一人控大宛，汗流馳至。曰：「姥遇暴疾頗甚，殆不識人。宜速歸。」娃謂姨曰：「方寸亂矣。某騎而前去，當令返乘，便與郎偕來。」生擬隨之。其姨與侍兒偶語，以手揮之，令生止於戶外，曰：「姥且歿矣。當與某議喪事以濟其急。奈何遽相隨而去？」乃止，共計其凶儀齋祭之用。日晚，乘不至。姨言曰：「無復命，何也？郎驟往視之，某當繼至。」生遂往，至舊宅，門扃鑰甚密，以泥緘之。生大駭，詰其鄰人。鄰人曰：「李本稅此而居，約已周矣。第主自收。姥徙居，而且再宿矣。」徵徙何處，曰：「不得其所。」生將馳赴宣陽，以詰其姨，日已晚矣，計程不能達。乃馳其裝服，質饌而食，賃榻而寢。生恚怒方甚，自昏達旦，目不交睫。質明，乃策蹇而去。既至，連扣其扉，食頃無人應。生大呼數四，有宦者徐出。生遽訪之：「姨氏在乎？」曰：「無之。」生曰：「昨暮在此，何故匿之？」訪其誰氏之第。曰：「此崔尚書宅。昨者有一人稅此院，云遲中表之遠至者。未暮去矣。」

生惶惑發狂，罔至所措，因返訪布政舊邸。邸主哀而進膳。生怨懣，絕食三日，遘疾甚篤，旬餘愈甚。邸主懼其不起，徙之於凶肆之中。綿綴移時，合肆之人共傷歎而互飼之。後稍愈，杖而能起。由是凶肆日假，令之執繐帷，獲其直以自給。累月，漸復壯，每聽其哀歌，自歎不及逝者，輒嗚咽流涕，不能自止。歸則效之。生，聰敏者也。無何，曲盡其妙，雖長安無有倫比。

初，二肆之傭凶器者，互爭勝負。其東肆車轝皆奇麗，殆不敵，唯哀挽劣焉。其東肆長知生妙絕，乃醵錢二萬索顧焉。其黨耆舊，共較其所能者，陰教生新聲，而相讚和。累旬，人莫知之。其二肆長相謂曰：「我欲各閱所傭之器於天門街，以較優劣。不勝者罰直五萬，以備酒饌之用，可乎？」二肆許諾。乃邀立符契，署以保證，然後閱之。士女大和會，聚至數萬。於是里胥告於賊曹，賊曹聞於京尹。四方之士、盡赴趨焉，巷無居人。

自旦閱之，及亭午，歷舉輦轝威儀之具，西肆皆不勝，師有慚色。乃置層榻於南隅，有長髯者，擁鐸而進，翊衛數人，於是奮髯揚眉，扼腕頓顙而登，乃歌〈白馬〉之詞；恃其夙勝，顧眄左右，旁若無人，齊聲讚揚之；自以為獨步一時，不可得而屈也。有頃，東肆長於北隅上設連榻，有烏巾少年，左右五六人，秉翣而至，即生也。整衣服，俯仰甚徐，申喉發調，容若不勝。乃歌〈薤露〉之章，舉聲清越，響振林木，曲度未終，聞者歔欷掩泣。西肆長為衆所誚，益慚恥。密置所輸之直於前，乃潛遁焉。四坐愕眙，莫之測也。

先是，天子方下詔，俾外方之牧，歲一至闕下，謂之入計。時也適遇生之父在京師，與同列者易服章竊往觀焉。有老豎，即生乳母壻也，見生之舉措辭氣，將認之而未敢，乃泫然流涕。生父驚而詰之。因告曰：「歌者之貌，酷似郎之亡子。」父曰：「吾子以多財為盜所害。奚至是耶？」言訖，亦泣。及歸，豎間馳往，訪於同黨曰：「向歌者誰，若斯之妙歟？」皆曰：「某氏之子。」徵其名，且易之矣。豎凜然大驚；徐往，迫而察之。生見豎色動，回翔將匿於衆中。豎遂持其袂曰：「豈非某乎？」相持而泣。遂載以歸。至其室，父責曰：「志行若此，污辱吾門；何施面目，復相見也？」乃徒行出，至曲江西杏園東，去其衣服，以馬鞭鞭之數百。生不勝其苦而斃，父棄之而去。

其師命相狎暱者陰隨之，歸告同黨，共加傷歎。令二人齎葦席瘞焉。至，則心下微溫。舉之，良久，氣稍通。因共荷而歸，以葦筒灌勺飲，經宿乃活。

月餘，手足不能自舉。其楚撻之處皆潰爛，穢甚。同輩患之，一夕，棄於道周。行路咸傷之，往往投其餘食，得以充腸。十旬，方杖策而起。被布裘，裘有百結，襤褸如懸鶉。持一破甌，巡於閭里，以乞食為事。自秋徂冬，夜入於糞壤窟室，晝則周遊廛肆。

一旦大雪，生為凍餒所驅，冒雪而出，乞食之聲甚苦。聞見者莫不悽惻。時雪方甚，人家外戶多不發。至安邑東門，循理垣北轉第七八，有一門獨啓左扉，即娃之第也。生不知之，遂連聲疾呼「饑凍之甚」，音響悽切，所不忍聽。娃自閤中聞之，謂侍兒曰：「此必生也。我辨其音矣。」連步而出，見生枯瘠疥厲，殆非人狀。娃意感焉，乃謂曰：「豈非某郎也？」生憤懣絕倒，口不能言，頷頤而已。娃前抱其頸，以繡襦擁而歸於西廂。失聲長慟曰：「令子一朝及此，我之罪也！」絕而復蘇。姥大駭，奔至，曰：「何也？」娃曰：「某郎。」姥遽曰：「當逐之，奈何令至此？」娃斂容卻睇曰：「不然。此良家子也，當昔驅高車，持金裝，至某之室，不踰期而蕩盡。且互設詭計，捨而逐之，殆非人；令其失志，不得齒於人倫。父子之道，天性也。使其情絕，殺而棄之，又困躓若此；天下之人盡知為某也。生親戚滿朝，一旦當權者熟察其本末，禍將及矣。況欺天負人，鬼神不祐，無自貽其殃也。某為姥子，迨今有二十歲矣。計其貲，不啻直千金。今姥年六十餘，願計二十年衣食之用以贖身，當與此子別卜所詣。所詣非遙，晨昏得以溫凊。某願足矣。」姥度其志不可奪，因許之。給姥之餘，有百金。北隅因五家稅一隙院。乃與生沐浴，易其衣服；為湯粥，通其腸；次以酥乳潤其臟。旬餘，方薦水陸之饌。頭巾履襪，皆取珍異者衣之。未數月，肌膚稍腴；卒歲，平愈如初。

異時，娃謂生曰：「體已康矣，志已壯矣。淵思寂慮，默想曩昔之藝業，可溫習乎？」生思之，曰：「十得二三耳。」娃命車出遊，生騎而從。至旗亭南偏門鬻墳典之肆，令生揀而市之，計費百金，盡載以歸。因令生斥棄百慮以志學，俾夜作晝，孜孜矻矻。娃常偶坐，宵分乃寐。伺其疲倦，即諭之綴詩賦。二歲而業大就。海內文籍，莫不該覽。生謂娃曰：「可策名試藝矣。」娃曰：「未也，且令精熟，以俟百戰。」更一年，曰：「可行矣。」於是遂一上登甲科，聲振禮闈。雖前輩見其文，罔不斂衽敬羨，願友之而不可得。娃曰：「未也。今秀士，苟獲擢一科第，則自謂可以取中朝之顯職，擅天下之美名。子行穢跡鄙，不侔於他士。當礱淬利器，以求再捷。方可以連衡多士，爭霸群英。」生由是益自勤苦，聲價彌甚。其年，遇大比，詔徵四方之雋，生應直極諫科，策名第一，授成都府參軍。三事以降，皆其友也。

將之官，娃謂生曰：「今之復子本軀，某不相負也。願以殘年，歸養老姥。君當結媛鼎族，以奉蒸嘗。中外婚媾，無自黷也。勉思自愛。某從此去矣。」生泣曰：「子若棄我，當自剄以就死。」娃固辭不從，生勤請彌懇。娃曰：「送子涉江，至於劍門，當令我回。」生許諾。

月餘，至劍門。未及發而除書至，生父由常州詔入，拜成都尹。兼劍南採訪使。浹辰，父到。生因投刺，謁於郵亭。父不敢認，見其祖父官諱，方大驚，命登階，撫背慟哭移時，曰：「吾與爾父子如初。」因詰其由，具陳其本末。大奇之，詰娃安在。曰：「送某至此，當令復還。」父曰：「不可。」翌日，命駕與生先之成都，留娃於劍門，築別館以處之。明日，命媒氏通二姓之好，備六禮以迎之，遂如秦晉之偶。

娃既備禮，歲時伏臘，婦道甚修，治家嚴整，極為親所眷。向後數歲，生父母偕歿，持孝甚至。有靈芝產於倚廬，一穗三秀，本道上聞。又有白鷰數十，巢其層甍。天子異之，寵錫加等。終制，累遷清顯之任；十年間，至數郡。娃封汧國夫人。有四子，皆為大官，其卑者猶為太原尹。弟兄姻媾皆甲門，內外隆盛，莫之與京。

嗟乎，倡蕩之姬，節行如是，雖古先烈女，不能踰也。焉得不為之歎息哉！予伯祖嘗牧晉州，轉戶部，為水陸運使，三任皆與生為代，故暗詳其事。貞元中，予與隴西公佐話婦人操烈之品格，因遂述汧國之事。公佐拊掌竦聽，命予為傳。乃握管濡翰，疏而存之。時乙亥歲秋八月，太原白行簡云。

——《唐人小說》，世界

虬髯客

佚名

隋煬帝之幸江都，命司空楊素守西京。素驕貴，又以時亂，天下之權重望崇者莫我若也，奢貴自奉，禮異人臣。每公卿入言，賓客上謁，未嘗不踞牀而見，令美人捧出，侍婢羅列，頗僭於上。末年愈甚，無復知其負荷有扶危持顛之心。

一日，衛公李靖，以布衣上謁，獻奇策，素亦踞見。公前揖曰：「天下方亂，英雄競起，公以帝室重臣，須以收羅豪傑為心，不宜踞見賓客。」素斂容而起，謝公，與語大悅，收其策而退。

當公之騁辯也，一妓有殊色，執紅拂立於前，獨目公。公既去，而執拂者臨軒指吏曰：「問去者處士第幾？住何處？」公具以對，妓誦而去。

公歸逆旅，其夜五更初，忽聞叩門而聲低者，公起問焉。乃紫衣戴帽人，杖揭一囊。公問：「誰？」曰：「妾，楊家之紅拂妓也。」公遽延入。脫衣去帽，乃十八九佳麗人也；素面畫衣而拜，公驚答拜。曰：「妾侍楊司空久，閱天下之人多矣，無如公者。絲蘿非獨生，願託喬木，故來奔耳。」公曰：「楊司空權重京師，如何？」曰：「彼尸居餘氣，不足畏也。諸妓知其無成，去者甚衆矣，彼亦不甚逐也，計之詳矣。幸無疑焉！」問其姓，曰：「張。」問伯仲之次，曰：「最長。」觀其肌膚儀狀、言詞氣性，真天人也。公不自意獲之，愈喜愈懼。瞬息萬慮不安，而窺戶者無停履。數日，亦聞追討之聲，意亦非峻，乃雄服乘馬，排闥而去。將歸太原，行次靈石旅舍。既設牀，爐中烹肉且熟。張氏以髮長委地，立梳牀前；公方刷馬；忽有一人，中形，赤髯而虬，乘蹇驢而來。投革囊於爐前，取枕欹臥，看張梳頭。公怒甚，未決，猶刷馬。張氏熟視其面，一手握髮，一手映身搖示公，令勿怒。急急梳頭畢，斂袂前問其姓。臥客答曰：「姓張。」對曰：「妾亦姓張，合是妹。」遽拜之。問第幾，曰：「第三。」因問妹第幾，曰：「最長。」遂喜曰：「今日幸逢一妹。」張氏遙呼：「李郎且來見三兄！」公驟拜之。遂環坐，曰：「煮者何肉？」曰：「羊肉，計已熟矣。」客曰：「飢。」公出市胡餅；客抽腰間匕首，切肉共食。食竟，餘肉亂切送驢前食之，甚速。客曰：「觀李郎之行，貧士也，何以致斯異人？」曰：「靖雖貧，亦有心者焉。他人見問，故不言；兄之問，則不隱耳。」具言其由。曰：「然則將何之？」曰：「將避地太原，」曰：「然吾故非君所能致也。」曰：「有酒乎？」曰：「主人西則酒肆也。」公取酒一斗。既巡，客曰：「吾有少下酒物，李郎能同之乎？」曰：「不敢。」於是開革囊，取一人頭並心肝，卻頭囊中，以匕首切心肝，共食之。曰：「此人天下負心者，銜之十年，今始獲之，吾憾釋矣。」又曰：「觀李郎儀形器宇，真丈夫也。亦聞太原有異人乎？」曰：「嘗識一人，愚謂之真人也；其餘，將帥而已。」曰：「何姓？」曰：「靖之同姓。」曰：「年幾？」曰：「僅二十。」曰：「今何為？」曰：「州將之子。」曰：「似矣。亦須見之，李郎能致吾一見乎？」曰：「靖之友劉文靜者，與之狎，因文靜見之可也。然兄欲何為？」曰：「望氣者言太原有奇氣，使吾訪之。李郎明發，何日到太原？」靖計之日。曰：「達之明日，日方曙，候我於汾陽橋。」言訖，乘驢而去。其行若飛，迴顧已失。公與張氏且驚且喜，久之，曰：「烈士不欺人，固無畏。」促鞭而行。

及期，入太原，果復相見。大喜，偕詣劉氏所，謂文靜曰：「有善相者，思見郎君，請迎之。」文靜素奇其人，一旦聞有客善相，遽致使迎之。使迴而至，不衫不履，裼裘而來，神氣揚揚，貌與常異。虯髯默居末坐，見之心死，飲數杯，招靖曰：「真天子也！」公以告劉，劉益喜自負。既出，而虯髯曰：「吾見十八九矣。然須道兄見。李郎宜與一妹復入京，某日午時，訪我於馬行東酒樓下。下有此驢及瘦驢，即我與道兄俱在其上矣。到即登焉。」又別而去，公與張氏復應之。及期訪焉，宛見二乘。攬衣登樓，虯髯與一道士方對飲，見公驚喜，召坐，圍飲十數巡。曰：「樓下櫃中有銀十萬，擇一深隱處駐一妹；某日，復會於汾陽橋。」

如期至，即道士與虯髯已到矣。俱謁文靜，時方弈棋，起揖而語。少焉，文靜飛書迎文皇看棋。道士對弈，虯髯與公旁侍焉。俄而文皇到來，精采驚人，長揖就坐，神氣清朗，滿坐風生，顧盼煒如也。道士一見，慘然斂棋子曰：「此局全輸矣！於此失卻局哉！救無路矣！復奚言！」罷弈而請去。既出，謂虯髯曰：「此世界非公世界，他方可也。勉之，勿以為念。」因共入京。虯髯曰：「計李郎之程，某日方到。到之明日，可以一妹同詣某坊曲小宅相訪。李郎相從，一妹懸然如磬，欲新婦祇謁從容，無令前卻。」言畢，吁嗟而去。

公策馬而歸，即到京，遂與張氏同往，乃一小版門，叩之，有應者，拜曰：「三郎令候李郎一娘子久矣。」延入重門，門愈壯，婢四十人羅列庭前，奴二十人引公入東廳。廳之陳設，窮極珍異，巾箱妝奩冠鏡首飾之盛，非人間之物。巾櫛妝飾畢，請更衣，衣又珍異。既畢，傳云：「三郎來。」乃虬髯紗帽裼裘而來，亦有龍虎之狀。歡然相見，催其妻出拜，蓋亦天人也。四人對饌訖，陳女樂，列奏其前。飲食妓樂，若從天降，非人間之曲。食畢，行酒：家人自堂東舁出二十牀，各以錦繡帕覆之，既陳，盡去其帕，乃文簿鑰匙耳。虬髯曰：「此盡寶貨泉貝之數，吾之所有，悉以充贈。何者？欲於此世界求事當龍戰三二十載建少功業。今既有主，住亦何為？太原李氏，真英主也。三五年內，即當太平。李郎以奇特之才，輔清平之主，竭心盡善，必極人臣；一妹以天人之姿，蘊不世之藝，從夫而貴，以盛軒裳。非一妹不能識李郎，非李郎不能遇一妹。起陸之漸，際會如期。虎嘯風生，龍吟雲萃，固非偶然也。持余之贈，以佐真主，贊功業也。勉之哉！此後十年，當東南數千里外有異事，是吾得事之秋也。一妹與李郎可瀝酒東南相賀。」因命家童列拜曰：「李郎一妹，是汝主也。」言訖，與其妻從一奴乘馬而去，數步，遂不復見。

公據其宅，乃為豪家，得以助文皇締構之資，遂匡天下。

貞觀十年，公以左僕射平章事，適南蠻入奏曰：「有海船千艘，甲兵十萬，入扶餘國，殺其主自立。國已定矣。」公心知虬髯得事也，歸告張氏。具衣拜賀，瀝酒東南祝拜之。乃知真人之興也，非英雄所冀，況非英雄者乎！人臣之謬思亂者，乃螳臂之拒走輪耳。我皇家垂福萬葉，豈虛然哉！或曰：「衛公之兵法，半乃虬髯所傳也。」

——《唐人小說》，世界

馮燕傳

唐・沈亞之

馮燕者，魏豪人，父祖無聞名。燕少以意氣任事，為擊毬鬥雞戲。魏市有爭財鬥者，燕聞之往，搏殺不平：遂沉匿田間。官捕急，遂亡滑。益與滑軍中少年雞毬相得。時相國賈公耽在滑，能燕材，留屬中軍。

他日出行里中，見戶旁婦人，翳袖而望者，色甚冶，使人熟其意，遂室之。其夫，滑將張嬰者也。嬰聞其故，累毆妻，妻黨皆望嬰。會從其類飲。燕伺得間，復偃寢中，拒寢戶。嬰還，妻開戶納嬰。以裾蔽燕。燕卑躡步就蔽，轉匿戶扇後，而巾墮枕下，與佩刀近。嬰醉且瞑。燕指巾令其妻取，妻即刀授燕。燕熟視，斷其妻頸，遂巾而去。

明旦，嬰起，見妻毀死，愕然，欲出自白。嬰鄰以為真嬰煞，留縛之。趍告妻黨，皆來，曰：「常嫉毆吾女，迺誣以過失，今復賊煞之矣，安得他殺事。即其他殺，安得獨存耶？」共持嬰，且百餘笞，遂不能言。官家收繫煞人罪，莫有辨者，強伏其辜。司法官小吏持朴者數十人，將嬰就市，看者圍面千餘人。有一人排看者來，呼曰：「且無令不辜死者。吾竊其妻，而又煞之，當繫我。」吏執自言人，乃燕也。司法官與俱見賈公，盡以狀對。賈公以狀聞，請歸其印，以贖燕死。上誼之。下詔，凡滑城死罪皆免。

贊曰：「余尚太史言，而又好敘誼事。其賓黨耳目之所聞見，而謂余道元和中外郎劉元鼎語余以馮燕事，得傳焉。嗚呼！淫惑之心，有甚水火，可不畏哉！然而燕殺不誼，白不辜，真古豪矣！」

——《唐人小說》，世界

柳毅

唐・李朝威

儀鳳中，有儒生柳毅者，應舉下第，將還湘濱。念鄉人有客於涇陽者。遂往告別。至六七里，鳥起馬驚，疾逸道左。又六七里，乃止。

見有婦人，牧羊於道畔。毅怪視之，乃殊色也。然而蛾臉不舒，巾袖無光，凝聽翔立，若有所伺。毅詰之曰：「子何苦而自辱如是？」婦始楚而謝，終泣而對曰：「賤妾不幸，今日見辱問於長者。然而恨貫肌骨，亦何能媿避，幸一聞焉。妾，洞庭龍君小女也。父母配嫁涇川次子，而夫壻樂逸，為婢僕所惑，日以厭薄。既而將訴於舅姑，舅姑愛其子，不能禦。迨訴頻切，又得罪舅姑。舅姑毀黜以至此。」言訖，歔欷流涕，悲不自勝。又曰：「洞庭於茲，相遠不知其幾多也？長天茫茫，信耗莫通。心目斷盡，無所知哀。聞君將還吳，密通洞庭。或以尺書，寄託侍者，未卜將以為可乎？」毅曰：「吾義夫也。聞子之說，氣血俱動，恨無毛羽，不能奮飛。是何可否之謂乎！然而洞庭，深水也。吾行塵間，寧可致意邪？唯恐道塗顯晦，不相通達，致負誠託，又乖懇願。子有何術，可導我邪？」女悲泣且謝，曰：「負載珍重，不復言矣。脫獲回耗，雖死必謝。君不許，何敢言。既許而問，則洞庭之與京邑，不足為異也。」毅請聞之。女曰：「洞庭之陰，有大橘樹焉，鄉人謂之社橘。君當解去茲帶，束以他物。然後叩樹三發，當有應者。因而隨之，無有礙矣。幸君子書敘之外，悉以心誠之話倚託，千萬無渝。」毅曰：「敬聞命矣。」女遂於襦間解書，再拜以進，東望愁泣，若不自勝。毅深為之戚。乃置書囊中，因復問曰：「吾不知子之牧羊，何所用哉？神祇豈宰殺乎？」女曰：「非羊也，雨工也。」「何為雨工？」曰：「雷霆之類也。」毅顧視之，則皆矯顧怒步，飲齕甚異。而大小毛角，則無別羊焉。毅又曰：「吾為使者，他日歸洞庭，幸勿相避。」女曰：「寧止不避，當如親戚耳。」語竟，引別東去。不數十步，迴望女與羊，俱亡所見矣。

其夕，至邑而別其友。月餘，到鄉還家，乃訪於洞庭。洞庭之陰，果有社橘。遂易帶向樹，三擊而止。俄有武夫出於波間，再拜請曰：「貴客將自何所至也？」毅不告其實，曰：「走謁大王耳。」武夫揭水指路，引毅以進。謂毅曰：「當閉目數息，可達矣。」毅如其言，遂至其宮。始見臺閣相向，門戶千萬，奇草珍木，無所不有。夫乃止毅，停於大室之隅，曰：「客當居此以伺焉。」毅曰：「此何所也？」夫曰：「此靈虛殿也。」諦視之，則人間珍寶，畢盡於此。柱以白璧，砌以青玉，牀以珊瑚，簾以水精，雕琉璃於翠楣，飾琥珀於虹棟。奇秀深杳，不可殫言。然而王久不至。毅謂夫曰：「洞庭君安在哉？」曰：「吾君方幸玄珠閣，與太陽道士講火經，少選當畢。」毅曰：「何謂火經？」夫曰：「吾君，龍也。龍以水為神，舉一滴可包陵谷。道士，乃人也。人以火為神聖，發一燈可燎阿房。然而靈用不同，玄化各異。太陽道士精於人理，吾君邀以聽焉。」語畢而宮門闢。景從雲合，而見一人，披紫衣，執青玉。夫躍曰：「此吾君也！」乃至前以告之。君望毅而問曰：「豈非人間之人乎？」毅對曰：「然。」毅遂設拜，君亦拜，命坐於靈虛之下。謂毅曰：「水府幽深，寡人暗昧，夫子不遠千里，將有為乎？」毅曰：「毅，大王之鄉人也。長於楚，遊學於秦。昨下第，閑驅涇水之涘。見大王愛女牧羊於野，風鬟雨鬢，所不忍視。毅因詰之。謂毅曰：『為夫壻所薄，舅姑不念，以至於此。』悲泗淋漓，誠怛人心。遂託書於毅。毅許之，今以至此。」因取書進之。洞庭君覽畢，以袖掩面而泣曰：「老父之罪，不診鑒聽，坐貽聾瞽，使閨窗孺弱，遠罹構害。公，乃陌上人也，而能急之。幸被齒髮，何敢負德！」詞畢，又哀咤良久。左右皆流涕。時有宦人密侍君者，君以書授之，令達宮中。須臾，宮中皆慟哭。君驚，謂左右曰：「疾告宮中，無使有聲。恐錢塘所知。」毅曰：「錢塘，何人也？」曰：「寡人之愛弟。昔為錢塘長，今則致政矣。」毅曰：「何故不使知？」曰：「以其勇過人耳。昔堯遭洪水九年者，乃此子一怒也。近與天將失意，塞其五山。上帝以寡人有薄德於古今，遂寬其同氣之罪。然猶縻繫於此，故錢塘之人，日日候焉。」語未畢，而大聲忽發，天拆地裂，宮殿擺簸，雲煙沸湧。俄有赤龍長千餘尺，電目血舌，朱鱗火鬣，項掣金鎖，鎖牽玉柱，千雷萬霆，激繞其身，霰雪雨雹，一時皆下。乃擘青天而飛去。毅恐蹶仆地。君親起持之曰：「無懼。固無害。」毅良久稍安，乃獲自定。因告辭曰：「願得生歸，以避復來。」君曰：「必不如此。其去則然，其來則不然。幸為少盡繾綣。」因命酌互舉，以款人事。俄而祥風慶雲，融融怡怡，幢節玲瓏，簫韶以隨。紅粧千萬，笑語熙熙，後有一人，自然蛾眉，明璫滿身，綃縠參差。迫而視之，乃前寄辭者。然若喜若悲，零淚如絲。須臾紅煙蔽其左，紫氣舒其右，香氣環旋，入於宮中。君笑謂毅曰：「涇水之囚人至矣。」君乃辭歸宮中。須臾，又聞怨苦，久而不已。有頃，君復出，與毅飲食。又有一人，披紫裳，執青玉，貌聳神溢，立於君左。君謂毅曰：「此錢塘也。」毅起，趨拜之。錢塘亦盡禮相接，謂毅曰：「女姪不幸，為頑童所辱。賴明君子信義昭彰，致達遠冤。不然也，是為涇陵之土矣。饗德懷恩，詞不悉心。」毅撝退辭謝，俯仰唯唯。然後回告兄曰：「向者辰發靈虛，巳至涇陽，午戰於彼，未還於此。中間馳至九天，以告上帝。帝知其冤，而宥其失。前所譴責，因而獲免。然而剛腸激發，不遑辭候。驚擾宮中，復忤賓客。愧惕慚懼，不知所失。」因退而再拜。君曰：「所殺幾何？」曰：「六十萬。」「傷稼乎？」曰：「八百里。」「無情郎安在？」曰：「食之矣。」君憮然曰：「頑童之為是心也，誠不可忍。然汝亦太草草。賴上帝顯聖，諒其至冤。不然者，吾何辭焉。從此已去，忽復如是。」錢塘復再拜。

是夕，遂宿毅于凝光殿。明日，又宴毅於凝碧宮。會友戚，張廣樂，具以醪醴，羅以甘潔。初，笳角鼙鼓，旌旗劍戟，舞萬夫於其右。中有一夫前曰：「此錢塘破陣樂。」旌鋩傑氣，顧驟悍慄，坐客視之，毛髮皆豎。復有金石絲竹，羅綺珠翠，舞千女於其左。中有一女前進曰：「此貴主還宮樂。」清音宛轉，如訴如慕，坐客聽之，不覺淚下。二舞既畢，龍君大悅，錫以紈綺，頒於舞人。然後密席貫坐，縱酒極娛。酒酣，洞庭君乃擊席而歌曰：「大天蒼蒼兮，大地茫茫。人各有志兮，何可思量。狐神鼠聖兮，薄社依牆。雷霆一發兮，其孰敢當。荷真人兮信義長，令骨肉兮還故鄉。齊言慚愧兮何時忘！」洞庭君歌罷，錢塘君再拜而歌曰：「上天配合兮，生死有途。此不當婦兮，彼不當夫。腹心辛苦兮，涇水之隅。風霜滿鬢兮，雨雪羅襦。賴明公兮引素書，令骨肉兮家如初。永言珍重兮無時無。」錢塘君歌闋，洞庭君俱起，奉觴於毅。毅踧踖而受爵，飲訖，復以二觴奉二君。乃歌曰：「碧雲悠悠兮，涇水東流。傷美人兮，雨泣花愁。尺書遠達兮，以解君憂。哀冤果雪兮，還處其休。荷和雅兮感甘羞。山家寂寞兮難久留。欲將辭去兮悲綢繆。」歌罷，皆呼萬歲。洞庭君因出碧玉箱，貯以開水犀；錢塘君復出紅珀盤，貯以照夜璣，皆起進毅。毅辭謝而受。然後宮中之人，咸以綃綵珠璧，投於毅側。重疊煥赫，須臾埋沒前後。毅笑語四顧，媿揖不暇。洎酒闌歡極，毅辭起，復宿於凝光殿。

翌日，又宴毅於清光閣。錢塘因酒，作色，踞謂毅曰：「不聞猛石可裂不可捲，義士可殺不可羞邪？愚有衷曲，欲一陳於公。如可，則俱在雲霄；如不可，則皆夷糞壤。足下以為何如哉？」毅曰：「請聞之。」錢塘曰：「涇陽之妻，則洞庭君之愛女也。淑性茂質，為九姻所重幸。不幸見辱於匪人。今則絕矣。將欲求託高義，世為親戚。使受恩者知其所歸，懷愛者知其所付，豈不為君子始終之道者？」毅肅然而作，欻然而笑曰：「誠不知錢塘君孱困如是！毅始聞跨九州，懷五嶽，洩其憤怒，復見斷鎖，金掣玉柱，赴其急難。毅以為剛決明直，無如君者。蓋犯之者不避其死，感之者不愛其生，此真丈夫之志。奈何簫管方洽，親賓正和，不顧其道，以威加人？豈僕之素望哉！若遇公於洪波之中，玄山之間，鼓以鱗鬚，被以雲雨，將迫毅以死，毅則以禽獸視之，亦何恨哉。今體被衣冠，坐談禮義，盡五常之志性，負百行之微旨，雖人世賢傑，有不如者。況江河靈類乎？而欲以蠢然之軀，悍然之性，乘酒假氣，將迫於人，豈近直哉！且毅之質，不足以藏王一甲之間。然而敢以不伏之心，勝王不道之氣。惟王籌之！」錢塘乃逡巡致謝曰：「寡人生長宮房，不聞正論。向者詞述疎狂，妄突高明。退自循顧，戾不容責。幸君子不為此乖間可也。」其夕，復歡宴，其樂如舊。毅與錢塘，遂為知心友。明日，毅辭歸。洞庭君夫人別宴毅於潛景殿。男女僕妾等，悉出預會。夫人泣謂毅曰：「骨肉受君子深恩，恨不得展媿戴，遂至睽別。」使前涇陽女當席拜毅以致謝。夫人又曰：「此別豈有復相遇之日乎！」毅其始雖不諾錢塘之請，然當此席，殊有歎恨之色。宴罷，辭別，滿宮悽然。贈遺珍寶，怪不可述。毅於是復循途出江岸，見從者十餘人，擔囊以隨，至其家而辭去。

毅因適廣陵寶肆，鬻其所得。百未發一，財已盈兆。故淮右富族，咸以為莫如。遂娶於張氏，亡。又娶韓氏，數月，韓氏又亡。徙家金陵。常以鰥曠多感，或謀新匹。有媒氏告之曰：「有盧氏女，范陽人也。父名曰浩，嘗為清流宰。晚歲好道，獨遊雲泉，今則不知所在矣。母曰鄭氏。前年適清河張氏，不幸而張夫早亡。母憐其少，惜其慧美，欲擇德以配焉。不識何如？」毅乃卜日就禮。既而男女二姓，俱為豪族，法用禮物，盡其豐盛。金陵之士，莫不健仰。居月餘，毅因晚入戶，視其妻，深覺類於龍女，而逸豔豐厚，則又過之。因與話昔事。妻謂毅曰：「人世豈有如是之理乎？然君與余有一子。」毅益重之。既產，踰月，乃穠飾換服，召親戚。相會之間，笑謂毅曰：「君不憶余之於昔也？」毅曰：「夙為洞庭君女傳書，至今為憶。」妻曰：「余即洞庭君之女也。涇川之冤，君使得白。銜君之恩，誓心求報。洎錢塘季父論親不從，遂至睽違，天各一方，不能相問。父母欲配嫁於濯錦小兒某。惟以心誓難移，親命難背，既為君子棄絕，分無見期。而當初之冤，雖得以告諸父母，而誓報不得其志，復欲馳白於君子。值君子累娶，當娶於張，已而又娶於韓。迨張、韓繼卒，君卜居於茲，故余之父母乃喜余得遂報君之意。今日獲奉君子，咸善終世，死無恨矣。」因嗚咽，泣涕交下。對毅曰：「始不言者，知君無重色之心。今乃言者，知君有感余之意。婦人匪薄，不足以確厚永心，故因君愛子，以託相生。未知君意如何？愁懼兼心，不能自解。君附書之日，笑謂妾曰：『他日歸洞庭，慎無相避。』誠不知當此之際，君豈有意於今日之事乎？其後季父請於君，君固不許。君乃誠將不可邪，抑忿然邪？君其話之！」毅曰：「似有命者。僕始見君於長涇之隅，枉抑憔悴，誠有不平之志。然自約其心者，達君之冤，餘無及也。以言慎勿相避者，偶然耳，豈有意哉。洎錢塘逼迫之際，唯理有不可直，乃激人之怒耳。夫始以義行為之志，寧有殺其壻而納其妻者邪？一不可也。某素以操真為志向，寧有屈於己而伏於心者乎？二不可也。且以率肆胸臆，酧酢紛綸，唯直是圖，不遑避害。然而將別之日，見君有依然之容，心甚恨之。終以人事扼束，無由報謝。吁，今日，君，盧氏也，又家於人間。則吾始心未為惑矣。從此以往，永奉歡好，心無纖慮也。」妻因深感嬌泣，良久不已。有頃，謂毅曰：「勿以他類，遂為無心，固當知報耳。夫龍壽萬歲，今與君同之。水陸無往不適。君不以為妄也。」毅嘉之曰：「吾不知國客乃復為神仙之餌。」乃相與覲洞庭。既至，而賓主盛禮，不可具紀。後居南海，僅四十年，其邸第輿馬珍鮮服玩，雖侯伯之室，無以加也。毅之族咸遂濡澤。以其春秋積序，容狀不衰，南海之人，靡不驚異。洎開元中，上方屬意於神仙之事，精索道術。毅不得安，遂相與歸洞庭。凡十餘歲，莫知其跡。至開元末，毅之表弟薛嘏為京畿令，謫官東南。經洞庭，晴晝長望，俄見碧山出於遠波。舟人皆側立，曰：「此本無山，恐水怪耳。」指顧之際，山與舟相逼，乃有彩船自山馳來，迎問於嘏。其中有一人呼之曰：「柳公來候耳。」嘏省然記之，乃促至山下，攝衣疾上。山有宮闕如人世，見毅立於宮室之中，前列絲竹，後羅珠翠，物玩之盛，殊倍人間。毅詞理益玄，容顏益少。初迎嘏於砌，持嘏手曰：「別來瞬息，而髮毛已黃。」嘏笑曰：「兄為神仙，弟為枯骨，命也。」毅因出藥五十丸遺嘏，曰：「此藥一丸，可增一歲耳。歲滿復來，無久居人世，以自苦也。」歡宴畢，嘏乃辭行。自是已後，遂絕影響。嘏常以是事告於人世。殆四紀，嘏亦不知所在。隴西李朝威敘而歎曰：五蟲之長，必以靈者，別斯見矣。人，裸也，移信鱗蟲。洞庭含納大直，錢塘迅疾磊落，宜有承焉。嘏詠而不載，獨可鄰其境。愚義之，為斯文。

——《唐人小說》，世界

任氏傳　同前

任氏，女妖也。有韋使君者，名崟，第九，信安王禕之外孫。少落拓，好飲酒。其從父妹壻曰鄭六，不記其名。早習武藝，亦好酒色，貧無家，託身於妻族；與崟相得。遊處不間。天寶九年夏六月，崟與鄭子偕行於長安陌中，將會於新昌里。至宣平之南，鄭子辭有故，請間去，繼至飲所。崟乘白馬而東。鄭子乘驢而南，入昇平之北門。偶值三婦人行於道中，中有白衣者，容色姝麗。鄭子見之驚悅，策其驢，忽先之，忽後之，將挑而未敢。

白衣時時盼睞，意有所受。鄭子戲之曰：「美豔若此，而徒行，何也？」白衣笑曰：「有乘不解相假，不徒行何為？」鄭子曰：「劣乘不足以代佳人之步，今輒以相奉。某得步從，足矣。」相視大笑。同行者更相眩誘，稍已狎暱。鄭子隨之東，至樂遊園，已昏黑矣。見一宅，土垣車門，室宇甚嚴。白衣將入，顧曰：「願少踟躕。」而入。女奴從者一人，留於門屏間，問其姓第，鄭子既告，亦問之。對曰：「姓任氏，第二十。」少頃，延入。鄭縶驢於門，置帽於鞍。始見婦人年三十餘，與之承迎，即任氏姊也。列燭置膳，舉酒數觴。任氏更粧而出，酣飲極歡。夜久而寢，其妍姿美質，歌笑態度，舉措皆豔，殆非人世所有。

將曉，任氏曰：「可去矣。某兄弟名係教坊，職屬南衙，晨興將出，不可淹留。」乃約後期而去。既行，及里門，門扃未發。門旁有胡人鬻餅之舍，方張燈熾爐。鄭子憩其簾下，坐以候鼓，因與主人言。鄭子指宿所以問之曰：「自此東轉，有門者，誰氏之宅？」主人曰：「此隤墉棄地，無第宅也。」鄭子曰「適過之，曷以云無？」與之固爭。主人適悟，乃曰：「吁！我知之矣。此中有一狐，多誘男子偶宿，嘗三見矣，今子亦遇乎？」鄭子赧而隱曰：「無。」質明，復視其所，見土垣車門如故。窺其中，皆蓁荒及廢圃耳。既歸，見崟。崟責以失期。鄭子不泄，以他事對。

然想其豔冶，願復一見之心，嘗存之不忘。經十許日，鄭子遊，入西市衣肆，瞥然見之，曩女奴從。鄭子遽呼之。任氏側身周旋於稠人中以避焉。鄭子連呼前迫，方背立，以扇障其後，曰：「公知之，何相近焉？」鄭子曰：「雖知之，何患？」對曰：「事可愧恥。難施面目。」鄭子曰：「勤想如是，忍相棄乎？」對曰：「安敢棄也，懼公之見惡耳。」鄭子發誓，詞旨益切。任氏乃迴眸去扇，光彩豔麗如初。謂鄭子曰：「人間如某之比者非一，公自不識耳，無獨怪也。」鄭子請之與敘歡。對曰：「凡某之流，為人惡忌者，非他，為其傷人耳。某則不然。若公未見惡，願終己以奉巾櫛。」

鄭子許與謀棲止。任氏曰：「從此而東，大樹出於棟間者，門巷幽靜，可稅以居。前時自宣平之南，乘白馬而東者，非君妻之昆弟乎？其家多什器，可以假用。」是時崟伯叔從役於四方，三院什器，皆貯藏之。鄭子如言訪其舍，而詣崟假什器。問其所用。鄭子曰：「新獲一麗人，已稅得其舍，假具以備用。」

崟笑曰：「觀子之貌，必獲詭陋。何麗之絕也。」崟乃悉假帷帳榻席之具，使家僮之慧黠者，隨以覘之。俄而奔走返命，氣吁汗洽。崟迎問之：「有乎？」又問：「容若何？」曰：「奇怪也！天下未嘗見之矣。」崟姻族廣茂，且夙從逸遊，多識美麗。乃問曰：「孰若某美？」僮曰：「非其倫也！」崟遍比其佳者四五人，皆曰：「非其倫。」是時吳王之女有第六者，則崟之內妹，穠豔如神仙，中表素推第一。崟問曰：「孰與吳王家第六女美？」又曰：「非其倫也。」崟撫手大駭曰：「天下豈有斯人乎？」遽命汲水澡頸，巾首膏唇而往。既至，鄭子適出。崟入門，見小僮擁篲方掃，有一女奴在其門，他無所見。徵於小僮。小僮笑曰：「無之。」

崟周視室內，見紅裳出於戶下。迫而察焉，見任氏戢身匿於扇間。崟別出就明而觀之，殆過於所傳矣。崟愛之發狂，乃擁而凌之：不服。崟以力制之，方急，則曰：「服矣。請少迴旋。」既從，則捍禦如初，如是者數四。崟乃悉力急持之。任氏力竭，汗若濡雨。自度不免，乃縱體不復拒抗，而神色慘變。崟問曰：「何色之不悅？」任氏長歎息曰：「鄭六之可哀也！」崟曰：「何謂？」對曰：「鄭生有六尺之軀，而不能庇一婦人，豈丈夫哉！且公少豪侈，多獲佳麗，遇某之比者衆矣。而鄭生，窮賤耳。所稱愜者，唯某而已。忍以有餘之心，而奪人之不足乎？哀其窮餒，不能自立，衣公之衣，食公之食，故為公所繫耳。若糠糗可給，不當至是。」崟豪俊有義烈，聞其言，遽置之。斂衽而謝曰：「不敢。」俄而鄭子至，與崟相視咍樂。自是，凡任氏之薪粒牲餼，皆崟給焉。任氏時有經過，出入或車馬轝步，不常所止。崟日與之遊，甚歡。每相狎暱，無所不至，唯不及亂而已。是以崟愛之重之，無所恡惜，一食一飲，未嘗忘焉。任氏知其愛己，因言以謝曰：「愧公之見愛甚矣。顧以陋質，不足以答厚意。且不能負鄭生，故不得遂公歡。某，秦人也，生長秦城；家本伶倫，中表姻族，多為人寵媵，以是長安狹斜，悉與之通。或有姝麗，悅而不得者，為公致之可矣。願持此以報德。」崟曰：「幸甚！」鄽中有鬻衣之婦曰張十五娘者，肌體凝潔，崟常悅之。因問任氏識之乎。對曰：「是某表娣妹，致之易耳。」旬餘，果致之。數月厭罷。

任氏曰：「市人易致，不足以展効。或有幽絕之難謀者，試言之，願得盡智力焉。」崟曰：「昨者寒食，與二三子遊於千福寺。見刁將軍緬張樂於殿堂。有善吹笙者，年二八，雙鬟垂耳，嬌姿豔絕。當識之乎？」任氏曰：「此寵奴也。其母，即妾之內姊也。求之可也。」崟拜於席下。任氏許之。乃出入刁家。月餘，崟促問其計。任氏願得雙縑以為賂。崟依給焉。後二日，任氏與崟方食，而緬使蒼頭控青驪以迓任氏。任氏聞召，笑謂崟曰：「諧矣。」初，任氏加寵奴以病，針餌莫減。其母與緬憂之方甚，將徵諸巫。任氏密賂巫者，指其所居，使言從就為吉。及視疾，巫曰：「不利在家，宜出居東南某所，以取生氣。」緬與其母詳其地，則任氏之第在焉。緬遂請居。任氏謬辭以偪狹，勤請而後許。乃輦服玩，並其母偕送於任氏。至，則疾愈。未數日，任氏密引崟以通之，經月乃孕。其母懼，遽歸以就緬，由是遂絕。他日，任氏謂鄭子曰：「公能致錢五六千乎？將為謀利。」鄭子曰：「可。」遂假求於人，獲錢六千。任氏曰：「鬻馬於市者，馬之股有疵，可買以居之。」鄭子如市，果見一人牽馬求售者，眚在左股。鄭子買以歸。其妻昆弟皆嗤之，曰：「是棄物也。買將何為？」無何，任氏曰：「馬可鬻矣。當獲三萬。」鄭子乃賣之。有酬二萬，鄭子不與。一市盡曰：「彼何苦而貴買，此何愛而不鬻？」鄭子乘之以歸；買者隨至其門，累增其估，至二萬五千也。不與，曰：「非三萬不鬻。」其妻昆弟聚而詬之。鄭子不獲已，遂賣登三萬。既而密伺買者，徵其由，乃昭應縣之御馬疵股者，死三歲矣，斯吏不時除籍。官徵其估，計錢六萬。設其以半買之，所獲尚多矣。若有馬以備數，則三年芻粟之估，皆吏得之。且所償蓋寡，是以買耳，任氏又以衣服故弊。乞衣於崟。崟將買全綵與之。任氏不欲，曰：「願得成制者。」崟召市人張大為買之，使見任氏，問所欲。張大見之，驚謂崟曰：「此必天人貴戚，為郎所竊。且非人間所宜有者，願速歸之，無及於禍。」其容色之動人也如此。竟買衣之成者而不自紉縫也，不曉其意。後歲餘，鄭子武調，授槐里府果毅尉，在金城縣。時鄭子方有妻室，雖晝遊於外，而夜寢於內，多恨不得專其夕。將之官，邀與任氏俱去。任氏不欲往，曰：「旬月同行，不足以為歡。請計給糧餼，端居以遲歸。」鄭子懇請，任氏愈不可。鄭子乃求崟資助。崟與更勸勉，且詰其故。任氏良久曰：「有巫者言某是歲不利西行，故不欲耳。」鄭子甚惑也，不思其他，與崟大笑曰：「明智若此，而為妖惑，何哉！」固請之。任氏曰：「儻巫者言可徵，徒為公死，何益！」二子曰：「豈有斯理乎？」懇請如初。任氏不得已，遂行。崟以馬借之，出祖於臨皋，揮袂別去。信宿，至馬嵬。任氏乘馬居其前，鄭子乘驢居其後；女奴別乘，又在其後。是時西門圉人教獵狗於洛川，已旬日矣。適值於道，蒼犬騰出於草間。鄭子見任氏欻然墜於地，復本形而南馳。蒼犬逐之。鄭子隨走叫呼，不能止。里餘，為犬所獲。

鄭子銜涕出囊中錢，贖以瘞之，削木為記。迴覩其馬，囓草於路隅，衣服悉委於鞍上，履襪猶懸於鐙間，若蟬蛻然。唯首飾墜地，餘無所見。女奴亦逝矣。旬餘，鄭子還城。崟見之喜，迎問曰：「任子無恙乎？」

鄭子泫然對曰：「歿矣。」崟聞之亦慟，相持於室，盡哀。徐問疾故。答曰：「為犬所害。」崟曰：「犬雖猛，安能害人？」答曰：「非人。」崟駭曰：「非人，何者？」鄭子方述本末。崟驚訝歎息不能已。

明日，命駕與鄭子俱適馬嵬，發瘞視之，長慟而歸。追思前事，唯衣不自製，與人頗異焉。其後鄭子為總監使，家甚富，有櫪馬十餘匹。年六十五，卒。大曆中，沈既濟居鍾陵，嘗與崟遊，屢言其事，故最詳悉。後崟為殿中侍御史，兼隴州刺史，遂殁而不返。嗟乎，異物之情也有人焉！遇暴不失節，狥人以至死，雖今婦人，有不如者矣。惜鄭生非精人，徒悅其色而不徵其情性。向使淵識之士，必能揉變化之理，察神人之際，著文章之美，傳要妙之情，不止於賞翫風態而已。惜哉！建中二年，既濟自左拾遺於金吳。

將軍裴冀，京兆少尹孫成，戶部郎中崔需，右拾遺陸淳皆適居東南，自秦徂吳，水陸同道。時前拾遺朱放因旅遊而隨焉。浮潁涉淮，方舟沿流，晝讌夜話，各徵其異說。衆君子聞任氏之事，共深歎駭，因請既濟傳之，以志異云。沈既濟撰。

——《唐人小說》，世界

枕中記

唐・沈既濟

開元七年，道士有呂翁者，得神仙術，行邯鄲道中，息邸舍，攝帽弛帶，隱囊而坐。俄見旅中少年，乃盧生也。衣短褐，乘青駒，將適於田，亦止於邸中，與翁共席而坐，言笑殊暢。

久之，盧生顧其衣裝敝褻，乃長歎息曰：「大丈夫生世不諧，困如是也！」翁曰：「觀子形體，無苦無恙，談諧方適，而歎其困者，何也？」生曰：「吾此苟生耳。何適之謂？」翁曰：「此不謂適，而何謂適？」答曰：「士之生世，當建功樹名，出將入相，列鼎而食，選聲而聽，使族益昌而家益肥，然後可以言適乎。吾嘗志於學，富於遊藝，自惟當年青紫可拾。今已適壯，猶勤畎畝，非困而何？」言訖，而目昏思寐。時主人方蒸黍。翁乃探囊中枕以授之，曰：「子枕吾枕，當令子榮適如志。」

其枕青甆，而竅其兩端。生俛首就之。見其竅漸大，明朗。乃舉身而入，遂至其家。數月，娶清河崔氏女。女容甚麗，生資愈厚。生大悅，由是衣裝服馭，日益鮮盛。明年，舉進士，登第；釋褐祕校；應制，轉渭南尉；俄遷監察御史；轉起居舍人，知制誥。三載，出典同州，遷陝牧。生性好土功，自陝西鑿河八十里，以濟不通。邦人利之，刻石紀德。移節汴州，領河南道採訪使，徵為京兆尹。是歲，神武皇帝方事戎狄，恢宏土宇。會吐蕃悉抹邏及燭龍莽布支攻陷瓜沙，而節度使王君㚟新被殺，河湟震動。帝思將帥之才，遂除生御史中丞，河西道節度。大破戎虜，斬首七千級，開地九百里，築三大城以遮要害。邊人立石於居延山以頌之。歸朝冊勳，恩禮極盛。轉吏部侍郎，遷戶部尚書兼御史大夫。時望清重，群情翕習。大為時宰所忌，以飛語中之，貶為端州刺史。三年，徵為常侍。未幾，同中書門下平章事。與蕭中令嵩，裴侍中光庭同執大政十餘年，嘉謨密令，一日三接，獻替啓沃，號為賢相。同列害之，復誣與邊將交結，所圖不軌。制下獄。府吏引從至其門而急收之。生惶駭不測，謂妻子曰：「吾家山東，有良田五頃，足以禦寒餒，何苦求祿？而今及此。思衣短褐，乘青駒，行邯鄲道中，不可得也。」引刃自刎。其妻救之，獲免。其罹者皆死，獨生為中官保之，減罪死，投驩州。數年，帝知冤，復追為中書令，封燕國公，恩旨殊異。生五子：曰儉，曰傳，曰位，曰倜，曰倚，皆有才器。儉進士登第，為考功員外；傳為侍御史；位為太常丞；倜為萬年尉；倚最賢，年二十八，為左襄。其姻媾皆天下望族。有孫十餘人。

兩竄荒徼，再登臺鉉，出入中外，徊翔臺閣，五十餘年，崇盛赫奕。性頗奢蕩，甚好佚樂，後庭聲色，皆第一綺麗。前後賜良田、甲第、佳人、名馬，不可勝數。

後年漸衰邁，屢乞骸骨，不許。病，中人候問，相踵於道，名醫上藥，無不至焉。將歿，上疏曰：「臣本山東諸生，以田圃為娛。偶逢聖運，得列官敘。過蒙殊獎，特秩鴻私，出擁節旌，入昇臺輔。周旋中外，綿歷歲時。有忝天恩，無裨聖化。負乘貽寇，履薄增憂，日懼一日，不知老至。今年逾八十，位極三事，鐘漏並歇，筋骸俱耄，彌留沉頓，待時益盡。顧無成效，上答休明，空負深恩，永辭聖代。無任感戀之至。謹奉表陳謝。」詔曰：「卿以俊德，作朕元輔。出擁藩翰，入贊雍熙。昇平二紀，實卿所賴。比嬰疾疹，日謂痊平。豈斯沉痼，良用憫惻。今令驃騎大將軍高力士就第候省。其勉加鍼石，為予自愛。猶冀無妄，期於有瘳。」是夕，薨。

盧生欠伸而悟，見其身方偃於邸舍，呂翁坐其傍，主人蒸黍未熟，觸類如故。生蹶然而興，曰：「豈其夢寐也？」翁謂生曰：「人生之適，亦如是矣。」生憮然良久，謝曰：「夫寵辱之道，窮達之運，得喪之理，死生之情，盡知之矣。此先生所以窒吾欲也。敢不受教。」稽首再拜而去。

——汪辟疆校釋《唐人小說》，世界

南柯太守傳

唐・李公佐

東平淳于棼，吳楚遊俠之士。嗜酒使氣，不守細行。累巨產，養豪客。曾以武藝補淮南軍裨將，因使酒忤帥，斥逐落魄，縱誕飲酒為事。家住廣陵郡東十里。所居宅南有大古槐一株，枝幹修密，清陰數畝。淳于生日與群豪，大飲其下。

貞元七年九月，因沉醉致疾。時二友人於坐扶生歸家，臥於堂東廡之下。二友謂生曰：「子其寢矣！余將秣馬濯足，俟子小愈而去。」生解巾就枕，昏然忽忽，髣髴若夢。見二紫衣使者，跪拜生曰：「槐安國王遣小臣致命奉邀。」生不覺下榻整衣，隨二使至門。見青油小車，駕以四牡，左右從者七八，扶生上車，出大戶，指古槐穴而去。使者即驅入穴中。生意頗為異之，不敢致問。

忽見山川風候草木道路，與人世甚殊。前行數十里，有郛郭城堞。車輿人物，不絕於路。生左右傳車者傳呼甚嚴，行者亦爭闢於左右。又入大城，朱門重樓，樓上有金書，題曰「大槐安國」。執門者趨拜奔走。旋有一騎傳乎曰：「王以駙馬遠降，令且息東華館。」因前導而去。

俄見一門洞開，生降車而入。彩檻雕楹；華木珍果，列植於庭下；几案茵褥，簾幃殽膳，陳設於庭上。生心甚自悅。復有呼曰：「右相且至。」生降階祗奉。有一人紫衣象簡前趨，賓主之儀敬盡焉。右相曰：「寡君不以弊國遠僻，奉迎君子，託以姻親。」生曰：「某以賤劣之軀，豈敢是望。」右相因請生同詣其所。

行可百步，入朱門。矛戟斧鉞，布列左右，軍吏數百，辟易道側。生有平生酒徒周弁者，亦趨其中。生私心悅之，不敢前問。右相引生升廣殿。御衛嚴肅，若至尊之所。見一人長大端嚴，居王位，衣素練服，簪朱華冠。生戰慄，不敢仰視。左右侍者令生拜。王曰：「前奉賢尊命，不棄小國，許令次女瑤芳，奉事君子。」生但俯伏而已，不敢致詞。王曰：「且就賓宇，續造儀式。」有旨，右相亦與生偕還館舍，生思念之，意以為父在邊將，因歿虜中，不知存亡。將謂父北蕃交遜，而致茲事。心甚迷惑，不知其由。

是夕，羔雁幣帛，威容儀度，妓樂絲竹，殽膳燈燭，車騎禮物之用，無不咸備。有群女，或稱華陽姑，或稱青溪姑，或稱上仙子，或稱下仙子，若是者數輩。皆侍從數千，冠翠鳳冠，衣金霞帔，綵碧金鈿，目不可視。遨遊戲樂，往來其門，爭以淳于郎為戲弄。風態妖麗，言詞巧豔，生莫能對。復有一女謂生曰：「昨上巳日，吾從靈芝夫人過禪智寺，於天竺院觀右延舞婆羅門。吾與諸女坐北牖石榻上，時君少年，亦解騎來看。君獨強來親洽，言調笑謔。吾與窮英妹結絳巾，挂於竹枝上，君獨不憶念之乎？又七月十六日，吾於孝感寺悟上真子，聽契玄法師講觀音經。吾於講下捨金鳳釵兩隻，上真子捨水犀合子一枚。時君亦講筵中於師處請釵合視之。賞歎再三，嗟異良久。顧余輩曰：「人之與物，皆非世間所有。」或問吾民，或訪吾里。吾亦不答。情意戀戀，矚盼不捨。君豈不思念之乎？」生曰：「中心藏之，何日忘之。」群女曰：「不意今日與君為眷屬。」

復有三人，冠帶甚偉，前拜生曰：「奉命為駙馬相者。」中一人與生且故。生指曰：「子非馮翊田子華乎？」田曰：「然。」生前，執手敘舊久之。生謂曰：「子何以居此？」子華曰：「吾放遊，獲受知於右相武成侯段公，因以棲託。」生復問曰：「周弁在此，知之乎？」子華曰：「周生，貴人也。職為司隸，權勢甚盛。吾數蒙庇護。」言笑甚歡。俄傳聲曰：「駙馬可進矣。」三子取劍佩冕服，更衣之。子華曰：「不意今日獲覩盛禮，無以相忘也。」

有仙姬數十，奏諸異樂，婉轉清亮，曲調悽悲，非人間之所聞聽，有執燭引導者，亦數十。左右見金翠步障，彩碧玲瓏，不斷數里。生端坐車中，心意恍惚，甚不自安。田子華數言笑以解之。向者群女姑娣，各乘鳳翼輦，亦往來其間。

至一門，號「修儀宮」。群仙姑姊亦紛然在側，令生降車輦拜，揖讓升降，一如人間。徹障去扇，見一女子，云號金枝公主。年可十四五，儼若神仙。交歡之禮，頗亦明顯。生自爾情義日洽，榮曜日盛，出入車服，遊宴賓御，次於王者。

王命生與群寮備武衛，大獵於國西靈龜山。山阜峻秀，川澤廣遠，林樹豐茂，飛禽走獸，無不蓄之。師徒大獲，竟夕而還。

生因他日，啓王曰：「臣頃結好之日，大王云奉臣父之命。臣父頃佐邊將，用兵失利，陷沒胡中；爾來絕書信十七八歲矣。王既知所在，臣請一往拜覲。」王遽謂曰：「親家翁職守北土，信問不絕。卿但具書狀知聞，未用便去。」遂命妻致饋賀之禮，一以遣之。數夕還答。生驗書本意，皆父平生之跡，書中憶念教誨，情意委曲，皆如昔年。復問生親戚存亡，閭里興廢。復言路道乖遠，風煙阻絕。詞意悲苦，言語哀傷。又不令生來覲，云：「歲在丁丑，當與女相見。」生捧書悲咽，情不自堪。

他日，妻謂生曰：「子豈不思為政乎？」生曰：「我放蕩不習政事。」妻曰：「卿但為之，余當奉贊。」妻遂白於王。累日，謂生曰：「吾南柯政事不理，太守黜廢，欲藉卿才，可曲屈之。便與小女同行。」生敦授教命。王遂勅有司備太守行李。因出金玉，錦繡，箱奩，僕妾，車馬，列於廣衢，以餞公主之行。生少遊俠，曾不敢有望，至是甚悅。因上表曰：「臣將門餘子，素無藝術，猥當大任，必敗朝章。自悲負乘，坐致覆餗。今欲廣求賢哲，以贊不逮。伏見司隸潁川周弁，忠亮剛直，守法不回，有毗佐之器。處士馮翊田子華清慎通變，達政化之源。二人與臣有十年之舊，備知才用，可託政事。周請署南柯司憲，田請署司農。庶使臣政績有聞，憲章不茲也。」王並依表以遣之。

其夕，王與夫人餞於國南。王謂生曰：「南柯國之大郡，土地豐壤，人物豪盛，非惠政不能以治之。況有周田二贊。卿其勉之，以副國念。」夫人戒公主曰：「淳于郎性剛好酒，加之少年；為婦之道，貴乎柔順。爾善事之，吾無憂矣。南柯雖封境不遙，晨昏有間，今日睽別，寧不沾巾。」生與妻拜首南去，登車擁騎，言笑甚歡。累夕達郡。

郡有官吏、僧道、耆老、音樂、車轝、武衛、鑾鈴，爭來迎奉。人物闐咽，鐘鼓喧譁，不絕十數里。見雉堞臺觀，佳氣鬱鬱。入大城門，門亦有大榜，題以金字，曰：「南柯郡城」。見朱軒棨戶，森然深邃。生下車省風俗，療病苦，政事委以周田，郡中大理。自守郡二十載，風化廣被，百姓歌謠，建功德碑，立生祠宇。王甚重之，賜食邑，錫爵位，居臺輔。周田皆以政治著聞，遞遷大位。生有五男二女。男以門蔭授官；女亦娉於王族；榮耀顯赫，一時之盛，代莫比之。

是歲，有檀蘿國者，來伐是郡。王命生練將訓師以征之。乃表周弁將兵三萬，以拒賊之衆於瑤臺城。弁剛勇輕敵，師徒敗績，弁單騎裸身潛遁，夜歸城。賊亦收輜重鎧甲而還。生因囚弁以請罪。王並捨之。是月，司憲周弁疽發背，卒。生妻公主遘疾，旬日又薨。

生因請罷郡，護喪赴國。王許之。便以司農田子華行南柯太守事。生哀慟發引，威儀在途，男女叫號，人吏奠饌，攀轅遮道者不可勝數。遂達於國。王與夫人素衣哭於郊，候靈轝之至。謚公主曰「順儀公主」。備儀仗羽葆鼓吹，葬於國東十里盤龍岡。是月，故司憲子榮信，亦護喪赴國。

生久鎮外藩，結好中國，貴門豪族，靡不是洽。自罷郡還國，出入無恆，交遊賓從，威福日盛。王意疑憚之。時有國人上表云：「玄象謫見，國有大恐。都邑遷徙，宗廟崩壞。釁起他族，事在蕭牆。」時議以生侈僭之應也。遂奪生侍衛，禁生遊從，處之私第。生自恃守郡多年，曾無敗政，流言怨悖，鬱鬱不樂。王亦知之，因命生曰：「姻親二十餘年，不幸小女夭枉，不得與君子偕老，良用痛傷。」夫人因留孫自鞠育之。又謂生曰：「卿離家多時，可暫歸本里，一見親族。諸孫留此，無以為念，後三年，當令迎生。」生曰：「此乃家矣，何更歸焉？」王笑曰：「卿本人間，家非在此。」生忽若惛睡，瞢然久之，方乃發悟前事，遂流涕請還。王顧左右以送生，生再拜而去，復見前二紫衣使者從焉。

至大戶外，見所乘車甚劣，左右親使御僕，遂無一人，心甚歎異。生上車，行可數里，復出大城。宛是昔年東來之途，山川原野，依然如舊。所送二使者，甚無威勢。生逾怏怏。生問使者曰：「廣陵郡何時可到？」二使謳歌自若，久乃答曰：「少頃即至。」俄出一穴，見本里閭巷，不改往日，潸然自悲，不覺流涕。二使者引生下車，入其門，升自階，己身臥於堂東廡之下。生甚驚畏，不敢前近。

二使因大呼生之姓名數聲，生遂發寤如初。見家之僮僕擁篲於庭，二客濯足於榻，斜日未隱於西垣，餘樽尚湛於東牖。夢中倏忽，若度一世矣。生感念嗟歎，遂呼二客而語之。驚駭。因與生出外，尋槐下穴。生指曰：「此即夢中所驚入處。」二客將謂狐狸木媚之所為祟。遂命僕夫荷斤斧，斷擁腫，折查枿，尋穴究源。

旁可袤丈。有大穴，根洞然明朗，可容一榻。上有積土壤，以為城郭臺殿之狀。有蟻數斛，隱聚其中。中有小臺，其色若丹。二大蟻處之，素翼朱首，長可三寸。左右大蟻數十輔之，諸蟻不敢近。此其王矣。即槐安國都也。又窮一穴：直上南枝可四丈，宛轉方中，亦有土城小樓，群蟻亦處其中，即生所領南柯郡也。又一穴：西去二丈，磅礴空圬，嵌窞異狀。中有一腐龜，殼大如斗。積雨浸潤，小草叢生，繁茂翳薈，掩映振殼，即生所獵靈龜山也。又窮一穴：東去丈餘，古根盤屈，若龍虺之狀。中有小土壤，高尺餘，即生所葬妻盤龍岡之墓也。追想前事，感歎於懷，披閱窮跡，皆符所夢。不欲二客壞之，遽令掩塞如舊。

是夕，風雨暴發。旦視其穴，遂失群蟻，莫知所去。故先言：「國有大恐，都邑遷徙。」此其驗矣。復念檀蘿征伐之事，又請二客訪跡於外。宅東一里有古涸澗，側有大檀樹一株，藤蘿擁織，上不見日。旁有小穴，亦有群蟻隱聚其間。檀蘿之國，豈非此耶？嗟乎！蟻之靈異，猶不可窮，況山藏木伏之大者所變化乎？

時生酒徒周弁田子華並居六合縣，不與生過從旬日矣。生遽遣家僮疾往候之。周生暴疾已逝，田子華亦寢疾於牀。生感南柯之浮虛，悟人世之倏忽，遂棲心道門，絕棄酒色。後三年，歲在丁丑，亦終於家。時年四十七，將符宿契之限矣。

公佐貞元十八年秋八月，自吳之洛，暫泊淮浦，偶覿淳于生棼，詢訪遺跡，翻覆再三，事皆摭實，輒編錄成傳，以資好事。雖稽神語怪，事涉非經，而竊位著生，冀將為戒。後之君子，幸以南柯為偶然，無以名位驕於天壤間云。

前華州參軍李肇贊曰：

貴極祿位，權傾國都，達人視此，蟻聚何殊。

——《唐人小說》，世界

杜子春

唐・李復言

杜子春者，蓋周隋間人，少落拓不事家產。然以志氣閒曠，縱酒閒遊。資產蕩盡，投於親故，皆以不事事見棄。

方冬，衣破腹空，徒行長安中，日晚未食，彷徨不知所往，於東市西門，饑寒之色可掬，仰天長吁。有一老人策杖於前，問曰：「君子何歎？」春言其心，且憤其親戚之疎薄也，感激之氣，發於顏色。老人曰：「幾緡則豐用？」子春曰：「三五萬，則可以活矣。」老人曰：「未也。」更言之：「十萬。」曰：「未也。」乃言：「百萬。」亦曰：「未也。」曰：「三百萬。」乃曰：「可矣。」於是袖出一緡，曰：「給子今夕。明日午時，候子於西市波斯邸，慎無後期。」

及時，子春往，老人果與錢三百萬。不告姓名而去。

子春既富，蕩心復熾。自以為終身不復羈旅也。乘肥衣輕，會酒徒，徵絲管，歌舞於倡樓，不復以治生為意。一二年間，稍稍而盡。衣服車馬，易貴從賤，去馬而驢，去驢而徒，倏忽如初。既而復無計，自歎於市門。發聲而老人到，握其手曰：「君復如此，奇哉！吾將復濟子幾緡方可？」子春慚不應。老人因逼之。子春愧謝而已。老人曰：「明日午時來前期處。」

子春忍愧而往，得錢一千萬。未受之初，憤發，以為從此謀身治生，石季倫、猗頓小豎耳。錢既入手，心又翻然。縱適之情，又卻如故。不一二年間，貧過舊日。

復遇老人於故處。子春不勝其愧。掩面而走。老人牽裾止之，又曰：「嗟乎，拙謀也！」因與三千萬，曰：「此而不痊，則子貧在膏肓矣。」子春曰：「吾落拓邪遊，生涯罄盡，親戚豪族，無相顧者。獨此叟三給我，我何以當之？」因謂老人曰：「吾得此，人間之事可以立，孤孀可以衣食，於名教復圓矣。感叟深惠，立事之後，唯叟所使。」老人曰：「吾心也。子治生畢，來歲中元見我於老君雙檜下。」

子春以孤孀多寓淮南，遂轉資揚州，買良田百頃，郭中起甲第，要路置邸百餘間，悉召孤孀分居第中。婚嫁甥姪，遷祔族親，恩者煦之，讎者復之。

既畢事，及期而往。老人者方嘯於二檜之陰。遂與登華山雲臺峰，入四十里餘，見一處室屋嚴潔，非常人居。彩雲遙覆，鸞鶴飛翔。其上有正堂，中有藥爐，高九尺餘，紫焰光發，灼煥窗戶。玉女九人，環爐而立。青龍白虎，分據前後。其時日將暮，老人者不復俗衣，乃黃冠縫帔士也。持白石三丸，酒一巵，遺子春，令速食之。訖，取一虎皮鋪於內西壁，東向而坐。戒曰：「慎勿語，雖尊神，惡鬼，夜叉，猛獸，地獄，及君之親屬為所困縛萬苦，皆非真實。但當不動不語，宜安心莫懼，終無所苦。當一心念吾所言。」言訖而去。子春視庭，唯一巨甕，滿中貯水而已。

道士適去，旌旗戈甲，千乘萬騎，徧滿崖谷，呵叱之聲，震動天地。有一人稱大將軍，身長丈餘，人馬皆著金甲，光芒射人。親衛數百人，皆杖劍張弓，直入堂前，呵曰：「汝是何人，敢不避大將軍？」左右竦劍而前，逼問姓名，又問作何物，皆不對。問者大怒，摧斬，爭射之，聲如雷。竟不應。將軍者極怒而去。

俄而猛虎、毒龍、狻猊、獅子、蝮蝎，萬計；哮吼拏攫而爭前，欲搏噬，或跳過其上。子春神色不動，有頃而散。

既而大雨滂澍，雷電晦暝，火輪走其左右，電光掣其前後，目不得開。須臾，庭際水深丈餘，流電吼雷，勢若山川開破，不可制止。瞬息之間，波及坐下。子春端坐不顧。

未頃，而將軍者復來，引牛頭獄卒，奇貌鬼神，將大鑊湯而置子春前。長槍兩叉，四面週帀。傳命曰：「肯言姓名。即放。不肯言，即當心取叉置之鑊中。」又不應。因執其妻來，捽於階下，指曰：「言姓名免之。」又不應。及鞭捶流血，或射或斫，或煮或燒，苦不可忍。其妻號哭曰：「誠為陋拙，有辱君子。然幸得執巾櫛，奉事十餘年矣。今為尊鬼所執，不勝其苦。不敢望君匍匐拜乞，但得公一言，即全性命矣。人誰無情，君乃忍惜一言！」雨淚庭中，且咒且罵，春終不顧。將軍且曰：「吾不能毒汝妻耶？」令取剉碓，從腳寸剉之。妻叫哭愈急，竟不顧之。將軍曰：「此賊妖術已成，不可使久在世間。」敕左右斬之。

斬訖，魂魄被領見閻羅王，曰：「此乃雲臺峰妖民乎？捉付獄中。」于是鎔銅鐵杖、碓擣、磑磨、火坑、鑊湯、刀山、劍樹之苦，無不備嘗。然心念道士之言，亦似可忍，竟不呻吟。獄卒告受罪畢。王曰：「此人陰賊，不合得作男，宜令作女人，配生宋州單父縣丞王勸家。」

生而多病，針灼藥醫，略無停日。亦嘗墜火墜牀，痛苦不齊，終不失聲。俄而長大，容色絕代，而口無聲，其家目為啞女。親戚狎者，侮之萬端，終不能對。同鄉有進士盧珪者，聞其容而慕之，因媒氏求焉。其家以啞辭之。盧曰：「苟為妻而賢，何用言矣。亦足以戒長舌之婦。」乃許之，盧生備六禮親迎為妻。

數年，恩情甚篤。生一男，僅二歲，聰慧無敵。盧抱兒與之言，不應，多方引之，終無辭。盧大怒曰：「昔賈大夫之妻，鄙其夫，纔不笑。然觀其射雉，尚釋其憾。今吾又不及賈，而文藝非徒射雉也。而竟不言。大丈夫為妻所鄙，安用其子！」乃持兩足，以頭撲於石上，應手而碎，血濺數步。子春愛生於心，忽忘其約，不覺失聲云：「噫。」

噫聲未息，身坐故處。道士者亦在其前。初五更矣。見其紫焰穿屋上，大火起四合，屋室俱焚。道士歎曰：「錯大誤余乃如是！」因提其髮投水甕中。未頃，火息。道士前曰：「吾子之心，喜怒哀懼惡慾，皆忘矣。所未臻者，愛而已，向使子無噫聲。吾之藥成，子亦上仙矣。嗟乎，仙才之難得也！吾藥可重煉，而子之身猶為世界所容矣。勉之哉！」遙指路使歸。子春強登基觀焉，其爐已壞。中有鐵柱大如臂，長數尺。道士脫衣，以刀子削之。

子春既歸，愧其忘誓。復自効以謝其過。行至雲臺峰，絕無人跡。歎恨而歸。

——《唐人小說》，世界

第三講 宋明話本小說

誠如魯迅《中國小說史略》所言：

> 宋一代文人之為志怪，既平實而乏文采，其傳奇，又多託往事而避近聞，擬古且遠不逮，更無獨創之可言矣。①

比較值得一提的宋人傳奇大略有：《大業拾遺記》、《海山記》、《迷樓記》、《開海記》（上述三書激發了明馮夢龍寫《隋煬豔史》；羅貫中撰《隋唐志傳》，清褚人獲增改爲《隋唐演義》）、樂史的《綠珠傳》與《太眞外傳》、秦醇的《趙飛燕別傳》和《譚意歌傳》，以及佚名的《李師師外傳》等。雜俎方面分爲兩類，一走《世說新語》路線，如孫光憲《北夢瑣言》、歐陽修《歸田錄》，至王讜《唐語林》而集大成；一是張華《博物志》路線，如徐鉉《稽神錄》、吳淑《江淮異人傳》、郭彖《睽車志》、劉斧《青瑣高議》、洪邁《夷堅志》……。不論質或量，宋代的雜俎顯然要比傳奇出色些。

倒是繼承變文、敦煌石室的歷史故事，而開展出來的「白話小說」，到宋元以後有極特殊的表現。本來變文的講唱方式和以說故事爲主的內容，都影響到「說話」的風格。學者認爲，職業性的說話（即「說書」）或

①見《魯迅小說史論文集》，頁九三。

許可以上溯至晚唐②。這些民間說書人藉講故事娛樂大眾，並賴以為生，大約整個北宋、南宋將近三百多年的平靜歲月（「靖康之難」一段除外），都是「說話」的黃金時代，一直到元代戲劇興起，才漸告式微。

第一節　「說話」的時代溫床

宋太祖結束五代十國的紛爭以後，實行中央集權制，獨攬軍政、財政、司法，並鼓勵生產，從免稅、輕稅而逐步加強稅賦。經太宗、眞宗、仁宗的銳意經營，工商繁榮，大城市應運而生，尤其是繁華盛久的汴京（開封），其熱鬧景象，就如宋孟元老《東京夢華錄》序說的：

> 僕從先人宦遊南北，崇寧癸未到京師。……正當輦轂之下，太平日久，人物繁阜。垂髫之童，但習鼓舞；斑白之老，不識干戈。時節相次，各有觀賞。燈宵月夕，雪際花時，乞巧登高，教池遊苑。舉目則青樓畫閣，繡戶珠簾。雕車競駐於天街，寶馬爭馳於御路。……新聲巧笑於柳陌花衢，按管調絃於茶坊酒肆。八荒爭湊，萬國咸通。集四海之珍奇，皆歸市易；會寰區之異味，悉在庖廚。花光滿路，何限春遊。簫鼓喧空，幾家夜宴，伎巧則驚人耳目，侈奢則長人精神。……③

其金融交易「動即千萬，駭人見聞」，「酒肆瓦市，不以風雨寒暑，白晝通夜，駢闐如此」。夜市雜賣是：

②參考樂蘅軍《宋代話本研究》第一章〈話本的誕生〉，頁一五—一七。樂氏指出，唐時固有「說話」，然真正具備「說話」的規模與「話本」的體式，要到宋代（台北　台大文史叢刊二十九　一九六九年十二月）。

③三怡堂叢書。

「每五更點燈博易……至曉即散，謂之鬼市子。」④至少在徽、欽二帝被擄以前，都市人民大都安居樂業。渡江以後，都市繁華又過於此⑤。由於商業資本猛烈發展，農村則因兵火、匪盜、賦稅及經濟勢力的轉移，變得殘破不堪，社會物力幾乎都投向幾個大都市，人口迅速集中，農村向城市流亡。這幅流亡圖的反面，則是城市喧囂的繁華夢，使生命慾望展開各種樣態。其形而下者固沉溺爲癡愚頑惕的人生眾象，其形而上者則化爲文藝的形式表現出來。

宋朝開國之君努力獎掖文教，期於擾攘的五代之後，扭轉社會人心的意向。科舉的熱衷、普及，復使許多落第的士人，或早或晚地回到民間。風氣濡染下，一般市民的知識乃大爲提高。況且印刷術到宋代，突進起飛，無論官刻、私刻都盛極一時。尤其坊刻中有勤有堂和陳道人書籍鋪刊行字書小說等一般平民讀物，足見其時人已有一般的閱讀趣味。再者，繼春秋戰國之後，知識再度普及下滲，形成文化演進的一大趨勢。孟元老《東京夢華錄》卷二云：

> 瓦中多有貨藥、賣卦、喝故衣、探搏、飲食、剃剪、紙畫、令曲之類。

從中可見宋代民眾文藝趣味和日常生活的雜然並陳。而此一新興科舉社會的本質，「也可以說是平民社會」⑥。平民階層與文化階層距離拉近的結果，使前者的氣質擴大，投射到全社會上去。

從另一方面看，市民們的意識中，復沾染著相當濃厚的都市氣息。他們的生活態度是個人的，因知識的獲

---

④見《東京夢華錄》卷二東角樓街巷、酒店、潘樓東街巷，及州橋夜市、馬行街鋪席等條。

⑤可參看南宋耐得翁《都城紀勝》的市井、鋪席、坊院等條；吳自牧《夢粱錄》的鋪席、夜市、酒肆等條描寫尤詳（《都》見練亭十二種，《夢》見五朝筆記小說大觀）。

⑥錢穆〈唐宋時代文化〉，原載《大陸雜誌》四卷八期。轉引自樂氏前揭書，頁二〇。

得，使其產生某種人生意義上的自覺。中下層市民的這種自覺，往往透過物質與精神上的享樂需求而表現出來。北宋東京已是如此，南宋此風尤熾，幾乎到偏常的狀態。像《夢粱錄》、《都城紀勝》等南宋筆記，莫不是以市民酣歌厭足的基調來記述當時人的生活情狀的，例如：酒樓則銀器競奢，瓦肆則盤桓終日，官庫迎煮，乃妓女列隊，鼓樂導引，節日賞燈，有婦人墮鈿，拾遺掃街，歌舞昇平固已如此景象；而貧下的人，也不甘平淡，乃至「備錢造屋，棄產作親」。雖然日逐糴米而食，夜則賃被而臥，敝衣跣足，而金銀滿頭⑦。加上北宋神宗熙寧以前，已廢除街鼓夜禁⑧，所以夜市遊宴更能夠「通曉不絕」。

夜禁既廢，「說話」的場所——瓦舍，乃愈形活躍。由於這種耽樂的習氣和文化自覺心理的要求，使「話本」小說兼具遊藝與文學的特質。當時瓦肆勾欄中百藝競陳（如雜耍、傀儡戲等），其中最受歡迎的則是通俗活潑的「說話」。

晚唐、五代動亂中不乏「發跡變泰、士馬金鼓」的人事興衰，配合宋時的社會心理，自然提供「說話」人豐富的歷史素材。再者，帝王們迷信道教，舉國成風，「話本」較之其他伎藝，確乎更能寄託癡妄的怪譚，如〈西湖三塔記〉、〈定州三怪〉之類。《醉翁談錄》說：「講鬼怪，令羽士心寒膽戰」，「演霜林白日昇天，教隱士如初學道」。這些信仰氾濫的社會現象，遂成爲「話本」相當的動力和內容。

在語文方面，可以說白話的社會到唐代已開始形成。至宋代，理學家的「語錄」，或謂之「俚語」，當時從書院到市井，自學者至詩人，都大量普遍應用俚語白話。受到整個時代風氣的敦促，話本就保持著口語的形式被寫出來，而且成爲同時代中最富生命力的白話文學⑨。

⑦見《夢粱錄》卷二、卷十三、《夢華錄》卷二，及《武林舊事》卷二、《都城紀勝》等記述。
⑧宋敏求《春明退朝錄》卷上（作於神宗熙寧三年）（學海內編）。
⑨此節主要採納樂氏《宋代話本研究》第一章〈話本的誕生〉，綜述而成。

第二節 所謂「話本」、「擬話本」、「平話」

簡要地說，「話本」就是說話藝術的文學底本⑩。話本繼承了變文俗講的娛樂性和大眾化，後者的押座文、散場詩與韻散夾用、駢句用典都啓導了話本的體式。不過，話本自身既承繼秦漢以來的神鬼巫術趣味，復秉受寫實的現世精神，可稱之為里巷風情畫，在這方面卻超出變文的師承，自有其嶄新的風貌。

一般認為，當時的說話人講故事時通常有他們自己的故事「底本」，原先只是提綱備忘的性質。他們必須把故事的素材，以獨到的閱歷才智，重新剪裁組合，有時穿插些動聽的情節，增飾點人物的性格，或強調故事的離合悲歡性。等流傳廣了，增補潤色的地方愈來愈多，內容、形式都愈趨完善。所以初期的話本大都由說話人自編，一旦說話市場的需求變大之後，便出現專門為說話人編撰故事的「書會」。而說話人間彼此切磋改進技藝，也有「雄辯社」的同業組織。

除了技巧方面的努力外，說話人並豐富質量，且有專業的分科。根據《都城紀勝》和《夢粱錄》，大概可以把說話的家數分成四種，前者分：

㈠小說（即銀字兒）——包括煙粉、靈怪、傳奇、說公案等，皆是朴刀趕棒發跡變泰之事。
㈡說經、說參請——即演說佛書，或賓主參禪悟道之事。
㈢講史——謂講歷代書史文傳興廢爭戰之事。
㈣合生（笙）——可能是融合歌舞的一種遊藝。

後者分小說、說鐵騎兒、說經和講史書。不過，這個分法並不是絕對的。其中以講史和講小說的人數最多，也

⑩關於「話本」的定義，請參考增田涉〈論「話本」一詞的定義〉，及王秋桂對該文所做的校後記，論析詳盡。收於《中國古典小說研究專集》三（台北 聯經 一九八一）。

最受歡迎。講史通常連講好幾天，甚至幾個月的也有。小說多半講一些里巷傳聞和民間故事，一般一二次就可以講完，不外是男女戀愛、神怪靈異、英雄豪俠、奇情公案等。

說話人所根據的故事底本，早期只是大綱，必得憑自己的生花妙舌臨場發揮，而不能照本宣科。這些話本原來只被當作師徒間傳授的祕本，並不外傳。後來，或許是說話人自己，或許是書會的先生，也可能是有興趣的聽眾，便把原先專供說話人用的「話本」刊印出來，而成爲流通於市面上可以供人閱讀娛樂的故事。

時日一久，有心的文人也注意到這種來自民間藝人的作品，而將話本成套編印，或據以模仿創作他們的小說，變成一種專供閱讀欣賞之用的文學作品，後來有的人就稱之爲「擬話本」，表示和原先專供說話人用的「底本」有所不同。但是，對後代的讀者來說，「話本」除了文字比較粗糙俚俗以外，和「擬話本」實際並沒有太大的不同。現在我們所能看到的「話本」、「擬話本」，都是印在紙上的小說，而後來的說書人，同樣也可以用「擬話本」作爲底本來講述故事。

在宋代，「話本」一詞的意義，曾經包羅很廣，不只是指講史、講小說所用的底本，同時也指演出傀儡戲、皮影戲等的故事底本，後來才用來專指說話的底本。

「說話」的傳統，到元代又有一些變化。元代的人似乎比較偏愛講史的故事，他們特別稱「講史」爲「平話」，講史的話本也就順理成章稱爲「平話」。「平」就是「評」，因爲講史通常有講又有評，所以才叫做「評話」，簡稱「平話」。在當時，把講史的故事底本稱爲「平話」，講短篇故事的底本稱爲「話本」。

「平話」後來演變成長篇的歷史演義小說，如《三國志平話》、《大宋宣和遺事》、《大唐三藏取經詩話》等被敷演成《三國志演義》、《水滸傳》、《西遊記》等。總之，「話本」分兩途發展，一是承襲「講史」的路線，變成長篇歷史小說；一是承襲「小說」路線，多向現實的悲歡離合人生取材，變成短篇白話小說，且常單獨佔用「話本」的名稱。因爲宋元話本的播種，乃有明清以後許多不朽的長短篇白話小說的開花結果。

第三節　話本小說的特色

「說話」自唐代以來就有很多的藝術累積，發展到宋代日趨成熟定型。因「話本」是供「說話人」使用的故事底本，故先決上它是口語化的，爲了吸引聽眾，而夾雜生動的俚語、韻語和慣用的古諺，即便是後來的擬話本，也仍然有此特色。而且，爲增加臨場演出的效果，說話人常在故事精彩處或描繪特殊場景時，來一段詩詞吟誦，很可能有樂器伴奏。不過，等到專供閱讀的話本小說出現，這些詩詞插曲的重要性就逐漸減低了。至於人物生動、故事趣味、主題嚴謹、取材現實，當然是它令人讚賞的特點。

此外，話本在形式結構方面也很特殊，大體上可分成五部分：㈠開場詩、㈡入話、㈢頭回、㈣正文、㈤散場詩。現在流傳下來的話本小說，不是每篇都保留有如此完整的形式，有的缺入話，有的缺頭回，或者入話和頭回都缺的，這可能是後來輾轉刊印時脫落，也可能是本來有些話本就缺少這幾部分。

開場詩是篇首以一首詩（或詞）開始，有自撰的或引用古人的作品，多半是念白而不是唱詞。它的作用可以點明主題，概括全篇的大意，也可以造成意境來烘托情趣，抒發感歎，陪襯或反襯故事的內容。如〈錯斬崔寧〉的篇首是一首詩：

聰明伶俐自天生，懞懂癡呆未必真。
嫉妬每因眉睫淺，戈矛時起笑談深。
九曲黃河心較險，十重鐵甲面堪憎。
時因酒色亡家國，幾見詩書誤好人？

而〈志誠張主管〉則以一詩一詞開場。話本小說的結尾大體上也以詩詞作結，一般是全篇故事的大綱或評論，稱爲「散場詩」。如〈碾玉觀音〉在篇末有一首散場詩，很有意思：

咸安王捺不下烈火性，郭排軍禁不住閒磕牙；
璩秀娘捨不得生眷屬，崔待詔撇不脫鬼冤家。

在篇首的詩詞之後，正文的故事之前，通常有「入話」和「頭回」。入話就是對開場詩（或詞）加以解釋或議論的段落。頭回則是在正文故事未開始以前，先說一篇小故事，它的主旨和正文相似或相反，目的在收襯托或對比的功效，接下去才是「正文」——故事的重心所在。

爲什麼話本小說要有「入話」和「頭回」呢？主要原因在延長開講的時間，以便招徠更多聽眾，等人數來得差不多了，才「閒話休提，言歸正傳」，生意方有得做。此外，入話、頭回也能造成說話的情趣從容，應該是說話人在藝術上的自我期許。除非是一次就可講完的「正文」，否則大多數的說話人都選擇故事高潮的地方打住，來個「欲知後事如何？且聽下回分解！」以便吸引聽眾，賺錢維生。因此，早期的「話本小說」多留有這類「說話」的痕跡，到後來專供閱讀用的作品出現，就漸漸刪掉類似的不必要的文字了。

第四節　話本小說集

現今所能看到的話本集，最早的是明朝嘉靖年間洪楩所刊印的《六十家小說》，內容是六十篇話本小說。這六十篇話本小說現已大部分失傳，連殘缺不全的計算在內，一共只剩下二十九篇而已。因爲洪楩刊書的堂名叫做「清平山堂」，在六十家小說的刊本上，也有「清平山堂」的字樣，所以後來有人又將六十家小說稱作《清平山堂話本》。這二十九篇作品，根據歷來學者的考證，包括了宋代、元代和明代的作品。

到了明萬曆年間，熊龍峰也刊印話本小說，傳至今天只有四篇，其中兩篇大約宋人所作，另兩篇則爲明人作品。

而後天啓年間，馮夢龍刊印《古今小說》（又稱《喻世明言》）、《警世通言》、《醒世恆言》，合稱《三言》，共收話本小說一百二十篇，每一部四十篇。這一百二十篇裡，除了宋、元、明各代的話本小說外，還有馮氏自己寫的作品。

《三言》以後，話本小說的創作風氣已經形成，《拍案驚奇》、《二刻拍案驚奇》、《石點頭》、《西湖二集》等等，便都是作家個人創作的話本小說集，而不是搜集各代作品的話本集了。

《六十家小說》、熊龍峰所刊小說和《三言》裡所收的話本，雖然經過歷代學者的考證，大體上能夠指出其中哪些原來是宋代的作品，哪些是元代、明代的作品，但是，因爲它們刊刻的時代離宋已遠，那些所謂的宋代話本，到底保存了多少當時話本的本來面目已不可知。而且，像馮夢龍編輯《三言》時，明顯地曾經對原作加以修改潤色，故即使《三言》裡的某篇作品本來眞是宋人小說，但經他的「編改」，再也不能確指它是完整的「宋代小說」。

《三言》、《二拍》在中國久已亡佚，民國以後始自日本鈔寫歸來。平心而論，明代的白話短篇小說發展至《三言》、《二拍》，其成就已至巓峰，宋代雖是「說話」的鼎盛時期，明代卻是文人編輯和創作「話本小說」的豐收季。清代以後，白話小說已朝向篇幅龐大的路上努力，類似宋明短篇白話小說的寫作已不多了。

《三言》、《二拍》有多種選輯本，最有名、流傳最久遠的是署名抱甕老人所編輯的《今古奇觀》，大約在崇禎十年問世，它從二百篇小說精選出四十篇成書。事實上《三言》也有一部分是選輯宋、元舊作，所以，《今古奇觀》等於囊括了宋、元、明三朝白話短篇小說的精萃，它能淘汰其他的選本而長存，應該不是偶然。

第五節　名篇介紹[11]

一、〈西山一窟鬼〉

這篇作品是從《警世通言》卷十四的〈一窟鬼癩道人除怪〉選輯出來的，題下有編者注：「宋人小說舊名〈西山一窟鬼〉」。題目不同，主題涵義也就不太一樣，一個重點在於癩道人如何除怪，一個則在一窟鬼如何對人嘲弄，以及因此造成恐怖的氣氛和詭譎的情趣。

故事是敘述南宋紹興年間，一名落第秀才吳洪，因爲盤纏用盡，又沒顏面回鄉，所以先在臨安城裡開了一個教小朋友讀書的小學堂，一來賺錢維生，二來姑待三年後的考期。偶然間結識了半年前搬走的鄰居王婆，透過陳乾娘的介紹，娶了一名美麗又有才藝的李樂娘爲妻，還陪嫁一個侍女，名喚錦兒。

吳洪很高興，以爲上天眷顧他，賜來非凡豔福。直到有一回大清早起床，無意中在灶前發現平日可愛嬌美的錦兒，竟然「背後披著一頭散髮，雙眼突出，脖子血污」，立時驚死過去。甦醒後不免一肚子困惑，想來想去，暗道：莫非受風寒眼花了？

不久，到了清明時分，吳洪受朋友王七三之邀，同去西山的駝獻嶺祭掃祖墳。好酒當前，二人暢飲至薄暮，突然下起一場大雨，急亂中奔到一處野墓園避雨。沒多時，卻見墓上土開，跳出個人來，吳、王兩人背膝發麻，心頭一似小鹿兒跳，一雙腳一似鬥敗公雞。狂跳到山頂上，只聞空谷傳聲，林子裡面斷棒響。眼前恰有座破落山神廟，慌忙掩了廟門，眞個「氣也不敢喘，屁也不敢放」。料不到外頭一迭聲地叫門：

---

⑪有關各名篇的資料考證部分，係參酌胡士瑩《話本小說概論》第七章第四節「小說」而成（台北　丹青　一九八三年）。

「開門則個！……你不開門，我卻從廟門縫裡鑽入來。」

不聽時還好，細聽下，日裡吃的酒全變做冷汗冒出。原來是樂娘和錦兒！至此，吳洪方曉得遇鬼了。

接下去是一波未平、一波又起，黑森林裡掛著松枝柯的詭鬼酒店，忽地一陣風不見影的酒保……點點滴滴，以具體的時間、地點、人物，梭織出恐怖故事「故作眞實」的原理。其中的黃昏、大雨、墳場，有聲音、有速度、有動作，都經由說話人的生花妙舌傳達出來，不由令人驚歎此種市井文學的生機盎然。

最後，碰到一個癩道人，才把整個事件的前因後果交代清楚，並且取出葫蘆法寶來收妖。至此眞相大白，突出故事的主題：

一心辨道絕凡塵，眾魅如何敢觸人？
邪正盡從心剖判，西山窟鬼早翻身。

這裡有濃厚的道教色彩，應與徽宗皇帝篤信道教，以致舉國成風有關。

很明顯地，〈西山一窟鬼〉是屬於靈怪類的故事，在宋人所編的文言小說《鬼董》卷四有一條〈都民質庫樊生〉，除人物稍有不同外，故事情節大致相似，可知是宋代民間極流行的鬼話。魯迅認爲，〈西山一窟鬼〉可能本諸〈鬼董〉裡的樊生，而描寫委曲瑣細，則雖明清演義亦無以過之⑫。孫楷第《小說旁證》亦有此看法。

本篇開頭引了一闋〈念奴嬌〉詞，說是沈文述所作。此詞見宋黃昇《花庵詞選》，作者沈唐是北宋人，字公述，而不是文述。它說這詞是集古人詞章之句，而且句句找得出來源。沈唐生當仁宗時，這裡所引的詞句的

⑫《魯迅小說史論文集》，頁一〇〇。

作者，有的反在仁宗以後，有的還是南宋時人，由此可知其意在炫耀才學，增飾情趣，而不重史實。

文中稱臨安為行在，說西湖山道，杭州坊里，親切如睹，自是南宋說話人口氣。而「鋪席」、「一窟鬼」都是當時民間常用的、很熟悉的話。《夢粱錄》記杭州茶肆有「王媽媽茶坊」，名為「一窟鬼茶坊」；《都城紀勝》也有「鋪席」的錄載，可見本篇原是宋人話本。但收在《三言》裡，或已經馮氏的修改潤飾，恐非原貌了。

胡金銓編導《山中傳奇》（一九七九年）電影，其原始靈感來自〈西山一窟鬼〉，雖然藝術載體不同，卻異曲同工，值得再三玩味。

二、〈碾玉觀音〉

《寶文堂書目》著錄，題作〈玉觀音〉。《警世通言》卷八作〈崔待詔生死冤家〉，題下有編者自注：「宋人小說題作〈碾玉觀音〉」。

故事敘述南宋咸安郡王韓世忠，收留一名璩家裱褙鋪的女兒秀秀到府裡做養娘。府裡的玉匠崔寧碾了一尊玉觀音，讓郡王呈奉給皇帝，頗得誇讚。有一天，郡王曾當著眾人的面許諾，將來要把美麗的秀秀嫁與崔寧為妻。後來，秀秀愛上崔寧，趁著一次王府失火的機會，強迫他成婚，並一同逃往外地營生。

一年後，被郡王府下的郭排軍偶因出差撞見，歸告郡王，郡王大怒，追回秀秀，把她打殺在後花園裡。倒是對崔寧網開一面，遣送到建康府去。但秀秀的鬼魂仍跟著崔寧做夫妻，崔寧因修補玉觀音的玉鈴而特蒙皇恩，得以回京居住，境況好轉。

不料有一天，又被郭排軍看見站在店鋪櫃台邊的秀秀，當下大驚，急報郡王。秀秀終於趁機報仇，讓郭排軍吃了五十棒棍毒打。癡心愛戀崔寧的秀秀，捨不下她的丈夫，竟把溫馴良善的崔寧也扯去黃泉路上同行。

這篇作品對話生動、情節跌宕、人物性格鮮明細膩。秀秀熱情奔放，堅執所愛、九死不悔，雖然唐突卻生命牽真；與她成爲強烈對比的崔寧，那種含蓄宛曲樸實的個性，亦不是「儒弱」一詞所能簡化。

表面上看，似乎是寫封建貴族仗勢毀滅平凡小人物的悲慘故事。其實，那個時代對韓世忠、劉錡這些主戰派的將領大都是同情稱道的。基於此點瞭解，可以推測作者的敘事觀點非常成熟，他將不同社會階層的代表人物——郡王、家僕、匠人——之間的衝突，做了很客觀而深刻的描寫，而把整齣悲劇的成因歸之於四種「因偶然導致必然」的力量，即散場詩所謂的咸安王的烈火性、郭排軍的閒磕牙、璩秀娘的愛眷屬，以及崔待詔的鬼冤家。

也就是說，作者並沒有把不幸的原因單獨歸罪於某一個惡人身上，這是極老練世故的人生觀。而小說早在正文開始夾綴的一句詩：

塵隨車馬何年盡，情繫人心早晚休。

已隱隱透出箇中訊息——人心世事多麼幻化無常，人生複雜的情境也常是身在其中的人所難以掌握的。〈碾玉觀音〉很努力地把個人身不由己的悲慘命運轉化成爲全人類悲劇的一個象徵，這或許就是它撼人心魂的所在。

這篇作品屬於宋人話本的「煙粉」一類，應該不單只是講崔寧和秀秀的生死大悲戀，而是以此爲經，來牽引出一離奇詭異的女鬼故事。

一九六七年姚一葦先生曾據此改編成三幕四場的一齣悲劇，之後又改拍成電影；不過，已有許多創意的更動，但一樣撼動人心。

三、〈錯斬崔寧〉

《寶文堂書目》、《也是園書目》、姚燮的《今樂考證》卷十三，及《宋人說書本目》皆著錄此作品。

《醒世恆言》卷三十三，原題：〈十五貫戲言成巧禍〉，題下注：「宋人作〈錯斬崔寧〉」。

故事敘述南宋高宗時，商人劉貴與妻王氏、妾陳二姐，原本融洽同居，後來家道中衰，生計漸難。有一天，劉貴和王氏回岳家拜壽，得到丈人相助十五貫錢作本營生。王氏暫留數日，劉貴先行返家。半途興起，順道去訪友。吃了些酒菜後，到家已是掌燈時分。一來帶有酒意，二來因二姐遲遲應門，便隨口跟她開個玩笑，說：

現在走投無路啦，只好典押你，日後有錢再儘快贖你回來；可是，萬一事事不順，也只好算了。喏，就是這十五貫錢……

二姐一聽好不傷心，想到明天自己就要典與他人，急忙想趕回去通知爹娘一聲。眼看夜色漸深，看著倒頭便睡的丈夫，萬般淒苦無奈。於是，輕輕拽上門也無心上鎖，往隔鄰朱三老夫婦家借宿一宵，打算隔日一大早出門趕路。千不巧，萬不巧，半夜家裡來了個強盜，劫走十五貫錢，劉貴也被殺死。

話說陳二姐路上遇到一名賣絲青年崔寧，因同往褚家堂，兩人遂結伴同行。走了約莫四五里路光景，後頭人聲鼎沸，原來是眾鄰居和王氏父女追趕而至。大家不由分說，扯住崔、陳兩人，聲聲咬定他們是「姦夫淫婦，謀財害命」，當下扭往杭州府告狀。只因崔寧行囊中恰有十五貫錢，落了個「人贓俱在」，糊塗的府尹將他兩人屈打成招後，問成死罪。崔寧處斬，陳二姐則凌遲至死。

一年後，王氏被父親派傭人老王接回去。途中遇盜，老王喪命，王氏成了壓寨夫人。半年裡，賊頭連劫幾注大財，家道漸豐，又受王氏勸告，居然下決心洗手不幹，吃齋禮佛度日。某日，夫妻倆聊起前塵往事，強盜坦承從前枉殺了四條人命，內心深感不安，想作功德超渡亡魂。王氏到此才曉得老王、劉貴和陳二姐、崔寧，都是眼前這人冤陷的，不禁大慟，表面上卻不動聲色。隔天一大早，便跪到杭州府前，擊鼓申告。

一切眞相大白，賊頭處死，原判官削職爲民，因崔、陳枉死可憐，官府特加優卹其家。王氏得到半數賊頭的家產（另半數沒入官府），她把這些全供獻給尼姑庵，自己朝夕看經唸佛。冤苦曲折的一場人生磨難，總算結束。

這個故事在宋代民間極爲流行，屬於話本的「公案」。《醒世恆言》的重點，在於「戲言成禍」，勸人言行要謹愼。〈錯斬崔寧〉的旨趣，則放在「錯斬」的冷肅悲辛。從說話人在文中忍不住地現身說法，可以看出他指責判官草菅人命的用心。

崔寧身上帶的收絲帳款「十五貫錢」，與劉貴被劫的「十五貫」剛好巧合，乍看之下，很容易讓人誤以爲這就是冤獄造成的關鍵。其實，即使崔寧帶的不是十五貫錢，盲目的群眾與昏憒的判官，依然可以將他羅織入罪。崔、陳二人的冤屈，若肯用心推敲、搜證，應該不難審明。還有，靜山大王不是以強盜身分受刑，反而是在他「放下屠刀」，立意行善的自我覺醒之後，彷佛與先前崔寧的無辜受斬，相互呼應，成爲「人心惟危，道心惟微」的一大警示。

因此，這篇作品對人生的無常幻變，顯然含有極深重的悲慨。另外，話本把崔、陳二人「百口莫辯」的哀苦，映現在眾親鄰（包括朱三老夫婦、王氏父女）言之鑿鑿的指證中，尤令人戰慄惋歎。其中人物刻劃最突出的一組對比是大娘子王氏和妾陳二姐，前者城府深沉、言行曲折；後者素樸良善、柔脆闇弱。也許，陳二姐是以她的無辜沉默，塑立了某種恆久抗議的女性弱者形象。

〈錯斬崔寧〉到了清代，有朱素臣根據它編成〈十五貫傳奇〉，鴛湖逸史編成〈十五貫彈詞〉。當代小說家朱西甯也據以改寫成〈破曉時分〉（一九八九年），後來又拍成電影，增添許多創意的詮釋。

四、〈趙太祖千里送京娘〉

本篇選自《警世通言》二十一卷。故事敘述宋太祖趙匡胤尚未發跡前，因爲打爛皇家劇園，又大鬧皇家花園，是以亡命天涯；一路上，在關西護橋殺掉董達，奪取名馬「赤麒麟」；於黃州除了宋虎；朔州三棒打死李子英；並滅了潞州王李漢超全家；後來避仇到太原，以及往後陸續發生的俠義事蹟。

話說趙匡胤去投靠在清油觀出家當觀主的叔父趙景清，得知觀中寄留一名被響馬張廣兒、周進擄來，預備當壓寨夫人的美女京娘，不由心生惻隱，遂允諾千里迢迢護送她回故鄉蒲州。半途遇上那兩名強盜頭子及眾嘍囉，趙匡胤智勇雙全，擊潰對方。其間土地公顯靈暗示，口口稱他為「貴人」，意謂來日必定發跡。

趙匡胤在打鬥的場合裡表現出超乎常人的勇氣與鎮定，事平後，還仗義輸財頗得人心。他好惡分明、剛健執拗的個性，很能從故事中的幾處細節透露出來，一處是他打壞清油觀的窗門，細心到託人帶錢回去賠禮；一處是善良百姓留宿他和京娘，他一出手就是十兩銀子答謝，但卻對暗地裡作奸報信的黑店王小二夫妻，從背後擊斃，可謂殺人不眨眼。這種「路見不平，拔刀相助」的俠義行徑，正為他日後成就帝業而張本。

趙匡胤無疑是亂世裡的豪傑，但市井說書認為光講他剛猛執拗的一面，無以成全其為眞英雄，還得在「不好美色」這點上，予以深刻強調，而京娘即成為試煉他的絕佳對象。當趙匡胤獲悉京娘也姓趙時，大為高興，當下結成兄妹之盟，並爽快地把坐騎讓與她，自己則亦步亦趨，小心護衛。

京娘見他三番兩次出生入死，鼎力搭救，感動萬分。雖然目睹他對付仇敵強悍冷酷的一面，還是忍不住愛上他。眼看離鄉日近，不由得焦慮起來。先是託詞身體不適，想藉機親近趙匡胤，半夜裡要他減被添衾，白日中上馬下馬依偎他扶持。誰知趙匡胤生性剛直，並不領會京娘的軟玉溫香、萬般柔情。如此幾天過去，逼得京娘委婉剖心，願終身侍候，以盡報答之意。倒是趙匡胤笑著辭謝了，理由是：

> 俺某是個頂天立地的男子漢，出身相救，全基於一片義氣，並不因你容貌美麗。切不可把俺看作施恩望報的小輩！否則休怪俺即時撒手不管……

惹得京娘忍淚無語，眞是：「落花有意隨流水，流水無情戀落花。」回到蒲州家中，京娘的父母當然感恩不盡，拜謝有加。這時，京娘的兄嫂一心一意認爲他們兩人千里相隨，況且「人無利己，誰肯早起？」其間必有瓜葛，這名大耳方腮、滿面紅光的壯漢，想爲貪圖妹子的容色而來。於是慫恿父母把「和這漢子同行同宿，再有誰肯聘她？」的京娘，乾脆嫁給趙匡胤，或招贅進門，免得落人議論。

京娘即使力圖阻止，表明趙的爲人光明，但還是沒有人相信他們間的清白。她的父母終於在宴席上提議，讓趙匡胤娶京娘爲妻，以謝再生之恩。誰料趙匡胤一聽，勃然大怒，掀桌罵道：

俺為義氣而來，你卻用這話來污辱我！俺是貪女色的，路上早就成親了，何必千里相送？像你這般不識好歹，枉費了俺一片熱心！

說罷踏步便走，風一般解了柳樹下的赤麒麟，揚塵遠去矣。

可憐京娘在內外交煎的痛楚下，以自縊明心。她因趙匡胤的俠義而獲救，也爲成全其俠義而犧牲，造成永遠的憾恨。中國傳統的「俠士」必有一往無悔的人生職志，積極投入，奉獻世間。其堅持不受回報，固然是極崇高的無私境界，但有時也因此釀成無心的悲劇。曾有論者指出「俠」對「色」的戒愼恐懼，並非古已有之，應該是宋明理學「存天理、去人欲」的某種迴響。

此作可能是明人的「擬話本」，屬於朴刀趕棒一類。長篇通俗小說《飛龍傳》第十八、十九兩回，對送京娘的故事有詳細的描寫。另者，元代彭伯成的〈金娘怨〉雜劇、明人的〈風雲會〉傳奇，也都提到京娘的事情。

五、〈白娘子永鎮雷峰塔〉

本篇選自《警世通言》卷二十八。有關白蛇成精的傳說，一向在民間流傳甚廣，它的素材或可上溯自唐人傳奇的〈白蛇記〉；不過，到話本的〈白娘子永鎮雷峰塔〉，才眞正把白蛇描寫成具有人性的女妖。雖然故事中的白娘子獸性未除，但卻更能引發讀者的歡娛迷醉。也由於人性與獸性的雜糅，而有不可思議的情緣糾葛，貫串其間。

話說南宋紹興年間，杭州城裡李家草藥鋪的年輕夥計許宣（或作許仙），於微雨紛飛的清明時節，在西湖邊因搭船而邂逅幻化成美女的白蛇精和青魚怪。許宣大爲驚豔，白娘子亦心纏情牽，乃以借錢、還傘等名目，留下再聚之契機。其中「同船共渡」一節，爲一具有數世情緣的宛曲暗示，而「借傘」尤屬美麗浪漫的聯想。白娘子雖前後兩次帶累許宣吃官司，起因是爲偷盜官銀給他，並爲他打扮穿著，但無不良居心。這點很能側寫她獸性未脫，不具人類理性思考的特徵。可是，許宣因此受刑流放異鄉。白娘子與青青跋山涉水，一意追隨，只求和許宣燕好廝守。許宣驚駭之餘，豈敢造次？白娘子情急之下不免出言要脅：

……若聽我言語，喜喜歡歡，萬事皆休，若生外心，教你滿城皆為血水，人人手攀洪浪，腳踏渾波，皆死於非命。

即便如此，白娘子始終還是沒有實踐她的毒誓。

無奈人妖殊途，豈可小覷造化？許、白的姻緣一而再、再而三地受阻，先是終南道士畫符贈許，聲言爲他除妖，被白蛇法術尅敗。接著是許的親戚李克用殷勤勸酒，使白蛇現形露出破綻，嚇昏許宣。後來，好不容易用計安撫得許宣回心轉意，夫妻倆自開藥舖爲生。卻又撞上金山寺的法海禪師，交給許宣一個法鉢，囑咐他回家去收拾白娘子。許宣情亦可憫，念及妻子竟是蛇妖，當然會遵循法海旨意行事。果然，法海隨後即到，強令白娘子在她摯愛的許宣面前現出本相。

話本小說中此處的描寫，直教風雲飲泣，日月同悲。但見白娘子先是縮成八寸長的傀儡相，雙眸緊閉，蜷成一團，哀求法海慈悲。法海不肯，再次嚴逼，白娘子驚慟之餘，只能呆望許宣。法海咒語一出，白蛇終還本相，猶兀自昂著頭看許宣。

多少癡心、哀怨、憾恨，盡化作這一霎恍如千古的凝視。人妖異路，以「非常」犯「常」，本是既定悲劇。白娘子情纏愛葛，苦鍊成人形，枉入紅塵，終也得歷幻完劫，回歸宇宙的倫常秩序。末了，許宣悟道出家，白蛇被法海鎮壓在杭州西湖的雷峰塔下。有偈云：

西湖水乾，江潮不起。
雷峰塔倒，白蛇出世。

不妨回想小說中許宣屢次疑竇叢生，無法死心蹋地愛白娘子這點，其實作者是頗費心思的。但看平日如花似玉有傾國之姿的伊人，不留神現出原形，竟是「一條吊桶來麄（粗）大白蛇，兩眼一似燈盞，放出金光來」的恐怖模樣，也難怪許宣忐忑難安。

不過，由明至清，白娘子的形象則愈變愈可愛。像清人方成培的〈雷峰塔傳奇〉、〈義妖傳〉彈詞，以及許多從這篇話本敷演出來的白蛇小說，都增添了相當感人的情節，例如許宣聽信法海，在端午節給白娘子飲雄黃酒現形，許宣乍見，驚死過去。白蛇爲救他，親上崑崙山盜取靈芝草，和鶴、鹿兩仙童苦鬥，差點喪命，虧得南極仙翁心生惻隱，送她仙草，才能救活許宣。後來，白蛇與法海鬥法，「水浸金山寺」。待「斷橋」相會，小青怒責許宣無情無義，白娘子愛恨交織，還是原諒了許宣。等她產下兒子，法海就來攝她入鉢，鎮於雷峰塔底，以示懲戒。許士林長大後中狀元，到塔前哭祭母親，感天動地，導致塔裂而白蛇升天。這種種細節的添加，都顯出民間愈排斥法海愈疼惜白蛇的共同心理。也有人把法海看成是剛強理性的象徵，所以處處要鎮壓代表柔韌感情的白蛇。

據云，西元一九二四年，建立約一千年的雷峰塔坍塌了。法海的偈語嘗預告白蛇會再出世，果其然，則人間或將再添不少悱惻纏綿的愛情傳說。

六、〈賣油郎獨占花魁〉

本篇作品選自《醒世恆言》第三卷。

故事敘述北宋末年汴梁城外安樂村的莘善夫婦，有個女兒名叫瑤琴，從小十分寵愛，除了一手好女紅外，十二歲便能吟詩作賦，琴棋書畫樣樣通。這時，北方金人南侵，不久攻破汴梁，將宋徽宗、欽宗擄劫而去。莘家三口慌忙逃難中，被亂軍衝散。瑤琴碰上同鄉人卜喬，同行三千里路到杭州（臨安），沒想到不安好心的卜喬，竟把年僅十三的瑤琴，賣進西湖上的煙花戶王九媽家，正是：

可憐絕世聰明女，墮落煙花羅網中。

流光似箭，轉眼間改名爲美娘的瑤琴，已經出落得嬌豔動人。臨安城裡的富豪王孫，想慕她的才貌，日日備著厚禮求見，很快就弄出天大的名聲來，大家都稱她爲「花魁娘子」。不久，有個金二員外出鉅金梳弄她，美娘身不由己，事後慟哭，也只能自歎紅顏薄命。從此，過著表面繁華富貴、內心委屈空虛的風塵歲月。

卻說臨安城清波門外住著忠厚、老實的賣油郎，名喚秦重，也是汴京逃難來的，十三歲被父親賣給開油店的朱十老。朱十老把他當親子般養育，留在身邊坐店。後來，受到店裡別的夥計的讒言，被逐出門。秦重只好靠著三兩薄錢，每天擔油沿街叫賣。

有一天，無意間驚識花魁娘子的絕色豔姿，不禁癡心想望，經常繞路去她的住處附近做生意，只要遠遠看她美麗的身影就心中歡喜，回家後，又悵然若失。某日，秦重鼓起勇氣打聽，原來宿花魁娘子一夜的代價是十兩銀子！他翻來覆去地想，覺得即使能有短暫的一夜相聚，眞的死也甘心。於是悄悄下定決心存錢。

這個信念支持秦重克勤克儉，點點滴滴，一年後竟存下十六兩銀子。他很害羞地跑去問王九媽，可否成全他的心願？王九媽起初以爲這個窮小子在開玩笑，好心勸他打消此念，免得事後懊悔；繼而看他滿心赤誠，銀子又已送上門來，才答應慢慢設法安排。老鴇的考慮是：我們美娘一向往來的是豪門鉅富，若知你秦重是個賣油郎，如何肯依？

自此秦重每日生意做完，一至傍晚就打扮齊整，彷彿朝聖般，到王九媽家來探消息。一回又一回，不是韓公子請去看梅花，就是齊衙內約往靈隱寺訪棋師賭棋，要不又是俞太尉夥同賞初雪……總是不巧，竟空走了一個多月。直待到一個大雪寒夜，才等著酒醉歸來的美娘。她在醉意迷濛中見到秦重，甚爲氣悶，和衣便睡，根本不肯理他。

秦重看她一下睡熟沒蓋被子，便輕手輕腳替她蓋上。一邊把油燈挑得亮亮的，取來熱茶，挨在美娘身邊，細細端詳她。半夜裡，美娘大嘔，秦重生怕弄污錦被，忙拿自己的袍袖去接。美娘盡情嘔過，討茶漱口，一覺酣睡至天明。

清醒後的美娘對知情識趣、忠誠善良的秦重，既驚奇又感激，深爲他乾折十兩銀子而不安，故堅持贈送二十兩，以答謝他夜間照顧的情誼。秦重的癡情懇摯，是久處煙塵的美娘從未遇到的，心中不覺充滿溫暖，反覆思量這人的好處。

話說秦重在盛情難卻下，得了美娘的相助，更加用心經營，不久便撐起自家的店面，生意蒸蒸日上。許多好人家紛紛前來提親，可是秦重的心頭始終只有美娘一人，也就一直耽擱未娶。後來，一名土豪的兒子吳八，因美娘不肯相就，遂多方凌虐，惱羞成怒下把她丟棄在江邊。眾人畏其威權不敢搭救。碰巧，秦重祭掃祖墳路過，立刻好語相慰並親自護送美娘回家。

秦重的多情有義，深深感動美娘，使她費盡苦心贖身，並主動向秦重表白愛意。兩人終於排除萬難，共結連理。

這個故事原本是離亂人間的憾恨，沒想到作者卻運用詼諧活潑的語氣，使通篇雜糅著向上奮爭的氛圍。秦重與花魁兩個極端世界的對比（包括外在的物質條件和內在的素質），通過一次又一次的考驗，竟然拉近彼此的懸殊距離，達成平衡和諧。比起同質性甚高的〈杜子娘怒沉百寶箱〉，後者的淒厲慘刻，尤其令人省思歎息。

屬於愛情傳奇類的〈賣油郎獨占花魁〉，源自馮夢龍的《情史類略》，日後漸成通俗文學一個很受歡迎的主題，清朝李玄玉即有〈占花魁〉傳奇。直到今天，電視劇、歌仔戲、電影亦常有同樣題材的演出。

以上是就宋明的話本小說，取樣概略介紹，其實還有許多名篇，如：〈蔣興哥重會珍珠衫〉、〈杜十娘怒沉百寶箱〉、〈金玉奴棒打薄情郎〉、〈喬太守亂點鴛鴦譜〉……皆值得再三細讀。

至於短篇的文言小說，大致有田汝成的《西湖遊覽志餘》、瞿佑的《剪燈新話》、李昌祺的《剪燈餘話》、邵昌詹的《覓燈因話》和趙弼的《效顰集》等。《西湖》是雜俎類的筆記，成於明中葉，常爲白話小說作家所取材。《剪燈》是明初之作，屬傳奇類，文采贍富。《餘話》仿前者，爲永樂以後的作品。《因話》則爲萬曆之作，風格樸素。《效顰》不詳出書時間，當晚於《新話》，後三書皆受《剪燈新話》影響而成。此種兼具傳奇與志怪特質的表現，雖不甚出色，確給予後來的蒲松齡許多啓示，似可視爲《聊齋志異》的前驅。

附錄——原典

西山一窟鬼

杏花過雨，漸殘紅零落胭脂顏色。流水飄香，人漸遠，難托春心脈脈。恨別王孫，牆陰目斷，誰把青梅摘？金鞍何處，綠楊依舊南陌。　消散雲雨須臾，多情因甚有輕離輕拆？燕語千般，爭解說些子伊家消息。厚約深盟，除非重見；見了方端的。而今無奈，寸腸千恨堆積。

這隻詞，名喚做〈念奴嬌〉，是一個赴省士人姓沈名文述所作。原來皆是集古人詞章之句。如何見得？從頭與各位說開。第一句道：「杏花過雨」。陳子高曾有寒食詞，寄〈謁金門〉：

柳絲碧，柳下人家寒食。鶯語匆匆花寂寂，玉階春草濕。　閒憑熏籠無力，心事有誰知得？檀炷繞窗背壁，杏花殘雨滴。

第二句道：「漸殘紅零落胭脂顏色」。李易安曾有暮春詞，寄〈品令〉：

零落殘紅似胭脂顏色。一年春事，柳飛輕絮，筍添新竹。寂寞，幽對小園嫩綠。登臨未足，悵遊子歸期促。他年清夢千里，猶到城陰溪曲。應有凌波，時為故人凝目。

第三句道：「流水飄香」。延安李氏曾有春雨詞，寄〈浣溪沙〉：

無力薔薇帶雨低，多情胡蝶趁花飛，流水飄香乳燕啼。　南浦魂銷春不管，東陽衣減鏡先知，小樓今夜月依依。

第四句道：「人漸遠，難托春心脈脈」。寶月禪師曾有春詞，寄〈柳梢青〉：

脈脈春心，情人漸遠，難托離愁。雨後寒輕，風前香軟，春在梨花。　行人倚棹天涯，酒醒處殘陽亂鴉。門外秋千，牆頭紅粉，深院誰家？

第五句、第六句道：「恨別王孫，牆陰目斷」。歐陽永叔曾有清明詞，寄〈一斛珠〉：

傷春懷抱，清明過後鶯花好。勸君莫向愁人道，又被香輪輾破青青草。　夜來風月連清曉，牆陰目斷無人到。恨別王孫愁多少，猶賴春寒未放花枝老。

第七句道：「誰把青梅摘」。晁无咎曾有春詞，寄〈清商怨〉：

風搖動，雨濛鬆，翠條柔弱花頭重。春衫窄，嬌無力，記得當初共伊把青梅來摘。　都如夢，何時共？可憐敧損釵頭鳳！關山隔，暮雲碧，燕子來也，全然又無些子消息。

第八句、第九句道：「金鞍何處，綠楊依舊南陌」。柳耆卿曾有春詞，寄〈清平樂〉：

陰晴未定，薄日烘雲影。金鞍何處尋芳徑，綠楊依舊南陌靜。厭厭幾許春情，可憐老去難成。看取鑷殘霜髩，不隨芳草重生。

第十句道：「消散雲雨須臾」。晏叔原曾有春詞，寄〈虞美人〉：

飛花自有牽情處，不向枝邊住。曉風飄薄已堪愁，更伴東流流水過秦樓。　消散須臾雲雨怨，閒倚欄干見。遠彈雙淚濕香紅，暗恨玉顏光景與花同。

第十一句道：「多情因甚有輕離輕折」。魏夫人曾有春詞，寄〈捲珠簾〉：

記得來時春未暮，執手攀花，袖染花梢露。暗卜春心共花語，爭尋雙朵爭先去。多情因甚相辜負？有輕折輕離，向誰分訴？淚濕海棠花枝處，東君空把奴分付。

第十二句道：「燕語千般」。康伯可曾有春詞，寄〈減字木蘭花〉：

楊花飄盡，雲壓綠陰風乍定。簾幕閒垂，弄語千般燕子飛。　小樓深靜，睡起殘妝猶未整。夢不成歸，淚滴斑斑金縷衣。

第十三句道：「爭解說些子伊家消息」。秦少游曾有春詞，寄〈夜遊宮〉：

何事東君又去？空滿院落花飛絮。巧燕呢喃向人語，何曾解說伊家些子。　況是傷心緒，念個人兒成暌阻。一覺相思夢回處，連宵雨；更那堪聞杜宇。

第十四句、第十五句道：「厚約深盟，除非重見」。黃魯直曾有春詞，寄〈搗練子〉：

梅凋粉，柳搖金，微雨輕風斂陌塵。厚約深盟何處訴？除非重見那人。

第十六句道：「見了方端的」。周美成曾有春詞，寄〈滴滴金〉：

梅花漏洩春消息，柳絲長，草芽碧。不覺星霜鬢邊白，念時光堪惜！　蘭堂把酒思佳客，黛眉顰，愁春色。音書千里相疏隔，見了方端的。

第十七句、第十八句道：「而今無奈，寸腸千恨堆積」。歐陽永叔曾有詞，寄〈蝶戀花〉：

簾幕東風寒料峭，雪裡梅花先報春來早。而今無奈寸腸思，堆積千愁空懊惱。　旋暖金爐薰蘭澡，悶把金刀剪彩呈纖巧。繡被五更香睡好，羅幃不覺紗窗曉。

話說沈文述是一個士人，自家今日也說一個士人，因來行在臨安府取選，變做十數回蹺蹊作怪的小說。我且問你：這個秀才姓甚名誰？卻說紹興十年間，有個秀才是福州威武軍人，姓吳名洪。離了鄉里，來行在臨安府求取功名，指望：

一舉首登龍虎榜，十年身到鳳凰池。

爭知道時運未至，一舉不中。吳秀才悶悶不已，又沒什麼盤纏，也自羞歸故里；且只得胡亂在今時州橋下開一個小小學堂度日，等待後三年春榜動，選場開，再去求取功名。逐月卻與幾個小男女打交撚指。開學堂後也有一年之上，也罪過，那街上人家，都把孩兒們來與他教訓，頗自有些趲足。

當日正在學堂裡教書，只聽得青布簾兒上鈴聲響，走將一個人入來。吳教授看那入來的人，不是別人，卻是十年前搬去的鄰舍王婆。元來那婆子是個撮合山，專靠做媒為生。吳教授相揖罷，道：「多時不見，而今婆婆在那裡住？」婆子道：「只道教授忘了老媳婦。如今老媳婦在錢塘門裡沿城住。」教授問：「婆婆高壽？」婆子道：「老媳婦犬馬之年，七十有五。教授青年多少？」教授道：「小子二十有二。」婆子道：「教授方才二十有二，卻像三十以上人。想教授每日價費多少心神！據老媳婦愚見，也少不得一個小娘子相伴。」教授道：「我這裡也幾次問人來，卻沒這般頭腦。」婆子道：「這個不是冤家不聚會。好教官人得知，卻有一頭好親在這裡：一千貫錢房臥，帶一個從嫁，又好人材，卻有一牀樂器都會，又寫得算得；又是嗹嘛大官府第出身。只要嫁個讀書官人。教授卻是要也不？」教授聽得說罷，喜從天降，笑逐顏開道：「若還真個有這人時，可知好哩！只是這個小娘子如今在那裡？」婆子道：「好教教授得知，這個小娘子從秦太師府三通判位下出來，有兩個月，不知放了多少帖子，也曾有省部院裡當職事的來說他，也曾有內諸司當差的來說他，也曾有門面鋪席人來說他；只是高來不成，低來不就。小娘子道：『我只要嫁個讀書官人。』更兼又沒有爹娘，只有一個從嫁，名喚錦兒。因他一牀樂器都會，一府裡都叫做李樂娘。見今在白雁池一個舊鄰舍家裡住。」

兩個兀自說猶未了，只見風吹起門前布簾兒來，一個人從門首過去。王婆道：「教授，你見過去的那人麼？便是你有分取他做渾家。」王婆出門趕上那人，不是別人，便是李樂娘在他家住的，姓陳，喚做陳乾娘。王婆廝趕著入來，與吳教授相揖罷，王婆道：「乾娘宅裡小娘子，說親成也未？」乾娘道：「說不得！又不是沒好親來說他。只是吃他執拗的苦，口口聲聲只要嫁個讀書官人。卻又沒這般巧。」王婆道：「我卻有個好親在這裡，未知乾娘與小娘子肯也不？」乾娘道：「卻教孩兒嫁兀誰？」王婆指著吳教授道：「我教小娘子嫁這個官人。卻是好也不好？」乾娘道：「休取笑。若嫁得這個官人，可知好哩！」

吳教授當日一日教不得學，把那小男女早放了，都唱了喏先歸去。教授卻把一把鎖鎖了門，同著兩個婆子上街。免不得買些酒相待他們。三杯之後，王婆起身道：「教授既是要這頭親事，卻問乾娘覓一個帖子。」乾娘道：「老媳婦有在這裡。」側手從抹胸裡取出一個帖子來。王婆道：「乾娘，真人面前饒不得假話，旱地上打不得拍浮，你便約了一日，帶了小娘子和從嫁錦兒來梅家橋下酒店裡等。我便同教授來過眼則個。」乾娘應允，和王婆謝了吳教授自去。教授還了酒錢歸家。

把閒話提過。到那日，吳教授換了幾件新衣裳，放了學生，一程走將來梅家橋下酒店裡時，遠遠地王婆早接見了。兩個同入酒店裡來，到得樓上，陳乾娘接著。教授便問道：「小娘子在哪裡？」乾娘道：「孩兒和錦兒在東閣兒裡坐地。」教授把三寸舌尖舔破窗眼兒張一張，喝聲采不知高低道：「兩個都不是人！」如何不是人？元來見他生得好了，只道那婦人是南海觀音，見錦兒是玉皇殿下侍香玉女。恁地道他不是人。看那李樂娘時：

水剪雙眸，花生丹臉。雲鬢輕梳蟬翼，蛾眉淡拂春山。朱唇綴一顆夭桃，皓齒排兩行碎玉。意態自然，迥出倫輩。有如織女下瑤台，渾似嫦娥離月殿。

看那從嫁錦兒時：

眸清可愛，鬢聳堪觀。新月籠眉，春桃拂臉。意態幽花未豔，肌膚嫩玉生香。金蓮著弓弓扣繡鞋兒，螺髻插短短紫金釵子。如撚青梅窺小俊，似騎紅杏出牆頭。

自從當日插了釵，離不得下財納禮，奠雁傳書。不則一日，吳教授取過那婦女來，夫妻兩個好說得著：

雲淡淡，天邊鸞鳳；水沉沉，交頸鴛鴦。寫來今世不休書，結下來生雙綰帶。

卻說一日是月半，學生子都來得早，要拜孔夫子。吳教授道：「姐姐，我先起去。」來那灶前過，看那從嫁錦兒時，脊背後披著一帶頭髮，一雙眼插將上去，脖項上血污著。教授看見，大叫一聲，匹然倒地。即時渾家來救得甦醒，錦兒也來扶起。渾家道：「丈夫你見什麼來？」吳教授是個養家人，不成說道我見錦兒恁地來？自己也認做眼花了，只得使個脫空，瞞過道：「姐姐，我起來時，少著了件衣裳，被冷風一吹，忽然頭暈倒了。」錦兒慌忙安排些個安魂定魄湯與他吃罷，自沒事了，只是吳教授肚裡有些疑惑。

話休絮煩，時遇清明節假，學生子卻都不來。教授分付了渾家，換了衣服，出去閒走一遭。取路過萬松嶺，出今時淨慈寺裡看了一回，卻待出來，只見一個人看著吳教授唱個喏。教授還禮不迭。卻不是別人，是淨慈寺對門酒店裡量酒，說道：「店中一個官人，教男女來請官人。」吳教授同量酒入酒店來時，不是別人，是王七府判兒，喚做王七三官人。兩個敘禮罷，王七三官人道：「適來見教授，又不敢相叫，特地叫量酒來相請。」教授道：「七三官人如今哪裡去？」王七三官人口裡不說，肚裡思量：吳教授新娶一個老婆在家不多時，你看我消遣他則個。道：「我如今要同教授去家裡墳頭走一遭。早間看墳的人來說道，桃花發，杜醞又熱。我們去那裡吃三杯。」教授道：「也好。」兩個出那酒店，取路來蘇公堤上。看那遊春的人，真個是：

人煙輻輳，車馬駢闐。只見和風扇景，麗日增明。流鶯轉綠柳陰中，粉蝶戲奇花枝上。管弦動處，是誰家舞榭歌台？語笑喧時，斜側傍春樓夏閣。香車競逐，玉勒爭馳。白面郎敲金鐙響，紅妝人揭繡簾看。

南新路口討一隻船，直到毛家步上岸，迤邐過玉泉龍井。王七三官人家裡墳，直在西山駝獻嶺下。好座高嶺！下那嶺去，行過一里，到了墳頭，看墳的張安接見了。王七三官人即時叫張安安排些點心、酒來，側首一個小小花園內，兩個入去坐地；又是自做的杜醞，吃得大醉。看那天色時，早已：

紅輪西墜，玉兔東生。佳人秉燭歸房，江上漁人罷釣。漁父賣魚歸竹院，牧童騎犢入花村。

天色卻晚，吳教授要起身。王七三官人道：「再吃一盃，我和你同去。我們過駝獻嶺九里松路上妓弟人家睡一夜。」吳教授口裡不說，肚裡思量：我新娶一個老婆在家裡，干顙我一夜不歸去，我老婆須在家等，如何是好？便是這時候去趕錢塘門，走到那裡也關了。只得與王七三官人手廝挽著上駝獻嶺來。你道事有湊巧，物有故然，就那嶺上雲生東北，霧長西南，下一陣大雨。果然是銀河倒瀉，滄海盆傾，好陣大雨！且是沒躲處，冒著雨又行了數十步，見一個小小竹門樓，王七三官人道：「且在這裡躲一躲。」不是來門樓下躲雨，卻是：

豬羊走入屠宰家，一腳腳來尋死路。

兩個奔來躲雨時，看來卻是一個野墓園。只那門前一個門樓兒，裡面都沒什麼屋宇。石坡上，兩個坐著等雨住了行。正大雨下，只見一個人貌類獄子院家打扮，從隔壁竹籬笆裡跳入墓園，走將去墓堆子上叫道：「朱小四你這廝！有人請喚。今日須當你這廝出頭！」墓堆子裡謾應道：「阿公，小四來也。」

不多時，墓上土開，跳出一個人來，獄子廝趕著了自去。吳教授和王七三官人見了，背膝展展，兩股不搖而自顫。看那雨卻住了，兩個又走。地下又滑，肚裡又怕，心頭一似小鹿兒跳，一雙腳一似鬬敗公雞，後面一似千軍萬馬趕來，再也不敢回頭。行到山頂上，側著耳朵聽時，空谷傳聲，聽得林子裡面斷棒響。

不多時，則見獄子驅將墓堆子裡跳出那個人來。兩個見了又走。嶺側首卻有一個敗落山神廟，入去廟裡，慌忙把兩扇廟門關了，兩個把身軀抵著廟門，真個氣也不敢喘，屁也不敢放。聽那外邊時，只聽得一個人聲喚過去道：「打殺我也！」一個人道：「打脊魍魎！你這廝許了我人情又不還，我怎的不打你？」王七三官人低低說與吳教授道：「你聽得外面過去的，便是那獄子和墓堆裡跳出來的人。」兩個在裡面顫做一團。吳教授卻埋怨王七三官人道：「你沒事教我在這裡受驚受怕，我家中渾家卻不知怎地盼望！」

兀自說言未了，只聽得外面有人敲門道：「開門則個！」兩個問道：「你是誰？」仔細聽時，卻是婦女聲音道：「王七三官人好也！你卻將我丈夫在這裡一夜，直教我尋到這裡。錦兒，我和你推開門兒，叫你爹爹。」吳教授聽得外面聲音，不是別人，是我渾家和錦兒，怎知道我和王七三官人在這裡？莫教也是鬼？兩個都不敢則聲。只聽得外面說道：「你不開廟門，我卻從廟門縫裡鑽入來。」兩個聽得恁地說，日裡吃的酒都變做冷汗出來。只聽得外面又道：「告媽媽：不是錦兒多口，不如媽媽且歸；明日爹爹自歸來。」渾家道：「錦兒你也說得是，我且歸去了，卻理會。」卻叫道：「王七三官人！我且歸去，你明朝卻送我丈夫歸來則個！」兩個哪裡敢應他。婦女和錦兒說了自去。

王七三官人說：「吳教授，你家裡老婆和從嫁錦兒都是鬼！這裡也不是人去處，我們走休！」拔開廟門看時，約莫是五更天氣，兀自未有人行。兩個下得嶺來，尚有一里多路，見一所林子裡走出兩個人來，上手的是陳乾娘，下手的是王婆，道：「吳教授，我們等你多時。你和王七三官人卻從哪裡來？」吳教授和王七三官人看見道：「這兩個婆子也是鬼了！我們走休！」真個便是獐奔鹿跳，猿躍鶻飛，下那嶺來。後面兩個婆子兀自慢慢地趕來。一夜熱亂，不曾吃一些物事，肚裡又飢。一夜見這許多不祥，怎地得個生人來衝一衝？正恁地說，則見嶺下一家人家，門前掛著一枝松柯兒。王七三官人道：「這裡多則是賣茅柴酒。我們就這裡買些酒，吃了助威，一道躲那兩個婆子。」恰待奔入這店裡來，見個男女：

頭上裹一頂牛膽青頭巾，身上裹一條豬肝赤肚帶，舊瞞襠褲，腳下草鞋。

王七三官人道：「你這酒怎地賣？」只見那漢道：「未有湯哩！」吳教授道：「且把一碗冷的來。」只見那人也不則聲，也不則氣。王七三官人道：「這個開酒店的漢子又尷尬，也是鬼了！我們走休！」兀自說未了，就店裡起一陣風：

非干虎嘯，不是龍吟。明不能謝柳開花，暗藏著山妖水怪。吹開地獄門前土，惹引酆都山下塵。

風過處看時，也不見了酒保，也不見有酒店。兩人立在墓堆子上。諕得兩個魂不附體，急急取路到九里松麯院前討了一隻船，直到錢塘門上了岸。王七三官人自取路歸家。

吳教授一逕先來錢塘門城下王婆家裡看時，見一把鎖鎖著門。問那鄰舍時，道：「王婆自死五個月有零了。」諕得吳教授目睜口呆，罔知所措。一程離了錢塘門，取今時景靈宮貢院前，過梅家橋，到白雁池邊來，問到陳乾娘門首時，十字兒竹竿封著門，一椀官燈在門前，上面寫著八個字道：「人心似鐵，官法如爐。」問那裡時，陳乾娘也死一年有餘了。離了白雁池，取路歸到州橋下，見自己屋裡一把鎖鎖著門。問鄰舍：「家裡拙妻和粗婢哪裡去了？」鄰舍道：「教授昨日一出門，小娘子分付了我們，自和錦兒往乾娘家裡去，直到如今不歸。」

吳教授正在那裡面面廝覷，做聲不得；只見一個癩道人，看看吳教授道：「觀公妖氣太重，我與你早早斷除，免致後患。」吳教授即時請那道人入去，安排香燭符水。那個道人作起法來，念念有詞，喝聲道「疾」，只見一員神將出現：

黃羅抹額，錦帶纏腰。皂羅袍袖繡團花，金甲束身微窄地。劍橫秋水，靴踏狻猊。上通碧落之間，下徹九幽之地。業龍作祟，向海波水底擒來；邪怪為妖，入山洞穴中捉出。六丁壇畔，權為符吏之名；上帝階前，次有天丁之號。

神將聲喏道：「真君遣何方使令？」真人道：「在吳洪家裡興妖，並駝獻嶺上為怪的，都與我捉來！」神將領旨，就吳教授家裡起一陣風：

無形無影透人懷，二月桃花被綽開。就地撮將黃葉去，入山推出白雲來。

風過處，捉將幾個為怪的來：吳教授的渾家李樂娘，是秦太師府三通判小娘子，因與通判懷身產亡的鬼；從嫁錦兒，因通判夫人妒色，吃打了一頓，因恁地自割殺，他自是割殺的鬼；王婆是害水蠱病死的鬼；保親陳乾娘因在白雁池邊洗衣裳，落在池裡死的鬼；在駝獻嶺上被獄子叫開墓堆跳出來的朱小四，在日看墳，害癆病死的鬼；那個嶺下開酒店的，是害傷寒死的鬼。

道人一一審問明白，去腰邊取出一個葫蘆來，人見時便道是葫蘆，鬼見時便是酆都獄；作起法來，那些鬼個個抱頭鼠竄，捉入葫蘆中。分付吳教授，把來埋在駝獻嶺下。癩道人將拐杖望空一撇，變做一隻仙鶴，道人乘鶴而去。吳教授直下拜道：「吳洪肉眼不識神仙，情願相隨出家，望真仙救度弟子則個！」只見道人道：「我乃上界甘真人。你原是我舊日採藥的弟子。因你凡心不淨，中道有退悔之意，因此墮落，今生罰為貧儒，教你備嘗鬼趣，消遣色情。你今既已看破，便可離塵辦道，直待一紀之年，吾當度汝。」說罷，化陣清風不見了。

吳教授從此捨俗出家，雲遊天下。十二年後，遇甘真人於終南山中，從之而去。詩曰：

一心辦道絕風塵，眾魅如何敢觸人？邪正盡從心剖判，西山鬼窟早翻身。

——《京本通俗小說》，卷十二

碾玉觀音（上）

山色晴嵐景物佳，暖烘回雁起平沙。東郊漸覺花供眼，南陌依稀草吐芽。
堤上柳，未藏鴉，尋芳趁步到山家。隴頭幾樹紅梅落，紅杏枝頭未著花。

這首〈鷓鴣天〉說孟春景致，原來又不如〈仲春詞〉做得好：

每日青樓醉夢中，不知城外又春濃。杏花初落疎疎雨，楊柳輕搖淡淡風。
浮畫舫，躍青驄，小橋門外綠陰籠。行人不入神仙地，人在珠簾第幾重？

這首詞說仲春景致，原來又不如黃夫人做著〈季春詞〉又好：

先自春光似酒濃，時聽燕語透簾櫳。小橋楊柳飄香絮，山寺緋桃散落紅。
鶯漸老，蝶西東，春歸難覓恨無窮。侵堦草色迷朝雨，滿地梨花逐曉風。

這三首詞，都不如王荊公看見花瓣兒片片風吹下地來：「原來這春歸去，是東風斷送的。」有詩道：

春日春風有時好，春日春風有時惡。不得春風花不開，花開又被風吹落。

蘇東坡道：「不是東風斷送春歸去，是春雨送春歸去。」有詩道：

雨前初見花間蕊，雨後全無葉底花。蜂蝶紛紛過牆去，卻疑春色在鄰家。

秦少游道：「也不干風事，也不干雨事，是柳絮飄將春色去。」有詩道：

三月柳花輕復散，飄颺澹蕩送春歸。此花本是無情物，一向東飛一向西。

邵堯夫道：「也不干柳絮事，是胡蝶採將春色去。」有詩道：

花正開時當三月，胡蝶飛來忙劫劫。採將春色向天涯，行人路上添淒切。

曾兩府道：「也不干胡蝶事，是黃鶯啼得春歸去。」有詩道：

花正開時豔正濃，春宵何事老芳叢？黃鸝啼得春歸去，無限園林轉首空。

朱希真道：「也不干黃鶯事，是杜鵑啼得春歸去。」有詩道：

杜鵑叫得春歸去，吻邊啼血尚猶存。庭院日長空悄悄，教人生怕到黃昏。

蘇小妹道：「都不干這幾件事，是燕子啣將春色去。」有〈蝶戀花〉詞為證：

妾本錢塘江上住，花開花落，不管流年度。燕子啣將春色去，紗窗幾陣黃梅雨。
斜插犀梳雲半吐，檀板輕敲，唱徹〈黃金縷〉。歌罷綵雲無覓處，夢回明月生南浦。

王岩叟道：「也不干風事，也不干雨事，也不干柳絮事，也不干胡蝶事，也不干黃鶯事，也不干杜鵑事，也不干燕子事；是九十日春光已過，春歸去。」曾有詩道：

怨風怨雨兩俱非，風雨不來春亦歸。腮邊紅褪青梅小，口角黃消乳燕飛。
蜀魄健啼花影去，吳蠶強食柘桑稀。直惱春歸無覓處，江湖辜負一蓑衣！

說話的因甚說這春歸詞？紹興年間，行在有個關西延州延安府人，本身是三鎮節度使咸安郡王。當時怕春歸去，將帶著許多鈞眷遊春。至晚回家，來到錢塘門裡，車橋前面。鈞眷轎子過了，後面是郡王轎子到來。只聽得橋下裱褙鋪裡一個人叫道：「我兒出來看郡王！」當時郡王在轎裡看見，叫幫總虞侯道：「我從前要尋這個人，今日卻在這裡！只在你身上，明日要這個人入府中來！」當時虞侯聲諾，來尋這個看郡王的人，是甚色目人？正是：

塵隨車馬何年盡？情繫人心早晚休。

只見車橋下一個人家，門前出著一面招牌，寫著「璩家裝裱古今書畫」。鋪裡一個老兒，引著一個女兒，生得如何？

雲鬢輕籠蟬翼，蛾眉淡拂春山。朱唇綴一顆櫻桃，皓齒排兩行碎玉。蓮步半折小弓弓，鶯囀一聲嬌滴滴。

便是出來看郡王轎子的人。虞侯即時來他家對門一個茶坊裡坐定，婆婆把茶點來，虞侯道：「啓請婆婆，過對門裱褙鋪裡，請璩大夫來說話。」婆婆便去請到來。兩個相揖了就坐，璩待詔問：「府幹有何見諭？」虞侯道：「無甚事，閒問則個。適來叫出來看郡王轎子的人，是令愛麼？」待詔道：「正是拙女，止有三口。」虞侯又問：「小娘子貴庚？」待詔應道：「一十八歲。」再問：「小娘子如今要嫁人，卻是趨奉官員？」待詔道：「老拙家寒，討錢來嫁人？將來也只是獻與官員府第。」虞侯道：「小娘子有甚本事？」待詔說出女孩兒一件本事來，有詞寄〈眼兒媚〉為證：

深閨小院日初長，嬌女綺羅裳。不做東君造化，金針刺繡群芳樣。
斜枝嫩葉包開蕊，唯只欠馨香。曾向園林深處，引教蝶亂蜂狂。

原來這女兒會繡作。虞侯道：「適來郡王在轎裡，看見令愛身上繫著一條繡裹肚。府中正要尋一個繡作的人，老丈何不獻與郡王？」璩公歸去與婆婆說了，到明日寫一紙獻狀，獻來府中。郡王給與身價，因此取名秀秀養娘。

不則一日，朝廷賜下一領團花繡戰袍，當時秀秀依樣繡出一件來。郡王看了歡喜道：「主上賜與我團花戰袍，卻尋什麼奇巧的物事獻與官家？」去庫裡尋出一塊透明的羊脂美玉來，即時叫將門下碾玉待詔道：「這塊玉堪做什麼？」內中一個道：「好做一副勸杯。」郡王道：「可惜！恁般一塊玉，如何將來只做得一副勸杯！」又一個道：「這塊玉上尖下圓，好做一個摩侯羅兒。」郡王道：「摩侯羅兒只是七月七日乞巧使得，尋常間又無用處。」數中一個後生，年紀二十五歲，姓崔名寧，趨事郡王數年，是昇州建康府人；當時叉手向前，對著郡王道：「告恩主：這塊玉上尖下圓，甚是不好，只好碾一個南海石觀音。」郡王道：「好！正合我意！」就叫崔寧下手，不過兩個月，碾成了這個玉觀音。郡王即時寫表進上御前，龍顏大喜。崔寧就本府增添請給，遭遇郡王。

不則一日，時遇春天，崔待詔遊春回來，入得錢塘門，有一個酒肆，與三四個相知方才吃得數杯，則聽得街上鬧炒炒，連忙推開樓窗看時，見亂烘烘道：「井亭橋有遺漏！」吃不得這酒成，慌忙下酒樓看時，只見：

初如螢火，次若燈火。千條蠟燭焰難當，萬座糝盆敵不住；六丁神推倒寶天爐，八力士放起焚山火。驪山會上，料應褒姒逞嬌容；赤壁磯頭，想是周郎施妙策。五通神牽住火葫蘆；宋無忌趕番赤騾子。又不曾瀉燭澆油，直恁的煙飛火猛！

崔待詔望見了，急忙道：「在我本府前不遠！」奔到府中看時，已搬挈得罄盡，靜悄悄地無一個人。崔待詔既不見人，且循著左手廊下入去，火光照得如同白日。去那左廊下，一個婦女搖搖擺擺從府堂裡出來，自言自語，與崔寧打個胸廝撞。崔寧認得是秀秀養娘，倒退兩步，低聲唱個喏。原來郡王當日嘗對崔寧許道：「待秀秀滿日，把來嫁與你。」這些衆人都攛掇道：「好對夫妻！」崔寧拜謝了，不則一番。崔寧是個單身，卻也癡心；秀秀見恁地個後生，卻也指望。當日有這遺漏，秀秀手中提著一帕子金珠富貴，從左廊下出來，撞見崔寧，便道：「崔大夫！我出來得遲了，府中養娘各自四散，管顧不得。你如今沒奈何，只得將我去躲避則個。」

當下崔寧和秀秀出府門，沿著河走到石灰橋。秀秀道：「崔大夫！我脚疼了，走不得。」崔寧指著前面道：「更行幾步，那裡便是崔寧住處。小娘子到家中歇脚，卻也不妨。」到得家中坐定，秀秀道：「我肚裡飢，崔大夫與我買些點心來吃。我受了些驚，得杯酒吃更好。」當時崔寧買將酒來，三杯兩盞，正是：

三杯竹葉穿心過，兩朵桃花上臉來。

道不得個「春為花博士，酒是色媒人」。秀秀道：「你記得當時在月台上賞月，把我許你，你兀自拜謝。你記得也不記得？」崔寧叉著手，只應得喏。秀秀道：「當日衆人都替你喝采：『好對夫妻！』你怎地倒忘了？」崔寧又則應得喏。秀秀道：「比似只管等待，何不今夜我和你先做夫妻？不知你意下何如？」崔寧道：「豈敢！」秀秀道：「你只道不敢，我叫將起來，教壞了你。你卻如何將我到家中？我明日府裡去說！」崔寧道：「告小娘子：要和崔寧做夫妻不妨；只一件，這裡住不得了。要好趁這個遺漏，人亂時，今夜就走開去，方才使得。」秀秀道：「我既和你做夫妻，憑你行。」當夜做了夫妻。

四更已後，各帶著隨身金銀物件出門。離不得飢餐渴飲，夜住曉行，迤邐來至衢州。崔寧道：「這裡是五路總頭，是打哪條路去好？不若取信州路上去。我是碾玉作，信州有幾個相識，怕那裡安得身。」即時取路到信州。住了幾日，崔寧道：「信州常有客人到行在往來，若說道我等在此，郡王必然使人來追捉，不當穩便。不若離了信州，再往別處去。」兩個又起身上路，逕取潭州。

不則一日，到了潭州，卻是走得遠了。就潭州市裡，討間房屋，出面招牌，寫著：「行在崔待詔碾玉生活」。崔寧便對秀秀道：「這裡離行在有二千餘里了，料得無事。你我安心，好做長久夫妻。」潭州也有幾個寄居官員，見崔寧是行在待詔，日逐也有生活得做。崔寧密使人打探行在本府中事，有曾到都下的，得知府中當夜失火，不見了一個養娘，出賞錢尋了幾日，不知下落。也不知道崔寧將他走了，見在潭州住。

時光似箭，日月如梭，也有一年以上。忽一日，方早開門，見兩個著皂衫的，一似虞候、府幹打扮，入來鋪裡坐地，問道：「本官聽得說有個行在崔待詔，教請過來做生活。」崔寧分付了家中，隨這兩個人到湘潭縣路上來。便將崔寧到宅裡，相見官人，承攬了玉作生活。回路歸家，正行間，只見一個漢子，頭上帶個竹絲笠兒，穿著一領白緞子兩上領布衫，青白行纏扎著褲子口，著一雙多耳麻鞋，挑著一個高肩擔兒；正面來，把崔寧看了一看。崔寧卻不見這漢面貌，這個人卻見崔寧，從後大踏步尾著崔寧來。正是：

誰家稚子鳴榔板，驚起鴛鴦兩處飛。

碾玉觀音（下）

竹引牽牛花滿街，疎籬茅舍月光篩。玻璃盞內茅柴酒，白玉盤中簇荳梅。

休懊惱，且開懷，平生贏得笑顏開。三千里地無知己，十萬軍中掛印來。

這隻〈鷓鴣天〉詞是關西秦州雄武軍劉兩府所作：從順昌大戰之後，閒在家中，寄居湖南潭州湘潭縣。他是個不愛財的名將，家道貧寒，時常到村店中吃酒。店中人不識劉兩府，讙呼囉唕。劉兩府道：「百萬番人，只如等閒。如今卻被他們誣罔！」做了這隻〈鷓鴣天〉，流傳直到都下。當時殿前太尉是陽和王，見了這詞，好傷感：「原來劉兩府直恁孤寒！」教提轄官差人送一項錢與劉兩府。今日崔寧的東人郡王，聽得說劉兩府恁地孤寒，也差人送一項錢與他。卻經由潭州路過，見崔寧從湘潭路上來，一路尾著崔寧到家，正見秀秀坐在櫃身子裡。便撞破他們道：「崔大夫！多時不見，你卻在這裡！秀秀養娘他如何也在這裡？郡王教我下書來潭州，今遇著你們。原來秀秀養娘嫁了你？也好！」當時諕殺崔寧夫妻兩個，被他看破。

那人是誰？卻是郡王府中一個排軍，從小伏侍郡王，見他樸實，差他送錢與劉兩府。這人姓郭名立，叫做郭排軍。當下夫妻請住郭排軍，安排酒來請他，分付道：「你到府中，千萬莫說與郡王知道。」郭排軍道：「郡王怎知得你兩個在這裡？我沒事卻說什麼？」當下酬謝了出門。回到府中，參見郡王，納了回書，看看郡王道：「郭立前日下書回，打潭州過，卻見兩個人在那裡住。」郡王問：「是誰？」郭立道：「見秀秀養娘並崔待詔兩個，請郭立吃了酒食，教休來府中說知。」郡王聽說，便道：「叵耐這兩個做出這事來！卻如何直走到那裡？」郭立道：「也不知他仔細。只見他在那裡住地，依舊掛招牌做生活。」郡王教幹辦去分付臨安府，即時差一個緝捕使臣，帶著做公的，備了盤纏，逕來湖南潭州府，下了公文，同來尋崔寧和秀秀。卻似：

皂雕追紫燕，猛虎啖羊羔。

不兩月，捉將兩個來，解到府中；報與郡王得知，即時升廳。原來郡王殺番人時，左手使一口刀，叫做

「小青」，右手使一口刀，叫做「大青」，這兩口刀不知剁了多少番人。那兩口刀，鞘內藏著，掛在壁上。郡王升廳，衆人聲喏，即將這兩個人押來跪下。郡王好生焦躁，左手去壁牙上取下小青，右手一掣，掣刀在手，睜起殺番人的眼兒，咬得牙齒剝剝地響。當時諕殺夫人，在屏風背後道：「郡王！這裡是帝輦之下，不比邊庭上面。若有罪過，只消解去臨安府施行。如何胡亂剴得人？」郡王聽說道：「叵耐這兩個畜生逃走，今日捉將來，我惱了，如何不剴？既然夫人來勸，且捉秀秀入府後花園去；把崔寧解去臨安府斷治。」

當下喝賜錢酒賞犒捉事人。解這崔寧到臨安府，一一從頭供說：「自從當夜遺漏，來到府中，都搬盡了。只見秀秀養娘從廊下出來，揪住崔寧道：『你如何安手在我懷中？若不依我口，教壞了你。』要共逃走。崔寧不得已，與他同走。只此是實。」臨安府把文案呈上郡王。郡王是個剛直的人，便道：「既然恁地，寬了崔寧，且與從輕斷治。」崔寧不合在逃，罪杖，發遣建康府居住。當下差人押送。

方出北關門，到鵝項頭，見一頂轎兒，兩個人抬著，從後面叫：「崔待詔且不得去！」崔寧認得像是秀秀的聲音，趕將來又不知恁地，心下好生疑惑。傷弓之鳥，不敢攬事，且低著頭只顧走。只見後面趕將上來，歇了轎子，一個婦人走出來，不是別人，便是秀秀，道：「崔待詔，你如今去建康府，卻如何？」崔寧道：「卻是怎地好？」秀秀道：「自從解你去臨安府斷罪，把我捉入後花園，打了三十竹篦，遂便趕我出來。我知道你建康府去，趕將來同你去。」崔寧道：「恁地卻好。」討了船，直到建康府。押發人自回。若是押發人是個學舌的，就有一場是非出來。因曉得郡王性如烈火，惹著他不是輕放手的；他又不是王府中人，去管這閒事怎地？況且崔寧一路買酒買食，奉承得他好，回去時，就隱惡而揚善了。

再說崔寧兩口在建康居住，既是問斷了，如今也不怕有人撞見，依舊開個碾玉作鋪。渾家道：「我兩口卻在這裡住得好。只是我家爹媽，自從我和你逃去潭州，兩個老的吃了些苦；當日捉我入府時，兩個去死覓活。今日也好教人去行在取我爹媽來這裡同住。」崔寧道：「最好！」便教人來行在取他丈人丈母。寫了他地理腳色與來人，到臨安府尋見他住處，問他鄰舍，指道：「這一家便是。」來人去門首看時，只見兩扇門關著，一把鎖鎖著，一條竹竿封著。問鄰舍：「他老夫妻哪裡去了？」鄰舍道：「莫說！他有個花枝也似女兒，獻在一個奢遮去處，這個女兒不受福德，卻跟一個碾玉的待詔逃走了。前日從湖南潭州捉將回來，送在臨安府吃官司；那女兒吃郡王捉進後花園裡去。老夫妻見女兒捉去，就當下尋死覓活，至今不知下落，只恁地關著門在這裡。」來人見說，再回建康府來，兀自未到家。

且說崔寧正在家中坐，只見外面有人道：「你尋崔待詔住處，這裡便是。」崔寧叫出渾家來看時，不是別人，認得是璩公、璩婆。都相見了，喜歡的做一處。

那去取老兒的人，隔一日才到，說如此這般，尋不見，卻空走了這遭。兩個老的且自來到這裡了。兩個老人道：「卻生受你！我不知你們在建康住，教我尋來尋去，直到這裡。」其時四口同住，不在話下。

且說朝廷官裡，一日到偏殿看玩寶器，拿起這玉觀音來看。這個觀音身上，當時有一個玉鈴兒失手脫下。即時問近侍官員：「卻如何修理得？」官員將玉觀音反覆看了，道：「好個玉觀音！怎地脫落了鈴兒？」看到底下，下面碾著三字「崔寧造」，「恁地容易。既是有人造，只消得宣這個人來教他修整。」敕下郡王府，宣取碾玉匠崔寧。郡王回奏：「崔寧有罪，在建康府居住。」

即使使人去建康取得崔寧到行在歇泊了。當時宣崔寧見駕，將這玉觀音教他領去用心整理。崔寧謝了恩，尋一塊一般的玉，碾一個鈴兒接住了，御前交納；破分請給養了崔寧，令只在行在居住。崔寧道：「我今日遭際御前，爭得氣再來清湖河下，尋間屋兒開個碾玉鋪，須不怕你們撞見！」可煞事有鬬巧，方才開得鋪三兩日，一個漢子從外面過來，就是那郭排軍，見了崔待詔便道：「崔大夫恭喜了！你卻在這裡住？」擡起頭來，看櫃身裡卻立著崔待詔的渾家。郭排軍吃了一驚，拽開腳步就走。渾家說與丈夫道：「你與我叫住那排軍，我相問則個。」正是：

平生不作皺眉事，世上應無切齒人。

崔待詔即時趕上扯住。只見郭排軍把頭只管側來側去，口裡喃喃地道：「作怪！作怪！」沒奈何只得與崔寧回來，到家中坐地。渾家與他相見了，便問：「郭排軍！前者我好意留你吃酒，你卻歸來說與郡王，壞了我兩個的好事。今日遭際御前，卻不怕你去說。」郭排軍吃他相問得無言可答，只道得一聲：「得罪！」相別了，便來到府裡，對著郡王道：「有鬼！」郡王道：「這漢則甚？」郭立道：「告恩王，有鬼！」郡王問道：「有甚鬼？」郭立道：「方纔打清湖河下過，見崔寧開個碾玉鋪，卻見櫃身裡一個婦女，便是秀秀養娘。」郡王焦躁道：「又來胡說！秀秀被我打殺了，埋在後花園，你須也看見，如何又在那裡？卻不是取笑我！」郭立道：「告恩王，怎敢取笑？方才叫住郭立，相問了一回。怕恩王不信，勒下軍令狀了去。」郡王道：「真個在時，你勒軍令狀來。」那漢也是合苦，真個寫一紙軍令狀來。郡王收了，叫兩個當直的轎番，擡一頂轎子，教：「取這妮子來。若真個在，把來劖取一刀；若不在，郭立你須替他劖取一刀！」郭立同兩個轎番，來取秀秀。正是：

麥穗兩岐，農人難辨。

郭立是關西人，朴直，卻不知軍令狀如何胡亂勒得！三個一逕來到崔寧家裡，那秀秀兀自在櫃身裡坐地，見那郭排軍來得恁地慌忙，卻不知他勒了軍令狀來取你。郭排軍道：「小娘子！郡王鈞旨，教命取你則個。」秀秀道：「既如此，你們少等，待我梳洗了同去。」即時入去梳洗，換了衣服，出來上了轎，分付了丈夫。兩個轎番便擡著逕到府前。郭立先入去。

郡王正在廳上等候。郭立唱了喏道：「已取到秀秀養娘。」郡王道：「著他入來。」郭立出來道：「小娘子！郡王教你進來。」掀起簾子看一看，便是一桶水傾在身上，開著口則合不得。就轎子裡不見了秀秀養娘！

問那兩個轎番，道：「我不知。則見他上轎，抬到這裡，又不曾轉動。」那漢叫將入來道：「告恩王，恁地真個有鬼！」郡王道：「卻不叵耐，教人捉這漢，等我取過軍令狀來，如今剴了一刀！」先去取下小青來。那漢從來伏侍郡王身上，也有十數次官了：蓋緣是粗人，只教他做排軍。這漢慌了道：「見有兩個轎番見證，乞叫來問。」即時叫轎番來道：「見他上轎，抬到這裡，卻不見了。」說得一般，想必真個有鬼，只消得叫將崔寧來問。便使人叫崔寧來到府中。崔寧從頭至尾說了一遍。郡王道：「恁地，又不干崔寧事，且放他去。」崔寧拜辭去了。郡王焦躁，把郭立打了五十背花棒。

崔寧聽得說渾家是鬼，至家中問丈人丈母。兩個面面廝覷，走出門，看著清湖河裡，撲通地都跳下水去了。當下叫「救人」，打撈，便不見了屍首。原來當時打殺秀秀時，兩個老的聽得說，便跳在河裡，已自死了。這兩個也是鬼。

崔寧到家中，沒情沒緒，走進房中，只見渾家坐在床上，崔寧道：「告姐姐，饒我性命！」秀秀道：「我因為你，吃郡王打死了，埋在後花園裡。卻恨郭排軍多口，今日已報了冤仇，郡王已將他打了五十背花棒。如今都知道我是鬼，容身不得了。」道罷，起身雙手揪住崔寧，叫得一聲，四肢倒地。鄰舍都來看時，只見：

兩部脈盡總皆沉，一命已歸黃壤下。

崔寧也被扯去和父母四個一塊兒做鬼去了。後人評論得好：

咸安王捺不下烈火性，郭排軍禁不住閒磕牙，
璩秀娘捨不得生眷屬，崔待詔撇不脫鬼冤家。

——《京本通俗小說》，卷十

錯斬崔寧

聰明伶俐自天生，懵懂癡呆未必真。嫉妒每因眉睫淺，戈矛時起笑談深。
九曲黃河心較險，十重鐵甲面堪憎。時因酒色亡家國，幾見詩書誤好人？

這首詩單表為人難處：只因世路窄狹，人心叵測，大道既遠，人情萬端。熙熙攘攘，都為利來；蚩蚩蠢蠢，皆納禍去。持身保家，萬千反覆。所以古人云：「顰有為顰，笑有為笑。顰笑之間，最宜謹慎。」這回書單說一個官人，只因酒後一時戲笑之言，遂至殺身破家，陷了幾條性命。且先引下一個故事來，權做個「得勝頭回」。

我朝元豐年間，有一個少年舉子，姓魏名鵬舉，字沖霄，年方一十八歲，娶得一個如花似玉的渾家；未及一月，只因春榜動，選場開，魏生別了妻子，收拾行囊，上京應取。臨別時，渾家分付丈夫：「得官不得官，早早回來；休拋閃了恩愛夫妻。」魏生答道：「功名二字，是俺本領前程，不索賢卿憂慮。」別後登程到京，果然一舉成名，榜上一甲第九名，除授京職，到差甚是華豔動人。少不得修了一封家書，差人接取家眷入京。書上先敘了寒溫及得官的事，後卻寫下一行道：「是我在京中早晚無人照管，已討了一個小老婆。專候夫人到京，同享榮華。」

家人收拾書程，一逕到家，見了夫人，稱說賀喜，因取家書呈上。夫人拆開看了，見是如此如此，這般這般，便對家人道：「官人直恁負恩？甫能得官，便娶了二夫人！」家人便道：「小人在京，並沒見有此事，想是官人戲謔之言。夫人到京便知端的，休得憂慮。」夫人道：「恁地說，我也罷了。」卻因人舟未便，一面收拾起身，一面尋覓便人，先寄封平安家信到京中去。那寄書人到了京中，尋問新科魏進士寓所，下了家書，管待酒飯，自回不題。

卻說魏生接書，拆開來看了，並無一句閒言閒語，只說道：「你在京中娶了一個小老婆，我在家中也嫁了一個小老公，早晚同赴京師也。」魏生見了，也知道是夫人取笑的說話，全不在意。未及收好，外面報說有個同年相訪。京邸寓中，不比在家寬轉；那人又是相厚的同年，又曉得魏生並無家眷在內，直至裡面坐下。敘了些寒溫，魏生起身去解手，那同年偶翻桌上書帖，看見了這封家書，寫得好笑，故意朗誦起來。魏生措手不及，通紅了臉，說道：「這是沒理的事。因是小弟戲謔了他，他便取笑寫來的。」那同年呵呵大笑道：「這節事卻是取笑不得的。」別了就去。

那人也是一個少年，喜談樂道，把這封家書一節，頃刻間遍傳京邸。也有一班妒忌魏生少年登高科的，將這樁事，只當做風聞言事的一個小小新聞，奏上一本，說這魏生年少不檢，不宜居清要之職，降處外任。魏生懊恨無及。後來畢竟做官蹭蹬不起，把錦片也似一段美前程，等閒放過去了。這便是一句戲言，撒漫了一個美官。

今日再說一個官人，也只為酒後一時戲言，斷送了堂堂七尺之軀；連累兩三個人，枉屈害了性命。卻是為著甚的？有詩為證：

　　世路崎嶇實可哀，傍人笑口等閒開。白雲本是無心物，又被狂風引出來。

卻說高宗時，建都臨安，繁華富貴，不減那汴京故國。去那城中箭橋左側，有個官人姓劉名貴，字君薦。祖上原是有根基的人家。到得君薦手中，卻是時乖運蹇，先前讀書，後來看看不濟，卻去改業做生意。便是半路上出家的一般，買賣行中一發不是本等伎倆，又把本錢消折去了。漸漸大房改換小房，賃得兩三間房子。與同渾家王氏，年少齊眉；後因沒有子嗣，娶下一個小娘子，姓陳，是陳賣糕的女兒，家中都呼為二姐。這也是先前不十分窮薄時做下的勾當。至親三口，並無閒雜人在家。那劉君薦極是為人和氣，鄉里見愛，都稱他：「劉官人，你是一時運限不好，如此落寞。再過幾時，定時有個亨通的日子。」說便是這般說，哪得有些些好處？只是在家納悶，無可奈何。

卻說一日閒坐家中，只見丈人家裡的老王，年近七旬，走來對劉官人說道：「家間老員外生日，特令老漢接取官人、娘子去走一遭。」劉官人便道：「便是我日逐愁悶過日子，連那泰山的壽誕也都忘了！」便同渾家王氏，收拾隨身衣服，打疊個包兒，交與老王背了；分付二姐看守家中：「今日晚了，不能轉回；明晚須索來家。」說了就去。離城二十餘里，到了丈人王員外家，敘了寒溫。當日坐間客衆，丈人、女壻不好十分敘述許多窮相。到得客散，留在客房裡歇宿。

直到天明，丈人卻來與女壻攀話，說道：「姐夫，你須不是這等算計。『坐吃山空，立吃地陷』；『咽喉深似海，日月快如梭』。你須計較一個常便。我女兒嫁了你一生，也指望豐衣足食，不成只是這等就罷了！」劉官人歎了一口氣道：「是！泰山在上，道不得個『上山擒虎易，開口告人難』。如今的時勢，再有誰似泰山這般憐念我的？只索守困。若去求人，便是勞而無功。」丈人便道：「這也難怪你說！老漢卻是看你們不過，今日齎助你些少本錢，胡亂去開個柴米店，賺得些利息來過日子，卻不好麼？」劉官人道：「感蒙泰山恩顧，可知是好。」當下吃了午飯，丈人取出十五貫錢來，付與劉官人道：「姐夫，且將這些錢去收拾起店面。開張有日，我便再應付你十貫。你妻子且留在此過幾日，待有了開店日子，老漢親送女兒到你家，就來與你作賀。意下如何？」

劉官人謝了又謝；馱了錢一逕出門，到得城中，天色卻早晚了。卻撞著一個相識，順路在他家門首經過。那人也要做經紀的人，就與他商量一會，可知是好。便去敲那人門時，裡面有人應諾，出來相揖，便問：「老兄下顧，有何見教？」劉官人一一說知就裡。那人便道：「小弟閒在家中，老兄用得著時，便來相幫。」劉官人道：「如此甚好。」當下說了些生意的勾當，那人便留劉官人在家，現成杯盤，吃了三杯兩盞。劉官人酒量不濟，便覺有些朦朧起來；抽身作別，便道：「今日相擾，明早就煩老兄過寒家計議生理。」那人又送劉官人至路口，作別回家，不在話下。若是說話的同年生，並肩長，攔腰抱住，把臂拖回，也不見得受這般災晦，卻教劉官人死得不如：

《五代史》李存孝，《漢書》中彭越！

卻說劉官人馱了錢，一步一步捱到家中敲門，已是點燈時分。小娘子二姐獨自在家，沒一些事做，守得天黑，閉了門，在燈下打瞌睡。劉官人打門，他哪裡便聽見？敲了半晌，方才知覺，答應一聲「來了！」起身開了門。

劉官人進去，到了房中，二姐替劉官人接了錢，放在桌上，便問：「官人何處挪移這項錢來？卻是甚用？」那劉官人一來有了幾分酒，二來怪他開得門遲了，且戲言嚇他一嚇；便道：「說出來，又恐你見怪；不說時，又須通你得知。只是我一時無奈，沒計可施，只得把你典與一個客人。又因捨不得你，只典得十五貫錢。若是我有些好處，加利贖你回來；若是照前這般不順溜，只索罷了！」那小娘子聽了，欲待不信，又見十五貫錢堆在面前；欲待信來，他平日與我沒半句言語，大娘子又過得好，怎麼便下得這等狠心辣手？疑狐不決，只得再問道：「雖然如此，也須通知我爹娘一聲。」劉官人道：「若是通知你爹娘，此事斷然不成。你明日且到了人家，我慢慢央人與你爹娘說通，他也須怪我不得。」小娘子又問：「官人今日在何處吃酒來？」劉官人道：「便是把你典與人，寫了文書，吃他的酒才來的。」小娘子又問：「大姐姐如何不來？」劉官人道：「他因不忍見你分離，待得你明日出了門才來。這也是我沒計奈何，一言為定。」說罷，暗地忍不住笑；不脫衣裳，睡在床上，不覺睡去。

那小娘子好生擺脫不下：「不知他賣我與甚色樣人家？我須先去爹娘家裡說知。就是他明日有人來要我，尋道我家，也須有個下落。」沉吟了一會，卻把這十五貫錢，一垛兒堆在劉官人腳後邊。趁他酒醉，輕輕的收拾了隨身衣服，款款的開了門出去，拽上了門，卻去左邊一個相熟的鄰舍叫做朱三老兒家裡，與朱三媽借宿了一夜；說道：「丈夫今日無端賣我，我須先去與爹娘說知。煩你明日對他說一聲，既有了主顧，可同我丈夫到爹娘家中來討個分曉，也須有個下落。」那鄰舍道：「小娘子說得有理。你只顧自去，我便與劉官人說知就理。」過了一宵，小娘子作別去了，不題。正是：

鰲魚脫卻金鉤去，擺尾搖頭再不回。

放下一頭。卻說這裡劉官人一覺直至三更方醒，見桌上燈猶未滅，小娘子不在身邊，只道他還在廚下收拾家火，便喚二姐討茶吃。叫了一回，沒人答應，卻待掙扎起來，酒尚未醒，不覺又睡了去。不想卻有一個做不是的，日間賭輸了錢，沒處出豁，夜間出來掏摸些東西，卻好到劉官人門首，因是小娘子出去了，門兒拽上不關，那賊略推一推，豁地開了。躡手躡腳，直至房中，並無一人知覺。到得床前，燈火尚明，周圍看時，並無一物可取。摸到床上，見一人朝著裡床睡去，腳後卻有一堆青錢。便去取了幾貫。不想驚覺了劉官人，起來喝道：「你須不盡道理！我從丈人家借辦得幾貫錢來養身活命，不爭你偷了我的去，卻是怎的計結？」那人也不回話，照面一拳。劉官人側身躲過，便起身與這人相持。那人見劉官人手腳活動，便拔步出房。劉官人不捨，搶出門來，一逕趕到廚房裡，恰待聲張鄰舍，起來捉賊，那人急了，正好沒出豁，卻見明晃晃一把劈柴斧頭，正在手邊。也是人急計生，被他綽起一斧，正中劉官人面門，撲地倒了。又復一斧，斫倒一邊。眼見得劉官人不活了，嗚呼哀哉，伏惟尚饗！那人便道：「一不做，二不休。卻是你來趕我，不是我來尋你索命。」翻身入房，取了十五貫錢，扯條單被包裹得停當，拽紮得爽俐，出門，拽上了門就走。不題。

次早鄰舍起來，見劉官人家門也不開，並無人聲息，叫道：「劉官人！天曉了！」裡面沒人答應。捱將進去，只見門也不關。直到裡面，見劉官人劈死在地。他家大娘子兩日前已自往娘家去了，小娘子如何不見？免不得聲張起來。卻有昨夜小娘子借宿的鄰家朱三老兒說道：「小娘子昨夜黃昏時到我家宿歇，說道劉官人無端賣了他，他一徑先到爹娘家裡去了。教我對劉官人說，既有了主顧，可同到他爹娘家中，也討得個分曉。今一面著人去追他轉來，便有下落；一面著人去報他大娘子到來，再作區處。」眾人都道：「說得是。」

先著人去到王老員外家報了凶信。老員外與女兒大哭起來，對那人道：「昨日好端端出門，老漢贈他十五貫錢，教他將來作本，如何便恁的被人殺了？」那去的人道：「好教老員外、大娘子得知：昨日劉官人歸時，已自昏黑，吃得半酣，我們都不曉得他有錢沒錢，歸遲歸早。只是今早劉官人家門兒半開，眾人推將進去，只見劉官人殺死在地；十五貫錢一文也不見，小娘子也不見蹤跡。聲張起來，卻有左鄰朱三老兒出來，說道他家小娘子，昨夜黃昏時分，借宿他家。小娘子說道，劉官人無端把他典與人了，小娘子要對爹娘說一聲；住了一宵，今日逕自去了。如今眾人計議，一面來報大娘子與老員外，一面著人去追小娘子。若是半路裡追不著的時節，直到他爹娘家中，好歹追他轉來，問個明白。老員外與大娘子須索去走一遭，與劉官人執命。」老員外與大娘子急急收拾起身，管待來人酒飯；三步做一步，趕入城中。不題。

卻說那小娘子清早出了鄰舍人家，挨上路去，行不上一二里，早是腳疼走不動，坐在路旁。卻見一個後生，頭帶萬字頭巾，身穿直縫寬衫，背上馱了一個搭膊，裡面卻是銅錢；腳下絲鞋淨襪，一直走上前來。到了小娘子面前，看了一看，雖然沒有十二分顏色，卻也明眉皓齒，蓮臉生春，秋波送媚，好生動人！正是：

野花偏豔目，村酒醉人多。

那後生放下搭膊，向前深深作揖：「小娘子獨行無伴，卻是往哪裡去的？」小娘子還了萬福道：「是奴家要往爹娘家去。因走不上，權歇在此。」因問：「哥哥是何處來？今要往何方去？」那後生叉手不離方寸：「小人是村裡人，因往城中賣了絲帳，討得些錢，要往褚家堂那邊去的。」小娘子道：「告哥哥則個。奴家爹娘也在褚家堂左側，若得哥哥帶挈奴家同走一程，可知是好。」那後生道：「有何不可？既如此說，小人情願伏侍小娘子前去。」

兩個廝趕著一路，正行，行不到二三里田地，只見後面兩個人腳不點地趕上前來，趕得汗流氣喘，衣服拽開，連叫：「前面小娘子慢走！我卻有話說知！」小娘子與那後生看見趕得蹺蹊，都立住了腳。後邊兩個趕到跟前，見了小娘子與那後生，不容分說，一家扯了一個，說道：「你們幹得好事！卻走往哪裡去？」小娘子吃了一驚，舉眼看時，卻是兩家鄰舍，一個就是小娘子昨夜借宿的主人。小娘子便道：「昨夜也須告過公公得知，丈夫無端賣我，我自去對爹娘說知。今日趕來，卻有何說？」朱三老道：「我不管閒帳。只是你家裡有殺人公事，你須回去對理。」小娘子道：「丈夫賣我，昨日錢已馱在家中，有甚殺人公事？我只是不去。」朱三老道：「好自在性兒！你若真個不去，叫起地方：有殺人賊在此，煩為一捉！不然，須要連累我們，你這裡地方也不得清淨！」

那個後生見不是話題，便對小娘子道：「既如此說，小娘子只索回去。小人自家去休。」那兩個趕來的鄰舍，齊叫起來，說道：「若是沒有你在此便罷；既然你與小娘子同行同止，你須也去不得！」那後生道：「卻又古怪！我自半路遇見小娘子，偶然伴他行一程，路途上有甚皂絲麻線，要勒指我回去？」朱三老道：「他家有了殺人公事，不爭放你去了，卻打沒對頭官司？」當下怎容小娘子和那後生做主？看的人漸漸立滿，都道：「後生，你去！不得你日間不作虧心事，半夜敲門不吃驚；便去何妨？」那趕來的鄰舍道：「你若不去，便是心虛！我們卻和你罷休不得！」四個人只得廝挽著一路轉來。

到得劉官人門首，好一場熱鬧！小娘子入去看時。只見劉官人斧劈倒在地死了；床上十五貫錢，分文也不見。開了口合不得，伸了舌縮不上去，那後生也慌了，便道：「我恁的晦氣！沒來由和那小娘子同走一程，卻做了干連人。」衆人都和鬧著，正在那裡分豁不開，只見王老員外和女兒一步一攧走回家來，見了女壻屍身，哭了一場，便對小娘子道：「你卻如何殺了丈夫，劫了十五貫錢逃走出去？今日天理昭然，有何理說？」小娘子道：「十五貫錢委是有的。只是丈夫昨晚回來，說是無計奈何，將奴家典與他人，典得十五貫身價在此，說過今日便要奴家到他家去。奴家因不知他典與甚色樣人家，先去與爹娘說知。故此趁夜深了，將這十五貫錢，一垛兒堆在他腳後邊，拽上門，到朱三老家住了一宵，今早自去爹娘家裡說知。我去之時，也曾央朱三老對我丈夫說，既然有了主兒，便同到我爹娘家裡來交割。卻不知因甚殺死在此？」那大娘子道：「可又來！我的父親昨日明明把十五貫錢與他馱來，作本養贍妻小，他豈有哄你說是典來身價之理？這是你兩日因獨自在家，勾搭上了人；又見家中好生不濟，無心守耐；又見了十五貫錢，一時見財起意，殺死丈夫，劫了錢；又使見識往鄰舍家借宿一夜，卻與漢子通同計較，一處逃走。現今你跟著一個男子同走，卻有何理說，抵賴得過？」衆人齊聲道：「大娘子之言，甚是有理！」又對那後生道：「後生！你卻如何與小娘子謀殺親夫？卻暗暗約定在僻靜處等候，一同去逃奔他方，卻是如何計結？」那人道：「小人自姓崔名寧，與那小娘子無半面之識。小人昨晚入城賣得幾貫絲錢在這，因路上遇見小娘子，小人偶然問起往哪裡去的，卻獨自一個行走。小娘子說起是與小人同路，以此作伴同行。卻不知前後因依。」

衆人哪裡肯聽他分說，搜索他搭膊中，恰好是十五貫錢，一文也不多，一文也不少！衆人齊發起喊來道：「是天網恢恢，疏而不漏！你卻與小娘子殺了人，拐了錢財，盜了婦女，同往他鄉。卻連累我地方鄰里打沒頭官司！」當下大娘結扭了小娘子，王老員外結扭了崔寧，四鄰舍都是證見，一鬨都入臨安府中來。

那府尹聽得有殺人公事，即便升堂，便叫一干人犯逐一從頭說來。先是王老員外上去告說：「相公在上。小人是本府村莊人氏，年近六旬，只生一女，先年嫁與本府城中劉貴為妻；後因無子，娶了陳氏為妾，呼為二姐。一向三口在家過活，並無片言。只因前日是老漢生日，差人接取女兒、女壻到家住了一夜；次日因見女壻家中全無活計，養贍不起，把十五貫錢與女壻作本開店養身。卻有二姐在家看守；到得昨夜，女壻到家時分，不知因甚緣故，將女壻斧劈死了；二姐卻與一個後生，名喚崔寧，一同逃走，被人追捉到來。望相公可憐見老漢的女壻身死不明，姦夫淫婦，贓證見在，伏乞相公明斷！」府尹聽得如此如此，便叫：「陳氏上來！你卻如何通同姦夫殺死了親夫，劫了錢，與人一同逃走？是何理說？」二姐告道：「小婦人嫁到劉貴，雖是個小老婆，卻也得他看承得好，大娘子又賢慧，卻如何肯起這片歹心？只是昨晚丈夫回來，吃得半酣，馱了十五貫錢進門；小婦人問他來歷，丈夫說道為因養贍不周，將小婦人典與他人，典得十五貫身價在此。又不通我爹娘得知，明日就要小婦人到他家去。小婦人慌了，連夜出門，走到鄰舍家裡借宿一宵，今早一逕先往爹娘家去。教他對丈夫說：既然賣我有了主顧，可到我爹媽家裡來交割。纔走得到半路，卻見昨夜借宿的鄰家趕來，捉住小婦人回來。卻不知丈夫殺死的根由。」那府尹喝道：「胡說！這十五貫錢，分明是他丈人與女壻的，你卻說是典你的身價，眼見的沒巴臂的說話了。況且婦人家如何黑夜行走？定是脫身之計！這樁事須不是你一個婦人家做的，一定有姦夫幫你謀財害命。你卻從實說來！」

那小娘子正待分說，只見幾家鄰舍，一齊跪上去告道：「相公的言語，委是青天！他家小娘子昨夜果然借宿在左鄰第二家的，今早他自去了。小的們見他丈夫殺死，一面著人去趕，趕到半路，卻見小娘子和那一個後生同走，苦死不肯回來。小的們勉強捉他轉來；卻又一面著人去接他大娘子與他丈人，到時，說昨日有十五貫錢付與女壻做生理的，今者女壻已死，這錢不知從何而去。再三問那小娘子時，說道他出門時，將這錢一堆兒堆在床上。卻去搜那後生身邊，十五貫錢分文不少。卻不是小娘子與那後生通同謀殺？贓證分明，卻如何賴得過？」

府尹聽他們言言有理，就喚那後生上來道：「帝輦之下，怎容你這等胡行！你卻如何謀了他小老婆？劫了十五貫錢？殺死他親夫？今日同往何處？從實招來！」那後生道：「小人姓崔名寧，是鄉村人氏。昨日往城中賣了絲，賣得這十五貫錢。今早偶然路上撞著這小娘子，並不知他姓甚名誰，哪裡曉得他家殺人公事？」府尹大怒，喝道：「胡說！世間不信有這等巧事，他家失去了十五貫錢，你卻賣的絲恰好也是十五貫錢。這分明是支吾的說話了。況且他妻莫愛，他馬莫騎，你既與那婦人沒甚首尾，卻如何與他同行同宿？你這等頑皮賴骨，不打如何肯招？」

當下眾人將那崔寧與小娘子死去活來，拷打一頓。那邊王老員外與女兒並一干鄰右人等，口口聲聲咬他二人。府尹也巴不得了結這段公案。拷訊一回，可憐崔寧和小娘子受刑不過，只得屈招了，說是一時見財起意，殺死親夫，劫了十五貫錢，同奸夫逃走是實。左鄰右舍都指畫了十字。將兩人大枷枷了，送入死囚牢裡。將這十五貫錢給還原主。也只好奉與衙門中人做使用也還不夠哩！府尹疊成文案，奏過朝廷。部覆申詳，倒下聖旨，說崔寧不合姦騙人妻，謀財害命，依律處斬；陳氏不合通同姦夫殺死親夫，大逆不道，凌遲示眾。當下讀了招狀，大牢內取出二人來，當廳判一個「斬」字，一個「剮」字，押赴市曹行刑示眾。兩人渾身是口，也難分說。正是：

啞子謾嘗黃蘗味，難將苦口對人言。

看官聽說：這段公事，果然是小娘子與那崔寧謀財害命的時節，他兩人須連夜逃走他方，怎的又去鄰舍人家借宿一宵？明早又走到爹娘家去，卻被人捉住了？這段冤枉，仔細可以推詳出來。誰想問官糊塗，只圖了事，不想捶楚之下，何求不得？冥冥之中，積了陰騭，遠在兒孫近在身，他兩個冤魂也須放你不過。所以做官的切不可率意斷獄，任情用刑，也要求個公平明允。道不得個死者不可復生，斷者不可復續。可勝歎哉！

閒話休題。卻說那劉大娘子到得家中，設個靈位守孝。過日，父親王老員外勸他轉身，大娘子說道：「不要說起三年之久，也須到小祥之後。」父親應允自去。

光陰迅速，大娘子在家巴巴結結，將近一年。父親見他守不過，便叫家裡老王去接他來，說：「叫大娘子收拾回家，與劉官人做了週年，轉了身去罷。」大娘子沒計奈何，細思父言，亦是有理；收拾了包裹，與老王背了，與鄰舍家作別，暫去再來。一路出城，正值秋天，一陣烏風猛雨，只得落路往一所林子去躲。不想走錯了路，正是：

豬羊走入屠宰家，一腳腳來尋死路。

走入林子裡去，只聽他林子背後大喝一聲：「我乃靜山大王在此！行人住腳，須把買路錢與我！」大娘子和那老王吃那一驚不小，只見跳出一個人來：

頭帶乾紅凹面巾，身穿一領舊戰袍，腰間紅絹搭膊裹肚，腳下蹬一雙烏皮皂靴，手執一把朴刀。

舞刀前來。那老王該死，便道：「你這剪徑的毛團！我須是認得你。做這老性命刪著與你兌了罷！」一頭撞去，被他閃過空；老人家用力猛了，撲地便倒。那人大怒道：「這牛子好生無禮！」連搠一兩刀，血流在地，眼見得老王養不大了。那劉大娘子見他兇猛，料道脫身不得；心生一計，叫做脫空計。拍手叫道：「殺得好！」那人便住了手，睜圓怪眼，喝道：「這是你什麼人？」那大娘子虛心假氣的答道：「奴家不幸，喪了丈夫；卻被媒人哄誘，嫁了這個老兒，只會吃飯。今日卻得大王殺了，也替奴家除了一害。」那人見大娘子如此小心，又生得有幾分顏色，便問道：「你肯跟我做個壓寨夫人麼？」大娘子尋思，無計可施，便道：「情願伏侍大王。」那人回嗔作喜，收拾了刀杖，將老王屍首攛入澗中；領了劉大娘子到一所莊院前來，甚是委曲。只見大王向那地上拾些土塊，拋向屋上去，裡面便有人出來開門。到得草堂之上，分付殺羊備酒，與劉大娘子成親。兩口兒且是說得著。正是：

明知不是伴，事急且相隨。

不想那大王自得了劉大娘子之後，不上半年，連起了幾注大財，家間也豐富了。大娘子甚是有識見，早晚用好言語勸他：「自古道：『瓦罐不離井上破，將軍難免陣中亡。』你我兩人，下半世也夠吃用了，只管做這沒天理的勾當，終須不是個好結果。卻不道是梁園雖好，不是久戀之家。不若改行從善，做個小小經紀，也得過養身活命。」那大王早晚被他勸轉，果然回心轉意，把這門道路撇了；卻去城市間，賃下一處房屋，開了一個雜貨店。遇閒暇的日子，也時常去寺院中念佛赴齋。

忽一日在家閒坐，對那大娘子道：「我雖是個剪徑的出身，卻也曉得冤各有頭，債各有主。每日間只是嚇騙人東西，將來過日子；後來得有了你。一向不大順溜，今已改行從善。閒來追思既往，止曾枉殺了兩個人，又冤陷了兩個人，時常掛念，思欲做些功德超渡他們，一向不曾對你說知。」大娘子便道：「如何是枉殺了兩個人？」那大王道：「一個是你的丈夫，前日在林子裡的時節，他來撞我，我卻殺了他。他須是個老人家，與我往日無仇，如今又謀了他老婆，他死也是不肯甘心的。」大娘子道：「不恁的時，我卻哪得與你廝守？這也是往事，休題了。」又問：「殺那一個又是甚人？」那大王道：「說起來這個人，一發天理上放不過去；且又帶累了兩個人，無辜償命。是一年前，也是賭輸了；身邊並無一文，夜間便去掏摸些東西。不想到一家門首，見他門也不閂，推進去時，裡面並無一人。摸到門裡，只見一人醉倒在床；腳後卻有一堆銅錢。便去摸他幾貫，正待要走，卻驚醒了那人，起來說道：『這是我丈人家與我做本錢的，不爭你偷去了，一家人口都是餓死！』起身搶出房門，正待聲張起來。是我一時見他不是話頭，卻好一把劈柴斧頭在我腳邊，這叫做人急計生，綽起斧來，喝一聲道：『不是我，便是你！』兩斧劈倒。卻去房中將十五貫錢盡數取了。後來打聽得他，卻連累了他家小老婆，與那一個後生，喚做崔寧，冤枉了他謀財害命，雙雙受了國家刑法。我雖是做了一世強人，只有這兩樁人命是天理人心打不過去的，早晚還要超渡他也是該的。」

那大娘子聽說，暗暗地叫苦：「原來我的丈夫也吃這廝殺了！又連累我家二姐與那個後生無辜受戮。思量起來，是我不合當初做弄他兩人償命。料他兩人陰司中也須放我不過！」當下權且歡天喜地，並無他說。明日捉個空，便一逕到臨安府前叫起屈來。

那時，換了一個新任府尹，才得半月，正值升廳，左右捉將那叫屈的婦人進來。劉大娘子到於階下，放聲大哭；哭罷，將那大王前後所為：「怎的殺了我丈夫劉貴，問官不肯推詳，含糊了事，卻將二姐與那崔寧朦朧償命；後來又怎的殺了老王，姦騙了奴家。今日天理昭然，一一是他親口招承，伏乞相公高抬明鏡，昭雪前冤！」說罷又哭。

府尹見他情詞可憫，即著人去捉那靜山大王到來，用刑拷訊，與大娘子口詞一些不差。即時問成死罪，奏過官裡。待六十日限滿，倒下聖旨來：「勘得靜山大王謀財害命，連累無辜，准律：殺一家非死罪三人者，斬加等，決不待時；原問官斷獄失情，削職為民；崔寧與陳氏枉死可憐，有司訪其家，量行優恤；王氏既係強徒威逼成親，又能伸雪夫冤，著將賊人家產一半沒入官，一半給與王氏，養贍終身。」

劉大娘子當日往法場上看決了靜山大王；又取其頭去祭獻亡夫，並小娘子及崔寧。大哭一場。將這一半家私捨入尼姑庵中。自己朝夕看經念佛，追薦亡魂，盡老百年而終。有詩為證：

> 善惡無分總喪軀，只因戲語釀災危。勸君出語須誠實，口舌從來是禍基。

——《京本通俗小說》，卷十五

趙太祖千里送京娘

兔走烏飛疾若馳，百年世事總依稀；累朝富貴三更夢，歷代君王一局棋。
禹定九州湯受業，秦吞六國漢登基。百年光景無多日，晝夜追歡還是遲！

話說趙宋末年，河東石室山中有個隱士，不言姓名，自稱石老人。有人認得的，說他原是有才的豪傑，因遭胡元之亂，曾詣軍門獻策不聽，自起義兵，恢復了幾個州縣。後來見時勢日蹙，知大事已去，乃微服潛遁，隱於此山中。指「山」為姓，農圃自給，恥言仕進。或與談論古今興廢之事，娓娓不倦。一日近山有老少二儒，閒步石室，與隱士相遇，偶談漢、唐、宋三朝創業之事。隱士問：「宋朝何者勝於漢唐？」一士云：「修文偃武。」一士云：「歷朝不誅戮大臣。」隱士大笑道：「二公之言，皆非通論。漢好征伐四夷，儒者雖言其『黷武』，然蠻夷畏懼，稱為強漢，魏武猶借其餘威以服匈奴。唐初府兵最盛，後變為藩鎮，雖跋扈不臣，而犬牙相制，終藉其力。宋自澶淵和虜，憚於用兵。其後以歲幣為常，以拒敵為諱，金元繼起，遂至亡國，此則偃武修文之弊耳。不戮大臣雖是忠厚之典，然奸雄誤國，一概姑容，使小人進有非望之福，退無不測之禍，終宋之世，朝政壞於奸相之手。乃致末年時窮勢敗，韓侂胄於虜庭，刺似道於廁下，不亦晚乎！以是為勝於漢唐，豈其然哉？」二儒道：「據先生之意，以何為勝？」隱士道：「他事雖不及漢唐，惟不貪女色最勝。」二儒道：「何以見之？」隱士道：「漢高溺愛於戚姬，唐宗亂倫於弟婦。呂氏、武氏幾危社稷，飛燕、太真並污宮闈。宋代雖有盤樂之主，絕無漁色之君，所以高、曹、向、孟，閨德獨擅其美，此則遠過於漢唐者矣。」二儒歎服而去。正是：

要知古往今來理，須問高明遠見人。

方纔說宋朝諸帝不貪女色，全是太祖皇帝貽謀之善。不但是為君以後，早朝宴罷，寵幸希疎。自他未曾「發跡變泰」的時節，也就是個鐵錚錚的好漢，直道而行，一邪不染。則看他「千里送京娘」這節故事便知。正是：

說時義氣凌千古，話到英風透九霄，八百軍州真帝主，一條桿棒顯雄豪。

且說五代亂離，有詩四句：

朱李石劉郭，梁唐晉漢周，都來十五帝，擾亂五十秋。

這五代都是偏霸，未能混一。其時土宇割裂，民無定主。到後周雖是五代之末，兀自有五國三鎮。哪五國？

周郭威，北漢劉崇，南唐李璟，蜀孟昶，南漢劉晟。

哪三鎮？

吳越錢佐，荊南高保融，湖南周行逢。

雖說五國三鎮，那周朝承梁、唐、晉、漢之後，號為正統。趙太祖趙匡胤曾仕周為殿前都點檢。後因陳橋兵變，代周為帝，混一宇內，國號大宋。當初未曾「發跡變泰」的時節，因他父親趙洪殷，曾仕漢為岳州防禦使，人都稱匡胤為趙公子，又稱為趙大郎。生得面如噀血，目若曙星，力敵萬人，氣吞四海。專好結交天下豪傑，任俠任氣，路見不平，拔刀相助，是個管閒事的祖宗，撞沒頭禍的太歲。先在汴京城打了御勾欄，鬧了御花園，觸犯了漢末帝，逃難天涯。到關西護橋殺了董達，得了名馬赤麒麟。黃州除了宋虎，朔州三棒打死了李子英，滅了潞州王李漢超一家。來到太原地面，遇了叔父趙景清。時景清在清油觀出家，就留趙公子在觀中居住。誰知染患，一臥三月。比及病愈，景清朝夕相陪，要他將息身體，不放他出外閒遊。一日景清有事出門，分付公子道：「姪兒耐心靜坐片時，病如小愈，切勿行動！」景清去了，公子哪裡坐得住，想道：「便不到街坊遊蕩，這本觀中閒步一回，又且何妨？」公子將房門拽上，繞殿遊觀。先登了三清寶殿，行遍東西兩廊，七十二司，又看了東嶽廟，轉到嘉寧殿上遊翫，歎息一聲。真個是：

金爐不動千年火，　玉盞長明萬載燈。

行過多景樓玉皇閣，一處處殿宇崔嵬，制度宏敞。公子喝采不迭，果然好個清油觀。觀之不足，翫之有餘。轉到酆都地府冷靜所在，卻見小小一殿，正對那子孫宮相近，上寫著降魔寶殿，殿門深閉。公子前後觀看了一回，正欲轉身，忽聞有哭泣之聲，乃是婦女聲音。公子側耳而聽，其聲出於殿內。公子道：「蹊蹺作怪！這裡是出家人住處，緣何藏匿婦人在此？其中必有不明之事。且去問道童討取鑰匙，開這殿來，看個明白，也好放心。」回身到房中，喚道童討降魔殿上鑰匙。道童道：「這鑰師父自家收管，其中有機密大事，不許閒人開看。」公子想道：「『莫信直中直，須防人不仁！』原來俺叔父不是個好人，三回五次只教俺靜坐，莫出外閒行，原來幹這勾當。出家人成甚規矩？俺今日便去打開殿門，怕怎的！」方欲移步，只見趙景清回來，公子含怒相迎，口中也不叫叔父，氣忿忿地問道：「你老人家在此出家，幹得好事？」景清出其不意，便道：「我不曾做甚事？」公子道：「降魔殿內鎖的是什麼人？」景清方才省得，便搖手道：「賢姪莫管閒事？」公子急得暴躁如雷，大聲叫道：「出家人清淨無為，紅塵不染，為何殿內鎖著個婦女在內，哭哭啼啼，必是非禮不法之事！你老人家也要放出良心。是一是二，說得明白，還有個商量；休要欺三瞞四，我趙某不是與你和光同塵的！」景清見他言詞峻厲，便道：「賢姪，你錯怪愚叔了！」公子道：「怪不怪是小事，且說殿內可是婦人？」景清道：「正是。」公子道：「可又來！」景清曉得公子性躁，還未敢明言，用緩詞答應道：「雖是婦人，卻不干本觀道衆之事。」公子道：「你是個一觀之主，就是別人做出歹事寄頓在殿內，少不得你知情。」景清道：「賢姪息怒。此女乃是兩個有名響馬，不知哪裡擄來，一月之前寄於此處。託吾等替他好生看守，若有差遲，寸草不留。因是賢姪病未痊，不曾對你說得。」公子道：「響馬在哪裡？」景清道：「暫往哪裡去了。」公子不信道：「豈有此理？快與我打開殿門，喚女子出來，俺自審問他詳細。」說罷，綽了渾鐵齊眉短棒，往前先走。景清知他性如烈火，不好遮攔。慌忙取了鑰匙，隨後趕到降魔殿前。景清在外邊開鎖。那女子在殿中聽得鎖響，只道是強人來到，愈加啼哭。公子也不謙讓，才等門開，一腳跨進。那女子躲在神道背後唬做一團。公子近前放下齊眉短棒，看那女子，果然生得標致！

眉掃春山，眸橫秋水。含愁含恨，猶如西子捧心；欲泣欲啼，宛似楊妃剪髮。琵琶聲不響，是個未出塞的明妃；胡笳調若成，分明強和番的蔡女。天生一種風流態，便是丹青畫不真！

公子撫慰道：「小娘子，俺不比姦淫之徒，你休得驚慌。且說家居何處？誰人引誘到此？倘有不平，俺趙某與你解救則個。」那女子方才舉袖拭淚，深深道個萬福。公子還禮。女子先問：「尊官高姓？」景清代答道：「此乃汴京趙公子。」女子道：「公子聽稟！……」未曾說得一兩句，早已撲簌簌流下淚來。原來那女子也姓趙，小字京娘，是蒲州解梁縣小祥村居住，年方一十七歲。因隨父親來陽曲縣還北嶽香願，路遇兩個響馬強人：一個叫做滿天飛張廣兒，一個叫做著地滾周進。見京娘顏色，饒了他父親性命，擄掠到山神廟中。張周二強人爭要成親，不肯相讓。議論了兩三日，二人恐壞了義氣，將這京娘寄頓於清油觀降魔殿內，分付道士：「小心供給看守。」再去別處訪求個美貌女子，擄掠而來，湊成一對，然後同日成親，為壓寨夫人。那強人去了一月，至今未回。道士懼怕他，只得替他看守。京娘敘出緣由，趙公子方才向景清道：「適才甚是粗鹵，險些衝撞了叔父！既然京娘是良家室女，無端被強人所擄，俺今日不救，更待何人？」又向京娘道：「小娘子休要悲傷，萬事有趙某在此，管教你重回故土，再見爹娘。」京娘道：「雖承公子美意，釋放奴家出於虎口，奈家鄉千里之遙，奴家孤身女流，怎生跋涉？」公子道：「救人須救徹。俺不遠千里親自送你回去。」京娘拜謝道：「若蒙如此，便是重生父母。」景清道：「賢姪，此事斷然不可。那強人勢大，官司禁捕他不得。你今日救了小娘子，典守者難辭其責。再來問我要人，教我如何對付？須當連累於我！」公子笑道：「大膽天下去得，小心寸步難行。俺趙某一生見義必為，萬夫不懼。那響馬雖狠，敢比得潞州王麼？他須也有兩個耳朵，曉得俺趙某名字。既然你們出家人怕事，俺留個記號在此，你們好回覆那響馬。」說罷，輪起渾鐵齊眉棒，橫著身子，向那殿上朱紅槅子，狠的打一下，「櫪拉」一聲，把菱花牕都打下來。再復一下，把那四扇槅子，打個東倒西歪。唬得京娘戰戰兢兢，遠遠的躲在一邊。景清面如土色，口中只叫：「罪過！」公子道：「強人若再來時，只說趙某打開殿門搶去了。冤各有頭，債各有主。要來尋俺時，教他打蒲州一路來。」景清道：「此去蒲州千里之遙，路上盜賊生發，獨馬單身，尚且難走，況有小娘子牽絆？凡事宜三思而行！」公子笑道：「漢末三國時，關雲長獨行千里，五關斬六將，護著兩位皇嫂，直到古城與劉皇叔相會，這才是大丈夫所為。今日一位小娘子救他不得，趙某還做什麼人？此去倘然冤家狹路相逢，教他雙雙受死。」景清道：「雖然如此，還有一說。古者男女坐不同席，食不共器。賢姪千里相送小娘子，雖則美意，出於義氣，旁人怎知就裡，見你少男少女一路同行，嫌疑之際，被人談論，可不為好成歉，反為一世英雄之玷？」公子呵呵大笑道：「叔父莫怪我說，你們出家人慣裝架子，裡外不一。俺們做好漢的，只要自己血心上打得過，人言都不計較。」景清見他主意已決，問道：「賢姪幾時起程？」公子道：「明早便行。」景清道：「只怕賢姪身子還不健旺。」公子道：「不妨事。」景清教道童治酒送行。公子於席上對京娘道：「小娘子，方才叔父說一路嫌疑之際，恐生議論。俺藉此席面，與小娘子結為兄妹，俺姓趙，小娘子也姓趙，五百年合是一家，從此兄妹相稱便了。」京娘道：「公子貴人，奴家怎敢扳高？」景清道：「既要同行，如此最好。」呼道童取過拜氈，京娘請恩人在上：「受小妹子一拜。」公子在還禮。京娘又拜了景清，呼為伯伯。景清在席上敘起姪兒許多英雄了得，京娘歡喜不盡。是夜直飲至更餘，景清讓自己臥房與京娘睡，自己與公子在外廂同宿。五更雞唱，景清起身安排早飯，又備些乾糧牛脯，為路中之用。公子韛了赤麒麟，將行李紮縛停當，囑付京娘：「妹子，只可村粧打扮，不可冶容炫服，惹是招非。」早飯已畢，公子扮作客人，京娘扮作村姑，一般的戴個雪帽，齊眉遮了。兄妹二人作別景清。景清送出房門，忽然想起一事道：「賢姪，今日去不成，還要計較。」不知景清說出甚話來？正是：

鵲得羽毛方遠舉，虎無牙爪不成行。

景清道：「一馬不能騎兩人，這小娘子弓鞋襪小，怎跟得上，可不擔誤了程途？從容覓一輛車兒同去卻不好？」公子道：「此事算之久矣。有個車輛又費照顧，將此馬讓與妹子騎坐，俺誓願千里步行，相隨不憚。」京娘道：「小妹有累恩人遠送，愧非男子，不能執鞭墜鐙，豈敢反占尊騎，決難從命。」公子道：「你是女流之輩，必要腳力。趙某腳又不小，步行正合其宜。」京娘再四推辭，公子不允，只得上馬。公子跨了腰刀，手執渾鐵桿棒，隨後向景清一揖而別。景清道：「賢姪路上小心，恐怕遇了兩個響馬，須要用心提防！手下斬絕些，莫帶累我觀中之人。」公子道：「不妨不妨。」說罷，把馬尾一拍，喝聲「快走」，那馬拍騰騰便跑，公子放開腳步，緊緊相隨。

於路免不得飢餐渴飲，夜住曉行。不一日行至汾州介休縣地方。這赤麒麟原是千里龍駒馬，追風逐電，自清油觀至汾州不過三百里之程，不夠名馬半日馳驟。一則公子步行恐奔赴不及，二則京娘女流不慣馳騁，所以控轡緩緩而行。兼之路上賊寇生發，須要慢起早歇，每日止行一百餘里。公子是日行到一個土岡之下，地名黃茅店。當初原有村落，因世亂人荒，都逃散了，還存得個小小店兒。日色將晡，前途曠野，公子對京娘道：「此處安歇，明日早行罷。」京娘道：「但憑尊意。」店小二接了包裹，京娘下馬，去了雪帽，小二一眼瞧見，舌頭吐出三寸，縮不進去，心下想道：「如何有這般好女子！」小二牽馬繫在屋後，公子請京娘進了店房坐下。小二哥走來踮著呆看。公子問道：「小二哥有甚話說？」小二道：「這位小娘子，是客官什麼人？」公子道：「是俺妹子。」小二道：「客官，不是小人多口，千山萬水，途間不該帶此美貌佳人同走！」公子道：「為何？」小二道：「離此十五里之地，叫做介山，地曠人稀，都是綠林中好漢出沒之處。倘若強人知道，只好白白裡送與他做壓寨大人，還要貼他個利市。」公子大怒罵道：「賊狗大膽，敢虛言恐唬客人！」照小二面門一拳打去。小二口吐鮮血，手掩著臉，向外急走去了。店家娘就在廚下發話。京娘道：「恩兄忒性躁了些。」公子道：「這廝言語不知進退，怕不是良善之人！先教他曉得俺些手段。」京娘道：「既在此借宿，惡不得他。」公子道：「怕他則甚？」京娘便到廚下與店家娘相見，將好言好語穩貼了他半晌。店家娘方才息怒，打點動火做飯。京娘歸房，房中尚有餘光，還未點燈。公子正坐，與京娘講話。只見外面一個人入來，到房門口探頭探腦。公子大喝道：「什麼人敢來瞧俺腳色？」那人道：「小人自來尋小二哥閒話，與客官無干。」說罷，到廚房下，與店家娘唧唧噥噥的講了一會方去。公子看在眼裡，早有三分疑心。燈火已到，店小二只是不回。店家娘將飯送到房裡，兄妹二人吃了晚飯，公子教京娘掩上房門先寢。自家只推水火，帶了刀棒遶屋而行。約莫二更時分，只聽得赤麒麟在後邊草屋下有嘶喊踢跳之聲。此時十月下旬，月光初起，公子悄步上前觀看，一個漢子被馬踢倒在地。見有人來，務能的掙鬭起來就跑。公子知是盜馬之賊。追趕了一程，不覺數里，轉過溜水橋邊，不見了那漢子。只見對橋一間小屋，裡面燈燭輝煌，公子疑那漢子躲匿在內，步進看時，見一個白鬚老者，端坐於土床之上，在那裡誦經。怎生模樣？

眼如迷霧，鬢若凝霜，眉如柳絮之飄，面有桃花之色。若非天上金星，必是山中社長。

那老者見公子進門，慌忙起身施禮，公子答揖，問道：「長者所誦何經？」老者道：「《天皇救苦經》。」公子道：「誦他有甚好處？」老者道：「老漢見天上分崩，要保祐太平天子早出，掃蕩煙塵，救民於塗炭。」公子聽得此言，暗合其機，心中也歡喜。公子又問道：「此地賊寇頗多，長者可知他的行藏麼？」老者道：「貴人莫非是同一位騎馬女子，下在坡下茅店裡的？」公子道：「然也。」老者道：「幸遇老夫，險些兒驚了貴人。」公子問其緣故。老者請公子上坐，自己旁邊相陪，從容告訴道：「這介山新生兩個強人，聚集嘍囉，打家劫舍，擾害汾潞地方。一個叫做滿天飛張廣兒，一個叫做著地滾周進。半月之間不知哪裡搶了一個女子，二人爭娶未決，寄頓他方，待再尋得一個來，各成婚配。這裡一路店家，都是那強人分付過的，但訪得有美貌佳人，疾忙報他，重重有賞。晚上貴人到時，那小二便去報與周進知道，先差野火兒姚旺來探望虛實，說道：『不但女子貌美，兼且騎一匹駿馬，單身客人，不足為懼。』有個千里腳陳名，第一善走，一日能行三百里，賊人差他先來盜馬，衆寇在前面赤松林下屯紮。等待貴人五更經過，便要搶劫。貴人須要防備。」公子道：「原來如此，長者何以知之？」老者道：「老漢久居於此，動息都知，見賊人切不可說出老漢來。」公子謝道：「承教了。」綽棒起身，依先走回，店門兀自半開，公子挨身而入。

卻說店小二為接應陳名盜馬，回到家中，正在房裡與老婆說話。老婆暖酒與他吃，見公子進門，閃在燈背後去了。公子心生一計，便叫京娘問店家討酒吃。店家娘取了一把空壺，在房門口酒缸內舀酒。公子出其不意，將鐵棒照腦後一下，打倒在地，酒壺也撇在一邊。小二聽得老婆叫苦，也取朴刀趕出房來，怎當公子以逸待勞，手起棍落，也打翻了。再復兩棍，都結果了性命。京娘大驚，急救不及。問其打死二人之故。公子將老者所言，敘了一遍。京娘嚇得面如土色道：「如此途路難行，怎生是好？」公子道：「好歹有趙某在此，賢妹放心。」公子撐了大門，就廚下暖起酒來，飲個半醉，上了馬料，將鑾鈴塞口，使其無聲。紮縛包裹停當，將兩個屍首掩在廚下柴堆上，放起火來，前後門都放了一把火。看火勢盛了，然後引京娘上馬而行。此時東方漸白，經過溜水橋邊，欲再尋老者問路，不見了誦經之室。但見土牆砌得三尺高，一個小小廟兒。廟中社公坐於傍邊。方知夜間所見，乃社公引導。公子想道：「他呼我為貴人，又見我不敢正坐，我必非常人也。他日倘然發跡，當加封號。」公子催馬前進，約行了數里，望見一座松林，如火雲相似。公子叫聲：「賢妹慢行，前面想是赤松林了……」言猶未畢，草荒中鑽出一個人來，手執鋼叉，望公子便搠。公子會者不忙，將鐵棒架住。那漢且鬬且走，只要引公子到林中去。激得公子怒起，雙手舉棒，喝聲「著」，將半個天靈蓋劈下。那漢便是野火兒姚旺。公子叫京娘約馬暫住：「俺到前面林子裡結果了那夥毛賊，和你同行。」京娘道：「恩兄仔細！」公子放步前行。正是：

聖天子百靈助順，大將軍八面威風。

那赤松林下著地滾周進，屯住四五十嘍囉。聽得林子外腳步響，只道是姚旺伏路報信，手提長鎗，鑽將出來，正迎著公子。公子知是強人，並不打話，舉棒便打。周進挺鎗來敵。約鬬上二十餘合，林子內嘍囉知周進遇敵，篩起鑼一齊上前，團團圍住。公子道：「有本事的都來！」公子一條鐵棒，如金龍罩體，玉蟒纏身，迎著棒似秋葉翻風，近著身如落花墜地。打得三分四散，七零八落。周進膽寒起來，鎗法亂了，被公子一棒打倒。眾嘍囉發聲喊，都落荒亂跑。公子再復一棒，結果了周進。回步已不見了京娘。急往四下抓尋，那京娘已被五六個嘍囉，簇擁過赤松林了。公子急忙趕上，大喝一聲：「賊徒哪裡走？」眾嘍囉見公子追來，棄了京娘，四散去了。公子道：「賢妹受驚了！」京娘道：「適才嘍囉內有兩個人，曾跟隨響馬到清油觀，原認得我。方才說：『周大王與客人交手，料這客人鬬大王不過，我們先送你在張大王那邊去。』」公子道：「周進這廝，已被俺剿除了。只不知張廣兒在於何處？」京娘道：「只願你不相遇更好。」公子催馬快行。約行四十餘里，到一個市鎮。公子腹中饑餓，帶住轡頭，欲要扶京娘下馬上店。只見幾個店家都忙亂亂的安排炊爨，全不來招架行客。公子心疑，因帶有京娘，怕得生事，牽馬過了店門。只見家家閉戶，到盡頭處，一個小小人家，也關著門。公子心下奇怪，去敲門時，沒人答應。轉身到屋後，將馬拴在樹上，輕輕的去敲他後門。裡面一個老婆婆，開出來看了一看，意中甚是惶懼。公子慌忙跨進門內，與婆婆作揖道：「婆婆休訝，俺是過路客人，帶有女眷，要借婆婆家中火，喫了飯就走的。」婆婆捻神捻鬼的叫噤聲！京娘亦進門相見，婆婆便將門閉了。公子問道：「那邊店裡安排酒會，迎接什麼官府？」婆婆搖手道：「客人休管閒事。」公子道：「有甚閒事，直恁利害？俺這遠方客人，煩婆婆說明則個！」婆婆道：「今日滿天飛大王在此經過，這鄉村斂錢備飯，買靜求安。老身有個兒子，也被店中叫去相幫了。」公子聽說，思想：「原來如此。一不做二不休，索性與他個乾淨，絕了清油觀的禍根罷。」公子道：「婆婆，這是俺妹子，為還南嶽香願到此，怕逢了強徒，受他驚恐。有煩婆婆家藏匿片時，等這大王過去之後方行，自當厚謝。」婆婆道：「好位小娘子，權躲不妨事，只客官不要出頭惹事！」公子道：「俺男子漢自會躲閃，且到路旁，打聽消息則個。」婆婆道：「仔細！有見成饡，燒口熱水，等你來喫，飯卻不方便。」公子提棒仍出後門，欲待乘馬前去迎他一步，忽然想道：「俺在清油觀中說出了『千里步行』，今日為懼怕強賊乘馬，不算好漢。」遂大踏步奔出路頭。心生一計，復身到店家，大盼盼的叫道：「大王即刻到了，洒家是打前站的，你下馬飯完也未？」店家道：「都完了。」公子道：「先擺一席與洒家吃。」眾人積威之下，誰敢辨其真假？還要他在大王面前方便，大魚大肉，熱酒熱飯，只顧搬將出來。公子放量大嚼，吃到九分九，外面沸傳：「大王到了，快擺香案。」公子不慌不忙，取了護身龍，出外看時，只見十餘對鎗刀棍棒，擺在前導，到了店門，一齊跪下。那滿天飛張廣兒騎著高頭駿馬，千里腳陳名執鞭緊隨。背後又有三五十嘍囉，十來乘車輛簇擁。——你道一般兩個大王，為何張廣兒恁般齊整？那強人出入聚散，原無定規，況且聞說單身客人，也不在其意了，所以周進未免輕敵。——這張廣兒分路在外行劫，因千里腳陳名報道：「二大王已拿得有美貌女子，請他到介山相會。」所以整齊隊伍而來，行村過鎮，壯觀威儀。公子隱身北牆之側，看得真切，等待馬頭相近，大喊一聲道：「強賊看棒！」從人叢中躍出，如一隻老鷹半空飛下。說時遲，那時快！那馬驚駭，望前一跳，這裡棒勢去得重，打折了馬的一隻前蹄。那馬負疼就倒，張廣兒身鬆，早跳下馬。背後陳名持棍來迎，早被公子一棒打翻。張廣兒舞動雙刀，來鬭公子。公子騰步到空闊處，與強人放對。鬬上十餘合，張廣兒一刀砍來，公子棍起中其手指。廣兒右手失刀，左手便覺沒勢，回步便走。公子喝道：「你綽號滿天飛，今日不怕你飛上天去！」趕進一步，舉棒望腦後劈下，打做個肉飽。可憐兩個有名的強人，雙雙死於一日之內。正是：

三魂渺渺「滿天飛」，七魄悠悠「著地滾」。

衆嘍囉卻待要走，公子大叫道：「俺是汴京趙大郎，自與賊人張廣兒周進有仇，今日都已剿除了，並不干衆人之事。」衆嘍囉棄了鎗刀，一齊拜倒在地，道：「俺們從不見將軍恁般英雄，情願伏侍將軍為寨主。」公子呵呵大笑道：「朝中世爵，俺尚不希罕，豈肯做落草之事。」公子看見衆嘍囉中，陳名亦在其内，叫出問道：「昨夜來盜馬的就是你麼？」陳名叩頭服罪。公子道：「且跟我來賞你一餐飯。」衆人都跟到店中。公子分付店家：「俺今日與你地方除了二害。這些都是良民，方才所備飯食，都著他飽餐，俺自有發放。其管待張廣兒一席留著，俺有用處。」店主人不敢不依。衆人吃罷。公子叫陳名道：「聞你日行三百里，有用之才，如何失身於賊人？俺今日有用你之處，你肯依否？」陳名道：「將軍若有所委，不避水火。」公子道：「俺在汴京，為打了御花園，又鬧了御勾欄，逃難在此。煩你到汴京打聽事體如何？半月之內，可在太原府清油觀趙知觀處等候我，不可失信！」公子借筆硯寫了叔父趙景清家書，把與陳名。將賊人車輛財帛，打開分作三分，一分散與市鎮人家，償其向來騷擾之費。就將打死賊人屍首及鎗刀等項，著衆人自去解官請賞。其一分衆嘍囉分去為衣食之資，各自還鄉生理。其一分又剖為兩分，一半賞與陳名為路費，一半寄與清油觀修理降魔門窗。公子分派已畢，衆心都伏，各各感恩。公子叫店主人將酒席一桌，抬到婆婆家裡。婆婆的兒子也都來了，與公子及京娘相見。向婆婆說知除害之事，各各歡喜。公子向京娘道：「愚兄一路不曾做得個主人，今日借花獻佛，與賢妹壓驚把盞。」京娘千恩萬謝，自不必說。是夜，公子自取囊中銀十兩送與婆婆。就宿於婆婆家裡。京娘想起公子之恩：「當初紅拂一妓女，尚能自擇英雄；莫說受恩之下，媿無所報，就是我終身之事，捨了這個豪傑，更託何人？」欲要自薦，又羞開口，欲待不說：「他直性漢子哪知奴家一片真心？」左思右想，一夜不睡。不覺五更雞唱，公子起身韝馬要走。京娘悶悶不悅。心生一計，於路只推腹痛難忍，幾遍要解。要公子扶他上馬，又扶他下馬。一上一下，將身偎貼公子，挽頸勾肩，萬般旖旎。夜宿又嫌寒道熱，央公子減被添衾，軟香溫玉，豈無動情之處。公子生性剛直，盡心伏侍，全然不以為怪。

又行了三四日，過曲沃地方，離蒲州三百餘里，其夜宿於荒村。京娘口中不語，心下躊躇，如今將次到家了，只管害羞不說，挫此機會，一到家中，此事便索罷休，悔之何及？黃昏以後，四宇無聲，微燈明滅，京娘兀自未睡，在燈前長歎流淚。公子道：「賢妹因何不樂？」京娘道：「小妹有句心腹之言，說來又怕唐突，恩人莫怪！」公子道：「兄妹之間，有何嫌疑，儘說無妨！」京娘道：「小妹深閨嬌女，從未出門，只因隨父進香，誤陷於賊人之手，鎖禁清油觀中，還虧賊人去了，苟延數日之命，得見恩人。倘若賊人相犯，妾寧受刀斧，有死不從。今日蒙恩人拔離苦海，千里步行相送，又為妾報仇，絕其後患。此恩如重生父母，無可報答。倘蒙不嫌貌醜，願備鋪牀疊被之數，使妾少盡報効之萬一，不知恩人允否？」公子大笑道：「賢妹差矣！俺與你萍水相逢，出身相救，實出惻隱之心，非貪美麗之貌。況彼此同姓，難以為婚，兄妹相稱，豈可及亂？俺是個坐懷不亂的柳下惠。你豈可學縱欲敗禮的吳孟子！休得狂言，惹人笑話。」京娘羞慚滿面，半晌無語。重又開言道：「恩人休怪妾多言，妾非淫污苟賤之輩，只為弱體餘生，盡出恩人所賜，此身之外，別無報答，不敢與恩人婚配，得為妾婢，伏侍恩人一日，死亦瞑目。」公子勃然大怒道：「趙某是頂天立地的男子，一生正直，並無邪佞，你把我看做施恩望報的小輩，假公濟私的奸人，是何道理？你若邪心不息，俺即今撒開雙手，不管閒事，怪不得我有始無終了。」公子此時聲色俱厲。京娘深深下拜道：「今日方見恩人心事，賽過柳下惠魯男子。愚妹是女流之輩，坐井觀天，望乞恩人恕罪則個！」公子方才息怒，道：「賢妹，非是俺膠柱鼓瑟，本為義氣上千里步行相送，今日若就私情，與那兩個響馬何異？把從前一片真心化為假意，惹天下豪傑們笑話。」京娘道：「恩兄高見，妾今生不能補報大德，死當銜環結草。」兩人說話，直到天明。正是：

落花有意隨流水，流水無情戀落花。

自此京娘愈加嚴敬公子，公子亦愈加憐憫京娘。一路無話，看看來到蒲州。京娘雖住在小祥村，卻不認得，公子問路而行。京娘在馬上望見故鄉光景，好生傷感。卻說小祥村趙員外，自從失了京娘，將及兩月有餘，老夫妻每日思想啼哭。忽然莊客來報，京娘騎馬回來，後面有一紅臉大漢，手執桿棒跟隨。趙員外道：「不好了，響馬來討粧奩了！」媽媽道：「難道響馬只有一人？且教兒子趙文去看個明白。」趙文道：「虎口裡哪有回來肉？妹子被響馬劫去，豈有送轉之理？必是容貌相像的，不是妹子。……」道猶未了，京娘已進中堂，爹媽見了女兒，相抱而哭。哭罷，問其得回之故。京娘將賊人鎖禁清油觀中，幸遇趙公子路見不平，開門救出，認為兄妹，千里步行相送，並途中連誅二寇大略，敘了一遍。「今恩人見在，不可怠慢。」趙員外慌忙出堂見了趙公子拜謝道：「若非恩人英雄了得，吾女必陷於賊人之手，父子不得重逢矣。」遂令媽媽同京娘拜謝，又喚兒子趙文來見了恩人。莊上宰豬設宴，款待公子。趙文私下與父親商議道：「『好事不出門，惡事傳千里。』妹子被強人劫去，家門不幸，今日跟這紅臉漢子回來，『人無利己，誰肯早起？』必然這漢子與妹子有情，千里送來，豈無緣故？妹子經了許多風波，又有誰人聘他？不如招贅那漢子在門，兩全其美，省得旁人議論。」趙公是個隨風倒舵沒主意的老兒，聽了兒子說話，便教媽媽喚京娘來問他道：「你與那公子千里相隨，一定把身子許過他了。如今你哥哥對爹說，要招贅與你為夫，你意下如何？」京娘道：「公子正直無私，與孩兒結為兄妹，如嫡親相似，並無調戲之言。今日望爹媽留他在家，管待他十日半月，少盡其心，此事不可題起。」媽媽將女兒言語述與趙公，趙公不以為然。少間筵席完備，趙公請公子坐於上席，自己老夫婦下席相陪，趙文在左席，京娘右席。酒至數巡，趙公開言道：「老漢一言相告：小女餘生，皆出恩人所賜，老漢闔門感德，無以為報。幸小女尚未許人，意欲獻與恩人，為箕箒之妾，伏乞勿拒。」公子聽得這話，一盆烈火從心頭掇起，大罵道：「老匹夫！俺為義氣而來，反把此言來污辱我。俺若貪女色時，路上也就成親了，何必千里相送。你這般不識好歹的，枉費俺一片熱心。」說罷，將桌子掀番，望門外一直便走。趙公夫婦諕得戰戰兢兢。趙文見公子粗魯，也不敢上前。只有京娘心下十分不安，急走去扯住公子衣裾，勸道：「恩人息怒！且看愚妹之面。」公子那裡肯依，一手攞脫了京娘，奔至柳樹下，解了赤麒麟，躍上鞍轡，如飛而去。京娘哭倒在地，爹媽勸轉回房。把兒子趙文埋怨了一場。趙文又羞又惱，也走出門去了。趙文的老婆聽得爹媽為小姑上埋怨了丈夫，好生不喜，強作相勸，將冷語來奚落京娘道：「姑姑，雖然離別是苦事，那漢子千里相隨，恝然而去，也是個薄情的。他若是有仁義的人，就了這頭親事了。姑姑青年美貌，怕沒有好姻緣相配？休得愁煩則個！」氣得京娘淚流不絕，頓口無言。心下自想道：「因奴命蹇時乖，遭逢強暴，幸遇英雄相救，指望托以終身。誰知事既不諧，反涉瓜李之嫌，今日父母哥嫂亦不能相諒，何況他人？不能報恩人之德，反累恩人的清名，為好成歉，皆奴之罪。似此薄命，不如死於清油觀中，省了許多是非，倒得乾淨，如今悔之無及。千死萬死，左右一死，也表奴貞節的心跡。」捱至夜深，爹媽睡熟，京娘取筆題詩四句於壁上，撮土為香，望空拜了公子四拜，將白羅汗巾，懸樑自縊而死：

可憐閨秀千金女，化作南柯一夢人。

天明老夫婦起身，不見女兒出房，到房中看時，見女兒縊在樑間。吃了一驚，兩口兒放聲大哭，看壁上有詩云：

「天付紅顏不遇時，受人凌辱被人欺；今宵一死酬公子，彼此清名天地知！」

趙媽媽解下女兒，兒子媳婦都來了。趙公玩其詩意，方知女兒冰清玉潔，把兒子痛罵一頓。免不得買棺成殮，擇地安葬，不在話下。

再說趙公子乘著千里赤麒麟，連夜走至太原，與趙知觀相會，千里腳陳名已到了三日。說漢後主已死，郭令公禪位，改國號曰周，招納天下豪傑。公子大喜，住了數日，別了趙知觀，同陳名還歸汴京，應募為小校。從此隨世宗南征北討，累功至殿前都點檢。後受周禪為宋太祖。陳名相從有功，亦官至節度使之職。太祖即位以後，滅了北漢。追念京娘昔日兄妹之情，遣人到蒲州解良縣尋訪消息。使命錄得四句詩回報，太祖甚是嗟歎，敕封為貞義夫人，立祠於小祥村。那黃茅店溜水橋社公，敕封太原都土地，命有司擇地建廟，至今香火不絕。這段話，題做「趙公子大鬧清油觀，千里送京娘。」後人有詩讚云：

不戀私情不畏強。獨行千里送京娘。漢唐呂武紛多事，誰及英雄趙大郎！

——馮夢龍編《警世通言》，二十一卷

白娘子永鎮雷峰塔

山外青山樓外樓，西湖歌舞幾時休？暖風薰得遊人醉，直把杭州作汴州。

話說西湖景致，山水鮮明。晉朝咸和年間，山水大發，洶湧流入西門。忽然見水內有一頭牛，渾身金色。後水退，其牛隨行至北山，不知去向。鬨動杭州市上之人，皆以為顯化。所以建立一寺，名曰金牛寺。西門，即今之湧金門，立一座廟，號金華將軍。當時有一番僧，法名渾壽羅，到此武林郡雲遊，翫其山景，道：「靈鷲山前小峰一座，忽然不見，原來飛到此處。」當時人皆不信。僧言：「我記得靈鷲山前峰嶺，喚做靈鷲嶺，這山洞裡有個白猿，看我呼出為驗。」果然呼出白猿來。山前有一亭，今喚做冷泉亭。又有一座孤山，生在西湖中。先曾有林和靖先生在此山隱居。使人搬挑泥石，砌成一條走路，東接斷橋，西接棲霞嶺，因此喚做孤山路。又唐時有刺史白樂天，築一條路，南至翠屏山，北至棲霞嶺，喚做白公堤，不時被山水沖倒，不只一番，用官錢修理。後宋時，蘇東坡來做太守，因見有這兩條路，被水沖壞，就買木石，起人夫，築得堅固。六橋上朱紅欄杆，堤上栽種桃柳，到春景融和，端的十分好景，堪描入畫。後人因此只喚做蘇公堤。又孤山路畔，起造兩條石橋，分開水勢，東邊喚做斷橋，西邊喚做西寧橋。真乃：

隱隱山藏三百寺，依稀雲鎖二高峰。

說話的，只說西湖美景，仙人古跡。俺今日且說一個俊俏後生，只因遊翫西湖，遇著兩個婦人，直惹得幾處州城，鬧動了花街柳巷。有分教：才人把筆，編成一本風流話本。單說那子弟，姓甚名誰？遇著甚般樣的婦人？惹出甚般樣事？有詩為證：

清明時節雨紛紛，路上行人欲斷魂；借問酒家何處有，牧童遙指杏花村。

話說宋高宗南渡，紹興年間，杭州臨安府過軍橋黑珠巷內，有一家宦家，姓李名仁。見做南廊閣子庫募事官，又與邵太尉管錢糧。家中妻子，有一個兄弟許宣，排行小乙。他爹曾開生藥店。自幼父母雙亡，卻在表叔李將仕家生藥鋪做主管，年方二十二歲。那生藥店開在官巷口。忽一日，許宣在鋪內做買賣，只見一個和尚來到門首，打個問訊道：「貧僧是保叔塔寺內僧，前日已送饅頭並卷子在宅上。今清明節近，追修祖宗，望小乙官到寺燒香，勿誤。」許宣道：「小子準來。」

和尚相別去了。許宣至晚歸姐夫家去。原來許宣無有老小，只在姐姐家住。當晚與姐姐說：「今日保叔塔和尚來請燒箇子，明日要薦祖宗，走一遭了來。」次日早起買了紙馬、蠟燭、經幡、錢垛一應等項，吃了飯，換了新鞋襪衣服，把箇子錢馬，使條袱子包了，逕到官巷口李將仕家來。李將仕見了，問許宣何處去，許宣道：「我今日要去保叔塔燒箇子，追薦祖宗，乞叔叔容暇一日。」李將仕道：「你去便回。」

許宣離了鋪中，入壽安坊，花市街，過井亭橋，往清河街後錢塘門，行石函橋過放生碑，逕到保叔塔寺。尋見送饅頭的和尚，懺悔過疏頭，燒了箇子，到佛殿上看衆僧念經。吃齋罷，別了和尚，離寺迤邐閒走，過西寧橋、孤山路、四聖觀，來看林和靖墳，到六一泉閒走。不期雲生西北，霧鎖東南，落下微微細雨，漸大起來。正是清明時節，少不得天公應時，催化雨下，那陣雨下得綿綿不絕。許宣見腳下濕，脫下了新鞋襪，走出四聖觀來尋船，不見一隻。正沒擺布處，只見一個老兒，搖著一隻船過來。許宣暗喜，認時正是張阿公。叫道：「張阿公，搭我則個。」老兒聽得叫，認時，原來是許小乙。將船搖近岸來，道：「小乙官，著了雨，不知要何處上岸？」許宣道：「湧金門上岸。」這老兒扶許宣下船，離了岸，搖近豐樂樓來。

搖不上十數丈水面，只見岸上有人叫道：「公公，搭船則個。」許宣看時，是一個婦人，頭戴孝頭髻，烏雲畔插著些素釵梳，穿一領白絹衫兒，下穿一條細麻布裙。這婦人肩下一個丫鬟，身上穿著青衣服，頭上一雙角髻，戴兩條大紅頭鬚，插著兩件首飾，手中捧著一個包兒要搭船。那老張對小乙官道：「『因風吹火，用力不多』，一發搭了他去。」許宣道：「你便叫他下來。」老兒見說，將船傍了岸邊，那婦人同丫鬟下船，見了許宣，起一點朱唇，露兩行碎玉，向前道一個萬福。許宣慌忙起身答禮。那娘子和丫鬟艙中坐定了。娘子把秋波頻轉，瞧著許宣。許宣平生是個老實之人，見了此等如花似玉的美婦人，傍邊又是個俊俏美女樣的丫鬟，也不免動念。那婦人道：「不敢動問官人，高姓尊諱？」許宣答道：「在下姓許名宣，排行第一。」婦人道：「宅上何處？」許宣道：「寒舍住在過軍橋黑珠兒巷，生藥鋪內做買賣。」那娘子問了一回，許宣尋思道：「我也問他一問。」起身道：「不敢拜問娘子高姓？潭府何處？」那婦人答道：「奴家是白三班白殿直之妹，嫁了張官人，不幸亡過了，見葬在這雷嶺。為因清明節近，今日帶了丫鬟，往墳上祭掃了方回。不想值雨，若不是搭得官人便船，實是狼狽。」又閒講了一回，迤邐船搖近岸。只見那婦人道：「奴家一時心忙，不曾帶得盤纏在身邊，萬望官人處借些船錢還了，並不有負。」許宣道：「娘子自便，不妨，些須船錢不必計較。」還罷船錢。那雨越不住。許宣挽了上岸。那婦人道：「奴家只在箭橋雙茶坊巷口。若不棄時，可到寒舍拜茶，納還船錢。」許宣道：「小事何消掛懷。天色晚了，改日拜望。」說罷，婦人共丫鬟自去。

許宣入湧金門，從人家屋簷下到三橋街，見一個生藥鋪，正是李將仕兄弟的店。許宣走到鋪前，正見小將仕在門前。小將仕道：「小乙哥晚了，哪裡去？」許宣道：「便是去保叔塔燒菴子，著了雨，望借一把傘則個。」將仕見說叫道：「老陳把傘來，與小乙官去。」不多時，老陳將一把雨傘撐開道：「小乙官，這傘是清湖八字橋老實舒家做的。八十四骨，紫竹柄的好傘，不曾有一些兒破，將去休壞了！仔細，仔細！」許宣道：「不必分付。」接了傘，謝了將仕，出羊壩頭來。到後市街巷口。只聽得有人叫道：「小乙官人。」許宣回頭看時，只見沈公井巷口小茶坊屋簷下，立著一個婦人，認得正是搭船的白娘子。許宣道：「娘子如何在此？」白娘子道：「便是雨不得住，鞋兒都踏濕了，教青青回家，取傘和腳下。又見晚下來。望官人搭幾步則個。」

許宣和白娘子合傘到壩頭道：「娘子到哪裡去？」白娘子道：「過橋投箭橋去。」許宣道：「小娘子，小人自往過軍橋去，路又近了，不若娘子把傘將去，明日小人自來取。」白娘子道：「卻是不當，感謝官人厚意！」許宣沿人家屋簷下冒雨回來。只見姐夫家當直王安，拿著釘靴雨傘來接不著，卻好歸來。到家內吃了飯。當夜思量那婦人，翻來覆去睡不著。夢中共日間見的一般，情意相濃，不想金雞叫一聲，卻是南柯一夢。

正是：

心猿意馬馳千里，浪蝶狂蜂鬧五更。

到得天明，起來梳洗罷，吃了飯，到鋪中心忙意亂，做些買賣也沒心想。到午時後，思量道：「不說一謊，如何得這傘來還人？」當時許宣見老將仕坐在櫃上，向將仕說道：「姐夫叫許宣歸早些，要送人情，請假半日。」將仕道：「去了，明日早些來！」許宣唱個喏，逕來箭橋雙茶坊巷口，尋問白娘子家裡。問了半日，沒一個認得。正躊躇間，只見白娘子家丫鬟青青，從東邊走來。許宣道：「姐姐，你家何處住？討傘則個。」青青道：「官人隨我來。」許宣跟定青青，走不多路，道：「只這裡便是。」

許宣看時，見一所樓房，門前兩扇大門，中間四扇看街槅子眼，當中掛頂細密朱紅簾子，四下排著十二把黑漆交椅，掛四幅名人山水古畫。對門乃是秀王府牆。那丫頭轉入簾子內道：「官人請入裡面坐。」許宣隨步入到裡面，那青青低低悄悄叫道：「娘子，許小乙官人在此。」白娘子裡面應道：「請官人進裡面拜茶。」許宣心下遲疑。青青三回五次，催許宣進去。許宣轉到裡面，只見：四扇暗槅子窗，揭起青布幕，一個坐起，桌上放一盆虎鬚菖蒲，兩邊也掛四幅美人，中間掛一幅神像，桌上放一個古銅香爐花瓶。那小娘子向前深深的道一個萬福，道：「夜來多蒙小乙官人應付周全，識荊之初，甚是感激不淺！」許宣道：「些微何足掛齒。」白娘子道：「少坐拜茶。」茶罷，又道：「片時薄酒三杯，表意而已。」許宣方欲推辭，青青已自把菜蔬菓品流水排將出來。許宣道：「感謝娘子置酒，不當厚擾。」飲至數杯，許宣起身道：「今日天色將晚，路遠，小子告回。」娘子道：「官人的傘，舍親昨夜轉借去了，再飲幾杯，著人取來。」許宣道：「日晚，小子要回。」娘子道：「再飲一杯。」許宣道：「飲饌好了，多感，多感！」白娘子道：「既是官人要回，這傘相煩明日來取則個。」許宣只得相辭了回家。

至次日，又來店中做些買賣。又推個事故，卻來白娘子家取傘。娘子見來，又備三杯相款。許宣道：「娘子還了小子的傘罷，不必多擾。」那娘子道：「既安排了，略飲一杯。」許宣只得坐下。那白娘子篩一杯酒，遞與許宣，啓櫻桃口，露榴子牙，嬌滴滴聲音，帶著滿面春風，告道：「小官人在上，真人面前說不得假話。奴家亡了丈夫，想必和官人有宿世姻緣，一見便蒙錯愛。正是你有心，我有意。煩小乙官人尋一個媒證，與你共成百年姻眷，不枉天生一對，卻不是好？」許宣聽那婦人說罷，自己尋思：「真個好一段姻緣。若取得這個渾家，也不枉了。我自十分肯了，只是一件不諧：思量我日間在李將仕家做主管，夜間在姐夫家安歇，雖有些少東西，只好辦身上衣服，如何得錢來娶老小？」自沉吟不答。只見白娘子道：「官人何故不回言語？」許宣道：「多感過愛，實不相瞞，只為身邊窘迫，不敢從命。」娘子道：「這個容易。我囊中自有餘財，不必掛念。」便叫青青道：「你去取一錠白銀下來。」只見青青手扶欄杆，腳踏胡梯，取下一個包兒來，遞與白娘子。娘子道：「小乙官人，這東西將去使用，少欠時再來取。」親手遞與許宣。

許宣接得包兒，打開看時，卻是五十兩雪花銀子。藏於袖中，起身告回。青青把傘來還了許宣。許宣接得相別，一逕回家，把銀子藏了。當夜無話。

明日起來，離家到官巷口，把傘還了李將仕。許宣將些碎銀子買了一隻肥好燒鵝，鮮魚精肉，嫩雞菓品之類提回家來。又買了一樽酒，分付養娘丫鬟安排整下。那日卻好姐夫李募事在家。飲饌俱已完備，來請姐夫和姐姐吃酒。李募事卻見許宣請他，倒吃了一驚，道：「今日做什麼子壞鈔？日常不曾見酒盞兒面，今朝作怪！」三人依次坐定飲酒，酒至數杯，李募事道：「尊舅，沒事教你壞鈔做什麼？」許宣道：「多謝姐夫，切莫笑話，輕微何足掛齒。感謝姐夫姐姐管顧多時。一客不煩二主人，許宣如今年紀長成，恐慮後無人養育，不是了處。今有一頭親事在此說起，望姐夫姐姐與許宣主張，結果了一生終身，也好。」姐夫姐姐聽得說罷，肚內暗自尋思道：「許宣日常一毛不拔，今日壞得些錢鈔，便要我替他討老小？」夫妻二人，你我相看，只不回話。喫吃酒了，許宣自做買賣。

過了三兩日，許宣尋思道：「姐姐如何不說起？」忽一日，見姐姐問道：「曾向姐夫商量也不曾？」姐姐道：「不曾。」許宣道：「如何不曾商量？」姐姐道：「這個事不比別樣的事，倉卒不得，又見姐夫這幾日面色心焦，我怕他煩惱，不敢問他。」許宣道：「姐姐你如何不上緊？這個有甚難處，你只怕我教姐夫出錢，故此不理。」許宣便起身到臥房中開箱，取出白娘子的銀來，把與姐姐道：「不必推故，只要姐夫做主。」姐姐道：「吾弟多時在叔叔家中做主管，積攢得這些私房。可知道要娶老婆！你且去，我安在此。」

卻說李募事歸來，姐姐道：「丈夫，可知小舅要娶老婆，原來自攢得些私房，如今教我倒換些零碎使用，我們只得與他完就這親事則個。」李募事聽得說道：「原來如此，得他積得些私房也好，拿來我看！」做妻的連忙將出銀子遞與丈夫。李募事接在手中，翻來覆去，看了上面鑿的字號，大叫一聲：「苦！不好了，全家是死！」那妻喫了一驚，問道：「丈夫有什麼利害之事？」李募事道：「數日前邵太尉庫內封記鎖押俱不動，又無地穴得入，平空不見了五十錠大銀。見今著落臨安府提捉賊人，十分緊急，沒有頭路得獲，累害了多少人。出榜緝捕，寫著字號錠數：『有人捉獲賊人銀子者，賞銀五十兩；知而不首，及窩藏賊人者，除正犯外，全家發邊遠充軍。』這銀子與榜上字號不差，正是邵太尉庫內銀子。即今捉捕十切緊急。正是『火到身邊，顧不得親眷，自可去撥。』明日事露，實難分說。不管他偷的借的，寧可苦他，不要累我。只得將銀子出首，免了一家之害。」老婆見說了，合口不得，目睜口呆。當時拿了這錠銀子，逕到臨安府出首。

那大尹聞知這話，一夜不睡。次日，火速差緝捕使臣何立。何立帶了夥伴，並一班眼明手快的公人，逕到官巷口，李家生藥店，提捉正賊許宣。到得櫃邊，發聲喊，把許宣一條繩子綁縛了，一聲鑼，一聲鼓，解上臨安府來。正値韓大尹升廳，押過許宣當廳跪下，喝聲打！許宣道：「告相公不必用刑，不知許宣有何罪？」大尹焦躁道：「真贓正賊，有何理說，還說無罪？邵太尉府中不動封鎖，不見了一號大銀五十錠，見有李募事出首，一定這四十九錠也在你處。想不動封皮，不見了銀子，你也是個妖人！不要打，……」喝教：「拏些穢血來！」許宣方知是這事，大叫道：「不是妖人，待我分說！」大尹道：「且住，你且說這銀子從何而來？」許宣將借傘討傘的上項事，一一細說一遍。大尹道：「白娘子是什麼樣人？見住何處？」許宣道：「憑他說是白三班白殿直的親妹子，如今見住箭橋邊，雙茶坊巷口，乃王牆對黑樓子高坡兒內住。」那大尹隨即便叫緝捕使臣何立，押領許宣，去雙茶坊巷口捉拿本婦前來。

何立等領了鈞旨，一陣做公的逕到雙茶坊巷口秀王府牆對黑樓子前看時：門前四扇看階，中間兩扇大門，門外避藉陛，坡前卻是垃圾，一條竹子橫夾著。何立等見了這個模樣，倒都呆了！當時就叫捉了鄰人，上首是做花的丘大，下首是做皮匠的孫公。那孫公擺忙的喫他一驚，小腸氣發，跌倒在地。衆鄰舍都走來道：「這裡不曾有什麼白娘子。這屋不五六年前有一個毛巡檢，合家時病死了。青天白日，常有鬼出來買東西，無人敢在裡頭住。幾日前，有個瘋子立在門前唱喏。」何立教衆人解下橫門竹竿，裡面冷清清地，起一陣風，捲出一道腥氣來。衆人都吃了一驚，倒退幾步。許宣看了，則聲不得，一似呆的。做公的數中，有一個能膽大，排行第二，姓王，專好酒喫，都叫他做好酒王二。王二道：「都跟我來。」發聲喊一齊鬨將入去，看時板壁、坐起、桌凳都有。來到胡梯邊，教王二前行，衆人跟著，一齊上樓。樓上灰塵三寸厚。衆人到房門前，推開房門一望，床上掛著一張帳子，箱籠都有，只見一個如花似玉穿著白的美貌娘子，坐在床上。衆人看了，不敢向前。衆人道：「不知娘子是神是鬼？我等奉臨安大尹鈞旨，喚你去與許宣執證公事。」那娘子端然不動。好酒王二道：「衆人都不敢向前，怎的是了？你可將一罈酒來，與我喫了，做我不著，捉他去見大尹。」衆人連忙叫兩三個下去提一罈酒來與王二喫。王二開了罈口，將一罈酒喫盡了，道：「做我不著！」將那空罈望著帳子內打將去。不打萬事皆休，纔然打去，只聽得一聲響，卻是青天裡打一個霹靂，衆人都驚倒了！起來看時，床上不見了那娘子，只見明晃晃一堆銀子。衆人向前看了道：「好了。」計數四十九錠。衆人道：「我們將銀子去見大尹也罷。」扛了銀子，都到臨安府。

何立將前事稟覆了大尹。大尹道：「定是妖怪了。也罷，鄰人無罪寧家。」差人送五十錠銀子與邵太尉處，開個緣由，一一稟覆過了。許宣照「不應得為而為之事」，理重者決杖免刺，配牢城營做工，滿日疎放。

牢城營乃蘇州府管下。李募事因出首許宣，心上不安，將邵太尉給賞的五十兩銀子盡數付與小舅作為盤費。李將仕與書二封，一封與押司范院長，一封與吉利橋下開客店的王主人。

許宣痛哭一場，拜別姐夫姐姐，帶上行枷，兩個防送人押著，離了杭州到東新橋，下了航船。

不一日，來到蘇州。先把書去見了范院長，並王主人。王主人與他官府上下使了錢，打發兩個公人去蘇州府，下了公文，交割了犯人，討了回文，防送人自回。范院長王主人保領許宣不入牢中，就在王主人門前樓上歇了。許宣心中愁悶，壁上題詩一首：

獨上高樓望故鄉，愁看斜日照紗牕；平生自是真誠士，誰料相逢妖媚娘。
白白不知歸甚處？青青那識在何方？拋離骨肉來蘇地，思想家中寸斷腸！

有話即長，無話即短。不覺光陰似箭，日月如梭，又在王主人家住了半年之上。忽遇九月下旬，那王主人正在門首閒立，看街上人來人往。只見遠遠一乘轎子，傍邊一個丫鬟跟著，道：「借問一聲：此間不是王主人家麼？」王主人連忙起身道：「此間便是。你尋誰人？」丫鬟道：「我尋臨安府來的許小乙官人。」主人道：「你等一等，我便叫他出來。」這乘轎子便歇在門前。王主人便入去，叫道：「小乙哥！有人尋你。」許宣聽得，急走出來，同主人到門前看時，正是青青跟著，轎子裡坐著白娘子。許宣見了，連聲叫道：「死冤家！自被你盜了官庫銀子，帶累我吃了多少苦，有屈無伸，如今到此地位，又趕來做什麼？可羞死人！」那白娘子道：「小乙官人不要怪我，今番特來與你分辯這件事。我且到主人家裡面與你說。」

白娘子叫青青取了包裹下轎。許宣道：「你是鬼怪，不許入來。」擋住了門不放他。那白娘子與主人深深道了個萬福，道：「奴家不相瞞，主人在上，我怎的是鬼怪？衣裳有縫，對日有影。不幸先夫去世，教我如此被人欺負！做下的事，是先夫日前所為，非干我事。如今怕你怨暢我，特地來分說明白了，我去也甘心。」

主人道：「且教娘子入來坐了說。」那娘子道：「我和你到裡面對主人家的媽媽說。」門前看的人，自都散了。許宣入到裡面對主人家並媽媽道：「我為他偷了官銀子事，如此如此，因此教我吃場官司。如今又趕到此，有何理說？」白娘子道：「先夫留下銀子，我好意把你，我也不知怎的來的？」許宣道：「如何做公的捉你之時，門前都是垃圾，就帳子裡一響不見了你？」白娘子道：「我聽得人說你為這銀子捉了去，我怕你說出我來，捉我到官，粧幌子羞人不好看。我無奈何只得走去華藏寺前姨娘家躲了。使人擔垃圾堆在門前，把銀子安在床上，央鄰舍與我說謊。」許宣道：「你卻走了去，教我吃官事！」白娘子道：「我將銀子安在床上，只指望要好，哪裡曉得有許多事情？我見你配在這裡，我便帶了些盤纏，搭船到這裡尋你，如今分說都明白了，我去也。敢是我和你前生沒有夫妻之分！」那王主人道：「娘子許多路來到這裡，難道就去？且在此間住幾日，卻理會。」青青道：「既是主人家再三勸解，娘子且住兩日，當初也曾許嫁小乙官人。」白娘子隨口便道：「羞殺人，終不成奴家沒人要？只為分別是非而來。」王主人道：「既然當初許嫁小乙哥，卻又回去？且留娘子在此。」打發了轎子，不在話下。

過了數日，白娘子先自奉承好了主人的媽媽，那媽媽勸主人與許宣說合，選定十一月十一日成親，共百年諧老。光陰一瞬，早到吉日良時。白娘子取出銀兩，央王主人辦備喜筵，二人拜堂結親。酒席散後，共入紗廚。白娘子放出迷人聲態，顛鸞倒鳳，百媚千嬌，喜得許宣如遇神仙，只恨相見之晚。正好歡娛，不覺金雞三唱，東方漸白。正是：

歡娛嫌夜短，寂寞恨更長。

自此日為始，夫妻二人如魚似水，終日在王主人家快樂昏迷纏定。日往月來，又早半年光景。時臨春氣融和，花開如錦，車馬往來，街坊熱鬧。許宣問主人家道：「今日如何人人出去閒遊？如此喧嚷？」主人道：

「今日是二月半，男子婦人，都去看臥佛。你也好去承天寺裡閒走一遭。」許宣見說，道：「我和妻子說一聲，也去看一看。」許宣上樓來，和白娘子說：「今日二月半，男子婦人都去看臥佛，我也看一看就來。有人尋說話，回說不在家，不可出來見人。」白娘子道：「有甚好看，只在家中卻不好？看他做什麼？」許宣道：「我去閒耍一遭就回，不妨。」

許宣離了店內，有幾個相識，同走到寺裡看臥佛。繞廊下各處殿上觀看了一遭，方出寺來，見一個先生，穿著道袍，頭戴逍遙巾，腰繫黃絲縧，腳著熟麻鞋，坐在寺前賣藥，散施符水。許宣立定了看。那先生道：「貧道是終南山道士，到處雲遊，散施符水，救人病患災厄，有事的向前來。」那先生在人叢中看見許宣頭上一道黑氣，必有妖怪纏他，叫道：「你近來有一妖怪纏你，其害非輕！我與你二道靈符，救你性命。一道符，三更燒，一道符放在自頭髮內。」許宣接了符，納頭便拜，肚內道：「我也八九分疑惑那婦人是妖怪，真個是實。」謝了先生，逕回店中。

至晚，白娘子與青青睡著了，許宣起來道：「料有三更了！」將一道符放在自頭髮內，正欲將一道符燒化，只見白娘子歎一口氣道：「小乙哥和我許多時夫妻，尚兀自不把我親熱，卻信別人言語，半夜三更，燒符來壓鎮我！你且把符來燒看！」就奪過符來，一時燒化，全無動靜。白娘子道：「卻如何？說我是妖怪！」許宣道：「不干我事。臥佛寺前一雲遊先生，知你是妖怪。」白娘子道：「明日同你去看他一看，如何模樣的先生。」

次日，白娘子清早起來，梳妝罷，戴了釵環，穿上素淨衣服，分付青青看管樓上。夫妻二人，來到臥佛寺前。只見一簇人，團團圍著那先生，在那裡散符水。

只見白娘子睜一雙妖眼，到先生面前，喝一聲：「你好無禮！出家人枉在我丈夫面前說我是一個妖怪，畫符來捉我！」那先生回言：「我行的是五雷天心正法，凡有妖怪，吃了我的符，他即變出真形來。」那白娘子道：「衆人在此，你且書符來我喫看！」那先生書一道符，遞與白娘子。白娘子接過符來，便吞下去。衆人都看，沒些動靜。衆人道：「這等一個婦人，如何說是妖怪？」衆人把那先生齊罵，那先生罵得口睜眼呆，半晌無言，惶恐滿面。白娘子道：「衆位官人在此，他捉我不得。我自小學得個戲術，且把先生試來與衆人看。」只見白娘子口內喃喃的，不知唸些什麼。把那先生卻似有人擒的一般，縮做一堆，懸空而起。

衆人看了齊喫一驚。許宣呆了。娘子道：「若不是衆位面上，把這先生吊他一年。」白娘子噴口氣，只見那先生依然放下，只恨爹娘少生兩翼，飛也似走了。衆人都散了。夫妻依舊回來。不在話下。日逐盤纏，都是白娘子將出來用度。正是：

夫唱婦隨，朝歡暮樂。

不覺光陰似箭，又是四月初八日，釋迦佛生辰。只見街市上人抬著柏亭浴佛，家家布施。許宣對王主人道：「此間與杭州一般。」只見鄰舍邊一個小的，叫做鐵頭，道：「小乙官人，今日承天寺裡做佛會，你去看一看。」許宣轉身到裡面，對白娘子說了。白娘子道：「什麼好看，休去！」許宣道：「去走一遭，散悶則個。」娘子道：「你要去，身上衣服舊了不好看，我打扮你去。」叫青青取新鮮時樣衣服來。許宣著得不長不短，一似像體裁的：戴一頂黑漆頭巾，腦後一雙白玉環；穿一領青羅道袍，腳著一雙皂靴，手中拿一把細巧百摺描金美人珊瑚墜上樣春羅扇。打扮得上下齊整。那娘子分付一聲，如鶯聲巧囀道：「丈夫早早回來，切勿教奴記掛！」許宣叫了鐵頭相伴，逕到承天寺來看佛會。人人喝采，好個官人。只聽得有人說道：「昨夜周將仕典當庫內，不見了四五千貫金珠細軟物件。見今開單告官，挨查沒捉人處。」許宣聽得，不解其意，自同鐵頭在寺，其日燒香官人子弟男女人等往往來來，十分熱鬧。許宣道：「娘子教我早回，去罷。」轉身人叢中，不見了鐵頭，獨自個走出寺門來。只見五六人似公人打扮，腰裡排著牌兒。數中一個看了許宣，對衆人道：「此人身上穿的，手中拿的，好似那話兒？」數中一個認得許宣的道：「小乙官，扇子借我一看。」許宣不知是計，將扇遞與公人。那公人道：「你們看這扇子扇墜，與單上開的一般！」衆人喝聲「拿了！」就把許宣一索子綁了，好似：

數隻皂鵰追紫燕，一群餓虎啖羊羔。

許宣道：「衆人休要錯了，我是無罪之人。」衆公人道：「是不是，且去府前周將仕家分解！他店中失去五千貫金珠細軟、白玉絛環、細巧百摺扇、珊瑚墜子，你還說罪？真贓正賊，有何分說！實是大膽漢子，把我們公人作等閒看成。見今頭上、身上、腳上，都是他家物件，公然出外，全無忌憚！」許宣方才呆了，半晌不則聲。許宣道：「原來如此，不妨，不妨，自有人偷得。」衆人道：「你自去蘇州府廳上分說。」次日大尹升廳，押過許宣見了。大尹審問：「盜了周將仕庫內金珠寶物在於何處？從實供來，免受刑法拷打。」許宣道：「稟上相公做主，小人穿的衣服物件皆是妻子白娘子的，不知從何而來。望相公明鏡詳辨則個！」大尹喝道：「你妻子今在何處？」許宣道：「見在吉利橋下王主人樓上。」大尹即差緝捕使臣袁子明押了許宣火速捉來。

差人袁子明來到王主人店中，主人吃了一驚，連忙問道：「做什麼？」許宣道：「白娘子在樓上麼？」主人道：「你同鐵頭早去承天寺裡，去不多時，白娘子對我說道：『丈夫去寺中閒耍，教我同青青照管樓上。此時不見回來，我與青青去寺前尋他去也，望乞主人替我照管。』出門去了，到晚不見回來。我只道與你去望親戚，到今日不見回來。」衆公人要王主人尋白娘子，前前後後，遍尋不見。袁子明將王主人捉了，見大尹回話。大尹道：「白娘子在何處？」王主人細細稟覆了，道：「白娘子是妖怪。」大尹一問了，道：「且把許宣監了。」王主人使用了些錢，保出在外，伺候歸結。

且說周將仕正在對門茶坊內閒坐，只見家人報道：「金珠等物都有了，在庫閣頭空箱子內。」周將仕聽了，慌忙回家看時，果然有了。只不見了頭巾縧環扇子並扇墜。周將仕道：「明是屈了許宣，平日地害了一個人，不好。」暗地裡倒與該房說了，把許宣只問個小罪名。

卻說邵太尉使李募事到蘇州幹事，來王主人家歇。主人家把許宣來到這裡，又喫官事，一一從頭說了一遍。李募事尋思道：「看自家面上親眷，如何看做落？」只得與他央人情，上下使錢。一日，大尹把許宣一一供招明白，都做在白娘子身上，只做「不合不出首妖怪等事」，杖一百，配三百六十里，押發鎮江府牢城做工。李募事道：「鎮江去便不妨。我有一個結拜的叔叔，姓李名克用，在針子橋下開生藥店。我寫一封書，你可去投托他。」許宣只得問姐夫借了些盤纏，拜謝了王主人並姐夫，就買酒飯與兩個公人喫，收拾行李起程。王主人並姐夫送了一程，各自回去了。

且說許宣在路，饑餐渴飲，夜住曉行，不則一日，來到鎮江。先尋李克用，來到針子橋生藥鋪內，只見主管正在門前賣生藥。老將仕從裡面走出來。兩個公人同許宣慌忙唱個喏道：「小人是杭州李募事家中人，有書在此。」主管接了，遞與老將仕。老將仕拆開看了道：「你便是許宣？」許宣道：「小人便是。」李克用教三人喫了飯。分付當直的，同到府中，下了公文，使用了錢，保領回家。防送人討了回文，自歸蘇州去了。

許宣與當直一同到家中，拜謝了克用，參見了老安人。克用見李募事書，說道：「許宣原是生藥店中主管。」因此留他在店中做買賣，夜間教他去五條巷賣豆腐的王公樓上歇。克用見許宣藥店中十分精細，心中歡喜。原來藥鋪中有兩個主管，一個張主管、一個趙主管。趙主管一生老實本分，張主管一生剋剝奸詐。倚著自老了，欺侮後輩。見又添了許宣，心中不悅，恐怕退了他：反生奸計，要嫉妒他。

忽一日，李克用來店中閒看，問：「新來的做買賣如何？」張主管聽了心中道：「中我機謀了！」應道：「好便好了，只有一件，……」克用道：「有什麼一件？」老張道：「他大主買賣肯做，小主兒就打發去了；因此人說他不好。我幾次勸他，不肯依我。」老員外說：「這個容易，我自分付他便了，不怕他不依。」趙主管在傍聽得此言，私對張主管說道：「我們都要和氣。許宣新來，我和你照管他才是。有不是寧可當面講，如何背後去說他？他得知了，只道我們嫉妒。」老張道：「你們後生家，曉得什麼！」天已晚了，各回下處。趙主管來許宣下處道：「張主管在員外面前嫉妒你，你如今要愈加用心，大主小主兒買賣，一般樣做。」許宣道：「多承指教！我和你去閒酌一盃。」二人同到店中，左右坐下。酒保將要飯果碟擺下，二人吃了幾杯。趙主管說：「老員外最性直，受不得觸。你便依隨他生性，耐心做買賣。」許宣道：「多謝老兄厚愛，謝之不盡！」又飲了兩杯，天色晚了。趙主管道：「晚了路黑難行，改日再會。」許宣還了酒錢，各自散了。

許宣覺道有盃酒醉了，恐怕沖撞了人，從屋簷下回去。正走之間，只見一家樓上推開窗，將熨斗播灰下來，都傾在許宣頭上。立住腳，便罵道：「誰家潑男女，不生眼睛，好沒道理！」只見一個婦人，慌忙走下來道：「官人休要罵，是奴家不是，一時失誤了，休怪！」許宣半醉，抬頭一看，兩眼相覷，正是白娘子。許宣怒從心上起，惡向膽邊生，無明火焰騰騰高起三千丈，掩納不住，便罵道：「你這賊賤妖精，連累得我好苦！吃了兩場官事！」恨小非君子，無毒不丈夫。正是：

踏破鐵鞋無覓處，得來全不費工夫。

許宣道：「你如今又到這裡，卻不是妖怪？」趕將入去，把白娘子一把拿住道：「你要官休私休？」白娘子陪著笑面道：「丈夫，『一夜夫妻百世恩』，和你說來事長。你聽我說：當初這衣服，都是我先夫留下的。我與你恩愛深重，教你穿在身上，恩將仇報，反成吳越？」許宣道：「那日我回來尋你，如何不見了！主人都說你同青青來寺前看我，因何又在此間？」白娘子道：「我到寺前，聽得說你被捉了去，教青青打聽不著，只道你脫身走了。怕來捉我，教青青連忙討了一隻船，到建康府娘舅家去。昨日纔到這裡。我也道連累你兩場官事，也有何面目見你！你怪我也無用了。情意相投，做了夫妻，如今好端端難道走開了？我與你情似泰山，恩同東海，誓同生死，可看日常夫妻之面，取我到下處，和你百年偕老，卻不是好！」許宣被白娘子一騙，回嗔作喜，沉吟了半晌，被色迷了心膽，流連之意，不回下處，就在白娘子樓上歇了。

次日，來上河五條巷王公樓家，對王公說：「我的妻子同丫鬟從蘇州來到這裡。」一一說了，道：「我如今搬回來一處過活。」王公道：「此乃好事，如何用說。」

當日把白娘子同青青搬來王公樓上。次日，點茶請鄰舍。第三日，鄰舍又與許宣接風。酒筵散了，鄰舍各自回去，不在話下。第四日，許宣早起梳洗已罷，對白娘子說：「我去拜謝東西鄰舍，去做買賣去也。你同青青只在樓上照管，切勿出門！」分付已了，自到店中做買賣，早去晚回。不覺光陰迅速，日月如梭，又過一月。

忽一日，許宣與白娘子商量，去見主人李員外媽媽家眷。白娘子道：「你在他家做主管，去參見了他，也好日常走動。」到次日，雇了轎子，逕進裡面請白娘子上了轎。叫王公挑了盒兒，丫鬟青青跟隨，一齊來到李員外家。下了轎子，進到裡面，請員外出來。李克用連忙來見，白娘子深深道個萬福，拜了兩拜，媽媽也拜了兩拜，內眷都參見了。原來李克用年紀雖然高大，卻專一好色。見了白娘子有傾國之姿，正是：

三魂不附體，七魄在他身。

那員外目不轉睛，看白娘子。當時安排酒飯管待。媽媽對員外道：「好個伶俐的娘子！十分容貌，溫柔和氣，本分老成。」員外道：「便是杭州娘子生得俊俏。」飲酒罷了，白娘子相謝自回。李克用心中思想：「如何得這婦人共宿一宵？」眉頭一簇，計上心來，道：「六月十三是我壽誕之日，不要慌，教這婦人著我一個道兒。」

不覺烏飛兔走，才過端午，又是六月初間。那員外道：「媽媽，十三是我壽誕，可做一個筵席，請親眷朋友閒耍一日，也是一生的快樂。」當日親眷、鄰友、主管人等，都下了請帖。次日，家家戶戶都送燭、麵、手帕物件來。十三日都來赴筵，喫了一日。次日是女眷們來賀壽，也有二十來個。且說白娘子也來，十分打扮，上著青織金衫兒，下穿大紅紗裙，戴一頭百巧珠翠金銀首飾。帶了青青，都到裡面拜了生日，參見了老安人。東閣下排著筵席。原來李克用吃虱子留後腿的人。因見白娘子容貌，設此一計，大排筵席。各各傳杯弄盞，酒至半酣，卻起身脫衣淨手。李員外原來預先分付腹心養娘道：「若是白娘子登東，他要進去，你可另引他到後面僻淨房內去。」李員外設計已定，先自躲在後面。正是：

不勞鑽穴踰牆事，穩做偷香竊玉人。

只見白娘子真個要去淨手，養娘便引他到後面一間僻淨房內去。養娘自回。那員外心中淫亂，捉身不住，不敢便走進去，卻在門縫裡張。不張萬事皆休，則一張那員外大喫一驚，回身便走，來到後邊，望後倒了。

不知一命如何，先覺四肢不舉！

那員外眼中不見如花似玉體態，只見房中蟠著一條吊桶來麄大白蛇，兩眼一似燈盞，放出金光來。驚得半死，回身便走，一絆一跤。衆養娘扶起看時，面青口白。主管慌忙用安魂定魄丹服了，方才醒來。老安人與衆人都來看了道：「你為何大驚小怪做什麼？」李員外不說其事，說道：「我今日起得早了，連日又辛苦了些，頭風病發暈倒了。」扶去房裡睡了。衆親眷再入席飲了幾盃，酒筵散罷，衆人作謝回家。

白娘子回到家中思想，恐怕明日李員外在鋪中對許宣說出本相來。便生一條計，一頭脫衣服，一頭歎氣。許宣道：「今日出去吃酒，因何回來歎氣？」白娘子道：「丈夫，說不得！李員外原來假做生日，其心不善。因見我起身登東，他躲在裡面，欲要姦騙我，扯裙扯褲，來調戲我。欲待叫起來，衆人都在那裡，怕粧幌子。

被我一推倒地，他怕羞沒意思，假說暈倒了。這惶恐那裡出氣！」許宣道：「既不曾姦騙你，他是我主人家，出於無奈，只得忍了。這遭休去便了。」白娘子道：「你不與我做主，還要做人？」許宣道：「先前多承姐夫寫書，教我投奔他家。虧他不阻，收留在家做主管。如今教我怎的好？」白娘子道：「男子漢！我被他這般欺負，你還去他家做主管？」許宣道：「你教我何處去安身？做何生理？」白娘子道：「做人家主管，也是下賤之事。不如自開一個生藥鋪。」許宣道：「虧你說，只是哪討本錢？」白娘子道：「你放心，這個容易。我明日把些銀子，你先去賃了間房子卻又說話。」

且「今是古，古是今」，各處有這等出熱的。間壁有一個人，姓蔣名和，一生出熱好事。次日，許宣問白娘子討了些銀子，教蔣和去鎮江渡口馬頭上，賃了一間房子，買下一付生藥廚櫃，陸續收買生藥。十月前後，俱已完備，選日開張藥店，不去做主管。那李員外也自知惶恐，不去叫他。

許宣自開店來，不匡買賣一日興一日，普得厚利。正在門前賣生藥，只見一個和尚將著一個募緣簿子道：「小僧是金山寺和尚，如今七月初七是英烈龍王生日，伏望官人到寺燒香，佈施些香錢！」許宣道：「不必寫名，我有一塊好降香，捨與你拿去燒罷。」即便開櫃取出遞與和尚。和尚接了道：「是日望官人來燒香！」打一個問訊去了。白娘子看見道：「你這殺才，把這一塊好香與那賊禿去換酒肉喫！」許宣道：「我一片誠心捨與他，花費了也是他的罪過。」

不覺又是七月初七，許宣正開得店，只見街上鬧熱，人來人往。幫閒的蔣和道：「小乙官前日布施了香，今日何不去寺內閒走一遭？」許宣道：「我收拾了，略待略待，和你同去。」蔣和道：「小人當得相伴。」許宣連忙收拾了，進去對白娘子道：「我去金山寺燒香，你可照管家裡則個。」白娘子道：「『無事不登三寶殿』，去做什麼？」許宣道：「一者不曾認得金山寺，要去看一看；二者前日布施了，要去燒香。」白娘子道：「你既要去，我也擋你不得，只要依我三件事。」許宣道：「哪三件？」白娘子道：「一件，不要去方丈內去；二件，不要與和尚說話；三件，去了就回。來得遲，我便來尋你也。」許宣道：「這個何妨？都依得。」當時換了新鮮衣服鞋襪，袖了香盒，同蔣和逕到江邊，搭了船，投金山寺來。先到龍王堂燒了香，繞寺閒走了一遍，同眾人信步來到方丈門前。許宣猛省道：「妻子分付我休要進方丈內去。」立住了腳，不進去。蔣和道：「不妨事，他自在家中，回去只說不曾去便了。」說罷，走入去，看了一回，便出來。

且說方丈當中座上，坐著一個有德行的和尚，眉清目秀，圓頂方袍，看了模樣，的是真僧。一見許宣走過，便叫侍者：「快叫那後生進來。」侍者看了一回，人千人萬，亂滾滾的，又不記得他，回說：「不知他走哪邊去了？」和尚見說，持了禪杖，自出方丈來，前後尋不見。復身出寺來看，只見眾人都在那裡等風浪靜了落船。那風浪越大了，道：「去不得。」正看之間，只見江心裡一隻船飛也似來得快。

許宣對蔣和道：「這般大風浪過不過渡，那隻船如何倒來得快？」正說之間，船已將近。看時，一個穿白的婦人、一個穿青的女子來到岸邊，仔細一認，正是白娘子和青青兩個。許宣這一驚非小。白娘子來到岸邊，叫道：「你如何不歸？快來上船！」許宣卻欲上船，只聽得有人在背後喝道：「業畜在此做什麼？」許宣回頭看時，人說道：「法海禪師來了！」禪師道：「業畜，敢再來無禮，殘害生靈！老僧為你特來。」白娘子見了和尚，搖開船，和青青把船一翻，兩個都翻下水底去了。許宣回身看著和尚便拜：「告尊師，救弟子一條草命！」禪師道：「你如何遇著這婦人？」許宣把前項事情從頭說了一遍。禪師聽罷，道：「這婦人正是妖怪，汝可速回杭州去。如再來纏汝，可到湖南淨慈寺裡來尋我。」有詩四句：

> 本是妖精變婦人，西湖岸上賣嬌聲；汝因不識遭他計，有難湖南見老僧。

許宣拜謝了法海禪師，同蔣和下了渡船，過了江，上岸歸家。白娘子同青青都不見了。方才信是妖精。到晚來，教蔣和相伴過夜，心中昏悶，一夜不睡。次日早起，叫蔣和看著家裡，卻來到針子橋李克用家，把前項事情告訴了一遍。李克用道：「我生日之時，他登東，我撞將去，不期見了這妖怪，驚得我死去。我又不敢與你說這話。既然如此，你且搬來我這裡住著，別作道理。」許宣作謝了李員外，依舊搬到他家。不覺住過兩月有餘。

忽一日立在門前，只見地方總甲分付排門人等，俱要香花燈燭，迎接朝廷恩赦。原來是宋高宗策立孝宗，降赦通行天下，只除人命大事，其餘小事，盡行赦放回家。許宣遇赦，歡喜不勝，吟詩一首，詩云：

「感謝吾皇降赦文，網開三面許更新；死時不作他邦鬼，生日還為舊土人。
不幸逢妖愁更甚，何期遇宥罪除根？歸家滿把香焚起，拜謝乾坤再造恩。」

許宣吟詩已畢，央李員外衙門上下打點使用了錢，見了大尹，給引還鄉。拜謝東鄰西舍，李員外媽媽合家大小、二位主管，俱拜別了。央幫閒的蔣和買了些土物帶回杭州。來到家中，見了姐夫姐姐，拜了四拜。李募事見了許宣焦躁道：「你好生欺負人，我兩遭寫書教你投託人，你在李員外家娶了老小，不直從寄封書來教我知道，直恁的無仁無義！」許宣說：「我不曾娶妻小。」姐夫道：「見今兩日前，有一個婦人帶著一個丫鬟，道是你的妻子。說你七月初七日去金山寺燒香，不見回來。哪裡不尋到？直到如今，打聽得你回杭州，同丫鬟先到這裡等你兩日了。」教人叫出那婦人和丫鬟見了許宣。許宣看見，果是白娘子、青青。許宣見了，目瞪口呆，吃了一驚。不在姐夫姐姐面前說這話本，只得任他埋怨了一場。李募事教許宣共白娘子去一間房內去安身。許宣見晚了，怕這白娘子，心中慌了。不敢向前，朝著白娘子跪在地下道：「不知你是何神何鬼？可饒我的性命！」白娘子道：「小乙哥是何道理？我和你許多時夫妻，又不曾虧負你，如何說這等沒力氣的話。」許宣道：「自從和你相識之後，帶累我吃了兩場官司。我到鎮江府，你又來尋我。前日金山寺燒香，歸得遲了，你和青青又直趕來。見了禪師，便跳下江裡去了。我只道你死了，不想你又先到此，望乞可憐見饒我則個！」白娘子圓睜怪眼道：「小乙官我也只是為好，誰想到成怨本！我與你平生夫婦，共枕同衾，許多恩愛，如今卻信別人閒言語，教我夫妻不睦。我如今實對你說，若聽我言語喜喜歡歡，萬事皆休；若生外心，教你滿城皆為血水，人人手攀洪浪，腳踏渾波，皆死於非命。」驚得許宣戰戰兢兢，半晌無言可答，不敢走近前去。青青勸道：「官人，娘子愛你杭州人生得好，又喜你恩情深重。聽我說，與娘子和睦了，休要疑慮。」許宣喫兩個纏不過，叫道：「卻是苦耶！」只見姐姐在天井裡乘涼，聽得叫苦，連忙來到房前，只道他兩個兒廝鬧，拖了許宣出來。白娘子關上房門自睡。

許宣把前因後事，一一對姐姐告訴了一遍。卻好姐夫乘涼歸房。姐姐道：「他兩口兒廝鬧了，如今不知睡了也未，你且去張一張了來。」李募事走到房前看時，裡頭黑了，半亮不亮。將舌頭舔破紙窗，不張萬事皆休，一張時，見一條吊桶來大的蟒蛇，睡在床上，伸頭在天窗內乘涼，鱗甲內放出白光來，照得房內如同白日。喫了一驚，回身便走。來到房中，不說其事。道：「睡了，不見則聲。」許宣躲在姐姐房中，不敢出頭。姐夫也不問他。過了一夜。

次日，李募事叫許宣出去，到僻靜處問道：「你妻子從何娶來？實實的對我說，不要瞞我！自昨夜親眼見他是一條大白蛇，我怕你姐姐害怕，不說出來。」許宣把從頭事，一一對姐夫說了一遍。李募事道：「既是這等，白馬廟前，一個呼蛇戴先生，如法捉得蛇。我同你去接他。」二人取路來到白馬廟前，只見戴先生正立在門口。二人道：「先生拜揖。」先生道：「有何見諭？」許宣道：「家中有一條大蟒蛇，相煩一捉則個！」先生道：「宅上何處？」許宣道：「過軍橋黑珠兒巷內李募事家便是。」取出一兩銀子道：「先生收了銀子，待捉得蛇另又相謝。」先生收了道：「二位先回，小子便來。」李募事與許宣自回。

那先生裝了一瓶雄黃藥水，一直來到黑珠兒巷內，問李募事家。人指道：「前面那樓子內便是。」先生來到門前，揭起簾子，咳嗽一聲，並無一個人出來。敲了半晌門，只見一個小娘子出來問道：「尋誰家？」先生道：「此是李募事家麼？」小娘子道：「便是。」先生道：「說宅上有一條大蛇，卻纔二位官人來請小子捉蛇。」小娘子道：「我家哪有大蛇？你差了。」先生道：「官人先與我一兩銀子，說捉了蛇後，有重謝。」白娘子道：「沒有，休信他們哄你。」先生道：「如何作耍？」白娘子三回五次發落不去，焦躁起來，道：「你真個會捉蛇？只怕你捉他不得！」戴先生道：「我祖宗七八代呼蛇捉蛇，量道一條蛇有何難捉！」娘子道：「你說捉得，只怕你見了要走！」先生道：「不走，不走，如走，罰一錠白銀。」娘子道：「隨我來。」到天井內，那娘子轉個彎，走進去了。那先生手中提著瓶兒，立在空地上。不多時，只見刮起一陣冷風，風過處，只見一條吊桶來大的蟒蛇，速射將來，正是：

人無害虎心，虎有傷人意。

且說那戴先生喫了一驚，望後便倒，雄黃罐兒也打破了。那條大蛇張開血紅大口，露出雪白齒，來咬先生。先生慌忙爬起來，只恨爹娘少生兩腳，一口氣跑過橋來，正撞著李募事與許宣。許宣道：「如何？」那先生道：「好教二位得知，……」把前項事，從頭說了一遍。取出那一兩銀子付還李募事道：「若不生這雙腳，連性命都沒了。二位自去照顧別人。」急急的去了。許宣道：「姐夫，如今怎麼處？」李募事進：「眼見實是妖怪了，如今赤山埠前張成家欠我一千貫錢。你去那裡靜處，討一間房兒住下。那怪物不見了你，自然去了。」許宣無計可奈，只得應承。同姐夫到家時，靜悄悄的沒些動靜。李募事寫了書帖，和票子做一封，教許宣往赤山埠去。只見白娘子叫許宣到房中道：「你好大膽，又叫什麼捉蛇的來！你若和我好意，佛眼相看，若不好時，帶累一城百姓受苦，都死於非命！」許宣聽得，心寒膽戰，不敢則聲。將了票子，悶悶不已。來到赤山埠前，尋著了張成。隨即袖中取票時，不見了。只叫得苦，慌忙轉步，一路尋回來時，那裡見！

正悶之間，來到淨慈寺前，忽地裡想起那金山寺長老法海禪師曾分付來：「倘若那妖怪再來杭州纏你，可來淨慈寺內來尋我。」如今不尋，更待何時？急入寺中，問監寺道：「動問和尚，法海禪師曾來上刹也未？」那和尚道：「不曾到來。」

許宣聽得說不在，越悶。折身便回來長橋堍下，自言自語道：「『時衰鬼弄人』，我要性命何用？」看著一湖清水，卻待要跳！正是：

閻王判你三更到，定不容人到四更。

許宣正欲跳水，只聽得背後有人叫道：「男子漢何故輕生？死了一萬口，只當五千雙，有事何不問我！」許宣回頭看時，正是法海禪師。背馱衣鉢，手提禪杖，原來真個纔到。也是不該命盡，再遲一碗飯時，性命也休了。許宣見了禪師，納頭便拜，道：「救弟子一命則個！」禪師道：「這業畜在何處？」許宣把上項事一一訴了，道：「如今又直到這裡，求尊師救渡一命。」禪師於袖中取出一個鉢盂，遞與許宣道：「你若到家，不可教婦人得知，悄悄的將此物劈頭一罩，切勿手輕，緊緊的按住，不可心慌，你便回去。」

且說許宣拜謝了禪師，回家。只見白娘子正坐在那裡，口內喃喃的罵道：「不知甚人挑撥我丈夫和我做冤家，打聽出來，和他理會！」正是有心等了沒心的，許宣張得他眼慢，背後悄悄的，望白娘子頭上一罩，用盡平生氣力納住。不見了女子之形，隨著鉢盂慢慢的按下，不敢手鬆，緊緊的按住。只聽得鉢盂內道：「和你數載夫妻，好沒一些兒人情！略放一放！」許宣正沒了結處，報道：「有一個和尚，說道：『要收妖怪。』」許宣聽得，連忙教李募事請禪師進來。來到裡面，許宣道：「救弟子則個！」不知禪師口裡唸的什麼，唸畢，輕輕的揭起鉢盂，只見白娘子縮做七八寸長，如傀儡人像，雙眸緊閉，做一堆兒，伏在地下。禪師喝道：「是何業畜妖怪，怎敢纏人？可說備細！」白娘子答道：「禪師，我是一條大蟒蛇。因為風雨大作，來到西湖上安身，同青青一處。不想遇著許宣，春心蕩漾，按納不住，一時冒犯天條，卻不曾殺生害命。望禪師慈悲則個！」禪師又問：「青青是何怪？」白娘子道：「青青是西湖內第三橋下潭內千年成氣的青魚。一時遇著，拖他為伴，他不曾得一日歡娛，並望禪師憐憫！」禪師道：「念你千年修煉，免你一死，可現本相！」白娘子不肯。禪師勃然大怒，口中念念有詞，大喝道：「揭諦何在？快與我擒青魚怪來，和白蛇現形，聽吾發落！」須臾庭前起一陣狂風。風過處，只聞得豁剌一聲響，半空中墜下一個青魚，有一丈多長，向地撥剌的連跳幾跳，縮做尺餘長一個小青魚。看那白娘子時，也復了原形，變了三尺長一條白蛇，兀自昂頭看著許宣。禪師將二物置於鉢盂之內，扯下褊衫一幅，封了鉢盂口，拿到雷峰寺前，將鉢盂放在地下，令人搬磚運石，砌成一塔。後來許宣化緣，砌成了七層寶塔。千年萬載，白蛇和青魚不能出世。且說禪師押鎮了，留偈四句：

「西湖水乾，江湖不起，雷峰塔倒，白蛇出世。」

法海禪師言偈畢，題詩八句以勸後人：

「奉勸世人休愛色！愛色之人被色迷。心正自然邪不擾，身端怎有惡來欺？
但看許宣因愛色，帶累官司惹是非。不是老僧來救護，白蛇吞了不留些。」

法海禪師吟罷，各人自散。惟有許宣情願出家，禮拜禪師為師，就雷峰塔披剃為僧。修行數行，一夕坐化去了。眾僧買龕燒化，造一座骨塔，千年不朽。臨去世時，亦有詩四句，留以警世，詩曰：

「祖師渡我出紅塵，鐵樹開花始見春；化化輪迴重化化，生生轉變再生生。
欲知有色還無色，須識無形卻有形；色即是空空即色，空空色色要分明。」

——明・馮夢龍編著，《警世通言》，卷二十八

賣油郎獨占花魁

年少爭誇風月，場中波浪偏多。有錢無貌意難和，有貌無錢不可。就是有錢有貌，還須著意揣摩。知情識趣俏哥哥，此道誰人賽我！

這首詞名為〈西江月〉，是風雨機關中最要之論。常言論：「妓愛俏，媽愛鈔。」所以子弟行中，有了潘安般貌，鄧通般錢，自然上和下睦，做得煙花寨内的大王，鴛鴦會上的主盟。然雖如此，還有個兩字經兒，叫做幫襯。幫者，如鞋之有幫；襯者，如衣之有襯。但凡做小娘的，有一分所長，得人襯貼，就當十分。若有短處，曲意替他遮護，更兼低聲下氣，送暖偷寒，逢其所喜，避其所諱，以情度情，豈有不愛之理！這叫做幫襯。風月場中，只有會幫襯的最討便宜，無貌而有貌，無錢而有錢。假如鄭元和在卑田院做了乞兒，此時囊篋俱空，容顏非舊，李亞仙於雪天遇之，便動了一個惻隱之心，將繡襦包裹，美食供養，與他做了夫妻，這豈是愛他之錢，戀他之貌？只為鄭元和識趣知情，善於幫襯，所以亞仙心中捨他不得。你只看亞仙病中想馬板腸湯吃，鄭元和就把個五花馬殺了，取腸煮湯奉之。只這一節上，亞仙如何不念其情？後來鄭元和中了狀元，李亞仙封為汧國夫人。蓮花落打出萬年策，卑田院只做了白玉堂。一床錦被遮蓋，風月場中反為美談。這是：

運退黃金失色，時來鐵也生光。

話說大宋自太祖開基，太宗嗣位，歷傳真、仁、英、神、哲，共是七代帝王，都則偃武修文，民安國泰。到了徽宗道君皇帝，信任蔡京、高俅、楊戩、朱勔之徒，大興苑囿，專務遊樂，不以朝政為事。以致萬民嗟怨，金虜乘之而起，把花錦般一個世界，弄得七零八落。直至二帝蒙塵，高宗泥馬渡江，偏安一隅，天下分為南北，方得休息。其中數十年，百姓受了多少苦楚。正是：

甲馬叢中立命，刀鎗隊裡為家。殺戮如同戲耍，搶奪便是生涯。

內中單表一人，乃汴梁城外安樂村居住，姓莘，名善，渾家阮氏。夫妻兩口，開個六陳鋪兒。雖則糶米為生，一應麥豆茶酒油鹽雜貨，無所不備，家道頗頗得過。年過四旬，止生一女，小名叫做瑤琴，自小生得清秀，更且資性聰明。七歲上，送在村學中讀書，日誦千言。十歲時，便能吟詩作賦。曾有〈閨情〉一絕，為人傳誦。詩云：

朱簾寂寂下金鈎，香鴨沉沉冷畫樓。移枕怕驚鴛並宿，挑燈偏恨蕊雙頭。

到十二歲，琴棋書畫，無所不通。若提起女工一事，飛針走線，出人意表。此乃天生伶俐，非教習之所能也。莘善因為自家無子，要尋個養女壻，來家靠老。只因女兒靈巧多能，難乎其配。所以求親者頗多，都不曾許。不幸遇了金虜猖獗，把汴梁城圍困，四方勤王之師雖多，宰相主了和議，不許廝殺。以致虜勢愈甚。打破了京城，刼遷了二帝。那時城外百姓，一個個亡魂喪膽，攜老扶幼，棄家逃命。

卻說莘善領著渾家阮氏，和十二歲的女兒，同一般逃難的，背著包裹，結隊而走。

忙忙如喪家之犬，急急如漏網之魚。擔渴擔饑擔勞苦，此行誰是家鄉？叫天叫地叫祖宗，惟願不逢韃虜。

正是：

寧為太平犬，莫作亂離人。

正行之間，誰想韃子倒不曾遇見，卻逢著一陣敗殘的官兵。他看見許多逃難的百姓，多背得有包裹，假意吶喊道：「韃子來了！」沿路放起一把火來。此時天色將晚，嚇得眾百姓落荒亂竄，你我不相顧。他就趁機搶掠。若不肯與他，就殺害了。這是亂中生亂，苦上加苦。卻說莘氏瑤琴，被亂軍衝突，跌了一交，爬起來，不見了爹娘。不敢叫喚，躲在道傍古墓之中，過了一夜。到天明，出外看時，但見滿目風沙，死屍橫路。昨日同時避難之人，都不知所往。瑤琴思念父母，痛哭不已。欲待尋訪，又不認得路徑。只得望南而行。哭一步，捱一步。約莫走了二里之程，心上又苦，腹中又饑。望見土房一所，想必其中有人，欲待求乞些湯飲。及至向前，卻是破敗的空屋，人口俱逃難去了。瑤琴坐於土牆之下，哀哀而哭。自古道：無巧不成話。恰好有一人從牆下而過。那人姓卜，名喬，正是莘善的近鄰，平昔是個游手游食，不守本分，慣吃白食、用白錢的主兒，人都稱他是卜大郎。也是被官軍衝散了同夥，今日獨自而行。聽得啼哭之聲，慌忙來看。瑤琴自小相認，今日患難之際，舉目無親，見了近鄰，分明見了親人一般，即忙收淚，起身相見。問道：「卜大叔，可曾見我爹媽麼？」卜喬心中暗想：「昨日被官軍搶去包裹，正沒盤纏。天生這碗衣飯，送來與我，正是奇貨可居。」便扯個謊，道：「你爹和媽，尋你不見，好生痛苦。如今前面去了。分付我道：『倘或見我女兒，千萬帶了他來，送還了我。』許我厚謝。」瑤琴雖是聰明，正當無可奈何之際，君子可欺以其方，遂全然不疑，隨著卜喬便走，正是：

情知不是伴，事急且相隨。

卜喬將隨身帶的乾糧，把些與他吃了，分付道：「你爹媽連夜走的。若路上不能相遇，直要過江到建康府，方可相會。一路上同行，我權把你當女兒，你權叫我做爹。不然，只道我收留迷失子女，不當穩便。」瑤琴依允。從此陸路同步，水路同舟，爹女相稱。到了建康府，路上又聞得金兀朮四太子，引兵渡江。眼見得建康不得寧息。又聞得康王即位，已在杭州駐蹕，改名臨安。遂趁船到潤州。過了蘇常嘉湖，直到臨安地面，暫且飯店中居住。也虧卜喬，自汴京至臨安，三千餘里，帶那莘瑤琴下來。身邊藏下些散碎銀兩，都用盡了，連身上外蓋衣服，脫下准了店錢，止剩得莘瑤琴一件活貨，欲行出脫。訪得西湖上煙花王九媽家要討養女，遂引九媽到店中，看貨還錢。九媽見瑤琴生得標致，講了財禮五十兩。卜喬兌足了銀子，將瑤琴送到王家。原來卜喬有智，在王九媽前，只說：「瑤琴是我親生之女，不幸到你門戶人家，須是軟軟的教訓，他自然從願，不要性急。」在瑤琴面前，又說：「九媽是我至親，權時把你寄頓他家。待我從容訪知你爹媽下落，再來領你。」以此，瑤琴欣然而去。

可憐絕世聰明女，墮落煙花羅網中。

王九媽新討了瑤琴，將他渾身衣服，換個新鮮，藏於曲樓深處，終日好茶好飯，去將息，好言好語，去溫暖他。瑤琴既來之，則安之。住了幾日，不見卜喬回信。思量爹媽，噙著兩行珠淚，問九媽道：「卜大叔怎不來看我？」九媽道：「哪個卜大叔？」瑤琴道：「便是引我到你家的那個卜大郎。」九媽道：「他說是你的親爹。」瑤琴道：「他姓卜，我姓莘。」遂把汴梁逃難，失散了爹媽，中途遇見了卜喬，引到臨安，並卜喬哄他的說話，細述一遍。九媽道：「原來恁地，你是個孤身女兒，無腳蟹。我索性與你說明罷：那姓卜的把你賣在我家，得銀五十兩去了。我們是門戶人家，靠著粉頭過活。家中雖有三四個養女，並沒個出色的。愛你生得齊整，把做個親女兒相待。待你長成之時，包你穿好吃好，一生受用。」瑤琴聽說，方知被卜喬所騙，放聲大哭。九媽勸解，良久方止。自此九媽將瑤琴改做王美，一家都稱為美娘，教他吹彈歌舞，無不盡善。長成一十四歲，嬌豔非常。臨安城中，這些富豪公子，慕其容貌，都備著厚禮求見。也有愛清標的，聞得他寫作俱高，求詩求字的，日不離門。弄出天大的名聲出來，不叫他美娘，叫他做花魁娘子。西湖上子弟編出一隻〈掛枝兒〉，單道那花魁娘子的好處：

小娘中，誰似得王美兒的標致，又會寫，又會畫，又會做詩，吹彈歌舞都餘事。常把西湖比西子，就是西子比他也還不如！哪個有福的湯著他身兒，也情願一個死。

王九媽聽得這些風聲，怕壞了門面，來勸女兒接客。王美執意不肯，說道：「要我會客時，除非見了親生爹媽。他肯做主時，方才使得。」王九媽心裡又惱他，又不捨得難為他。捱了好些時。偶然有個金二員外，大富之家，情願出三百兩銀子，梳弄美娘。九媽得了這主大財，心生一計，與金二員外商議，若要他成就，除非如此如此。金二員外意會了。其日八月十五日，只說請王美湖上看潮。請至舟中，三四個幫閒，俱是會中之人，猜拳行令，做好做歉，將美娘灌得爛醉如泥。扶到王九媽家樓中，臥於床上，不省人事。此時天氣和暖，又沒幾層衣服。媽兒親手抱住，欲待掙扎，爭奈手足俱軟，繇他輕薄了一回。

五鼓時，美娘酒醒，已知鴇兒用計，破了身子。自憐紅顏命薄，遭此強橫，起來解手，穿了衣服，自在床邊一個斑竹榻上，朝著裡壁睡了，暗暗垂淚。金二員外來親近他時，被他劈頭劈臉，抓有幾個血痕。金二員外好生沒趣。捱得天明，對媽兒說聲：「我去也。」媽兒要留他時，已自出門去了。從來梳弄的子弟，早起時，媽兒進房賀喜，行戶中都來稱賀，還要吃幾日喜酒。那子弟多則住一二月，最少也住半月二十日。只有金二員外侵早出門，是從來未有之事。王九媽連叫詫異，披衣起身上樓，只見美娘臥於榻上，滿眼流淚。九媽要哄他上行，連聲招許多不是。美娘只不開口。九媽只得下樓去了。美娘哭了一日，茶飯不沾。從此托病，不肯下樓，連客也不肯會面了。

九媽心下焦躁。欲待把他凌虐，又恐他烈性不從，反冷了他的心腸，欲待繇他，本是要他賺錢。若不接客時，就養到一百歲也沒用。躊躇數日，無計可施。忽然想起，有個結義妹子，叫做劉四媽，時常往來。他能言快語，與美娘甚說得著。何不接取他來，下個說詞？若得他回心轉意，大大的燒個利市。當下叫保兒去請劉四媽到前樓坐下，訴以衷情。劉四媽道：「老身是個女隨何，雌陸賈，說得羅漢思情，嫦娥想嫁。這件事都在老身身上。」九媽道：「若得如此，做姐的情願與你磕頭。你多吃杯茶去，省得說話時口乾。」劉四媽道：「老身天生這副海口，便說到明日，還不乾哩。」劉四媽吃了幾杯茶，轉到後樓，只見樓門緊閉。劉四媽輕輕的叩了一下，叫聲：「姪女！」美娘聽得是四媽聲音，便來開門。兩下相見了。四媽靠桌朝下而坐，美娘旁坐相陪。四媽看他桌上鋪著一幅細絹，才畫得個美人的臉兒，還未曾著色。四媽稱讚道：「畫得好！真是巧手！九阿姐不知怎生樣造化，偏生遇著你這一個伶俐女兒。又好人物，又好技藝，就是堆上幾千兩黃金，滿臨安走遍，可尋出個對兒麼？」美娘道：「休得見笑！今日甚風吹得姨娘到來？」劉四媽道：「老身時常要來看你，只為家務在身，不得空閒。聞得你恭喜梳弄了。今日偷空而來，特特與九阿姐叫喜。」美兒聽得提起梳弄二字，滿臉通紅，低著頭不來答應。劉四媽知他害羞，便把椅兒掇上一步，將美娘的手兒牽著，叫聲：「我兒！做小娘的，不是個軟殼雞蛋，怎的這般嫩得緊？似你恁地怕羞，如何賺得大主銀子？」美娘道：「我要銀子做甚？」四媽道：「我兒，你便不要銀子，做娘的，看得你長大成人，難道不要出本？自古道，靠山吃山，靠水吃水。九阿姐家有幾個粉頭，哪一個趕得上你的腳跟來？一園瓜，只看得你是個瓜種。九阿姐待你也不比其他。你是聰明伶俐的人，也須識些輕重。聞得你自梳弄之後，一個客也不肯相接。是什麼意兒？都像你的意時，一家人口，似蠶一般，哪個把桑葉餵他？做娘的抬舉你一分，你也要與他爭口氣兒，莫要反討眾丫頭們批點。」美娘道：「繇他批點，怕怎的！」劉四媽：「啊呀！批點是個小事，你可曉得門戶中的行徑麼？」美娘道：「行徑便怎的？」劉四媽道：「我們門戶人家，吃著女兒，穿著女兒，用著女兒，僥倖討得一個像樣的，分明是大戶人家置了一所良田美產。年紀幼小時，巴不得風吹得大。到得梳弄過後，便是田產成熟，日日指望花利到手受用。前門迎新，後門送舊，張郎送米，李郎送柴，往來熱鬧，才是個出名的姐妹行家。」美娘道：「羞答答，我不做這樣事！」劉四媽掩著口，格的笑了一聲，道：「不做這樣事，可是繇得你的？一家之中，有媽媽做主。做小娘的若不依他教訓，動不動一頓皮鞭，打得你不生不死。那時不怕你不走他的路兒。九阿姐一向不難為你，只可惜你聰明標致，從小嬌養的，要惜你的廉恥，存你的體面。方才告訴我許多話，說你不識好歹，放著鵝毛不知輕，頂著磨子不知重，心下好生不悅。教老身來勸你。你若執意不從，惹他性起，不時翻過臉來，罵一頓，打一頓，你待走上天去？凡事只怕個起頭。若打破了頭時，朝一頓，暮一頓，那時熬這些痛苦不過，只得接客，卻不把千金聲價弄得低微了。還要被姐妹中笑話。依我說，弔桶已自落在他井裡，挣不起了。不如千歡萬喜，倒在娘的懷裡，落得自己快活。」美娘道：「奴是好人家兒女，誤落風塵。倘得姨娘主張從良，勝造九級浮圖。若要我倚門獻笑，送舊迎新，寧甘一死，決不情願。」劉四媽道：「我兒，從良是個有志氣的事，怎麼說道不該！只是從良也有幾等不同。」美娘道：「從良有甚不同之處？」劉四媽道：「有個真從良，有個假從良。有個苦從良，有個樂從良。有個趁好的從良，有個沒奈何的從良。有個了從良，有個不了的從良。我兒耐心聽我分說。如何叫做真從良？大凡才子必須佳人，佳人必須才子，方成佳配。然而好事多磨，往往求之不得。幸然兩下相逢，你貪我愛，割捨不下。一個願討，一個願嫁。好像捉對的蠶蛾，死也不放，這個謂之真從良。怎麼叫做假從良？有等子弟愛著小娘，小娘卻不愛那子弟。本心不願嫁他，只把個嫁字兒哄他心熱，撒漫銀錢。比及成交，卻又推故不就。又有一等癡心的子弟，曉得小娘心腸不對他，偏要娶他回去。拚著一主大錢，動了媽兒的火，不怕小娘不肯。勉強進門，心中不順，故意不守家規。小則撒潑放肆，大則公然偷漢。人家容留不得，多則一年，少則半載，依舊放他出來，為娼接客。把從良二字，只當個賺錢的題目。這個謂之假從良。如何叫做苦從良？一般樣子弟愛小娘，小娘不愛那子弟，卻被他以勢凌之。媽兒懼禍，已自許了。做小娘的，身不繇主，含淚而行。一入侯門，如海之深，家法又嚴，擡頭不得。半妾半婢，忍死度日。這個謂之苦從良。如何叫做樂從良？做小娘的，正當擇人之際，偶然相交個子弟。見他性情溫和，家道富足，又且大娘子樂善，無男無女，指望他日過門，與他生育，就有主母之分。以此嫁他，圖個日前安逸，日後出身。這個謂之樂從良。如何叫做趁好的從良？做小娘的，風花雪月，受用已夠，趁這盛名之下，求之者衆，任我揀擇個十分滿意的嫁他，急流勇退，及早回頭，不致受人怠慢。這個謂之趁好的從良。如何叫做沒奈何的從良？做小娘的，原無從良之意，或因官司逼迫，或因強橫欺瞞，又或因債負太多，將來賠償不起，憋口氣，不論好歹，得嫁便嫁，買靜求安，藏身之法，這謂之沒奈何的從良。如何叫做了從良？小娘半老之際，風波歷盡，剛好遇個老成的孤老，兩下志同道合，收繩捲索，白頭到老，這個謂之了從良。如何叫做不了的從良？一般你貪我愛，火熱的跟他，卻是一時之興，沒有個長算。或者尊長不容，或者大娘妒忌，鬧了幾場，發回媽家，追取原價。又有個家道凋零，養他不活，苦守不過，依舊出來趕趁，這謂之不了的從良。」美娘道：「如今奴家要從良，還是怎地好？」劉媽道：「我兒，老身教你個萬全之策。」美娘道：「若蒙教導，死不忘恩。」劉四媽道：「從良一事，入門為淨。況且你身子已被人捉弄過了，就是今夜嫁人，叫不得個黃花女兒。千錯萬錯，不該落於此地。這就是你命中所招了，做娘的費了一片心機，若不幫他幾年，趁過千把銀子，怎肯放你出門？還有一件，你便要從良，也須揀個好主兒。這些臭嘴臭臉的，難道就跟他不成？你如今一個客也不接，曉得哪個該從，哪個不該從？假如你執意不肯接客，做娘的沒奈何，尋個肯出錢的主兒，賣你去做妾，這也叫做從良。那主兒或是年老的，或是貌醜的，或是一字不識的村牛，你卻不骯髒了一世！比著把你抖在水裡，還有撲通的一聲響，討得旁人叫一聲可惜。依著老身愚見，還是俯從人願，憑著做娘的接客。似你恁般才貌，等閒的料也不敢相扳。無非是王孫公子、貴客豪門，也不辱沒了你一生。風花雪月，趁著年少受用，二來作成媽兒起個家事，三來使自己也積攢些私房，免得日後求人。過了十年五載，遇個知心著意的，說得來，話得著，那時老身與你做媒，好模好樣的嫁去，做娘的也放得你下了。可不兩得其便？」美娘聽說，微笑而不言。劉四媽已知美娘心中活動了，便道：「老身句句是好話。你依著老身的話時，後來還當感激我哩。」說罷，起身。王九媽立在樓門之外，一句句都聽得的。美娘送劉四媽出房門，劈面撞著了九媽，滿面羞慚，縮身進去。王九媽隨著劉四媽，再到前樓坐下。劉四媽道：「姪女十分執意，被老身右說左說，一塊硬鐵看看熔做熱汁。你如今快快尋個覆帳的主兒，他必然肯就。那時做妹子的再來賀喜。」王九媽連連稱謝。是日備飯相待，盡醉而別。後來西湖上子弟們又有隻〈掛枝兒〉單說那劉四媽說詞一節：

劉四媽，你的嘴舌兒好不利害！便是女隨何，雌陸賈，不信有這大才！說著長，道著短，全沒些破敗。就是醉夢中，被你說得醒；就是聰明的，被你說得呆。好個烈性的姑娘，也被你說得他心地改。

再說王美娘才聽了劉四媽一席話兒，思之有理。以後有客求見，欣然相接。覆帳之後，賓客如市。捱三頂五，不得空閒，聲價愈重。每一晚白銀十兩，兀自你爭我奪。王九媽賺了若干錢鈔，歡喜無限。美娘也留心要揀個知心著意的，急切難得。正是：

易求無價寶，難得有情郎。

話分兩頭。卻說臨安城清波門外，有個開油店的朱十老，三年前過繼一個小廝，也是汴京逃難來的，姓秦名重，母親早喪，父親秦良，十三歲上將他賣了，自己在上天竺去做香火。朱十老因年老無嗣，又新死了媽媽，把秦重做親子看成，改名朱重，在店中學做賣油生意。初時父子坐店甚好。後因十老得了腰痛的病，十眠九坐，勞碌不得，另招個夥計，叫做邢權，在店相幫。光陰似箭，不覺四年有餘。朱重長成一十七歲，生得一表人才，須然已冠，尚未娶妻。那朱十老家有個侍女，叫做蘭花，年已二十之外，存心看上了朱小官人，幾遍的倒下鈎子去勾搭他。誰知朱重是個老實人，又且蘭花齷齪醜陋，朱重也看不上眼。以此落花有意，流水無情。那蘭花見勾搭朱小官人不上，別尋主顧，就去勾搭那夥計邢權。邢權是望四之人，沒有老婆，一拍就上。兩個暗地偷情，不止一次。反怪朱小官人礙眼，思量尋事趕他出門。邢權與蘭花兩個，裡應外合，使心設計。蘭花便在朱十老面前，假意撇清說：「小官人幾番調戲，好不老實！」朱十老平時與蘭花也有一手，未免有拈酸之意。邢權又將店中賣下的銀子藏過，在朱十老面前說道：「朱小官在外賭博，不長進，櫃裡銀子，幾次短少，都是他偷去了。」初次朱十老還不信，接連幾次，朱十老年老糊塗，沒有主意，就喚朱重過來，責罵了一場。朱重是個聰明的孩子，已知邢權與蘭花的計較，欲待分辨，惹起是非不小。萬一老者不聽，枉做惡人。心生一計，對朱十老說道：「店中生意淡薄，不消得二人。如今讓邢主管坐店，孩兒情願挑擔子出去賣油。賣得多少，每日納還，可不是兩重生意？」朱十老心下也有許可之意。又被邢權說道：「他不是要挑擔出去，幾年上偷銀子做私房，身邊積攢有餘了，又怪你不與他定親，心下怨悵，不願在此相幫，要討個出場，自去娶老婆，做人家去。」朱十老歎口氣道：「我把他做親兒看成，他卻如此歹意！皇天不祐！罷，罷，不是自身骨血，到底黏連不上，繇他去罷！」遂將三兩銀子，把與朱重，打發出門。寒夏衣服和被窩都教他拿去。這也是朱十老好處。朱重料他不肯收留，拜了四拜，大哭而別。正是：

孝己殺身因謗語，申生喪命為讒言。親生兒子猶如此，何怪螟蛉受枉冤！

原來秦良上天竺做香火，不曾對兒子說知。朱重出了朱十老之門，在衆安橋下賃了一間小小房兒，放下被窩等件，買巨鎖兒鎖了門，便往長街短巷，訪求父親。連走幾日，全沒消息。沒奈何，只得放下。在朱十老家四年，赤心忠良，並無一毫私蓄。只有臨行時，打發這三兩銀子，不夠本錢，做什麼生意好？左思右量，只有油行買賣是熟閶。這些油坊多曾與他識熟，還去挑個賣油擔子，是個穩足的道路。當下置辦了油擔傢伙，剩下的銀兩，都交付與油坊取油。那油坊裡認得朱小官是個老實好人。況且小小年紀，當初坐店，今朝挑擔上街，都因邢夥計挑撥他出來，心中甚是不平，有心扶持他，只揀窨清的上好淨油，與他簽了上，又明讓他些。朱重得了這些便宜，自己轉賣與人，也放些寬。所以他的油比別人分外容易出脫。每日所賺的利息，又且儉吃儉用，積下東西來，置辦些日用家業，及身上衣服之類，並無妄廢。心中只有一件事未了，牽掛著父親，思想：「向來叫做朱重，誰知我是姓秦！倘或父親來尋訪之時，也沒有個因由。」遂復姓為秦。說話的，假如上一等人，有前程的，要復本姓，或具劄子奏過朝廷，或關白禮部、太學、國學等衙門，將冊籍改正，衆所共知。一個賣油的，復姓之時，誰人曉得？他有個道理，把盛油的桶兒，一面大大寫個秦字，一面寫汴梁二字，將油桶做個標識，使人一覽而知。以此臨安市上，曉得他本姓，都呼他為秦賣油。時值二月天氣，不暖不寒，秦重聞知昭慶寺僧人，要起個九晝夜功德，用油必多，遂挑了油擔來寺中賣油。那些和尚們也閶知秦賣油之名，他的油比別人又好又賤，單單作成他。所以一連這九日，秦重只在昭慶寺走動。正是：

刻薄不賺錢，忠厚不折本。

這一日是第九日了。秦重在寺出脫了油，挑了空擔出寺。其日天氣晴明，遊人如蟻。秦重繞河而行。遙望十景塘桃紅柳綠，湖內畫船簫鼓，往來遊玩，觀之不足，玩之有餘。走了一回，身子困倦，轉到昭慶寺右邊，望個寬處，將擔子放下，坐在一塊石上歇腳。近側有個人家，面湖而住，金漆籬門，裡面朱欄內，一叢細竹。未知堂室何如，先見門庭清整。只見裡面三四個戴巾的從內而出，一個女娘後面相送。到了門首，兩下把手一拱，說聲請了，那女娘竟進去了。秦重定睛觀之，此女容顏嬌麗，體態輕盈，目所未覩，準準的呆了半晌，身子都酥麻了。他原是個老實小官，不知有煙花行徑，心中疑惑，正不知是什麼人家。方在疑思之際，只見門內又走出個中年的媽媽，同著一個垂髮的丫頭，倚門閒看。那媽媽一眼瞧著油擔，便道：「呀！方才我家無油，正好有油擔子在這裡，何不與他買些？」那丫鬟同那媽媽出來，走到油擔子邊，叫聲：「賣油的！」秦重方才聽見，回言道：「沒有油了！媽媽要用油時，明日送來。」那丫鬟也認得幾個字，看見油桶上寫個秦字，就對媽媽道：「賣油的姓秦。」媽媽也聽得人閒講，有個秦賣油，做生意甚是忠厚。遂分付秦重道：「我家每日要油用，你肯挑來時，與你做個主顧。」秦重道：「承媽媽作成，不敢有誤。」那媽媽與丫鬟進去了。秦重心中想道：「這媽媽不知是那女娘的什麼人？我每日到他家賣油，莫說賺他利息，圖個飽看那女娘一回，也是前生福分。」正欲挑擔起身，只見兩個轎夫，擡著一頂青絹幔的轎子，後邊跟著兩個小廝，飛也似跑來。到了其家門首，歇下轎子。那小廝走進裡面去了。秦重道：「卻又作怪！著他接什麼人？」少頃之間，只見兩個丫鬟，一個捧著猩紅的氈包，一個拿著湘妃竹攢花的拜匣，都交付與轎夫，放在轎座之下。那兩個小廝手中，一個抱著琴囊，一個捧著幾個手卷，腕上掛碧玉簫一枝，跟著起初的女娘出來。女娘上了轎，轎夫抬起望舊路而去。丫鬟、小廝，俱隨轎步行。秦重又得親炙一番，心中愈加疑惑。挑了油擔子，洋洋的去。

不過幾步，只見臨河有一個酒館。秦重每常不吃酒，今日見了這女娘，心下又歡喜，又氣悶，將擔子放下，走進酒館，揀個小座頭坐下。酒保問道：「客人還是請客，還是獨酌？」秦重道：「有上好的酒，拿來獨飲三杯。時新菓子一兩碟，不用葷菜。」酒保斟酒時，秦重問道：「那邊金漆籬門內是什麼人家？」酒保道：「這是齊衙內的花園。如今王九媽住下。」秦重道：「方才看見有個小娘子上轎，是什麼人？」酒保道：「這是有名的粉頭，叫做王美娘，人都稱為花魁娘子。他原是汴京人，流落在此。吹彈歌舞，琴棋書畫，件件皆精。來往的都是大頭兒，要十兩放光，才宿一夜哩。可知小可的也近他不得。當初住在湧金門外，因樓房狹窄，齊舍人與他相厚，半載之前，把這花園借與他住。」秦重聽得說是汴京人，觸了個鄉里之念，心中更有一倍光景。吃了數杯，還了酒錢，挑了擔子，一路走，一路的肚中打稿道：「世間有這樣美貌的女子，落於娼家，豈不可惜！」又自家暗笑道：「若不落於娼家，我賣油的怎生得見！」又想一回，越發癡起來了，道：

「人生一世，草生一秋。若得這等美人摟抱了睡一夜，死也甘心。」又想一回道：「呸！我終日挑這油擔子，不過日進分文，怎麼想這等非分之事！正是癩蛤蟆在陰溝裡想著天鵝肉吃，如何到口！」又想一回道：「他相交的，都是公子王孫。我賣油的，縱有了銀子，料他也不肯接我。」又想一回道：「我聞得做老鴇的，專要錢鈔。就是個乞兒，有了銀子，他也就肯接了，何況我做生意的，清清白白之人。若有了銀子，怕他不接！只是哪裡來這幾兩銀子？」一路上胡思亂想，自言自語。你道天地間有這等癡人，一個做小經紀的，本錢只有三兩，卻要把十兩銀子去嫖那名妓，可不是個春夢！自古道：有志者事竟成。被他千思萬想，想出一個計策來。他道：「從明日為始，逐日將本錢扣出，餘下的積攢上去。一日積得一分，一年也有三兩六錢之數。只消三年，這事便成了。若一日積得二分，只消得年半。若再多得些，一年也差不多了。」想來想去，不覺走到家裡，開鎖進門。只因一路上想著許多閒事，回來看了自家的睡鋪，慘然無歡，連夜飯也不要吃，便上了床。這一夜翻來覆去，牽掛著美人，哪裡睡得著！

只因月貌花容，引起心猿意馬。

捱到天明，爬起來，就裝了油擔，煮早飯吃了，匆匆挑了油擔子，一逕走到王媽媽家去。進了門，卻不敢直入，舒著頭，往裡面張望。王媽媽恰才起床，還蓬著頭，正分付保兒買飯菜。秦重識得聲音，叫聲：「王媽媽。」九媽往外一張，見是秦賣油，笑道：「好忠厚人！果然不失信。」便叫他挑擔進來，稱了一瓶，約有五斤多重，公道還錢。秦重並不爭論。王九媽甚是歡喜，道：「這瓶油，只夠我家兩日用。但隔一日，你便送來，我不往別處去買油。」秦重應諾，挑擔而出。只恨不曾遇見花魁娘子。「且喜扳下主顧，少不得一次不見，二次見，二次不見，三次見。只是一件，特為王九媽一家挑這許多路來，不是做生意的勾當。這昭慶寺是順路，今日寺中雖然不做功德，難道尋常不用油的？我且挑擔去問他。若扳得各房頭做個主顧，只消走錢塘門這一路，那一擔油儘夠出脫了。」秦重挑擔到寺內問時，原來各房和尚也正想著秦賣油。來得正好，多少不等，各各買他的油。秦重與各房約定，也是間一日便送油來用。這一日是個雙日。自此日為始，但是單日，秦重別街道上做買賣；但是雙日，就走錢塘門這一路。一出錢塘門，先到王九媽家裡，以賣油為名，去看花魁娘子。有一日會見，也有一日不會見。不見時費了一場思想，便見時也只添了一層思想。正是：

天長地久有時盡，此恨此情無盡期。

再說秦重到了王九媽家多次，家中大大小小，沒一個不認得是秦賣油。時光迅速，不覺一年有餘。日大日小，只揀足色細絲，或積三分，或積二分，再少也積下一分。湊得幾錢，又打做大塊包。日積月累，有了一大包銀子，零星湊集，連自己也不識多少。其日是單日，又值大雨，秦重不出去做買賣。積了這一大包銀子，心中也自喜歡。「趁今日空閒，我把他上一上天平，見個數目。」打個油傘，走到對門傾銀鋪裡，借天平兌銀。那銀匠好不輕薄，想著：「賣油的多少銀子，要架天平？只把個五兩頭等子與他，還怕用不著頭紐哩。」秦重把銀子包解開，都是散碎銀兩。大凡成錠的見少，散碎的就見多。銀匠是小輩，眼孔極淺，見了許多銀子，別是一番面目，想道：「人不可貌相，海水不可斗量。」慌忙架起天平，搬出若大若小許多法馬。秦重儘包而兒，一釐不多，一釐不少，剛剛一十六兩之數，上秤便是一斤。秦重心下想道：「除去了三兩本錢，餘下的做一夜花柳之費，還是有餘。」又想道：「這樣散碎銀子，怎好出手！拿出來也被人看低了！見成傾銀店中方便，何不傾成錠兒，還覺冠冕。」當下兌足十兩，傾成一個足色大錠，再把一兩八錢，傾成水絲一小錠。剩下四兩二錢之數，拈一小塊，還了火錢，又將幾錢銀子，置下鑲鞋淨襪，新摺了一頂萬字頭巾。回到家中，把衣服漿洗得乾乾淨淨，買幾根安息香，薰了又薰。揀個晴明好日，侵早打扮起來。

雖非富貴豪華客，也是風流好後生。

秦重打扮得齊齊整整，取銀兩藏於袖中，把房門鎖了，一逕望王九媽家而來。那一時好不高興。及至到了門首，愧心復萌，想道：「時常挑了擔子在他家賣油，今日忽地去做嫖客，如何開口？」正在躊躇之際，只聽得呀的一聲門響，王九媽走將出來。見了秦重，便道：「秦小官今日怎的不做生意，打扮得恁般齊楚，往哪裡去貴幹？」事到其間，秦重只得老著臉，上前作揖。媽媽也不免還禮。秦重道：「小可並無別事，專來拜望媽媽。」那鴇兒是老積年，見貌辨色，見秦重恁般裝束，又說拜望，「一定是看上了我家哪個丫頭，要嫖一夜，或是會一個房。雖然不是個大勢主菩薩，搭在籃裡便是菜，捉在籃裡便是蟹，賺他錢把銀子買蔥菜，也是好的。」便滿臉堆下笑來，道：「秦小官拜望老身，必有好處。」秦重道：「小可有句不識進退的言語，只是不好啟齒。」王九媽道：「但說何妨？且請到裡面客座裡細講。」秦重為賣油雖曾到王家準百次，這客座裡交椅，還不曾與他屁股做個相識。今日是個會面之始。王九媽到了客座，不免分賓而坐，向著內裡喚茶。少頃，丫鬟托出茶來，看時卻是秦賣油，正不知什麼緣故，媽媽恁般相待，格格低了頭只是笑。王九媽看見，喝道：「有甚好笑！對客全沒些規矩！」丫鬟止住笑，收了茶杯自去。王九媽方才開言問道：「秦小官有甚話，要對老身說？」秦重道：「沒有別話，要在媽媽宅上請一位姐姐吃一杯酒兒。」九媽道：「難道吃寡酒，一定要嫖了。你是個老實人，幾時動這風流之興？」秦重道：「小可的積誠，也非止一日。」九媽道：「我家這幾個姐姐，都是你認得的。不知你中意哪一位？」秦重道：「別個都不要，單單要與花魁娘子相處一宵。」九媽只道取笑他，就變了臉道：「你出言無度！莫非奚落老娘麼？」秦重道：「小可是個老實人，豈有虛情？」九媽道：「糞桶也有兩個耳朵，你豈不曉得我家美兒的身價！倒了你賣油的灶，還不夠半夜歇錢哩。不如將就揀一個適興罷。」秦重把頸一縮，舌頭一伸，道：「恁的好賣弄！不敢動問，你家花魁娘子一夜歇錢要幾千兩？」九媽見他說耍話，卻又回嗔作喜，帶笑而言道：「哪要許多！只要得十兩敲絲。其他東道雜費，不在其內。」

秦重道：「原來如此，不為大事。」袖中摸出這禿禿裡一大錠放光細絲銀子，遞與鴇兒道：「這一錠十兩重，足色足數，請媽媽收看。」又摸出一小錠來，也遞與鴇兒，又道：「這一小錠，重有二兩，相煩備個小東。望媽媽成就小可這件好事，生死不忘，日後再有孝順。」九媽見了這錠大銀，已自不忍釋手，又恐怕他一時高興，日後沒了本錢，心中懊悔，也要儘他一句才好。便道：「這十兩銀子，你做經紀的人，積攢不易，還要三思而行。」秦重道：「小可主意已定，不要你老人家費心。」

九媽把這兩錠銀子收於袖中，道：「是便是了。還有許多煩難哩。」秦重道：「媽媽是一家之主，有甚煩難？」九媽道：「我家美兒，往來的都是王孫公子、富室豪家，真個是『談笑有鴻儒，往來無白丁』。他豈不認得你是做經紀的秦小官，如何肯接你？」秦重道：「但憑媽媽怎的委曲宛轉，成全其事，大恩不敢有忘！」九媽見他十分堅心，眉頭一皺，計上心來，扯開笑口道：「老身已替你排下計策，只看你緣法如何。做得成，不要喜；做不成，不要怪。美兒昨日在李學士家陪酒，還未曾回。今日是黃衙內約下遊湖。明日是張山人一班清客，邀他做詩社。後日是韓尚書的公子，數日前送下東道在這裡。你且到大後日來看。還有句話，這幾日你且不要來我家賣油，預先留下個體面。又有句話，你穿著一身的布衣布裳，不像個上等嫖客。再來時，換件紬緞衣服，教這些丫鬟們認不出你是秦小官。老娘也好與你裝謊。」秦重道：「小可一一理會得。」說罷，作別出門。且歇這三日生理，不去賣油，到典鋪裡買了一件見成半新半舊的紬衣，穿在身上，到街坊閒走，演習斯文模樣。正是：

　　未識花院行藏，先習孔門規矩。

丟過那三日不題。到第四日，起個清早，便到王九媽家去。去得太早，門還未開。意欲轉一轉再來。這番裝扮稀奇，不敢到昭慶寺去，恐怕和尚們批點。且到十景塘散步。良久又踅轉去。王九媽家門已開了。那門前卻安頓得有轎馬，門內有許多僕從，在那裡閒坐。秦重雖然老實，心下倒也乖巧，且不進門，悄悄的招那馬夫問道：「這轎馬是誰家的？」馬夫道：「韓府裡來接公子的。」秦重已知韓公子夜來留宿，此時還未曾別。重復轉身，到一個飯店之中，吃了些見成茶飯，又坐了一回，方才到王家探信。只見門前轎馬已自去了。進得門時，王九媽迎著，便道：「老身得罪，今日又不得工夫了。恰才韓公子拉去東莊賞早梅。他是個長嫖，老身不好違拗。聞得說，來日還要到靈隱寺，訪個棋師賭棋哩。齊衙內又來約過兩三次了。這是我家房主，又是辭不得的。他來時，或三日五日的住了去，連老身也定不得個日子。秦小官，你真個要嫖，只索耐心再等幾日。不然，前日的尊賜，分毫不動，要便奉還。」秦重道：「只怕媽媽不作成。若還遲，終無失，就是一萬年，小可也情願等著。」九媽道：「恁地時，老身便好張主！」秦重作別，方欲起身，九媽又道：「秦小官人，老身還有句話。你下次若來討信，不要早了。約莫申牌時分，有客沒客，老身把個實信與你。倒是越晏些越好。這是老身的妙用，你休錯怪。」秦重連聲道：「不敢，不敢！」這一日秦重不曾做買賣。次日，整理油擔，挑往別處去生理，不走錢塘門一路。每日生意做完，傍晚時分就打扮齊整，到王九媽家探信，只是不得工夫。又空走了一月有餘。

那一日是十二月十五日，大雪方霽，西風過後，積雪成冰，好不寒冷。卻喜地下乾燥。秦重做了大半日買賣，如前粧扮，又去探信。王九媽笑容可掬，迎著道：「今日你造化，已是九分九釐了。」秦重道：「這一釐是欠著什麼？」九媽道：「一釐麼？正主兒還不在家。」秦重道：「可回來麼？」九媽道：「今日是俞太尉家賞雪，筵席就備在湖船之內。俞太尉是七十歲的老人家，風月之事，已是沒分。原說過黃昏送來。你且到新人房裡，吃杯燙風酒，慢慢的等他。」秦重道：「煩媽媽引路。」王九媽引著秦重，彎彎曲曲，走過許多房頭，到一個所在，不是樓房，卻是個平屋三間，甚是高爽。左一間是丫鬟的空房，一般有床榻桌椅之類，卻是備官鋪的；右一間是花魁娘子臥室，鎖著在那裡。兩旁又有耳房。中間客座上面，掛一幅名人山水，香几上博山古銅爐，燒著龍涎香餅，兩旁書桌，擺設些古玩，壁上貼許多詩稿。秦重愧非文人，不敢細看。心下想道：「外房如此整齊，內室鋪陳，必然華麗。今夜儘我受用。十兩一夜，也不為多。」九媽讓秦小官坐於客位，自己主位相陪。少頃之間，丫鬟掌燈過來，抬下一張八仙桌兒，六椀時新菓子，一架攢盒佳餚美醞，未曾到口，香氣撲人。九媽執盞相勸道：「今日衆小女都有客，老身只得自陪，請開懷暢飲幾杯。」秦重酒量本不高，況兼正事在心，只吃半杯。吃了一會，便推不飲。九媽道：「秦小官想餓了。且用些飯再吃酒。」丫鬟捧著雪花白米飯，一吃一添，放於秦重面前，就是一盞雜和湯。鴇兒量高，不用飯，以酒相陪。秦重吃了一碗，就放箸。九媽道：「夜長哩，再請些。」秦重又添了半碗。丫鬟提個行燈來，說：「浴湯熱了，請客官洗浴。」秦重原是洗過澡來的，不敢推託，只得又到浴堂，肥皂香湯，洗了一遍。重復穿衣入坐。九媽命撤去餚盒，用暖鍋下酒。此時黃昏已絕，昭慶寺裡的鐘都撞過了，美娘尚未回來。

玉人何處貪歡耍？等得情郎望眼穿！

常言道：等人心急。秦重不見表子回家，好生氣悶。卻被鴇兒夾七夾八，說些風話勸酒。不覺又過了一更天氣。只聽外面熱鬧鬧的，卻是花魁娘子回家。丫鬟先來報了。九媽連忙起身出迎。秦重也離座而立。只見美娘吃得大醉，侍女扶將進來，到於門首，醉眼朦朧，看見房中燈燭輝煌，杯盤狼藉，立住腳問道：「誰在這裡吃酒？」九媽道：「我兒，便是我向日與你說的那秦小官人。他心中慕你，多時的送過禮來。因你不得工夫，擔擱他一月有餘了。你今日幸而得空，做娘的留他在此伴你。」美娘道：「臨安郡中，並不聞說起有什麼秦小官人！我不去接他。」轉身便走。九媽雙手托開，即忙攔住道：「他是個至誠好人，娘不誤你。」美娘只得轉身，才跨進房門，抬頭一看那人，有些面善，一時醉了，急切叫不出來，便道：「娘，這個人我認得他的，不是有名稱的子弟。接了他，被人笑話。」九媽道：「我兒，這是湧金門內開緞鋪的秦小官人。當初我們住在湧金門時，想你也曾會過，故此面善。你莫識認錯了。做娘的見他來意志誠，一時許了他，不好失信。你看做娘的面上，胡亂留他一晚。做娘的曉得不是了，明日卻與你陪禮。」一頭說，一頭推著美娘的肩頭向前。美娘拗媽媽不過，只得進房相見。正是：

千般難出虔婆口，萬般難脫虔婆手。饒君縱有萬千般，不如跟著虔婆走。

這些言語，秦重一句句都聽得，佯為不聞。美娘萬福過了，坐於側首，仔細看著秦重，好生疑惑，心裡甚是不悅，嘿嘿無言。喚丫鬟將熱酒來，斟著大鍾。鴇兒只道他敬客，卻自家一飲而盡。九道媽：「我兒醉，少吃些麼！」美兒那裡依他，答應道：「我不醉！」一連吃上十來杯。這是酒後之酒，醉中之醉，自覺立腳不住。喚丫鬟開了臥房，點上銀釭，也不卸頭，也不解帶，躧脫了繡鞋，和衣上床，倒身而臥。鴇兒見女兒如此做作，甚不過意。對秦重道：「小女平日慣了，他專會使性。今日他心中不知為什麼有些不自在，卻不干你事。休得見怪！」秦重道：「小可豈敢！」鴇兒又勸了秦重幾杯酒。秦重再三告止。鴇兒送入臥房，向耳傍分付道：「那人醉了，放溫存些。」又叫道：「我兒起來，脫了衣服，好好的睡。」美娘已在夢中，全不答應。鴇兒只得去。丫鬟收拾了杯盤之類，抹了桌子，叫聲：「秦小官人，安置罷。」秦重道：「有熱茶要一壺。」丫鬟泡了一壺濃茶，送進房裡。帶轉房門，自去耳房中安歇。秦重看美娘時，面對裡床，睡得正熟，把錦被壓於身下。秦重想酒醉之人，必然怕冷，又不敢驚醒他。忽見闌干上又放著一床大紅紵絲的錦被。輕輕的取下，蓋在美兒身上，把銀燈挑得亮亮的，取了這壺熱茶，脫鞋上床，捱在美娘身邊，左手抱著茶壺在懷，右手搭在美娘身上，眼也不敢閉一閉。正是：

未曾握雨攜雲，也算偎香倚玉。

卻說美娘睡到半夜，醒將轉來，自覺酒力不勝，胸中似有滿溢之狀。爬起來，坐在被窩中，垂著頭，只管打乾噦。秦重慌忙也坐起來。知他要吐，放下茶壺，用手撫摩其背。良久，美娘喉間忍不住了，說時遲，那時快，美娘放開喉嚨便吐。秦重怕污了被窩，把自己的道袍袖子張開，罩在他嘴上。美娘不知所以，盡情一嘔，嘔畢，還閉著眼，討茶嗽口。秦重下床，將道袍輕輕脫下，放在地平之上，摸茶壺還是暖的。斟上一甌香噴噴的濃茶，遞與美娘。美娘連吃了二碗，胸中雖然略覺豪燥，身子兀自倦怠。仍舊倒下，向裡睡去了。秦重脫下道袍，將吐下一袖的腌臢，重重裹著，放於床側，依然上床，擁抱似初。美娘那一覺直睡到天明方醒。覆身轉來，見旁邊睡著一人，問道：「你是哪個？」秦重答道：「小可姓秦。」美娘想起夜來之事，恍恍惚惚，不甚記得真了，便道：「我夜來好醉！」秦重道：「也不甚醉。」又問：「可曾吐麼？」秦重道：「不曾。」美娘道：「這樣還好。」又想一想道：「我記得曾吐過的，又記得曾吃過茶來，難道做夢不成？」秦重方才說道：「是曾吐來。小可見小娘子多了杯酒，也防著要吐，把茶壺暖在懷裡。小娘子果然吐後討茶，小可斟上，蒙小娘子不棄，飲了兩甌。」美娘大驚道：「髒巴巴的，吐在哪裡？」秦重道：「恐怕小娘子污了被褥，是小可把袖子盛了。」美娘道：「如今在哪裡？」秦重道：「連衣服裹著，藏過在那裡。」美娘道：「可惜壞了你一件衣服。」秦重道：「這是小可的衣服，有幸得沾小娘子的餘瀝。」美娘聽說，心下想道：「有這般識趣的人！」心裡已有四五分歡喜了。

此時天色大明，美娘起身，下床小解。看著秦重，猛然想起是秦賣油，遂問道：「你實對我說，是什麼樣人？為何昨夜在此？」秦重道：「承花魁娘子下問，小子怎敢妄言。小可實是常來宅上賣油的秦重。」遂將初次看見送客，又看見上轎，心下想慕之極，及積攢嫖錢之事，備細述了一遍。「夜來得親近小娘子一夜，三生有幸，心滿意足。」美娘聽說，愈加可憐，道：「我昨夜酒醉，不曾招接得你。你乾折了多少銀子，莫不懊悔？」秦重道：「小娘子天上神仙，小可惟恐伏侍不周，但不見責，已為萬幸。況敢有非意之望！」美娘道：「你做經紀的人，積下些銀兩，何不留下養家？此地不是你來往的。」秦重道：「小可單只一身，並無妻小。」美娘頓了一頓，便道：「你今日去了，他日還來麼？」秦重道：「只這昨宵相親一夜，已慰生平，豈敢又作癡想！」美娘想道：「難得這好人，又忠厚，又老實，又且知情識趣，隱惡揚善，千百中難遇此一人。可惜是市井之輩，若是衣冠子弟，情願委身事之。」正在沉吟之際，丫鬟捧洗臉水進來，又是兩碗薑湯。秦重洗了臉，因夜來未曾脫幘，不用梳頭，呷了幾口薑湯，便要告別。美娘道：「少住不妨，還有話說。」秦重道：「小可仰慕花魁娘子，在旁多站一刻，也是好的。但為人豈不自揣！夜來在此，實是大膽。惟恐他人知道，有玷芳名，還是早些去了安穩。」美娘點了一點頭，打發丫鬟出房，忙忙的開了減粧，取出二十兩銀子，送與秦重道：「昨夜難為了你，這銀兩權奉為資本，莫對人說。」秦重哪裡肯受？美娘道：「我的銀子，來路容易。這些須酬你一宵之情，休得固遜。若本錢缺少，異日還有助你之處。那件污穢的衣服，我叫丫鬟湔洗乾淨了還你罷。」秦重道：「粗衣不煩小娘子費心。小可自會湔洗。只是領賜不當。」美娘道：「說哪裡話！」將銀子揌在秦重袖內，推他轉身。秦重料難推卻，只得受了，深深作揖，捲了脫下這件齷齪道袍，走出房門。打從鴇兒房前經過，保兒看見，叫聲：「媽媽！秦小官去了。」王九媽正在淨桶上解手，口中叫道：「秦小官，如何去得恁早？」秦重道：「有些賤事，改日特來稱謝。」不說秦重去了，且說美娘與秦重雖然沒點相干，見他一片誠心，去後好不過意。這一日因害酒，辭了客在家將息。千個萬個孤老都不想，倒把秦重整整的想了一日，有〈掛枝兒〉為證：

> 俏冤家，須不是串花家的子弟，你是個做經紀本分人兒，哪匡你會溫存，能軟款，知心知意。料你不是個使性的，料你不是個薄情的。幾番待放下思量也，又不覺思量起。

話分兩頭，再說邢權在朱十老家，與蘭花情熱，見朱十老病廢在床，全無顧忌。十老發作了幾場。兩個商量出一條計策來，俟夜靜更深，將店中資本席捲，雙雙的逃之夭夭，不知去向。次日天明，十老方知。央及鄰里，出了個失單，尋訪數日，並無動靜。深悔當日不合為邢權所惑，逐了朱重。如今日久見人心，聞知朱重，賃居衆安橋下，挑擔賣油，不如仍舊收拾他回來，老死有靠。只怕他記恨在心。教鄰舍好生勸他回家，但記好，莫記惡。秦重一聞此言，即日收拾了傢伙，搬回十老家裡。相見之間，痛哭了一場。十老將所存囊橐，盡數交付秦重。秦重自家又有二十餘兩本錢，重整店面，坐櫃賣油。因在朱家，仍稱朱重，不用秦字。不上一月，十老病重，醫治不痊，嗚呼哀哉。朱重搥胸大慟，如親父一般，殯殮成服，七七做了些好事。朱家祖墳在清波門外，朱重舉喪安葬，事事成禮，鄰里皆稱其厚德。事定之後，仍先開店。原來這油鋪是個老店，從來生意原好；卻被邢權刻剝存私，將主顧弄斷了多少。今見朱小官在店，誰家不來作成？所以生理比前越盛。朱重單身獨自，急切要尋個老成幫手。有個慣做中人的，叫做金中，忽一日引著一個五十餘歲的人來。原來那人正是莘善，在汴梁城外安樂村居住。因那年避亂南奔，被官兵衝散了女兒瑤琴，夫妻兩口，淒淒惶惶，東逃西竄，胡亂的過了幾年。今日聞臨安興旺，南渡人民，大半安插在彼。誠恐女兒流落此地，特來尋訪，又沒消息。身邊盤纏用盡，欠了飯錢，被飯店中終日趕逐，無可奈何。偶然聽見金中說起朱家油鋪，要尋個賣油幫手。自己曾開過六陳鋪子，賣油之事，都則在行。況朱小官原是汴京人，又是鄉里，故此央金中引薦到來。朱重問了備細，鄉人見鄉人，不覺感傷。「既然沒處投奔，你老夫妻兩口，只住在我身邊，只當個鄉親相處，慢慢的訪著令愛消息，再作區處。」當下取兩貫錢把與莘善，去還了飯錢，連渾家阮氏也領將來，與朱重相見了，收拾一間空房，安頓他老夫妻在內。兩口兒也盡心竭力，內外相幫。朱重甚是歡喜。光陰似箭，不覺一年有餘。多有人見朱小官年長未娶，家道又好，做人又志誠，情願白白把女兒送他為妻。朱重因見了花魁娘子，十分容貌，等閒的不看在眼，立心要訪求個出色的女子，方才肯成親。以此日復一日，擔擱下去。正是：

曾觀滄海難為水，除卻巫山不是雲。

再說王美娘在九媽家，盛名之下，朝歡暮樂，真個口厭肥甘，身嫌錦繡。然雖如此，每遇不如意之處，或是子弟們任情使性，吃醋挑槽，或自己病中醉後，半夜三更，沒人疼熱，就想起秦小官人的好處來。只恨無緣再會。也是他桃花運盡，合當變更。一年之後，生出一段事端來。

卻說臨安城中，有個吳八公子，父親吳岳，見為福州太守。這吳八公子，打從父親任上回來，廣有金銀。平昔間也喜賭錢吃酒，三瓦兩舍走動。聞得花魁娘子之名，未曾識面，屢屢遣人來約，欲要嫖他。王美娘聞他氣質不好，不願相接，託故推辦，非止一次。那吳八公子也曾和著閒漢們親到王九媽家幾番，都不曾會。其時清明節屆，家家掃墓，處處踏青。美娘因連日遊春困倦，且是積下許多詩畫之債，未曾完得，分付家中：「一應客來，都與我辭去。」閉了房門，焚起一爐好香，擺設文房四寶，方欲舉筆，只聽得外面沸騰，卻是吳八公子，領著十餘個狠漢，來接美娘遊湖。因見鴇兒每次回他，在中堂行兇，打傢打伙，直鬧到美娘房前。只見房門鎖閉。原來妓家有個回客法兒，小娘躲在房內，卻把房門反鎖，支吾客人，只推不在。那老實的就被他哄過了。吳公子是慣家，這些套子，怎地瞞得。分付家人，扭斷了鎖，把房門一腳踢開。美娘躲身不迭，被公子看見，不由分說，教兩個家人，左右牽手，從房內直拖出房外來，口中兀自亂嚷亂罵。王九媽欲待上前陪禮解勸，看見勢頭不好，只得閃過。家中大小，躲得沒半個影兒。吳家狠僕牽著美娘，出了王家大門，不管他弓鞋窄小，望街上飛跑。八公子在後，揚揚得意。直到西湖口，將美娘攛下了湖船，方才放手。美娘十二歲到王家，錦繡中養成，珍寶般供養，何曾受恁般凌踐？下了船頭，掩面大哭。吳八公子見了，放下面皮，氣忿忿的像關雲長單刀赴會，一把交椅，朝外而坐，狠僕侍立於旁。一面分付開船，一面數一數二的發作一個不住：「小賤人，小娼根，不受人抬舉！再哭時，就討打了！」美娘哪裡怕他，哭之不已。船至湖心亭，吳八公子分付擺盒在亭子內，自己先上去了，卻分付家人：「叫那小賤人來陪酒。」美娘抱住了欄杆，哪裡肯去？只是嚎哭。吳八公子也覺沒興。自己吃了幾杯淡酒，收拾下船，自來扯美娘。美娘雙腳亂跳，哭聲愈高。八公子大怒，教狠僕拔去簪珥。美娘蓬著頭，跑到船頭上，就要投水，被家童們扶住。公子道：「你撒賴便怕你不成！

就是死了，也只費得我幾兩銀子，不為大事。只是送你一條性命，也是罪過。你住了啼哭時，我就放你回去，不難為你。」美娘聽說放他回去，真個住了哭。八公子分付移船到清波門外僻靜之處，將美娘綉鞋脫下，去其裹腳，露出一對金蓮，如兩條玉筍相似。教狠僕扶他上岸，罵道：「小賤人！你有本事，自走回家，我卻沒人相送。」說罷，一篙子撐開，再向湖中而去。正是：

焚琴煮鶴從來有，惜玉憐香幾個知！

美娘赤了腳，寸步難行。思想：「自己才貌兩全，只為落於風塵，受此輕賤。平昔枉自結識許多王孫貴客，急切用他不著。受了這般凌辱，就是回去，如何做人？倒不如一死為高。只是死得沒些名目，枉自享個盛名，到此地位，看著村莊婦人，也勝我十二分。這都是劉四媽這個花嘴，哄我落坑墮塹，致有今日！自古紅顏薄命，亦未必如我之甚！」越思越苦，放聲大哭。事有偶然，卻好朱重那日到清波門外朱十老的墳上，祭掃過了，打發祭物下船，自己步回，從此經過。聞得哭聲，上前看時，雖然蓬頭垢面，那玉貌花容，從來無兩，如何不認得！吃了一驚，道：「花魁娘子，如何這般模樣？」美娘哀哭之際，聽得聲音廝熟，止啼而看，原來正是知情識趣的秦小官。美娘當此之際，如見親人，不覺傾心吐膽，告訴他一番。朱重心中十分疼痛，亦為之流淚。袖中帶得有白綾汗巾一條，約有五尺多長，取出劈半扯開，奉與美娘裹腳，親手與他拭淚。又與他挽起青絲，再三把好言寬解。等待美娘哭定，忙去喚個暖轎，請美娘坐了，自己步送，直到王九媽家。九媽不得女兒消息。正在四處打探、慌迫之際，見秦小官送女兒回來，分明送一顆夜明珠還他，如何不喜！況且鴇兒一向不見秦重挑油上門，多曾聽得人說，他承受了朱家的店業，手頭活動，體面又比前不同，自然刮目相待。又見女兒這等模樣，問其緣故，已知女兒吃了大苦，全虧了秦小官。深深拜謝，設酒相待。日已向晚，秦重略飲數杯，起身作別。美娘如何肯放？道：「我一向有心於你，恨不得你見面。今日定然不放你空去。」鴇兒也來扳留。秦重喜出望外。是夜，美娘吹彈歌舞，曲盡生平之技，奉承秦重。秦重如做了一個遊仙好夢，喜得魄蕩魂消，手舞足蹈。夜深酒闌，二人相挽就寢。

美娘道：「我有句心腹之言與你說，你休得推託。」秦重道：「小娘子若用得著小可時，就赴湯蹈火，亦所不辭，豈有推託之理？」美娘道：「我要嫁你。」秦重笑道：「小娘子就嫁一萬個，也還不數到小可頭上，休得取笑，枉自折了小可的食料。」美娘道：「這話實是真心，怎說取笑二字！我自十四歲被媽媽灌醉，梳弄過了。此時便要從良，只為未曾相處得人，不辨好歹，恐誤了終身大事。以後相處的雖多，都是豪華之輩、酒色之徒，但知買笑追歡的樂意，哪有憐香惜玉的真心？看來看去，只有你是個志誠君子，況聞你尚未娶親。若不嫌我煙花賤質，情願舉案齊眉，白頭奉侍。你若不允之時，我就將三尺白羅，死於君前，表白我一片誠心，也強如昨日死於村郎之手，沒名沒目，惹人笑話。」說罷，嗚嗚的哭將起來。秦重道：「小娘子休得悲傷。小可承小娘子錯愛，將天就地，求之不得，豈敢推託？只是小娘子千金聲價，小可家貧力薄，如何擺布？也是力不從心了。」美娘道：「這卻不妨。不瞞你說，我只為從良一事，預先積攢些東西，寄頓在外。贖身之費，一毫不費你心力。」秦重道：「就是小娘子自己贖身，平昔住慣了高堂大廈，享用了錦衣玉食，在小可家，如何過活？」美娘道：「布衣蔬食，死而無怨。」秦重道：「小娘子雖然——只怕媽媽不從。」美娘道：「我自有道理。如此如此，這般這般。」兩個直說到天明。

原來黃翰林的衙內、韓尚書的公子、齊太尉的舍人，這幾個相知的人家，美娘都寄頓得有箱籠。美娘只推要用，陸續取到密地，約下秦重，教他收置在家。然後一乘轎子，抬到劉四媽家，訴以從良之事。劉四媽道：「此事老身前日原說過的。只是年紀還早，又不知你要從哪一個？」美娘道：「姨娘，你莫管是甚人，少不得依著姨娘的言語，是個真從良，樂從良，了從良，不是那不真、不假、不了、不絕的勾當。只要姨娘肯開口時，不愁媽媽不允。做姪女的沒別孝順，只有十兩金子，奉與姨娘，胡亂打些釵子；是必在媽媽前做個方便。事成之時，媒禮在外。」劉四媽看見這金子，笑得眼兒沒縫，便道：「自家兒女，又是美事，如何要你的東西！這金子權時領下，只當與你收藏。此事都在老身身上。只是你的娘，把你當個搖錢之樹，等閒也不輕放你出去。怕不要千把銀子？那主兒可是肯出手的麼？也得老身見他一見，與他講道方好。」美娘道：「姨娘莫管閒事，只當你姪女自家贖身便了。」劉四媽道：「媽媽可曉得你到我家來？」美娘道：「不曉得。」四媽道：「你且在我家便飯。待老身先到你家，與媽媽講。講得通時，然後來報你。」

劉四媽雇乘轎子，抬到王九媽家。九媽相迎入內，劉四媽問起吳八公子之事，九媽告訴了一遍。四媽道：「我們行戶人家，到是養成個半低不高的丫頭，儘可賺錢，又且安穩。不論什麼客就接了，倒是日日不空的。姪女只為聲名大了，好似一塊鯗魚落地，馬蟻兒都要鑽他。雖然熱鬧，卻也不得自在。說便許多一夜，也只是個虛名。那些王孫公子來一遍，動不動有幾個幫閒，連宵達旦，好不費事。跟隨的人又不少，個個要奉承得他好。有些不到之處，口裡就出粗哩嗹囉嗹的罵人，還要弄損你傢伙，又不好告訴他家主，受了若干悶氣。況且山人墨客、詩社棋社，少不得一月之內，又有幾時官身。這些富貴子弟，你爭我奪，依了張家，違了李家，一邊喜，少不得一邊怪了。就是吳八公子這一個風波，嚇殺人的，萬一失差，卻不連本送了。官宦人家，和他打官司不成！只索忍氣吞聲。今日還虧著你家時運高，太平沒事，一個霹靂空中過去了。倘然山高水低，悔之無及。妹子聞得吳八公子不懷好意，還要到你家索鬧。姪女的性氣又不好，不肯奉承人。第一是這件，乃是個惹禍之本。」九媽道：「便是這件，老身常是擔憂。就是這八公子，也是有名有稱的人，又不是微賤之人。這丫頭抵死不肯接他，惹出這場寡氣。當初他年紀小時，還聽人教訓。如今有了個虛名，被這些富貴子弟誇他獎他，慣了他性情，驕了他氣質，動不動自作自主。逢著客來，他要接便接。他若不情願時，便是九牛也休想牽得他轉。」劉四媽道：「做小娘的略有些身分，都則如此。」王九媽道：「我如今與你商議。倘若有個肯出錢的，不如賣了他去，到時乾淨。省得終身擔著鬼胎過日。」劉四媽道：「此言甚妙。賣了他一個，就討得五六個。若湊巧撞得著相應的，十來個也討得的。這等便宜事，如何不做！」王九媽道：「老身也曾算計過來。那些有勢有力的不肯出錢，專要討人便宜。及至肯出幾兩銀子的，女兒又嫌好道歉，做張做智的不肯。若有好主兒，妹子做媒，作成則個。倘若這丫頭不肯時節，還求你攛掇。這丫頭做娘的話也不聽，只你說得他信，話得他轉。」劉四媽呵呵大笑道：「做妹子的此來，正為與姪女做媒，你要許多銀子便肯放他出門？」九媽道：「妹子，你是明理的人。我們這行戶例，只有賤買，哪有賤賣？況且美兒數年盛名滿臨安，誰不知他是花魁娘子。難道三百四百，就容他走動？少不得要他千金。」劉四媽道：「待妹子去講。若肯出這個數目，做妹子的便來多口。若合不著時，就不來了。」臨行時，又故意問道：「姪女今日在哪？」

劉四媽見王九媽收了這主東西，便叫亡八寫了婚書，交付與美兒。美兒道：「趁姨娘在此，奴家就拜別了爹媽出門，借姨娘家住一兩日，擇吉從良，未知姨娘允否？」劉四媽得了美娘許多謝禮，生怕九媽翻悔，巴不得美娘出了他門，完成一事，說道：「正該如此。」當下美娘收拾了房中自己的梳台拜匣、皮箱鋪蓋之類。但是鴇兒家中之物，一毫不動。收拾已完，隨著四媽出房，拜別了假爹假媽，和那姨娘行中，都相叫了。王九媽一般哭了幾聲。美娘喚人挑了行李，欣然上轎，同劉四媽到劉家去。四媽出一間幽靜的好房，頓下美娘行李。衆小娘都來與美娘叫喜。是晚，朱重差莘善到劉四媽家討信，已知美娘贖身出來。擇了吉日，笙簫鼓樂娶親。劉四媽就做大媒送親，朱重與花魁娘子花燭洞房，歡喜無限。

雖然舊事風流，不減新婚佳趣。

次日，莘善老夫婦請新人相見，各各相認，吃了一驚。問起根由，至親三口，抱頭而哭。朱重方才認得是丈人丈母。請他上坐，夫妻二人，重新拜見。親鄰聞知，無不駭然。是日，整備筵席，席賀兩重之喜，飲酒盡歡而散。三朝之後，美娘叫丈夫備下幾副厚禮，分送舊相知各宅，以酬其寄頓箱籠之恩，並報他從良信息。此是美娘有始有終處。王九媽、劉四媽家，各有禮物相送，無不感激。滿月之後，美娘將箱籠打開，內中都是黃白之資，吳綾蜀錦，何止百計，共有三千餘金，都將匙鑰交付丈夫，慢慢的買房置產，整頓家當。油鋪生理，都是丈人莘善管理。不上一年，把家業掙得花錦般相似；驅奴使婢，甚有氣象。

朱重感謝天地神明保祐之德，發心於各寺廟喜捨合殿香燭一套，供琉璃燈油三個月；齋戒沐浴，親往拈香禮拜。先從昭慶寺起，其他靈隱、法相、淨慈、天竺等寺，以次而行。就中單說天竺寺，是觀音大士的香火，有上天竺、中天竺、下天竺，三處香火俱盛，卻是山路，不通舟楫。朱重叫從人挑了一擔香燭，三擔清油，自己乘轎而往。先到上天竺來。寺僧迎接上殿，老香火秦公點燭添香。此時朱重居移氣，養移體，儀容魁岸，非復幼時面目，秦公哪裡認得他是兒子？只因油桶上有個大大的大秦字，又有汴梁二字，心中甚以為奇。也是天然湊巧。剛剛到上天竺，偏用著這兩隻油桶。朱重拈香已畢，秦公托出茶盤，主僧奉茶。秦公問道：「不敢動問施主，這油桶上為何有此三字？」朱重聽得問聲，帶著汴梁人的土音，忙問道：「老香火，你問他怎麼？莫非也是汴梁人麼？」秦公道：「正是。」朱重道：「你姓甚名誰？為何在此出家？共有幾年了？」秦公把自己姓名鄉里，細細告訴：「某年上避兵來此，因無活計，將十三歲的兒子秦重，過繼與朱家。如今有八年之遠。一向為年老多病，不曾下山問得信息。」朱重一把抱住，放聲大哭道：「孩兒便是秦重。向在朱家挑油買賣。正為要訪求父親下落，故此於油桶上，寫汴梁秦三字，做個標識。誰知此地相逢！真乃天與其便！」衆僧見他父子別了八年，今朝重會，各各稱奇。朱重這一日，就歇在上天竺，與父親同宿，各敘情節，次日，取出中天竺、下天竺兩個疏頭換過，內中朱重，仍改做秦重，復了本姓，兩處燒香禮拜已畢，轉到上天竺，要請父親回家，安樂供養。秦公出家已久，吃素持齋，不願隨兒子回家。秦重道：「父親別了八年，孩兒有缺侍奉。況孩兒新娶媳婦，也得他拜見公公方是。」秦公只得依允。秦重將轎子讓與父親乘坐，自己步行，直到家中。秦重取出一套新衣，與父親換了，中堂設坐，同妻莘氏雙雙參拜。親家莘公、親母阮氏，齊來見禮。此日大排筵席。秦公不肯開葷，素酒素食。次日，鄰里斂財稱賀。一則新婚，二則新娘子家眷團圓，三則父子重逢，四則秦小官歸宗復生，共是四重大喜。一連又吃了幾日喜酒。秦公不願家居，思想上天竺故處清淨出家。秦重不敢違親之志，將銀二百兩，於上天竺另造淨室一所，送父親到彼居住。其日用供給，按月送去。每十日親往候問一次。每一季同莘氏往候一次。那秦公活到八十餘，端坐而化。遺命葬於本山。此是後話。

卻說秦重和莘氏，夫妻偕老，生下兩個孩兒，俱讀書成名。至今風月中市語，凡人誇善於幫襯，都叫做「秦小官」，又叫「賣油郎」。有詩為證：

春來處處百花新，蜂蝶紛紛競採春。
堪愛豪家多子弟，風流不及賣油人。

——明・馮夢龍編著《醒世恆言》，卷三

杜十娘怒沉百寶箱

掃蕩殘胡立帝畿，龍翔鳳舞勢崔嵬；左環滄海天一帶，右擁太行山萬圍。
戈戟九邊雄絕塞，衣冠萬國仰垂衣；太平人樂華胥世，永永金甌共日輝。

這首詩，單誇我朝燕京建都之盛。說起燕都的形勢，北倚雄關，南壓區夏，真乃金城天府，萬年不拔之基。當先洪武爺掃蕩胡塵，定鼎金陵，是為南京。到永樂爺從北平起兵靖難，遷於燕都，是為北京。只因這一遷，把個苦寒地面，變做花錦世界。自永樂爺九傳至於萬曆爺，此乃我朝第十一代的天子。這位天子，聰明神武，德福兼全，十歲登基，在位四十八年，削平了三處寇亂。哪三處？

日本關白平秀吉，西夏哱承恩，播州楊應龍。

平秀吉侵犯朝鮮，哱承恩、楊應龍是土官謀叛，先後削平。遠夷莫不畏服，爭來朝貢。真個是：

一人有慶民安樂，四海無虞國太平。

話中單表萬曆二十年間，日本國關白作亂，侵犯朝鮮。朝鮮國王上表告急，天朝發兵泛海往救。有戶部官奏准：目今兵興之際，糧餉未充，暫開納粟入監之例。原來納粟入監的，有幾般便宜：好讀書，好科舉，好中，結末來又有個小小前程結果。以此宦家公子，富室子弟，倒不願做秀才，都去援例做太學生。自開了這例，兩京太學生，各添至千人之外。內中有一人，姓李名甲，字干先，浙江紹興府人氏。父親李布政所生三兒，惟甲居長。自幼讀書在庠，未得登科，援例入於北雍。因在京坐監，與同鄉柳遇春監生同遊教坊司院內，與一個名姬相遇。那名姬姓杜名媺，排行第十，院中都稱為杜十娘，生得：

渾身雅豔，遍體嬌香，兩彎眉畫遠山青，一對眼明秋水潤。臉如蓮萼，分明卓氏文君，唇似櫻桃，何減白家樊素。可憐一片無瑕玉，誤落風塵花柳中。

那杜十娘自十三歲破瓜，今一十九歲，七年之內，不知歷過了多少公子王孫，一個個情迷意蕩，破家蕩產而不惜。院中傳出四句口號來，道是：

坐中若有杜十娘，斗筲之量飲千觴；院中若識杜老媺，千家粉面都如鬼。

卻說李公子風流年少，未逢美色，自遇了杜十娘，喜出望外，把花柳情懷，一擔兒挑在他身上。那公子俊俏龐兒，溫存性兒，又是撒漫的手兒，幫襯的勤兒，與十娘一雙兩好，情投意合。十娘因見鴇兒貪財無義，久有從良之志；又見李公子忠厚志誠，甚有心向他。奈李公子懼怕老爺，不敢應承。雖則如此，兩下情好愈密，朝歡暮樂，終日相守，如夫婦一般，海誓山盟，各無他志。真個：

恩深似海恩無底，義重如山義更高。

再說杜媽媽，女兒被李公子占住，別的富家巨室，聞名上門，求一見而不可得。初時李公子撒漫用錢，大差大使，媽媽脅肩諂笑，奉承不暇。日往月來，不覺一年有餘，李公子囊篋漸漸空虛，手不應心，媽媽也就怠慢了。老布政在家聞知兒子闝院，幾遍寫字來喚他回去。他迷戀十娘顏色，終日延捱。後來聞知老爺在家發怒，愈不敢回。古人云：「以利相交者，利盡而疎。」那杜十娘與李公子真情相好，見他手頭愈短，心頭愈熱。媽媽也幾遍教女兒打發李甲出院，見女兒不統口，又幾遍將言語觸突李公子，要激怒他起身。公子性本溫克，詞氣愈和，媽媽沒奈何，日逐只將十娘叱罵道：「我們行戶人家，喫客穿客，前門送舊，後門迎新，門庭鬧如火，錢帛堆成垜。自從那李甲在此，混帳一年有餘，莫說新客，連舊主顧都斷了，分明接了個鍾馗老，連小鬼也沒得上門。弄得老娘一家人家，有氣無煙，成什麼模樣！」杜十娘被罵，耐性不住，便回答道：「那李公子不是空手上門的，也曾費過大錢來。」媽媽道：「彼一時，此一時，你只教他今日費些小錢兒，把與老娘辦些柴米，養你兩口也好。別人家養的女兒便是搖錢樹，千生萬活，偏我家晦氣，養了個退財白虎，開了大門，七件事般般都在老身心上。倒替你這小賤人白白養著窮漢，教我衣食從何處來？你對那窮漢說：有本事出幾兩銀子與我，倒得你跟了他去，我別討個丫頭過活卻不好？」十娘道：「媽媽，這話是真是假？」媽媽曉得李甲囊無一錢，衣衫都典盡了，料他沒處設法，便應道：「老娘從不說謊，當真哩。」十娘道：「娘，你要他許多銀子？」媽媽道：「若是別人，千把銀子也討了，可憐那窮漢出不起，只要他三百兩，我自去討一個粉頭代替。只一件，須是三日內交付與我。左手交銀，右手交人。若三日沒有銀時，老身也不管三七二十一，公子不公子，一頓孤拐，打那光棍出去。那時莫怪老身！」十娘道：「公子雖在客邊乏鈔，諒三百金還措辦得來。只是三日忒近，限他十日便好。」媽媽想道：「這窮漢一雙赤手，便限他一百日，他哪裡來銀子？沒有銀子，便鐵皮包臉，料也無顏上門。那時重整家風，媺兒也沒得話講。」答應道：「看你面，便寬到十日。第十日沒有銀子，不干老娘之事。」十娘道：「若十日內無銀，料他也無顏再見了。只怕有了三百兩銀子，媽媽又翻悔起來。」媽媽道：「老身年五十一歲了，又奉十齋，怎敢說謊？不信時與你拍掌為定。若翻悔時，做豬做狗。」

從來海水斗難量，可笑虔婆意不良；料定窮儒囊底竭，故將財禮難嬌娘。

是夜，十娘與公子在枕邊，議及終身之事。公子道：「我非無此心。但教坊落籍，其費甚多，非千金不可。我囊空如洗，如之奈何！」十娘道：「妾已與媽媽議定只要三百金，但須十日內措辦。郎君遊資雖罄，然都中豈無親友，可以借貸？倘得如數，妾身遂為君之所有，省受虔婆之氣。」公子道：「親友中為我留戀行院，都不相顧。明日只做束裝起身，各家告辭，就開口假貸路費，湊聚將來，或可滿得此數。」起身梳洗，別了十娘出門。十娘道：「用心作速，專聽佳音。」公子道：「不須分付。」公子出了院門，來到三親四友處，假說起身告別，眾人也倒歡喜。後來敘到路費欠缺，意欲借貸。常言道：「說著錢，便無緣。」親友們就不招架。他們也見得是，道李公子是風流浪子，迷戀煙花，年許不歸，父親都為他氣壞在家。他今日抖然要回，未知真假。倘或說騙盤纏到手，又去還脂粉錢，父親知道，將好意翻成惡意，始終只是一怪，不如辭了乾淨。便回道：「目今正值空乏，不能相濟，慚愧！慚愧！」人人如此，個個皆然，並沒有個慷慨丈夫，肯統口許他一十二十兩。李公子一連奔走了三日，分毫無獲，又不敢回絕十娘，權且含糊答應。到第四日又沒想頭，就羞回院中。平日間有了杜家，連下處也沒有了，今日就無處投宿。只得往同鄉柳監生寓所借歇。柳遇春見公子愁容可掬，問其來歷。公子將杜十娘願嫁之情，備細說了。遇春搖首道：「未必，未必。那杜媺曲中第一名姬，要從良時，怕沒有十斛明珠，千金聘禮？那鴇兒如何只要三百兩？想鴇兒怪你無錢使用，白白占住他的女兒，設計打發你出門。那婦人與你相處已久，又礙卻面皮，不好明言。明知你手內空虛，故意將三百兩賣個人情，限你十日。若十日沒有，你也不好上門。便上門時，他會說你笑你，落得一場褻瀆，自然安身不牢，此乃煙花逐客之計。足下三思，休被其惑。據弟愚意，不如早早開交為上。」公子聽說，半晌無言，心中疑惑不定。遇春又道：「足下莫要錯了主意。你若真個還鄉，不多幾兩盤費，還有人搭救。若是要三百兩時，莫說十日，就是十個月也難。如今的世情，哪肯顧緩急二字的？那煙花也算定你沒處告債，故意設法難你。」公子道：「仁兄所見良是。」口裡雖如此說，心中割捨不下。依舊又往外邊東央西告，只是夜裡不進院門了。公子在柳監生寓中，一連住了三日，共是六日了。杜十娘連日不見公子進院，十分著緊，就教小廝四兒街上去尋。四兒尋到大街，恰好遇見公子。四兒叫道：「李姐夫，娘在家裡望你。」公子自覺無顏，回覆道：「今日不得工夫，明日來罷。」四兒奉了十娘之命，一把扯住，死也不放。道：「娘叫咱尋你。是必同去走一遭。」李公子心上也牽掛著表子，沒奈何，只得隨四兒進院。見了十娘，嘿嘿無言。十娘問道：「所謀之事如何？」公子眼中流下淚來。十娘道：「莫非人情淡薄，不能足三百之數麼？」公子含淚而言，道出二句：「

不信上山擒虎易，果然開口告人難。

一連奔走六日，並無銖兩，一雙空手，羞見芳卿，故此這幾日不敢進院。今日承命呼喚，忍恥而來，非某不用心，實是世情如此。」十娘道：「此言休使虔婆知道。郎君今夜且住，妾別有商議。」十娘自備酒餚，與公子歡飲。睡至半夜，十娘對公子道：「郎君果不能辦一錢耶？妾終身之事，當如何也？」公子只是流涕，不能答一語。漸漸五更天曉。十娘道：「妾所臥絮褥內藏有碎銀一百五十兩，此妾私蓄，郎君可持去。三百金，妾任其半，郎君亦謀其半，庶易為力。限只四日，萬勿遲誤。」十娘起身將褥付公子，公子驚喜過望。喚童兒持褥而去。逕到柳遇春寓中，又把夜來之情與遇春說了。將褥拆開看時，絮中都裹著零碎銀子，取出兌時果是一百五十兩。遇春大驚道：「此婦真有心人也。既係真情，不可相負。吾當代為足下謀之。」公子道：「倘得玉成，絕不有負。」當下柳遇春留李公子在寓，自出頭各處去借貸。兩日之內，湊足一百五十兩交付公子道：「吾代為足下告債，非為足下，實憐杜十娘之情也。」李甲拿了三百兩銀子，喜從天降，笑逐顏開，欣欣然來見十娘，剛是第九日，還不足十日。十娘問道：「前日分毫難借，今日如何就有一百五十兩？」公子將柳監生事情，又述了一遍。十娘以手加額道：「使吾二人得遂其願者，柳君之力也。」兩個歡天喜地，又在院中過了一晚。次日十娘早起，對李甲道：「此銀一交，便當隨郎君去矣。舟車之類，合當預備。妾昨日於姐妹中借得白銀二十兩，郎君可收下為行資也。」公子正愁路費無出，但不敢開口，得銀甚喜。說猶未了，鴇兒恰來敲門叫道：「媺兒，今日是第十日了。」公子聞叫，啓戶相延道：「承媽媽厚意，正欲相請。」便將銀三百兩放在桌上。鴇兒不料公子有銀，嘿然變色，似有悔意。十娘道：「兒在媽媽家中八年，所致金帛，不下數千金矣。今日從良美事，又媽媽親口所訂，三百金不欠分毫，又不曾過期。倘若媽媽失信不許，郎君持銀去，兒即刻自盡。恐那時人財兩失，悔之無及也。」鴇兒無詞以對。腹內籌畫了半晌，只得取天平兌準了銀子，說道：「事已如此，料留你不住了。只是你要去時，即今就去。平時穿戴衣飾之類，毫釐休想。」說罷，將公子和十娘推出房門，討鎖來就落了鎖。此時九月天氣。十娘才下床，尚未梳洗，隨身舊衣，就拜了媽媽兩拜。李公子也作了一揖。一夫一婦，離了虔婆大門。

鯉魚脫卻金鉤去，擺尾搖頭再不來。

公子教十娘且住片時：「我去喚個小轎抬你，權往柳榮卿寓所去，再作道理。」十娘道：「院中諸姐妹平昔相厚，理宜話別。況前日又承他借貸路費，不可不一謝也。」乃同公子到各姐妹處謝別。姐妹中惟謝月朗徐素素與杜家相近，尤與十娘親厚。十娘先到謝月朗家。月朗見十娘禿髻舊衫，驚問其故。十娘備述來因。又引李甲相見。十娘指月朗道：「前日路資，是此位姐姐所貸，郎君可致謝。」李甲連連作揖。月朗便教十娘梳洗，一面去請徐素素來家相會。十娘梳洗已畢，謝徐二美人各出所有，翠鈿金釧、瑤簪寶珥、錦袖花裙、鸞帶繡履，把杜十娘裝扮得煥然一新，備酒作慶賀筵席。月朗讓臥房與李甲、杜媺二人過宿。次日，又大排筵席，遍請院中姐妹。凡十娘相厚者，無不畢集。都與他夫婦把盞稱喜。吹彈歌舞，各逞其長，務要盡歡，直飲至夜分。十娘向眾姐妹，一一稱謝。眾姐妹道：「十姐為風流領袖，今從郎君去，我等相見無日。何日長行，姐妹們尚當奉送。」月朗道：「候有定期，小妹當來相報。但阿姐千里間關，同郎君遠去，囊篋蕭條，曾無約束，此乃吾等之事。當相與共謀之，勿令姐有窮途之慮也。」眾姐妹各唯唯而散。是晚，公子和十娘仍宿謝家。至五鼓，十娘對公子道：「吾等此去，何處安身？郎君亦曾計議有定著否？」公子道：「老父盛怒之下，若知娶妓而歸，必然加以不堪，反致相累。輾轉尋思，尚未有萬全之策。」十娘道：「父子天性，豈能終絕？既然倉卒難犯，不若與郎君於蘇杭勝地，權作浮居。郎君先回，求親友於尊大人面前勸解和順，然後攜妾于歸，彼此安妥。」公子道：「此言甚當。」次日，二人起身辭了謝月朗，暫往柳監生寓中，整頓行裝。杜十娘見了柳遇春，倒身下拜，謝其周全之德：「異日我夫婦必當重報。」遇春慌忙答禮道：「十娘鍾情所歡，不以貧窶易心，此乃女中豪傑。僕因風吹火，諒區區何足掛齒！」三人又飲了一日酒。次早，擇了出行吉日，雇倩轎馬停當。十娘又遣童兒寄信，別謝月朗。臨行之際，只見肩輿紛紛而至，乃謝月朗與徐素素拉眾姐妹來送行。月朗道：「十姐從郎君千里間關，囊中消索，吾等甚不能忘情。今合具薄贐，十姐可檢收，或長途空乏，亦可少助。」說罷，命從人挈一描金文具至前，封鎖甚固，正不知什麼東西在裡面。十娘也不開看，也不推辭，但殷勤作謝而已。須臾，輿馬齊集，僕夫催促起身。柳監生三杯別酒，和衆美人送出崇文門外，各各垂淚而別。正是：

他日重逢難預必，此時分手最堪憐。

再說李公子同杜十娘行至潞河，捨陸從舟，卻好有瓜洲差使船轉回之便，講定船錢，包了艙口。比及下船時，李公子囊中並無分文餘剩。你道杜十娘把二十兩銀子與公子，如何就沒了？公子在院中闞得衣衫藍縷，銀子到手，未免在解庫中取贖幾件穿著，又治辦了鋪蓋，剩來只夠轎馬之費。公子正當愁悶，十娘道：「郎君勿憂，衆姐妹合贈，必有所濟。」乃取鑰開箱。公子在旁自覺慚愧，也不敢窺覷箱中虛實。只見十娘在箱裡取出一個紅絹袋來，擲於桌上道：「郎君可開看之。」公子提在手中，覺得沉重，啓而觀之，皆是白銀，計數整五十兩。十娘仍將箱子下鎖，亦不言箱中更有何物。但對公子道：「承衆姐妹高情，不惟途路不乏，即他日浮寓吳越間，亦可稍佐吾夫妻山水之費矣。」公子且驚且喜道：「若不遇恩卿，我李甲流落他鄉，死無葬身之地矣。此情此德，白頭不敢忘也。」自此每談及往事，公子必感激流涕。十娘亦曲意撫慰，一路無話。不一日，行至瓜洲，大船停泊岸口，公子別雇了民船，安放行李。約明日侵晨，剪江而渡。其時仲冬中旬，月明如水，公子和十娘坐於舟首。公子道：「自出都門，困守一艙之中，四顧有人，未得暢語。今日獨據一舟，更無避忌。且已離塞北，初近江南，宜開懷暢飲，以舒向來抑鬱之氣，恩卿以為何如？」十娘道：「妾久疎談笑，亦有此心，郎君言及，足見同志耳。」公子乃攜酒具於船首，與十娘鋪氈並坐，傳杯交盞。飲至半酣，公子執卮對十娘道：「恩卿妙音，六院推首。某相遇之初，每聞絕調，輒不禁神魂之飛動。心事多違，彼此鬱鬱，鸞鳴鳳奏，久矣不聞。今清江明月，深夜無人，肯為我一歌否？」十娘興亦勃發，遂開喉頓嗓，取扇按拍，嗚嗚咽咽，歌出元人施君美《拜月亭》雜劇上〈狀元執盞與嬋娟〉一曲，名〈小桃紅〉。真個：

聲飛霄漢雲皆駐，響入深泉魚出遊。

卻說他舟有一少年，姓孫名富字善賚，徽州新安人氏。家資鉅萬，積祖揚州種鹽。年方二十，也是南雍中朋友。生性風流，慣向青樓買笑，紅粉追歡，若嘲風弄月，倒是個輕薄的頭兒。事有偶然，其夜亦泊舟瓜洲渡口，獨酌無聊。忽聽得歌聲嘹亮，鳳吟鸞吹，不足喻其美。起立船頭，佇聽半晌，方知聲出鄰舟。正欲相訪，音響倏已寂然。乃遣僕者潛窺蹤跡，訪於舟人。但曉得是李相公雇的船，並不知歌者來歷。孫富想道：「此歌者必非良家，怎生得他一見？」輾轉尋思，通宵不寐。捱至五更，忽聞江風大作。及曉，彤雲密布，狂雪飛舞。怎見得，有詩為證：

千山雲樹滅，萬徑人蹤絕；扁舟蓑笠翁，獨釣寒江雪。

因這風雪阻渡，舟不得開。孫富命艄公移船，泊於李家舟之旁，孫富貂帽狐裘，推窗假作看雪。值十娘梳洗方畢，纖纖玉手，揭起舟旁短簾，自潑盂中殘水，粉容微露，卻被孫富窺見了，果是國色天香。魂搖心蕩，迎眸注目，等候再見一面，杳不可得。沉思久之，乃倚窗高吟高學士〈梅花〉詩二句，道：

雪滿山中高士臥，月明林下美人來。

李甲聽得鄰舟吟詩，舒頭出艙，看是何人。只因這一看，正中了孫富之計。孫富吟詩，正要引李公子出頭，他好趁機攀話。當下慌忙舉手，就問：「老兄尊姓何諱？」李公子敘了姓名鄉貫，少不得也問那孫富。孫富也敘過了。又敘了些太學中的閒話，漸漸親熟。孫富便道：「風雪阻舟，乃天遣與尊兄相會，實小弟之幸也。舟次無聊，欲同尊兄上岸，就酒肆中一酌，少領清誨，萬望不拒。」公子道：「萍水相逢，何當厚擾？」孫富道：「說哪裡話！『四海之內，皆兄弟也』。」喝教艄公打跳，童兒張傘，迎接公子過船，就於船頭作揖。然後讓公子先行，自己隨後，各各登跳上涯。行不數步，就有個酒樓，二人上樓，揀一副潔淨座頭，靠窗而坐。酒保列下酒餚。孫富舉杯相勸，二人賞雪飲酒。先說些斯文中套話。漸漸引入花柳之事。二人都是過來之人，志同道合，說得入港，一發成相知了。孫富屏去左右，低低問道：「昨夜尊舟清歌者，何人也？」李甲正要賣弄在行，遂實說道：「此乃北京名姬杜十娘也。」孫富道：「既係曲中姐妹，何以歸兄？」公子遂將初遇杜十娘，如何相好，後來如何要嫁，如何借銀討他，始末根由，備細述了一遍。孫富道：「兄攜麗人而歸，固是快事，但不知尊府中能相容否？」公子道：「賤室不足慮。所慮者，老父性嚴，尚費躊躇耳！」孫富將機就機，便問道：「既是尊大人未必相容，兄所攜麗人，何處安頓？亦曾通知麗人，共作計較否？」公子攢眉而答道：「此事曾與小妾議之。」孫富欣然問道：「尊寵必有妙策。」公子道：「他意欲僑居蘇杭，流連山水。使小弟先回，求親友宛轉於家君之前。俟家君回嗔作喜，然後圖歸。高明以為何如？」孫富沉吟半晌，故作愀然之色，道：「小弟乍會之間，交淺言深，誠恐見怪。」公子道：「正賴高明指教，何必謙遜？」孫富道：「尊大人位居方面，必嚴帷薄之嫌，平時既怪兄遊非禮之地，今日豈容兄娶不節之人？況且賢親貴友，誰不迎合尊大人之意者？兄枉去求他，必然相拒。就有個不識時務的進言於尊大人之前，見尊大人意思不允，他就轉口了。兄進不能和睦家庭，退無詞以回覆尊寵。即使流連山水，亦非長久之計。萬一資斧困竭，豈不進退兩難！」公子自知手中只有五十金，此時費去大半，說到資斧困竭，進退兩難，不覺點頭道是。孫富又道：「小弟還有句心腹之談，兄肯俯聽否？」公子道：「承兄過愛，更求盡言。」孫富道：「疎不間親，還是莫說罷。」公子道：「但說何妨。」孫富道：「自古道：『婦人水性無常。』況煙花之輩，少真多假。他既係六院名姝，相識定滿天下；或者南邊原有舊約，借兄之力，挈帶而來，以為他適之地。」公子道：「這個恐未必然。」孫富道：

「即不然，江南子弟，最工輕薄，兄留麗人獨居，難保無踰牆鑽穴之事。若挈之同歸，愈增尊大人之怒。為兄之計，未有善策。況父子天倫，必不可絕。若為妾而觸父，因妓而棄家，海內必以兄為浮浪不經之人。異日妻不以為夫，弟不以為兄，同袍不以為友，兄何以立於天地之間？兄今日不可不熟思也！」公子聞言，茫然自失，移席問計：「據高明之見，何以教我？」孫富道：「僕有一計，於兄甚便。只恐兄溺枕席之愛，未必能行，使僕空費詞說耳！」公子道：「兄誠有良策，使弟再覩家園之樂，乃弟之恩人也。又何憚而不言耶？」孫富道：「兄飄零歲餘，嚴親懷怒，閨閣離心，設身以處兄之地，誠寢食不安之時也。然尊大人所以怒兄者，不過為迷花戀柳，揮金如土，異日必為棄家蕩產之人，不堪承繼家業耳！兄今日空手而歸，正觸其怒。兄倘能割衽席之愛，見機而作，僕願以千金相贈。兄得千金，以報尊大人，只說在京授館，並不曾浪費分毫，尊大人必然相信。從此家庭和睦，當無間言。須臾之間，轉禍為福。兄請三思，僕非貪麗人之色，實為兄效忠於萬一也！」李甲原是沒主意的人，本心懼怕老子，被孫富一席話，說透胸中之疑，起身作揖道：「聞兄大教，頓開茅塞。但小妾千里相從，義難頓絕，容歸與商之。得其心肯，當奉復耳。」孫富道：「說話之間，宜放婉曲。彼既忠心為兄，必不忍使兄父子分離，定然玉成兄還鄉之事矣。」二人飲了一回酒，風停雪止，天色已晚。孫富教家僮算還了酒錢，與公子攜手下船。正是：

逢人且說三分話，未可全拋一片心。

卻說杜十娘在舟中，擺設酒果，欲與公子小酌，竟日未回，挑燈以待。公子下船，十娘起迎。見公子顏色匆匆，似有不樂之意，乃滿斟熱酒勸之。公子搖首不飲。一言不發，竟自床上睡了。十娘心中不悅，乃收拾杯盤，為公子解衣就枕，問道：「今日有何見聞，而懷抱鬱鬱如此？」公子歎息而已，終不啓口。問了三四次，公子已睡去了。十娘委決不下，坐於床頭而不能寐。到夜半，公子醒來，又歎一口氣。十娘道：「郎君有何難言之事，頻頻歎息？」公子擁被而起，欲言不語者幾次，撲簌簌掉下淚來。十娘抱持公子於懷間，軟言撫慰道：「妾與郎君情好，已及二載，千辛萬苦，歷歷艱難，得有今日。然相從數千里，未曾哀戚。今將渡江，方圖百年歡笑，如何反起悲傷，必有其故。夫婦之間，死生相共，有事儘可商量，萬勿諱也。」公子再四被逼不過，只得含淚而言道：「僕天涯窮困，蒙恩卿不棄，委曲相從，誠乃莫大之德也。但反覆思之，老父位居方面，拘於禮法，況素性方嚴，恐添嗔怒，必加黜逐。你我流蕩，將何底止？夫婦之歡難保，父子之倫又絕。日間蒙新安孫友邀飲，為我籌及此事，寸心如割。」十娘大驚道：「郎君意將如何？」公子道：「僕事內之人，當局而迷。孫友為我畫一計頗善，但恐恩卿不從耳！」十娘道：「孫友者何人？計如果善，何不可從？」公子道：「孫友名富，新安鹽商，少年風流之士也。夜間聞子清歌，因而問及。僕告以來歷，並談及難歸之故，渠意欲以千金聘汝。我得千金，可藉口以見吾父母；而恩卿亦得所天。但情不能捨，是以悲泣。」說罷，淚如雨下。十娘放開兩手，冷笑一聲道：「為郎君畫此計者，此人乃大英雄也。郎君千金之資，既得恢復，而妾歸他姓又不致為行李之累，發乎情，止乎禮，誠兩便之策也。那千金在哪裡？」公子收淚道：「未得恩卿之諾，金尚留彼處，未曾過手。」十娘道：「明早快快應承了他，不可錯過機會。但千金重事，須得兌足交付郎君之手，妾始過舟，勿為賈豎子所欺。」時已四鼓，十娘即起身挑燈梳洗道：「今日之粧，乃迎新送舊，非比尋常。」於是脂粉香澤，用意修飾，花鈿繡襖，極其華豔，香風拂拂，光采照人。裝束方完，天色已曉。孫富差家童到船頭候信。十娘微窺公子，欣欣似有喜色，乃催公子快去回話，及早兌足銀子。公子親到孫富船中，回覆依允。孫富道：「兌銀易事，須得麗人粧台為信。」公子又回覆了十娘，十娘即指描金文具道：「可便抬去。」孫富喜甚。即將白銀一千兩，送到公子船中。十娘親自檢看，足色足數，分毫無爽。乃手把船舷，以手招孫富。孫富一見，魂不附體。十娘啓朱唇，開皓齒道：「方才箱子可暫發來，內有李郎路引一紙，可檢還之也。」孫富視十娘已為甕中之鱉，即命家童送那描金文具，安放船頭之上。十娘取鑰開鎖，內皆抽屜小箱。十娘叫公子抽第一層來看，只見翠羽明璫、瑤簪寶珥，充牣於中，約值數百金。十娘遽投之江中。李甲與孫富及兩船之人，無不驚詫。又命公子再抽一箱，乃玉簫金管。又抽一箱，盡古玉紫金玩器，約值數千金。十娘盡投之於水。舟中岸上之人，觀者如堵。齊聲道：「可惜可惜！」正不知什麼緣故。最後又抽一箱，箱中復有一匣。開匣視之，夜明之珠，約有盈把。其他祖母綠、貓兒眼，諸般異寶，目所未睹，莫能定其價之多少。眾人齊聲喝采，喧聲如雷。十娘又欲投之於江。李甲不覺大悔，抱持十娘慟哭，那孫富也來勸解。十娘推開公子在一邊，向孫富罵道：「我與李郎備嘗艱苦，不是容易到此，汝以姦淫之意，巧為讒說，一旦破人姻緣，斷人恩愛，乃我之仇人。我死而有知，必當訴之神明，尚妄想枕席之歡乎！」又對李甲道：「妾風塵數年，私有所積，本為終身之計。自遇郎君，山盟海誓，白首不渝。前出都之際，假託眾姐妹相贈，箱中韞藏百寶，不下萬金。將潤色郎君之裝，歸見父母，或憐妾有心，收佐中饋，得終委托，生死無憾。誰知郎君相信不深，惑於浮議，中道見棄，負妾一片真心。今日當眾目之前，開箱出視，使郎君知區區千金，未為難事。妾櫝中有玉，恨郎眼內無珠。命之不辰，風塵困瘁，甫得脫離，又遭棄捐。今眾人各有耳目，共作證明，妾不負郎君，郎君自負妾耳！」於是眾人聚觀者，無不流涕，都唾罵李公子負心薄倖。公子又羞又苦，且悔且泣，方欲向十娘謝罪。十娘抱持寶匣，向江心一跳。眾人急呼撈救。但見雲暗江心，波濤滾滾，杳無蹤影。可惜一個如花似玉的名姬，一旦葬於江魚之腹。

三魂渺渺歸水府，七魄悠悠入冥途。

當時旁觀之人，皆咬牙切齒，爭欲拳毆李甲和那孫富。慌得李孫二人，手足無措，急叫開船，分途遁去。李甲在舟中，看了千金，轉憶十娘，終日愧悔，鬱成狂疾，終身不痊。孫富自那日受驚，得病臥床月餘，終日見杜十娘在傍詬罵，奄奄而逝。人以為江中之報也。

卻說柳遇春在京坐監完滿，束裝回鄉，停舟瓜步。偶臨江淨臉，失墜銅盆於水，覓漁人打撈。及至撈起，乃是個小匣兒。遇春啓匣觀看，內皆明珠異寶，無價之珍。遇春厚賞漁人，留於床頭把玩。是夜夢見江中一女子，凌波而來，視之，乃杜十娘也。近前萬福，訴以李郎薄倖之事。又道：「向承君家慷慨，以一百五十金相助，本意息肩之後，徐圖報答。不意事無終始；然每懷盛情，悒悒未忘。早間曾以小匣託漁人奉致，聊表寸心，從此不復相見矣。」言訖，猛然驚醒，方知十娘已死，歎息累日。後人評論此事，以為孫富謀奪美色，輕擲千金，固非良士；李甲不識杜十娘一片苦心，碌碌蠢才，無足道者。獨謂十娘千古女俠，豈不能覓一佳侶，共跨秦樓之鳳，乃錯認李公子，明珠美玉，投於盲人，以致恩變為仇，萬種恩情，化為流水，深可惜也！有詩歎云：

不會風流莫妄談，單單情字費人參；若將情字能參透，喚作風流也不慚。

——《警世通言》，三十二卷

第四講　明清長篇小說

宋、元時期民間流行的說話藝術，啓發了明、清白話小說的寫作，短篇者略如前述，長篇方面量多質卻未必精，不過，其中《水滸傳》、《三國志演義》、《西遊記》、《金瓶梅詞話》和《紅樓夢》、《儒林外史》諸作，確實爲佼佼者。茲擇要介紹於後。

一、《三國志演義》

這部小說是根據三國時代魏、蜀、吳的故事寫成的，所謂「七分實事，三分虛構」。大體上先從漢末的黃巾之亂寫起，接著敘述劉備、關羽、張飛三人「桃園結義」，誓爲兄弟，並招兵買馬，欲興漢室。當時的梟雄曹操亦有心逐鹿，陸續掃滅北方的呂布、袁紹、袁術等人後，進而挾持漢獻帝，號令天下諸侯。劉備自命爲漢室宗親，請得諸葛亮出山相助，並聯盟孫權，於「赤壁」一役打敗曹操，形成鼎足三分的局勢。

後來，孫、劉因爭奪荊州，發生衝突。關羽敗走麥城，被孫權部將呂蒙的屬下潘璋所殺，張飛急切報仇，爲趕製素衣，拷打手下，竟被害死。劉備爲此大大銜恨東吳，完全不聽諸葛亮的勸阻，傾兵進攻江東，敗死在白帝城。諸葛亮受命託孤，輔佐劉禪登基，平定西南一帶，在四川建立蜀漢。孫權建立東吳。曹操之子曹丕則篡漢自立，成爲曹魏，史稱三國時代。最後，曹魏的相國司馬懿父子先翦滅蜀漢，奪取曹魏政權，又發兵平吳，天下復歸統一。

有關三國人物的種種英雄事蹟，唐代民間已頗爲流傳。到說書盛行的宋代，還有專門敷演三國故事的「講史」專家。元代的戲劇也屢次將這些素材搬上舞台，至治年間（西元一三二一—）新安的虞氏已有《三國志平話》的刻本。魯迅《中國小說史略》考證：

> 羅貫中本《三國志演義》，今得見者以明弘治甲寅（一四九四）刊本為最古，全書二十四卷，分二百四十回，題曰「晉平陽侯陳壽史傳，後學羅本貫中編次」。起於漢靈帝中平元年「祭天地桃園結義」，終於晉武帝太康元年「王濬計取石頭城」，凡首尾九十七年（一八四—二八〇）事實，皆排比陳壽《三國志》及裴松之注，間亦仍採平話，又加推演而作之；論斷頗取陳、裴及習鑿齒、孫盛語，且更引「史官」及「後人」詩。①

羅貫中的編寫，相當增強了歷史成分及文學風格，使得原本以因果報應爲起結的《平話》自然被淘汰，而羅本的成就也引動更多讀者的熱愛，是以刻本繁多。除弘治本外，有嘉靖壬午（一五二二）本、萬曆辛卯（一五九一）本、壬辰（一五九二）本、乙巳（一六〇五）本、庚戌（一六一〇）本等。

清初毛宗岡復依據羅本改寫，整理回目，修正文詞，削除論贊，增刪瑣事，改換詩文，而成爲六十卷百二十回本之《三國志演義》，時爲康熙初年，羅本乃不復流行。

《三國志演義》對後世的影響非常深遠，不只智謀戰略的敘述足爲用兵者倣傚，即於社會人心的描摹亦有不朽的價值。胡適認爲：

> 五百年來，無數失學國民從這部書裡得著了無數的常識與智慧，……學會了看書寫信作文的技能，……學得了做人與應世的本領。《四書》、《五經》不能滿足這個要求，二十四史與

①見魯迅《小說史論文集》之《中國小說史略》，頁一一三。

《通鑑》、《綱鑑》……《古文觀止》與《古文辭類纂》也不能滿足這個要求，但是《三國演義》恰能供給這個需求。②

說得很適切。何以這部小說如此廣受歡迎？重點恐怕不在於那些英雄人物的彪炳功業，而是大眾所喜愛的劉備、關羽、張飛、諸葛亮等人，就理想事功而言雖然失敗；然而，他們的人格卻煥發出動人的光輝。例如寫關羽，掛印封金，千里走單騎，過五關斬六將，以至於後來的華容道義釋曹操，無一處不是正義凜然。又寫張飛得到關羽的死訊時，是「旦夕號泣，血濕衣襟」，為了催製白旗白甲而拷打部下，竟然因此喪命於下屬之手。

至於劉備，《演義》寫他禮賢下士，三顧茅廬，千古傳為美談。史家陳壽說他「弘毅寬厚，知人待士。……舉國託孤於諸葛亮，而心神無貳，誠君臣之至公，古今之盛軌也」③，雖「機權幹略，不逮魏武，是以基宇亦狹；然折而不撓，終不為下者，仰揆彼之量，必不容己，非唯競利，且以避害云爾」④。應是中肯之論。劉備在漫長的發跡過程裡，都能冷靜理智思考利害得失，可是，關、張一死，他彷彿頓失手足，完全不理會孔明、趙雲、秦宓的苦勸，竟然感情用事到丟開強敵曹魏，傾兵伐吳復仇。即使東吳遣使「欲還荊州，送回夫人，永結盟好，共圖滅魏」，他仍不肯接受，弄到讎人盡戮的地步，結果被陸遜殺得片甲不留，臨終時對諸葛亮哀歎：

> 君才十倍曹丕，必能安國，終定大事。若嗣子可輔，輔之；如其不才，君可自取。⑤

---

②胡適〈《三國志演義》序〉，見《胡適文存》第二集第四卷，頁一六〇（台北　遠流　一九八六年）。

③陳壽《三國志．蜀志．先主傳》。

④同前註。

⑤同前註。

眞是讓人動容。三位異姓兄弟相繼身殉，適如書中所云「但求同年同月同日死」。劉備的功業終究殘破未竟，人格卻因此昇華。再看與劉備關係密切的孔明，在「受任於敗軍之際，奉命於危難之間」後，竭力安邦定國，一心一意對知遇者劉備，也對蜀漢，奔走到「鞠躬盡瘁，死而後已」。劉備說：「孤之有孔明，如魚之得水。」孔明果眞以生命相酬。這樣的君臣知己，不只成爲演義小說感人的力量，更是世間人情義理的典範。

《三國志演義》「崇劉黜曹」的思想，是宋代說話在「說三分」時，已經很盛行。羅貫中是元末明初人，親身遭受過異族的壓迫統治，所以有極強烈的「思漢」感情，而憎惡曹魏的「非正統」。但史家則以爲正統是曹魏，與民間凝聚而成的小說觀點大異其趣。

此外，曹操在宋以前並不「奸絕」，唐人在歌頌太宗時說他「神武同魏祖」。史書上說曹操是「非常之人，超世之傑」，「總御皇機，克成洪業」，他同時還是建安時期的文壇領袖。可是，曹操「許田射鹿」的跋扈、「馬踏青田割髮代首」的險詐權謀，以及錯殺呂伯奢一家的寡情，和逼宮殺后的狠毒……都成爲演義小說諷罵他的素材。《三國志演義》雖然部分違反了歷史的眞實，但畢竟獲致可貴的藝術成果。除了曹操「奸絕」刻劃得特出以外，關羽的「義絕」與孔明的「智絕」，都同樣在「尊劉抑曹」的觀點下，成爲人格完美的小說人物。

即便如史書所言，關羽的「剛而自矜」必須對蜀漢的敗亡負起絕大責任，可是通過演義的魅力，已使他成爲民間長久普遍崇奉的神祇。他的義勇雙全，金聖嘆讚之爲「古今名將中第一奇人」。明萬曆四十二年關羽受封爲忠義神武大帝，清乾隆四十一年復封靈佑忠義侯。至今華人地區遍佈的關帝信仰，在在說明關羽是多麼深入人心。

而諸葛亮的受人崇敬，本來是由於他忠良無私的人格。不過，《演義》比較強調他神機妙算的異能，例如南屏祭風、草船借箭，以及七擒孟獲的奇詭本領等等。陳壽《三國志》說諸葛亮「蓋應變將略，非其所長歟？」又云：「亮才於治戎爲長，奇謀爲短，理民之幹，優於將略。」顯然這些特質在《演義》中已被轉化成不同的描塑，故魯迅《中國小說史略》認爲小說「狀諸葛之多智而近妖」⑥。《三國志演義》雖然立場偏袒蜀漢，但對於曹、吳兩國的忠臣義士仍然給予以無比的敬意。如寫審配忠於袁紹，冀州城陷，不肯投降曹操，臨刑時叱行刑者曰：「吾主在北，不可使我面南而死！」乃向北跪，引頸就刃。又如孔明進攻劉璋益州，活捉張任。劉備勸降，張任怒目斥說：「忠臣豈肯事二主乎？」一心求死。孔明下命斬之以全其名。其他如許褚、韋典之忠於曹操，也都刻劃得慷慨動人。

這部作品是從說話的「講史」傳統發展出來的，它對後來的歷史小說，像《封神演義》、《東周列國志》、《隋唐演義》、《說岳全傳》、《三遂平妖傳》等，都有引導的作用。

二、《水滸傳》

《水滸傳》敘寫北宋末年朝政腐敗，奸佞當道，以致社會紊亂，民不聊生。宋江等一百零八個英雄好漢，身受各種打擊折磨，在走投無路下，標榜「替天行道」，落草梁山爲寇的故事。《水滸傳》的材料來源極廣，有《宋史》、《大宋宣和遺事》，以及宋人各種筆記傳說和元雜劇等。宋江在《宋史》中確有其人，只是記載簡略，而「梁山」即位於現在中國山東省壽張縣（一說梁山縣）的東南。北宋時黃河潰決，梁山附近形成一處大水泊，被稱爲「梁山泊」或「梁山濼」，《水滸傳》泛稱之爲「水滸」。

宋代時，宋江等人的故事早已喧騰眾口，經過民間輾轉傳述，又被宋、元許多說話人一再渲染誇張，隨後敷演爲戲劇，內容變得更爲複雜曲折。大抵在元以前，這些梁山人物還只是大盜，故事亦尚未定型，宋江只是一名「勇悍狂俠」而已。後來因爲外患日亟，人們不免對這群驃悍驍勇的人物寄予幻想期望。龔聖與曾爲宋江等三十六人作畫作贊，而周密則仍稱「此皆群盜之靡耳」。

⑥同註①，頁一一四。

把這群盜寇演變成英雄，恐怕是明代以後的事。從北宋徽宗宣和到明世宗嘉靖，大約有四百年的時間，梁山泊的故事迭經無數文人的增潤飾色，也遭到許多書賈的改頭換面，因此版本極爲繁雜⑦。概要而言，最早整理編寫成書的人應是元代末年的施耐庵，加以改編續成的是其門人羅貫中，這個「羅本」是一切《水滸傳》的祖本，但已失傳。

首先修改羅本的，是明世宗時的郭勳，此一百回本《忠義水滸傳》，魯迅《中國小說史略》認爲郭氏「惟于文辭，乃大有增刪，幾乎改觀，除去惡詩，增益駢語；描寫亦愈入細微」⑧。舊本《水滸傳》從洪太尉誤走妖魔寫起，而後出現史進、魯智深，接下來的幾樁大事件是夥劫生辰綱（「生辰綱」指北京大名府留守梁中書給岳父蔡京送的生日禮），怒殺閻婆惜，大鬧江州，三打祝家莊，攻打曾頭市，接著梁山泊英雄排座次，鬧攻東京，二敗童貫，三敗高太尉，之後全夥受朝廷招安，出征方臘，終於功成遭害，魂聚蓼兒洼。郭本百回於「征方臘」前多加一「征遼」之役。

明朝天啓、崇禎年間，楊定見以郭本爲基礎，加入征田虎、征王慶的情節，而成百二十回本《水滸傳》。清初的金聖嘆以爲《水滸傳》從七十一回以後是「惡札」，於是修改第一回爲楔子，以後則是七十整回，終了增補一段「梁山泊英雄驚噩夢」結束全書。在眾多版本中，金本最爲流通。金氏極愛《水滸傳》，卻極恨宋江，這是因爲他生於流賊遍天下的時代，眼見張獻忠、李自成一班強盜流毒全國，故覺得強盜不能提倡，應該口誅筆伐⑨。清以後，世情變遷，觀點就不一樣了。

一般認爲，「亂自上作，官逼民反」是這部小說的主題。魯迅《中國小說史略》說：「宋代外敵憑陵，國

⑦孟瑤《中國小說史》，頁三五七—三六四。

⑧同註①，頁一二七。

⑨同註①，頁一三一—一三二。

政弛廢，轉思草澤，蓋亦人情。」⑩小說中所謂的「忠義堂」，不外是此輩草莽「替天行道」的烏托邦。他們最大的悲劇在於，儘管反抗現實，要力誅「酷吏贓官」，可是卻念茲在茲「忠心報答趙官家」，渴望被朝廷「招安」。例如宋江在潯陽樓上題反詩，表白他「潛伏爪牙忍受」的痛苦，「血染潯陽江口」的憤怒，以及「敢笑黃巢不丈夫」的反抗；但是當他們艱辛地打開一個新局面，眾好漢聚義梁山，正待安排座次時，宋江竟忍不住高唱起：

望天王降詔，早招安，心方足。⑪

即使三番兩次惹得武松反感、李逵震怒哭鬧，這一團解不開的矛盾情結，終於還是經由代表人物宋江把眾人引向悲劇的核心。來自梁山集團內部「無力回天」的自我放棄，其結局只能是，也必然是功成受害後的「魂聚蓼兒洼」。一如牟宗三《生命的學問．水滸世界》所說的：「驚天動地即是寂天寞地。」⑫

《水滸傳》一方面繼承民間「說話」的傳統，一方面又加入豐富的創意，有的故事單線發展，有的則曲折複雜。著名的「智劫生辰綱」、「梁山泊好漢劫法場」和「三打祝家莊」，都寫得緊湊有力、靈活精確。至於人物刻劃，更是有口皆碑。例如林沖，原是東京八十萬禁軍總教頭，只因妻子美貌，被高衙內看上強奪，設計他誤入白虎堂，而刺配滄州。一路上受盡董超、薛霸的欺侮，他一概忍氣吞聲，直到暗無天日的野豬林，這兩名差撥趁機要害他，幸被尾隨的魯智深仗義搭救。他還勸花和尚不可殺掉董、薛，完全是由於生性仁厚，還有，為盼來日夫妻能再聚。

⑩同註①，頁一二九。

⑪《水滸傳》第七十一回。

⑫參見牟宗三《生命的學問．水滸世界》一文（台北 三民 一九七〇年）。

不料對方步步進逼，夜半火燒草料場，非置林沖於死地不甘休。林沖這才悲憤交加，怒殺陸虞侯，曉得昔日的社會、摯愛的家園已然無法回歸，無奈之下決定雪夜上梁山。起初他還殘存一線希望，想接妻子上山團圓，之後得知妻子已經爲他殉節，方才心灰落草。《水滸傳》寫林沖的情義深重及他的逼上梁山，無限宛曲細緻，使他成爲全書最令人心酸同情的人物。

至於大多數讀者極喜愛的武松，《水滸傳》用了近十回來寫他，「景陽岡打虎」一節與「林教頭風雪山神廟」早已成爲不朽的文字典範。武松不只英勇，人格亦磊落光明，他與武大、潘金蓮的情感糾葛，極盡幽邃恐怖，無怪乎日後被吸納入《金瓶梅詞話》，成爲小說中極重要的情節安排。精彩的「武十回」，印證了《水滸傳》寫人物、敘故事的高超藝術能力。

《水滸傳》在人物刻劃上已由「類型化」進展到「個性化」，前述的林沖和武松都是範例；此外，還可以舉魯智深和李逵來論析。

同爲勇莽爽利，但花和尚比起黑旋風，顯得粗中帶細，多了一層思考力。試看第三十九回「江州劫法場」那一幕：

> 十字路口茶坊樓上，一個虎形黑大漢，脫得赤條條的，兩隻手握兩把板斧，大吼一聲，卻似半天起個霹靂，從半空中跳將下來。手起斧落，早砍翻了兩個行刑的劊子手。便望監斬官馬前砍將來，衆士兵急待把槍去搠時，哪裡攔擋得住？⑬

刻繪的正是瞻前不顧後，殺人如砍瓜的李逵，但對最敬服的宋江哥哥，卻是「之死無他」。也只有他，敢當著

---

⑬《水滸傳》第三十九回。

宋江的面大叫：「招安，招安，招什麼鳥安！」只一腳便把桌子踢碎。後來宋江吃了朝廷的毒酒，怕李逵不服造反，死前先下藥與他，講明死後相會蓼兒洼。李逵見說，亦垂淚接受。這樣的聲情如畫，使黑旋風鮮明突出，動人之至。

而出身軍官殺人須見血、救人須救徹的魯智深，即使打抱不平，也大不同於用拳頭、斧頭說話，「先打後商量」的李逵。譬如救助金翠蓮，他先讓這對可憐的父女上車走了，「還恐怕店小二趕去攔截他，且向店裡掇條凳子，坐了兩個時辰。約莫金公去的遠了，方才起身，逕投狀元橋來」。然後回頭去教訓鄭屠，不意失手打死對方，他當著眾人的面，丟下一句：「你詐死！洒家和你慢慢理會。」便從容離開現場，回到下處，急捲了些衣服細軟，提一條齊眉短棒，奔出南門，「一道煙走了」⑭。這樣的性格宜其乎最後雲遊四方，於杭州六和寺「聽潮聲坐化」。

其實，《水滸傳》的主角宋江，才是最複雜、最多面的人物，一開始他對鄆城縣小押司的現實生活頗戀棧，對梁山的邀約不無戒心，直到怒殺閻婆惜，才造成他生命的沉重轉折。可是他雖然亡命，尚不肯投奔梁山，只想借孔太公、柴進、花榮處求個庇蔭。大鬧青風寨後，本欲與眾人上梁山，一封家書，又把他叫回去。一次又一次的挫傷，使他的人生希望逐一幻滅，於是有意無意間的潯陽樓題反詩，總算臨門一腳上了梁山。由於他的才能，使山寨十分興旺；然而，儘管多少生死知己勸他，都無法熄平他的「招安」之念，終於在內外的矛盾衝突下，走向敗亡，整個結局彷彿是命定的，但過程則極盡起伏跌宕。

《水滸傳》的優點不勝枚舉，它曾經廣為流傳，也受到不少知識分子的讚賞，像李卓君、金聖嘆評點《水滸傳》，都把它列為古今傑作，足與《史記》、《杜詩》等並肩。江湖人物模仿水滸行徑的，自不在話下。但也有朝廷認為這部小說「誨盜」，而加以嚴禁的。受其影響而續寫的有陳忱的《水滸後傳》、俞萬春的《蕩寇

⑭《水滸傳》第三回。

志》等作。戲劇方面，以《水滸傳》爲藍本者有明李開先〈寶劍記〉、沈璟〈義俠記〉、許自昌〈水滸記〉等傳奇，及清李漁〈偷甲記〉、金蕉雲〈生辰綱〉、佚名〈鴛鴦樓〉、張韜〈薊州道〉及宮廷劇本《忠義璇圖》等作品。

三、《西遊記》

魯迅《中國小說史略》云：

> 奉道流羽客之隆重，極於宋宣和時，元雖歸佛，亦甚崇道，其幻惑故遍行於人間，明初稍衰，比中葉而復極顯赫，成化時有方士李孜、釋繼曉，正德時有色目人于永，皆以方伎雜流拜官，榮華熠耀，世所企羡，則妖妄之說自盛，而影響且及於文章。且歷來三教之爭，都無解決，互相容受，乃曰「同源」，所謂義利、邪正、善惡、是非、真妄諸端，皆混而又析之，統於二元，雖無專名，謂之神魔，蓋可賅括矣。⑮

雖然明代神魔小說很多，但堪稱代表者應數《西遊記》。這部小說見於正史記載的有玄奘的《大唐西域記》，及其弟子慧立所作的《慈恩三藏法師傳》。玄奘二十六歲時立志前往印度取經，出遊十七年（西元六二八—六四五），歷經五十餘國，攜回經典六百五十七部，譯述十九年（西元六四五—六六三），成經論七十五部凡一千三百三十五卷。類似的取經故事，自唐末以至宋、元，已漸演成神魔靈異，且多能有條貫系統。

相傳吳承恩（西元一五〇〇—一五八二）的百回本《西遊記》，大概依據了《大唐三藏取經詩話》、雜劇

⑮同註①，頁一三五。

《西遊記》和古本《西遊記》（殘文見《永樂大典》）。其中《大唐三藏取經詩話》最爲粗略，可能吳氏只採擇「白衣秀士」身上的孫悟空影像。雜劇中用了唐僧出身的「江流兒」故事。至於古本《西遊記》，文字極爲疏陋，仍存留「平話」作風，即使內容已有「大鬧天宮」和「西天取經」，但由於作者的敏慧淹雅，才可能將這些基礎材料鋪張描寫，使整個《西遊記》在「再創作」的情形下幾乎改觀。

大約於明代萬曆年間完成潤飾的《西遊記》，主要敘述唐三藏帶著孫悟空、豬八戒、沙悟淨三個徒弟，騎著白龍馬到西天取經，途中歷經九九八十一難，終於功德圓滿的故事。這部小說不僅文字活潑靈動、人物角色親切脫俗，還有燦爛神奇的想像，顯現出幽默詼諧的風格。試看書中的孫悟空，處處以樂觀的精神，辛辣諷刺妖魔的邪惡醜陋，像他讓烏雞國王吃馬尿合成的藥丸治病後，撂下話道：

> 老孫若肯要做皇帝，天下萬國九州皇帝，都做遍了。只是我們做慣了和尚，是這般懶散。若做了皇帝，就要留頭長髮，黃昏不睡，五更不眠，聽有邊報，心神不安；見有災荒，憂愁無奈。我們怎麼弄得慣？你還做你的皇帝，我還做我的和尚，修功行去也。⑯

此處眞把孫悟空的英雄本色寫活了，他經常唱著「皇帝輪流做，明年到我家」，但其實不是眞的要做那連睡覺吃飯都不自由的皇帝。他偷蟠桃，盜仙丹，大鬧天宮，敢對玉皇大帝和諸神盡情嘲諷；等他被收服後必須陪伴唐僧去西天取經，無論災難多大，危險多麼可怕，他都能想盡法子克服，一朝追隨，死而後已。屢次受豬八戒的讒言被唐僧誤會、辱罵，要趕他走，他總說：

⑯《西遊記》第四十回。

> 我回去便也罷了，只是不曾報得你的恩呢！……我若不去，真是下流無恥之徒，……只是你手下無人！⑰

即使氣不過走了，還是放心不下暗中護衛。西行途中，無數艱險的考驗，都激發他使出渾身解數。眾人皆知悟空一個斛斗雲一翻十萬八千里，汗毛一吹就有許多天兵天將出現，他逢山開路，遇水搭橋，智勇兼具，仁義雙全，雖有時要鬧過火，殃及無辜小妖……卻沒有人眞的討厭他，反而對他受緊箍咒懲罰，感到心酸不平。

相對於孫悟空的豬八戒，則是集許多人性弱點於一身。取經途中唐僧至誠，悟空堅毅，豬八戒雖心比天高，可是一遇困難即萌退志，他常想的是：「只恐一時差池，卻不是和尚誤了做，老婆誤了娶？」最常說：「沙和尚，你拿將行李來，我兩個分了吧！分開了各人散伙，你往流沙河還是吃人，我往高老莊，看看我渾家，將白馬賣了，與師父買個壽器送終。」有趣的是，他老講孫悟空的壞話，師父都信以爲眞。每次遇到勁敵，他只顧自己逃命，都怪罪到孫悟空頭上：

> 闖禍的潑猴子，無知的弼馬溫，該死的潑猴子，油烹的弼馬溫！猴兒了帳，馬溫斷根。⑱

當然，孫悟空也常藉機教訓他，可是一到生死關頭，總還是於心不忍，出手救援。豬八戒自私、貪佞令人莞爾，比如取經苦行中，他居然想得出法子在耳朵裡存了四錢六分銀子的私房；悟空要他一起去降妖，他先說分妥寶貝才肯去。這樣的小器還表現在好吃貪睡上，無論米飯麵食，他絕不落人後，一向食量驚人，看見朱紫國

⑰《西遊記》第二十七回。

⑱《西遊記》第四十六回。

王敬悟空的酒，「忍得他嘓嘓咽唾」；要他去化齋，馬上打瞌睡；找他巡山，他能鑽到草堆裡先睡一覺再說。看見盤絲洞七個蜘蛛精在濯垢泉洗澡，他立刻變做一條鮎魚精進去占便宜；一睹漂亮女子，「便忍不住口角流涎，心頭撞鹿，一時間骨軟筋麻，好便似雪獅子向火，不覺的都化去也。」⑲

如此洋溢世俗人性的豬八戒難怪使得《西遊記》活色生香，他和悟空相反相成，產生許多悲喜參半的藝術效果。然而，作者構思之詭幻，主要還在八十一難中，如金峗山之戰（五十至五二回）、二心之爭（五七及五八回）、火燄山之戰（五九至六一回），種種變化施爲，皆極奇恣。如述牛魔王爲群神所服後，命令羅刹女獻出那「可以飄八萬四千里遠，又能含到嘴裡的芭蕉扇」，用來熄滅「有銅腦蓋，鐵身軀，也要化成汁的火燄山」之火。可謂神怪豔異雜出，波波相連不絕。

此外，尚有鵝毛漂不起的流沙河，遇金而落、遇木而枯、遇水而化、遇土而入的人參果，有可以小如繡花針，大似碗口粗細的金箍鐵棒；……；再加上變化萬千的角色，眞令人目不暇給。由於作者稟性「復善諧劇，故雖述變幻恍忽之事，亦每雜解頤之言，使神魔皆有人情，精魅亦通世故，而玩世不恭之意寓焉」⑳。據說吳承恩曾「以明經授縣貳，未久，恥折腰，遂拂袖而歸，放浪詩酒」以終㉑。如果他可能是《西遊記》的作者，那麼，其幽默詼諧實兼雜落寞心酸。此點最能於孫悟空的身上看出。猶記《西遊記》尾聲，悟空對唐僧道：

> 趁早兒念個鬆箍兒咒，脫下來，打得粉碎，切莫叫那什麼菩薩去捉弄他人。㉒

---

⑲《西遊記》第七十二回。
⑳同註①，頁一四八。
㉑轉引自孟瑤《中國小說史》，頁四一九。天啓《淮安府志》十六〈人物志〉。
㉒《西遊記》第一百回。

這宇宙人間無所不在的「緊箍咒」究何所指，會心人當自知。

歷來讀《西遊記》的角度不一，或云勸學，或云談禪，或云講道，或以之推究易理。一九二二年，胡適〈西遊記考證〉指出，這「是一部很有趣的滑稽小說、神話小說；他並沒有什麼微妙的意思，他至多不過有一點愛罵人的玩世主義。這一點玩世主義也是很明白的；他無不隱藏，我們也不用深求」㉓。魯迅則以爲：

> 作者雖儒生，此書則實出於遊戲，亦非語道，故全書僅偶見五行生剋之常談，尤未學佛，故末回至有荒唐無稽之經目，特緣混同之教，流行來久，故其著作，乃亦釋迦與老君同流，真性與元神雜出，使三教之徒，皆得隨宜附會而已。㉔

此二說都不妨並存。若欲推求小說意旨，則謝肇淛《五雜俎》十五所云，頗值得參照：

> 《西遊記》曼衍虛誕，而其縱橫變化，以猿為心之神，以豬為意之馳，其始之放縱，上天下地，莫能禁制，而歸於緊箍一咒，能使心猿馴伏，至死靡他，蓋亦求放心之喻，非浪作也。㉕

應該是很精闢的看法。其實，《西遊記》第十三回曾經表明其意旨：

㉓《胡適文存》第二集第四卷，頁七六。

㉔同註①，頁一四八—一四九。

㉕同註①，頁一四九。

眾僧們議論佛門定旨，上西天取經的緣由，……三藏箝口不言，但以手指自心，點頭幾度，眾僧們莫解其意，……三藏道：「心生種種魔生，心滅種種魔滅，我弟子曾在化生寺對佛說下誓願，不由我不盡此心。這一去，定要到西天見佛求經，使我們法輪回轉，皇圖永固。」

然而，由於《西遊記》內涵的豐富多元，致使後世的閱讀者永遠可以在其中尋繹多重的寓意，此即是其魅力所在。

繼此書之後，又出現了《後西遊記》、《續西遊記》及《西遊補》等類似的小說，可惜文采意涵都遠遜於《西遊記》。

四、《金瓶梅詞話》

《金瓶梅詞話》是第一部個人創作，寫人物是常有之人，寫故事是常有之事，它的時代社會至今仍存活。也是第一部以城市市民生活爲題材，出之以寫實主義的平凡世情小說。魯迅《中國小說史略》認爲：「當神魔小說盛行時，記人事者亦突起，取其材猶宋市人小說之『銀字兒』，大率爲離合悲歡及發跡變泰之事，間雜因果報應，而不甚言靈怪，又緣描摹世態，見其炎涼，故或謂之『世情書』也」。又云：「諸世情書中，《金瓶梅詞話》最有名[26]」。

《金瓶梅詞話》擴大敷演《水滸傳》裡「武松殺嫂」的故事，而成爲一百回的小說。「西門慶」不是孤立的現象，從他身上可以看到明朝晚年的影子。全書以西門慶爲主要線索，寫其一生自發跡至暴亡的歷程。西門氏是山東清河縣一破落戶財主，開一家生藥舖。自小不甚讀書，終日閒遊浪蕩，原有一妻三妾，與一些「幫閒

[26] 同註①，頁一六一。

抹嘴不守本份的人」結爲十弟兄，偶然看上潘金蓮，便設計毒死其夫武大，納以爲妾。武松來報仇，尋之不獲，誤殺李外傳，被刺配孟州。

西門慶胡作非爲，卻安然無恙，於是日益放肆，先後謀娶寡婦孟玉樓，騙奪友妻李瓶兒，私通金蓮、婢女春梅，並皆納爲妾。接連得了兩三注橫財，家道更興旺。後來因爲賄賂蔡京得以升官「金吾衛副千戶」（山東提刑所理刑副千戶），此時李瓶兒爲其生子，愈得意，求藥縱慾，受贓枉法，幾至無所不爲。

潘金蓮因爲嫉妒李瓶兒有子，屢次設計加害致死。瓶兒過哀，不久鬱病而亡。潘則力媚西門慶，西門一夕飲胡僧藥逾量，也暴斃。金蓮、春梅復私通於西門慶的女婿陳敬濟，事發後被斥賣。金蓮遂出居王婆家待嫁，武松剛好遇赦歸來，乃用計誘殺潘。春梅被賣給周守備爲妾，有寵生子，竟冊立爲夫人。

此際，西門另一妾孫雪娥以遇拐復獲發官賣，春梅銜恨其曾經「唆打陳敬濟」，故買回折辱之，旋即賣孫於酒家爲娼。春梅又稱敬濟爲弟，將其羅致到府中，仍與私通。已而周守備征宋江有功，拔擢濟南兵馬制置，陳敬濟也因而列名軍門，升爲參謀。之後金人入寇，周守備陣亡，春梅夙通其前妻之子，也因縱淫過度而暴卒。

其他的妾如李嬌兒偷了錢回到妓院，孟玉樓再度改嫁，眞所謂樹倒猢猻散。西門慶的元配吳月娘攜帶遺腹子孝哥，於金兵南下時欲奔濟南途中，遇到普淨和尚，引領到永福寺，以因果現夢西門慶一生，吳月娘大悟，乃捨孝哥出家爲僧，以贖前孽。

有關《金瓶梅詞話》的版本，至今流傳主要有二，一稱《金瓶梅詞話》，出版於萬曆年間；另一稱《古本金瓶梅》，是崇禎間刻本。前者應是最接近原貌的本子。另有清初（順治、康熙時）張竹坡評的《金瓶梅》，內容是根據《古本》。兩種版本前都有東吳弄珠客的序，承認《金瓶梅詞話》是「穢書」，但是又說：「然作者亦自有意，蓋爲世戒，非爲世勸也。」進而呼籲讀者：

讀《金瓶梅詞話》而生憐憫心者，菩薩也；生畏懼心者，君子也；生歡喜心者，小人也；生效法心者，乃禽獸耳。

的確，表面上看《金瓶梅詞話》是部淫書。問題是，它有超乎淫書的價值。除了弄珠客以極戰兢的心情推介這部小說外，沈德符也喜歡它，《顧曲雜言》稱之可以「療飢」，讀了令人「驚喜」；劉廷璣《在園雜志》二，謂其「深切人情世務，眞稱奇書」。可是，沈氏不敢刊行，評點它的張竹坡，還要拐彎抹角地連上「苦孝說」，把作者推給王世貞。這些現象都顯示了社會心理文化意涵。

其實，明代小說不乏宣揚穢德者，人物每有所指，特藉文字以報夙怨，至於其是非，則殊難揣測。沈德符謂《金瓶梅詞話》亦斥時事，蔡京父子、林靈素、朱勔……皆各有所屬，主要如西門慶，自當別有所名㉗。此書作者以「蘭陵笑笑生」之名面世，乃因通篇皆有影射，不得不有所隱諱也。

魯迅《中國小說史略》云：

就文辭與意象以觀《金瓶梅詞話》，則不外描寫世情，盡其情偽，又緣衰世，萬事不綱，爰發苦言，每極峻急，然亦時涉隱曲，猥黷者多。後或略其他文，專注此點，因予惡謚，謂之「淫書」；而在當時，實亦時尚。……世間乃漸不以縱談閨幃方藥之事為恥。風氣既變，並及文林。故自方士進用以來，方藥盛，妖心興，而小說多神魔之談，且每敘牀笫之事也。㉘

㉗同註①，頁一六四。

㉘同註①，頁一六四—一六五。

故若專就「淫書」評斷《金瓶梅詞話》，實爲不宜，讀者應多理解時代風氣與作者的創作才華。

風尚略如上述。《金瓶梅詞話》之文采藝術則呈現於世態如畫、人物鮮活與口語形式諸面向。中國的白話文學發展至明世宗嘉靖時已臻成熟，隆慶、萬曆年間已不乏好作品問世。試看《金瓶梅詞話》裡的一段文字：

……說的西門慶急了，走向前把金蓮按在月娘炕上，提起拳來罵道：「恨殺我罷了，不看世界上，把你這小歪剌骨，就一頓拳頭打死了！單管嘴尖舌快的，不管你事，也來插一腳！」那潘金蓮就假做喬粧，哭將起來說道：「我曉得你倚官仗勢，倚財為主，把心來橫了，只欺負的是我！你說你這般威勢，把一個半個人命兒打死了，不放在意裡，哪個攔著你的手兒不成，你打不是的？我隨你怎麼打，難得只打得有這口氣兒在著，若沒了，愁我家那病媽媽子不問你要人？隨你家怎麼有錢有勢，和你家一遞一狀，你說你是衙門裡千户便怎的？無故只是個破紗帽債殼子窮官罷了，能禁的幾個人命？就不是，叫皇帝敢殺下人也怎的？」幾句話說得西門忽呵呵笑了，說道：「你看這小歪剌骨這等刁嘴，我是破紗帽窮官，叫丫頭取我的紗帽來，哪塊兒破？這清河縣問聲，我少誰家銀子？你說我是債殼子！」金蓮道：「你怎的叫我是歪剌骨來？」因跳起一腳來：「你看，老娘這腳哪些兒放著歪？你罵我是歪剌骨？」月娘在旁笑道：「你兩個銅盆撞上了鐵刷箒，常言惡人自有惡人磨，見了惡人沒奈何，自古嘴強的爭一步；六姐，也虧你這個嘴頭子，不然，嘴鈍些兒也不成的。」那西門慶見了奈何不過他，穿了衣裳，往外去了。（第四十三回）

白話寫作能夠這樣聲情如畫，是頗叫人驚歎的。作者從清河縣描敘到京師，從市井無賴幫閒篾片及於朝廷的命官、太監；乃至如婢奴、娼妓、僧尼、媒婆……無不寫得搖曳生姿。雖然這部小說的題目以潘金蓮、李瓶兒、龐春梅三個女角的名字各取一字而成，但眞正的核心人物是西門慶。他是人間世俗慾望的典型代表，全力追逐食色、權力與聲譽。這些慾望永無止境，令人不擇手段，愈陷愈深，而無以自拔。西門慶結交官吏，橫行鄉里，亦官亦商的身分方便他走法律漏洞，聚斂縱慾悖謬私德，爲他帶來愛妻美妾與雄財地位。如此耀人眼目的豪侈，怎麼可能產生持盈保泰的生命自覺？

於是，他一步步酖殺武大，陷害無辜，賄賂夤緣，包攬訴訟，巧取豪奪，恣肆地奔赴危險的慾望深淵。每一個非法貪狠的動作，都在爲他潛伏的崩潰鋪路奠基。在富貴利祿的追逐中，他最在意色慾，永不饜足，似乎已凌駕其他的慾求。有如最熱衷官祿的蔡京，最終陷敗在官途上一樣，西門的致命傷是在色慾。他以及他身邊的一群人，同樣捲進這個可怕的漩渦中，渾然不知。除了極少數一二人，如宋惠蓮在來旺被害後，濁惡的生命開始沉澱下來，在充分思考了悟後，以死返眞。這部小說展現的是一大片環環相扣的邪穢的現實人生。也因此，往往被淺讀成一本誨淫之書。

至於潘金蓮整個人似乎只是一團感官色慾，她卑微諂媚（連西門的尿她都喝），又兇狠殘暴（虐待婢妾有如變態狂），心術乖覺狡猾，言行奸惡嫉妒，卻有一張豔麗的臉，荒唐的社會孕育了她，最後又毀滅她。有人把潘金蓮當做是情慾的象徵，她任由色慾氾濫，什麼都不在乎，不依傍。全書一開頭，便是西門慶遇見她，最後西門又死在她身上，這層象徵意義很明顯。當然，她也可以被看成是個別的愚昧可憫的女性形象，她從不理性思考，即使電光石火。她所思所爲只是一己情慾的完成；所以，她斬除這條路上的一切障礙，瘋狂而盲目，終於被武松以「色誘」手段殘殺。其實與其說被武松所殺，不如說她是死在自己的慾海中。另一個大同小異的龐春梅，何嘗不然！

愛慾能毀滅人，同時亦能救贖人。像西門慶在李瓶兒死的前後，表現出由衷的關懷和疼惜，雖然只是吉光片羽，卻含納小說作者之深刻哀憫。還有，李瓶兒在嫁給西門之前，原來是花子虛的妻子，就在心猿意馬地等西門娶她的那段期間，頗爲不耐而勾搭上蔣竹山，眞算得上蕩婦淫娃。可是，後來她懷了西門的孩子，當了母親後，性情大變，總是處處體恤人，連潘金蓮時時爭風吃醋，要坑害她和孩子，她都包容體諒。這樣的人性觀照，有人斥之荒謬淺陋，也有人以爲是作者驚人的閱世心得。因爲他寫出了由不貞到貞潔的母性流露，詮釋了曲折深邃的生命歷程㉙。

而所謂的世態人情，就在一幅又一幅的小說畫卷中，升騰翻滾而出，寂然席捲而去。恰似魯迅《中國小說史略》所謂的：

作者之於世情，蓋誠極洞達，凡所形容，或條暢，或曲折，或刻露而盡相，或幽伏而含譏，或一時並寫兩面，使之相形，變幻之情，隨在顯見，同時說部，無以上之。㉚

的確是讀《金瓶梅詞話》的眞知卓見。《金瓶梅詞話》橫恣強旺的筆力，對那個荒淫罪惡的社會，以及人性的陰暗面，刻繪得淋漓盡致。要讀懂它，並不容易。

明代袁中郎《錦帆集》稱：

伏枕讀《金瓶梅》，雲霧滿紙，勝於枚生〈七發〉。㉛

說得很老實。

至於《金瓶梅詞話》的影響，有續作（如：《玉嬌李》、《續金瓶梅》、《隔簾花影》），有仿製（如：

㉙參見孫述宇《金瓶梅的藝術》（台北　時報　一九七八年）。
㉚同註①，頁一六二。
㉛轉引自孟瑤《中國小說史》，頁四五二。

《玉嬌梨》、《平山冷燕》、《好逑傳》、《鐵花仙史》），可以說往後一系列的才子佳人言情小說，以及人情世態的社會小說都有它內外傳承的痕跡。而名作《紅樓夢》亦曾受到它強烈的啓示與影響，更是許多人都承認的。

五、《紅樓夢》

被稱爲人情傑構的《紅樓夢》，大約出現於清乾隆中葉（西元一七六五年頃），作者曹雪芹寂寞近百餘年，直到胡適開始研究他的身世，才一波波掀起「紅學熱潮」。而周汝昌、俞平伯、王國維、陳慶浩等都是卓有成績的紅學家。

大體言之，《紅樓夢》是自傳性質濃厚的懺悔錄式小說，曹氏雖曰「披閱十載，增刪五次」，但卻「書未成，芹爲淚盡而逝」。今傳百二十回本，前八十回是曹氏的作品，後四十回有人以爲高鶚所續，其實不是。根據他的莫逆之交敦敏、敦誠兄弟與裕瑞的記載，可知曹雪芹中年貧困，獨居北京西郊，以賣詩文字畫過活，性極嗜酒，喜歡高談闊論。原配似早亡，曾經續弦，育有一子，後來夭亡，曹雪芹傷痛而逝，時爲乾隆二十八年（西元一七六三）除夕，年約四十餘。

曹氏祖籍河北，其先祖嘗爲正白旗包衣（「正白旗」爲滿洲八旗中「上三旗」之一），曾隨睿親王打敗李自成，故地位優越，以後多半做近侍與內務府的官；「包衣」即滿洲話「奴隸」之謂，因此子孫仕宦較漢籍者爲優。傳至雪芹的曾祖曹璽，已是清廷大貴族。璽有三子，長子名寅，官高位顯，管理蘇州、江寧織造並其他多項要職，同時爲一傑出詩人、藏書家。寅死，其子曹顒以父蔭襲職，亦早亡。於是寅的孿生弟曹宣，乃以子曹頫入繼。雪芹爲頫之子，乃隨父過繼給長房。曹家這段期間可說富貴逼人，與皇室關係非常親密。

雍正五年（西元一七二七年），曹頫被免除江寧織造之職，寅妻舅李煦獲罪下獄。次年，曹氏籍家，返回京師居住。乾隆繼立，曹家稍復局面。十年，又因鉅變家道頓落，時雪芹年約二十餘，貧居北京西郊。少年時的豪華生活，使他熟悉世家巨族的人情世態；中晚年的困窮潦倒，復讓他省思情愛滄桑與生命無常。這種種切身的體驗終於結合他非凡的文學稟賦，提煉成清代白話長篇小說的奇葩：《紅樓夢》。

《紅樓夢》的傳鈔本，約有乾隆十九、二十四、二十五、四十九年之甲戌本、己卯本、庚辰本與甲辰本。此外，最早的有正書局的石印本，書前有戚蓼生的序，全書八十回，是爲「戚本」，較受珍視。程偉元、高鶚所增補整理的一百二十回本，於乾隆五十六年（西元一七九一）由程偉元首次活字印本，是爲「程本」，前有兩人的序，爲一切坊刻本的祖本。

乾隆抄本百二十回本對於原作的大方向（可參第五回）應無甚悖離，至於人物性格的參差，或某些細節與文字上的出入，可能是作者多次改寫的結果。一百二十回本結尾處的「蘭桂齊芳」「沐天恩延世澤」經常被某些論者引爲詬病；其實後四十回問題複雜，近數十年來紅學界仍持續在追蹤其成書過程，以期釐清前後百二十回本的重要關聯。

陳慶浩以爲，這部小說最早名爲《風月寶鑑》，改寫過程爲《紅樓夢》，未完成定本爲《石頭記》。開篇敘述本書由來，謂女媧鍊石補天，獨留一石未用，石頭甚自悼歎。俄見一僧一道，以爲此石「形體倒也是個寶物了，還只沒有實在好處，須得再鐫上數字，使人一見便知是奇物方妙。然後好攜你到隆盛昌明之邦、詩禮簪纓之族、花柳繁華之地、溫柔富貴之鄉，去安身樂業」。於是袖之而去，不知更歷幾劫，有空空道人見此大石，上鐫文詞，乃從石之請，傳鈔問世。道人亦以其內容「因空見色，由色生情，傳情入色，自色悟空」，遂易名爲情僧，改《石頭記》爲《情僧錄》。東魯孔梅溪則題曰《風月寶鑑》，後因曹雪芹於悼紅軒中披閱十載，增刪五次，纂成目錄，分出章回，而題爲《金陵十二釵》，並題一絕云：

滿紙荒唐言，一把酸辛淚；
都云作者癡，誰解其中味？

至程、高整理刊印一百二十回本問世後，《紅樓夢》遂成定稱。

從陸續發現的鈔本來看，替曹氏原稿寫眉批與夾註的，共有四個名字：脂硯、梅溪、松齋、畸笏。其中最多的是脂硯，次畸笏，梅溪與松齋各一條而已。脂硯可能是曹雪芹堂兄，很熟悉此小說的寫作計畫，也頗瞭解作者的內外世界，常有血淚斑爛的批語。顯然《紅樓夢》是自寫生平經驗的文學作品，其間融匯許多作者的虛構想像。

大致上《紅樓夢》是由兩條主線貫串梭織而成：一是寶玉和黛玉的戀愛，一是賈府的盛衰。前者洋溢優美浪漫的情調，後者傾向寫實，感傷。《紅樓夢》給人的悲劇感，即從這兩條線索而來：就情而言，它讓人體會到內心的情有盡時；就賈府而言，它使人體會到外界的事物無常，終於歸結到整個人生的幻滅。

《紅樓夢》開篇的補天神話，暗示被女媧棄於青埂峰下的頑石（即寶玉之前身），由於情根未盡，所以須下凡解債贖罪歷幻完劫。作者將寶玉安排在賈府的脂粉堆中，為的是讓他能深切體驗「情」的本質。情應兼具靈慾二者，據作者云，寶玉生來自有一種癡情，是「作養脂粉」而非「以淫樂悅己」。他對情的追求，非常執著，與賈珍、賈璉、薛蟠他們缺乏道德內省的縱慾完全不同，也因此感受到更多的痛苦，因為沉緬在粗鄙情慾中的人不可能嘗試解脫自己。寶玉很早就受到警幻仙姑提示他「性」的危險，雖然他十多歲時曾因好奇同襲人有過雲雨的快感經驗，但僅此一次，整個小說都沒有強調過寶玉情慾氾濫的跡象。他給予周遭女孩子們是同樣無私的友情和慰藉，她們也信任他，也都有友情，這不全是因為她們把他看做是個大情人，而是在所有男人中，只有寶玉眞正同情疼惜她們。

當然，寶玉在追求情愛理想時遇上許多的挫折與磨鍊，起先是黛玉在寶釵到賈府後顯現的焦慮不安。即使黛玉知道眾姐妹中寶玉最偏愛她，但因為性格因素與孤女寄人籬下的環境壓力，使她固執在嫉妒自憐中，每次同寶玉聚會總是誤會、爭吵，一次又一次痛苦與和解的循環，不只她自己身心耗損，令寶玉也感到心灰意冷。就命運而言，其實香菱更慘，但她比黛玉容易快樂。書中描寫寶玉原來具有開闊的愉快性格，富於同情心，然而，來自黛玉不斷的試探與要求愛情的保證，難免讓寶玉對自己所追求的覺得虛幻起來。黛玉沒有寶釵的金鎖可以同寶玉相配，她的不安全感經常顯露在壞脾氣和刺耳的話中，並且一而再、再而三。在那樣的內外情境裡，縱使他們能夠結婚，怎麼可能幸福？

小說的八十二回描寫黛玉做了一場投射內心恐懼焦慮的噩夢，她要被接回南方嫁人，賈母、王夫人和鳳姐正待送她走，她向她們哀求，可是得不到眞正的關心；其後，她求援於寶玉。寶玉安慰保證留住她，黛玉忽悲忽喜、乍信還疑。竟逼到寶玉要剖心明志，似乎得看見寶玉的赤心，她才能滿足心安。但寶玉摸著找自己的心時，卻發現心沒有了，不見了！這是意味寶玉必須以生命的代價滿足黛玉對證據的要求嗎？當他發現心沒有時就死了，如果他把心掏出來交給黛玉，他怎還能活？究竟哪樣的內在迫力，使黛玉夢到這血淋淋的場景？

在小說的寓言設計中，黛玉的一生是爲還淚，即便如此，以她的智力，應該可以做一種自我認識的追尋，如果她能略略超越一下，從比較客觀的或諷刺的角度來審視自己，那麼，也許仁慈慷慨的性質會將她的靈魂提升上來。但她臨終前的「寶玉，寶玉，你好……」應該是表現了完全不原諒的精神。作者雖然很同情她，卻也透過她來展現一個我執強烈的意識在身體和感情雙方面的徹底毀滅。

降生之前的寶玉是塊靈石，希望領略紅塵奇事，作爲頑石的化身，他是《紅樓夢》中最敏感的人也最渴望解脫。黛玉的死，喚起他對情的醒覺。在失玉的呆癡狀態中，寶玉經歷荒謬的模仿婚姻，幾個月後，他重新獲得那塊玉，但他竭力要歸還給送玉的瘋癲和尚。這個行動象徵領悟後的自我釋放，不過，過程可沒那麼容易。當寶玉得知黛玉的死訊時，便想隨她而逝，如果在另一個世界能夠相聚，則情仍爲可恃之物。小說裡「獨宿候芳魂，五兒承錯愛」此一情節，就是爲表露寶玉追求情的執著與毅力，然而黛玉死後「魂魄不曾來入夢」，乃是寶玉經歷情的精神面破滅以前的最後掙扎。

通靈寶玉的回歸，引起寶玉的二度太虛幻境之旅。如今他已有能力沉思首次太虛幻境的警誡，並印證命運的殘酷了——昔日青春純潔的女孩兒，而今安在？夢中醒來，物非人非，他下決心想打斷一切的人間情緣。可是寶玉眞正需要放棄的，恐不只是感官上的自我，而是同情悲憫。他孤獨而清醒，即使對母親、寶釵和襲人，他仍敷衍地履行人子、人夫的責任。

自我釋放的代價是不是無感情？寶玉應該思索要不要繼續逗留在無能爲力的痛苦裡。對寶釵而言，醒悟前的寶玉有愛也有悲憫，而這才是人生的基本事實，如果不能忍受痛苦的人性試煉，拒絕心中本能的激勵，那麼，人存在的意義和價值在哪？寶玉無法從理性的層面答覆寶釵這些困惑，他憬悟的是：只有把人生置放於貪婪與受苦的宇宙性設計中，一個人才能看到釋脫自己的需要。現在寶玉以棄絕塵世的姿勢，向寶釵宣告靈慾同屬虛幻。換言之，寶玉爲了得到自悟的精神本質，而變回一塊石頭。或者可以說，重新返回生命的原始。這是寶玉的抉擇——一種他認爲無有恐怖、遠離顛倒夢想的淨域。

至於賈府的興衰，那是由建築大觀園來演出「眼看他起朱樓，眼看他宴賓客，眼看他樓塌了」的人間戲碼，總體的自然律。從寧、榮國公到賈政這一代，是賈府的興盛期。但賈政時「外面的架子雖沒很倒，內囊卻也盡上來了」，而且「誰知道這樣鐘鳴鼎食的人家兒，如今養的兒孫，竟一代不如一代了」，已是盛極而衰。小說雖前半部寫的都是富麗繁華的景象，其實早在第二回冷子興演說榮國府時，賈家已走向衰敗，惟「百足之蟲，死而未僵」耳。到卷末，賈府中「爲官的家業凋零，富貴的金銀喪盡……」似乎山窮水盡，可是突又柳暗花明，說是「蘭桂齊芳，家道復初」——暗示賈蘭、賈桂中功名，重新振興了家業。於是，從賈寶玉的兒子這一代又由衰而盛了。所謂盛極而衰，衰極而盛，眾生正於其間浮沉流轉。

紅樓一夢，人間冷暖、炎涼世態盡出。賈雨村就是典型的例子。他在賈府有權勢時，攀關係，求保薦，作人情，一俟賈府敗落，就倒打一耙，在宦海中勢利已極。其他還有一些次要角色，都共同鋪陳此種世俗的冷酷現實。此其間猶貫通著無所不在的死亡，如妙玉喜吟的「縱有千年鐵門檻，終須一個土饅頭」，暗含死亡之前，眾生平等。亦即紅樓戲曲最後一支〈飛鳥各投林〉所云：

好一似食盡鳥投林，落了片白茫茫大地真乾淨！

令人驚心無奈。小說裡寫了不少的自殺和出家、在家修行；是對苦難人生的無法承擔而逃避呢？抑或由幻滅走向悲憫？還有更多的人在熙來攘往、爭名奪利中渾然不知，在生命必然的大限之前，陷溺於苦樂悲歡、貪嗔愛癡。

《紅樓夢》似乎不無老子「天地不仁，以萬物爲芻狗」的意涵。出世的甄士隱家破人散，自視高潔的妙玉終陷泥淖；入世的賈雨村刻意仕進，末了還是因罪被遞籍爲民；賈政尚稱正直，爲官卻被抄家；王熙鳳盤剝斂財，機關算盡，到頭來一場空；李紈教子有方，是良母賢妻，然「處於膏粱錦繡之中，竟如槁木死灰」。而黛玉、寶釵情緣未到頭，寸心灰未休，可眞是欠淚淚盡，分離聚合皆前定？

《紅樓夢》末尾有一偈語：

說到辛酸處，荒唐愈可悲；
由來同一夢，休笑世人癡。

嘔心泣血的曹雪芹在「蓬牖茅椽、繩床瓦竈」間，可已參透人生大夢？

這部永遠値得細讀的小說，有哲學的深度、寫實的廣度，與藝術的密度，它的續作之多誠屬空前，它的影響在中國的文學文化中，源遠而流長㉜。

本講談明清長篇小說，由於篇幅關係，例證請酌參各單行本。

㉜此節論述係整合各家觀點而成，主要係參考夏志清〈論紅樓夢〉一文，原著為英文，由何欣譯成中文，刊載於《現代文學》第五十期。又吳宏一〈紅樓夢的悲劇精神〉亦多借鑑，原載《紅樓夢研究集》，頁一〇八—一二八（台北 幼獅 一九七六年）。

國家圖書館出版品預行編目資料

中國古典小說四講／賴芳伶著．——初版．——臺北市：五南，2014.10

面；　公分．

ISBN 978-957-11-7774-8（平裝）

1.古典小說　2.文學評論本

827.2　　103016053

1X4U 中國文學

中國古典小說四講

作　　者— 賴芳伶

發 行 人— 楊榮川

總 編 輯— 王翠華

主　　編— 黃惠娟

責任編輯— 盧羿珊　李鳳珠

封面設計— 童安安

出 版 者— 五南圖書出版股份有限公司

地　　址：106台北市大安區和平東路二段339號4樓

電　　話：(02)2705-5066　　傳　　真：(02)2706-6100

網　　址：http://www.wunan.com.tw

電子郵件：wunan@wunan.com.tw

劃撥帳號：19628053

戶　　名：五南圖書出版股份有限公司

台中市駐區辦公室/台中市中區中山路6號

電　　話：(04)2223-0891　　傳　　真：(04)2223-3549

高雄市駐區辦公室/高雄市新興區中山一路290號

電　　話：(07)2358-702　　傳　　真：(07)2350-236

法律顧問　林勝安律師事務所 林勝安律師

出版日期　2014年10月初版一刷

定　　價　新臺幣390元